Denn die Hoffnung endet nie

Im Sturmwind der Freiheit

Weitere Bücher von Julia Drosten

Meine Seele schreit so laut
Der Duft von Zimtblüten
Das Mädchen mit der goldenen Schere
Die Elefantenhüterin
Die schwarze Taube von Siwa
Die Honigprinzessin
Die Löwin von Mogador
Die Seidenrose
Das Revuemädchen

Die Autoren

Julia und Horst Drosten sind ein verheiratetes Autorenduo.
Wir leben im Münsterland und hatten schon immer den Wunsch, Bücher zu schreiben. Fast genauso viel Spaß macht uns die Recherche. So flogen wir schon zusammen in einem alten Doppeldecker, ließen uns von einer Kosmetikerin verwöhnen und absolvierten einen Imkerkurs. Auch großartige und aufregende Rechercheereisen durften wir bereits erleben: Für »Die schwarze Taube von Siwa« ging es nach Ägypten, für »Die Elefantenhüterin« besuchten wir Sri Lanka, für »Der Duft von Zimtblüten« bereisten wir die Kapregion Südafrikas und für »Denn die Hoffnung endet nie« reisten wir im ersten Jahr der Corona Pandemie an die polnische Ostseeküste.
Wir schreiben bevorzugt historische Romane, von denen mehrere Bestseller waren und in verschiedene Sprachen übersetzt wurden. Mit »Die Honigprinzessin« und »Meine Seele schreit so laut« haben wir auch zwei erfolgreiche Gegenwartsromane geschrieben.
https://julia-drosten.com/

Denn die Hoffnung endet nie

Im Sturmwind der Freiheit

Julia Drosten

Lektorat und Korrektorat: Thomas Dellenbusch, https://www.meinkopfkino.de/

Cover: Shutterstock: Krzysztof Stefaniak, Oradour-sur-glane; Candace Hartley, Vintage Brown Baby or Toddler Shoes from 1932
Coverbearbeitung: Horst Drosten

»Nichts ist eines Kulturvolkes unwürdiger als sich ohne Widerstand von einer verantwortungslosen und dunklen Trieben ergebenen Herrscherclique ›regieren‹ zu lassen.«

Aus dem Flugblatt 1 der Weißen Rose, 1942

Kapitel eins

Heringsdorf, 2020

»Aufwachen, Mutter! Gleich beginnt Bares für Rares.« Sanft berührte Artur Voßberg die rechte Schulter der alten Dame.

Hermine hob den Kopf vom Rückenpolster ihres Ruhesessels und blinzelte ihren Sohn an. »Ist es schon so spät?«

»Fast drei Uhr, aber keine Sorge, du wirst nichts von deiner Lieblingssendung verpassen.«

Hermine griff nach der Brille, die auf einem Tischchen neben ihrem Kreuzworträtselheft lag. »Täusche ich mich, oder duftet es ganz köstlich?«

Artur nickte. »Ich habe Kaffee gekocht, und Karin hat Erdbeerkuchen gebacken. Sie war extra heute Morgen auf dem Markt in Heringsdorf und hat Erdbeeren gekauft. Wollen wir?« Er beugte sich vor, um seiner Mutter beim Aufstehen zu helfen, und sie bedankte sich lächelnd. Mit ihren vierundneunzig Jahren fiel Hermine das Gehen ein wenig schwer, aber sie bewohnte immer noch ihr eigenes kleines Appartement im Obergeschoss des gemeinsamen Hauses. Wenn Artur ihr anbot, die untere Etage barrierefrei umzubauen, lehnte sie rigoros ab. Ein Treppenlift war das einzige Zugeständnis, das sie an ihre schwindenden Kräfte machte.

Auf dem Kaffeetisch standen eine Vase mit frischen Rosen aus dem Garten und eine Platte mit Erdbeerkuchen. Durch die offenstehende Terrassentür strömte warme Sommerluft herein. Im Fernsehen liefen noch die Nachrichten, und aus der Küche klang das Geräusch des Mixers. Artur rückte seiner Mutter den Stuhl zurecht. »Ich schaue mal, ob ich Karin helfen kann.« Er verschwand.

Hermines Blick wanderte zur Kommode, auf der Schwarzweißfotos von Stettin, ihrer Geburtsstadt, und viele Familienfotos standen.

Artur war ihr einziges Kind, aber die beiden Söhne von ihm und seiner Frau Karin hatten längst eigene Familien gegründet, sodass Hermine bereits stolze fünffache Urgroßmutter war.

Von Arturs Vater gab es keine Fotos. »Eine Kriegsliebe«, hatte sie ihrem Sohn erzählt. »Als ich schwanger wurde, wollten wir heiraten. Doch bevor er wieder Heimaturlaub bekam, fiel er in Russland.«

Die Wohnzimmertür ging auf, und Artur und Karin kamen herein. Hermines Schwiegertochter stellte eine kleine Schale mit Schlagsahne auf den Tisch. »Ich glaube, du hast deine Lieblingssendung noch nie verpasst, Mutter.«

»Niemals! Von der ersten Sendung an habe ich alle Folgen gesehen«, bestätigte Hermine stolz.

»Liegt das an Horst?«, grinste Artur und goss Kaffee in ihre Tasse. »Es gefällt dir wohl, dass er immer mit den älteren Damen in der Sendung flirtet.«

Hermine rührte einen Löffel Zucker in ihre Tasse. »Der Herr Lichter ist schon sehr charmant, aber wenn ihr es genau wissen wollt, gefällt mir der Herr Maier am besten.«

»Hast du das gehört, Karin?« Artur zwinkerte seiner Frau zu. »Sie steht auf Albert.«

Hermine legte die Serviette über ihren Schoß. »Ich mag Herrn Maier, weil er sich so gut mit Antiquitäten auskennt. Was er über die einzelnen Objekte erzählt, ist immer sehr spannend.«

»Das stimmt.« Karin legte ihrer Schwiegermutter ein Stück Kuchen auf den Teller. »Obwohl ich persönlich die Begutachtungen der Schmuckexpertinnen am interessantesten finde. Hast du auch einen Lieblingshändler, Mutter?«

Hermine setzte zu einer Antwort an. Doch in diesem Moment ertönte die unverkennbare Erkennungsmelodie von Bares für Rares, Horst Lichter erschien, strahlte in die Kamera und begrüßte die Fernsehzuschauer mit einem seiner typischen Gags.

»Oho, da sehe ich doch Albert in Gesellschaft von zwei zauberhaften Damen!« Schwungvoll eilte Horst zum Tisch des Experten. »Einen wunderschönen Guten Tag! Ich bin Horst Lichter. Wenn mich nicht alles täuscht, habe ich es hier mit einer äußerst attraktiven Großmutter und ihrer nicht minder hübschen Enkelin zu tun?« Seine braunen Augen hinter der runden Nickelbrille blitzten.

Die beiden Frauen nickten lachend. Die Ältere sagte: »Mein Name ist Agnes Scholz, aber du kannst mich gerne Agnes nennen.«

»Und ich bin Caro«, ergänzte die junge Frau.

Der Moderator der bekannten Kunst- und Kuriositäten-Show strahlte, dass die Spitzen seines sorgsam gezwirbelten Schnurrbarts vibrierten. »Mit dem allergrößten Vergnügen, meine Lieben. Na, dann wollen wir uns mal dem Prachtstück zuwenden, das ihr mitgebracht habt. Ich wette, mein lieber Albert kann es kaum erwarten, sein gesammeltes Wissen darüber preiszugeben.« Horst ging zu dem imposanten Möbelstück, das neben den Frauen stand. »Vielleicht fängst du, Albert, erst mal damit an, einem Unbedarften wie mir zu erklärten, was das ist.«

Der Kunstexperte und Antiquitätenhändler Albert Maier umrundete das alte Möbelstück, fuhr mit den Handflächen über das schimmernde rötliche Holz und begutachtete die polierten Messingbeschläge und den zylinderförmig gewölbten Deckel. »Wir haben hier einen wunderschönen Mahagoni-Sekretär aus dem frühen Biedermeier. Ein wahrhaft rares Stück, das ich äußerst selten zu sehen bekomme.« Er lächelte den beiden Frauen zu.

»Ein Sekretär mit vier Schubladen, die bis zum Boden reichen? Wenn ich daran sitzen will, geht das nur im Spagat«, zweifelte Horst und schaute zu seinen Gästen. »Ihr Hübschen! Was wisst ihr über die Geschichte dieses Möbels? Ist es ein altes Erbstück?«

»Nicht ganz.« Agnes schüttelte den Kopf. »Meine Eltern haben den Sekretär vor vielen Jahren auf einem Trödelmarkt gekauft, und mein Vater hat ihn behutsam aufgearbeitet. Seither stand er im Wohnzimmer meines Elternhauses. Nun haben mein Mann und ich beschlossen, in eine seniorengerechte Wohnung zu ziehen. Dort fehlt uns leider der Platz für so ein wuchtiges Möbel. Meine Tochter und mein Schwiegersohn sind ganz modern eingerichtet und …«

»… mein Einzimmerappartement ist noch kleiner, als Omas und Opas künftige Bleibe«, ergänzte Caro.

»Verstehe.« Horst nickte. »Den Erlös teilt ihr unter euch?«

»Etwas bekommt meine Enkelin. Sie hat nämlich gerade das zweite Staatsexamen im Grundschullehramt bestanden.« Agnes lächelte Caro zu.

»Gratuliere!«, warf Horst ein.

»Der Rest wandert in die Reisekasse.«

»Das klingt hervorragend! Und damit wären wir auch gleich beim Finanziellen. Wie viel soll euer Prachtstück denn bringen?«

»Tausend Euro?«, fragte Agnes unsicher.

»Tausend Euro erscheint mir nicht zu viel«, lächelte Horst. »Vorausgesetzt der Sekretär ist tatsächlich so alt, wie er aussieht. Wir hatten in der Sendung nämlich schon täuschend ähnliche Nachbauten.«

Albert wedelte beschwichtigend mit einer Hand. »Ich zeige euch jetzt, dass wir es hier mit einem Original zu tun haben.« Er öffnete eine der Schubladen und wies auf den fingerdicken schmiedeeisernen Aufsatz an der Innenseite der Lade. »Solche Kastenschlösser wurden nur bis ins frühe neunzehnte Jahrhundert verwendet. Dieses hier ist sogar von Hand geschmiedet. Das erkenne ich an den ungleich großen Löchern für die Verschlussbolzen.« Sachte fuhr er mit dem Zeigefinger über die beiden rechteckigen Öffnungen auf dem oberen Rand des Schlosses. »Und nun, mein lieber Horst, werde ich dir beweisen, dass wir es nicht mit einer Kommode, sondern mit einem Sekretär zu tun haben.« Er zog an der obersten Lade.

»Ich werd verrückt!«, rief Horst. »Das ist ja gar kein Schubfach!«

»Nein!«, lachte Agnes. »Das ist eine herausziehbare Schreibplatte.«

»Und das ist noch längst nicht alles.« Albert schob den gewölbten Deckel des Sekretärs empor. Dahinter tauchten unterschiedlich große Schubladen und Fächer auf, einige mit kunstvollen Intarsien verziert. »Hier kann man Papier, Tintenfässer, Schreibfedern, Siegelwachs und vieles andere aufbewahren.«

Horsts Augen funkelten. »Vor dieser Handwerkskunst ziehe ich den Hut! Ich könnte mir vorstellen, dass euer Sekretär einiges mehr als tausend Euro erzielt.«

»Tausendfünfhundert bis zweitausend Euro sollten drin sein«, bekräftigte der Experte. »Vor allem, wenn mein Verdacht sich bestätigt.« Er betastete die Schubladen und griff in die Fächer.

»Was hantierst du denn da herum, mein Gutster? Mach mir bloß nix kaputt!«, rief Horst hinter ihm.

Albert antwortete nicht, sondern drückte gegen eine hohe Schublade, auf der eine antik anmutende Harfenspielerin abgebildet war. Es klackte, und die Lade sprang ein Stückchen vor. Albert zog sie vorsichtig heraus. Die Fernsehkamera zeigte einen tiefen, bisher verborgenen Hohlraum.

»Oma!«, rief Caro überrascht. »Wusstest du, dass sich in dem Sekretär ein Geheimfach befindet?«

Agnes schüttelte stumm den Kopf.

Albert beugte sich vor und spähte hinein. »Dann erleben Sie jetzt eine Überraschung, meine Damen.« Er fasste in die Öffnung. Als er die Hand wieder herauszog, hielt sie einen Becher. Das schwarz angelaufene Metall ließ auf Silber schließen.

»Da brat mir doch einer einen Storch!«, rief Horst verblüfft.

»Solche Verstecke finden sich häufig in alten Schreibmöbeln«, erklärte Albert. Er wandte sich an Agnes und Caro. »Haben Sie diesen Becher schon einmal gesehen?«

»Nein.« Agnes schüttelte ratlos den Kopf.

»Ich auch nicht«, meinte Caro. »Aber da steht etwas drauf. Vielleicht gibt das Aufschluss.«

»Mich erinnert das Stück stark an einen Taufbecher!«, sagte Horst. »So einen habe ich auch.«

Albert studierte die fein ziselierte Gravur, die über das Silber lief, und auf seiner Stirn erschien eine steile Falte. »Dass du einen Taufbecher besitzt, bezweifle ich nicht, mein lieber Horst, aber dass es so einer ist, halte ich für ausgeschlossen.«

Horst sah ebenfalls auf die Gravur. »Donnerwetter!« Seine Augen wurden so rund wie seine Brillengläser.

Albert schaute die beiden Frauen an und nickte ernst. »Ich verstehe seine Reaktion. Hier steht nämlich Folgendes: *Für Wolfgang. 7. Oktober 1944. Vom Patenonkel Heinrich Himmler.*«

»Heinrich Himmler?«, platzte Caro heraus. »Der Heinrich Himmler?«

»Genau der«, bestätigte Albert.

»Wie kommt ein Becher von dem in unseren Sekretär?«, ereiferte sich Caro. Agnes legte ihr eine Hand auf den Arm. »Ich kann mir nicht vorstellen, dass meine Eltern davon etwas geahnt haben. Nein, dieser Becher muss sich bereits im Sekretär befunden haben, als sie ihn kauften.«

»Das klingt einleuchtend«, sagte Horst. »Gleichzeitig möchte ich betonen, dass sich hier niemand rechtfertigen muss. Schon gar nicht zwei so reizende Damen.«

Albert drehte das Gefäß zwischen den Fingern, bis er die Gravur wieder sah. »Aus Ihren Äußerungen entnehme ich, dass Ihnen der Name Wolfgang nichts sagt.«

Agnes und Caro schüttelten nachdrücklich den Kopf.

»Dann werden wir das Geheimnis dieses Gegenstandes

nicht jetzt und hier lüften. Der Becher selber gibt uns keine ausreichenden Informationen. Das Datum dürfte der Geburtstag jenes Wolfgangs sein. Und dass Heinrich Himmler sein Patenonkel war, ist auch klar. Über alles andere können wir im Moment nur spekulieren.«

»Ich nehme an, dass Wolfgangs Eltern mit Himmler gut befreundet waren und er deshalb der Pate ihres Kindes wurde«, äußerte Caro. »Himmel, wie furchtbar, einen der schlimmsten Verbrecher aller Zeiten zum Paten zu haben!«

»Und mir stellt sich die Frage, was mit diesem Fundstück geschehen soll«, mischte Horst sich ein. »Es ist nämlich ausgeschlossen, dass wir in dieser Sendung Devotionalien des Nationalsozialismus verkaufen.«

»Wir nehmen ihn wieder mit«, sagte Agnes. »Obwohl ich ihn eigentlich nicht mehr im Haus haben möchte, jetzt da ich weiß, dass es ihn gibt.«

»Wir lassen ihn einschmelzen«, schlug Caro vor. »Und was wir mit dem Silber machen, sehen wir dann.«

»Das hört sich für mich sehr vernünftig an«, erklärte Horst und griff in die Gesäßtasche seiner Hose. »Nun kann ich euch guten Gewissens die Händlerkarte überreichen.«

»Weinst du, Mutter?«, fragte Artur ungläubig. »Wegen einer harmlosen Unterhaltungssendung?«

Die alte Dame antwortete nicht, schluchzte nur leise.

Artur betrachtete sie erschüttert. »Um Himmelswillen Mutter, was hast du denn?«

»Bitte sprich mit uns!«, bat auch Karin. Hilflos schaute sie zu ihrem Mann, in dessen Augen sich ihre eigene Bestürzung spiegelte.

Hermine sah ihn aus geröteten Augen an. »Es tut mir leid, dass ich euch Angst gemacht habe.«

»Schon gut.« Artur streichelte seiner Mutter über das weiße Haar. »Du musst dich nicht entschuldigen.«

Hermine trocknete sich mit einem Zipfel der Serviette die Augen. »Ich habe nicht geweint, weil ich Kummer habe, sondern vor Glück.« Sie lächelte ihren Sohn und ihre Schwiegertochter unter Tränen an. »Ich kenne Agnes Scholz.«

»Wie bitte?«, riefen Artur und Karin wie aus einem Mund.

»Es stimmt«, bekräftigte Hermine. »Ich bin mir ganz sicher, auch wenn seit unserer letzten Begegnung viel Zeit vergangen ist.«

»Wie viel Zeit?«

»Fast ein ganzes Leben«, erwiderte Hermine ruhig. Doch die pochende Ader an ihrer rechten Schläfe verriet ihre innere Erregung.

Karin berührte vorsichtig ihre Hand. »Wer ist diese Agnes Scholz?«

»Eigentlich kannte ich ihre Tante Paulina viel besser.«

»Das wird jetzt wohl eine längere Geschichte«, schnaufte Artur. »Dann erzähle mal in aller Ruhe.«

Hermine nickte. »Es fällt mir nicht leicht, aber ich habe schon viel zu lange gewartet.«

»Und ich habe das Gefühl, dass wir alle eine Stärkung vertragen können.« Karin griff nach der Kaffeekanne und füllte die Tassen auf.

Hermine lächelte ihr zu. »Eine sehr gute Idee, Liebes.« Sie setzte ihre Brille wieder auf und atmete tief durch. »Agnes' Tante Paulina war einer der großartigsten und mutigsten Menschen, denen ich jemals begegnet bin. Ich habe ihr mehr zu verdanken, als ihr ahnt, und ich werde bis ans Ende meiner Tage dankbar sein, dass das Schicksal uns zusammengeführt hat.«

Kapitel zwei

Warschau, Ende Juli 1944

»Mach den Gehweg frei, wenn dir ein Deutscher entgegenkommt!«

Der große breitschultrige Mann rempelte Paulina mit der Schulter vom Bürgersteig.

Die zierliche junge Frau mit den haselnussbraunen Locken stolperte auf die Fahrbahn. Fast wäre ihr der Korb heruntergefallen, den sie über dem rechten Arm trug. Als Paulina sich aufrichtete, sah sie einen silbernen Totenkopf auf dem Mützenschirm des Mannes. Er stand vor ihr auf der Bordsteinkante und sah auf sie herab. Dann entdeckte sie die schwarze Stoffraute mit den weißen Buchstaben ›SD‹ auf dem linken Ärmel seiner grauen Uniformjacke.

Ein Offizier des SS-Sicherheitsdienstes! Rasch senkte sie den Blick und machte sich an dem verrutschten Leinentuch auf ihrem Korb zu schaffen. Er sollte den Abscheu in ihren Augen nicht bemerken. Und die Angst.

»Was versteckst du da?« Grob stieß er ihre Hand vom Korb.

»Nur bisschen Brot und Kartoffeln von Markt. Soll nicht schmutzig werden.« Dank ihrer deutschen Großmutter beherrschte Paulina die Sprache des Feindes fließend, genau wie ihre polnische Muttersprache. Doch jetzt baute sie absichtlich Fehler ein. Die Deutschen verlangten zwar, dass die Polen des Generalgouvernements Deutsch mit ihnen sprachen, aber eine zu perfekte Ausdrucksweise erregte den Verdacht der Konspiration.

Der Offizier deutete auf das Tuch. »Nimm das weg!«

»Jawohl, Herr Offizier.« Vorsichtig schob sie den Stofffetzen an den Rand des Korbes.

Er beugte sich vor und beäugte den dunkelbraunen Brotlaib und die Handvoll schrumpeliger Kartoffeln, die in dem Korbgeflecht lagen. »Versteckst du etwas darunter?«

»Nix verstecken.« Paulina hob das Brot hoch und rollte die Kartoffeln hin und her. »Darf ich jetzt weiter? Muss kochen Essen für Mutter. Alt und krank.« Wann immer sie in eine Kontrolle geriet, behauptete sie, für ihre Mutter sorgen zu müssen. Das stimmte in keinerlei Hinsicht, denn ihre Mutter lebte nicht mehr. Bisher war es ihr stets gelungen, hinter dieser Lüge zu verbergen, wo sie wirklich gewesen war und was sie dort getan hatte.

Doch dieser Offizier winkte ihr nicht, weiterzugehen.

»Du hast nur zu reden, wenn ich dich auffordere!«, brüllte er sie an. »Geschichten über deine Mutter interessieren mich nicht!«

»Jawohl, Herr Offizier.« Paulina begann zu schwitzen. Und das lag nicht allein daran, dass ihre Jacke für die hochsommerlichen Temperaturen viel zu dick war. Sie unterdrückte den Drang, sich den feuchten Nacken abzuwischen. Jede Bewegung konnte Misstrauen erregen und eine Katastrophe heraufbeschwören.

»Kennkarte!« Der Offizier schnippte vor ihrem Gesicht mit den Fingern.

»Sofort. Muss holen aus Innentasche Jacke. Ja?«

Der Offizier wartete. »Aber immer schön langsam. Sonst ...« Er legte die Rechte auf die Pistole, die deutlich sichtbar im Holster an seiner Hüfte hing.

Paulina wagte kaum zu atmen, als sie das Dokument hervorzog und ihm entgegenstreckte. »Bitte.«

Er blätterte es auf. »Paulina Piotrowski? Geboren am 10. Juli 1922 in Danzig?«

»Steht in Ausweis, nicht wahr Herr Offizier?«

»Werd nicht frech, Mädchen! Sonst reden wir woanders weiter!«

»Bitte Entschuldigung, Herr Offizier.« Paulina erstickte fast an dem demütigen Klang ihrer Stimme, aber sie musste sich beherrschen, musste vorsichtig sein.

Der Offizier schlug sich mit dem Ausweis auf die freie Hand. »Wo ist deine Beschäftigungskarte?«

»Nix Beschäftigungskarte. Nicht arbeiten. Wegen Mutter.«

»Oho!« Der Offizier zog die Augenbrauen hoch. »So gut geht es euch Polacken bei uns! Könnt euch immer noch erlauben, auf der faulen Haut zu liegen! Kein Wunder, dass ihr den Krieg in fünf Wochen verloren habt.«

Paulina presste die Lippen aufeinander. Auch mit Wut im Bauch durfte ihr auf keinen Fall ein unbeherrschtes Wort herausrutschen.

Der Offizier blähte den Brustkorb. »Aber jetzt sind wir eure Herren, und wir werden euch Disziplin beibringen! Mit dem nächsten Arbeitsbefehl wirst du ins Reich geschickt! Dafür sorge ich persönlich!« Er wedelte mit der Kennkarte in der Luft.

In der Annahme, er wolle sie ihr zurückgeben, streckte Paulina die Hand aus, doch er zog die Karte schnell zurück und steckte sie in seine Uniformjacke. »Nicht so hastig, Kleine. Wir müssen dich schließlich finden, um dich abzuholen. Arbeit macht nämlich frei!«

Er lachte dröhnend und marschierte davon.

Paulina zitterte. Sie strich sich eine Haarsträhne aus der schweißnassen Stirn. Das war gerade noch einmal gut gegangen! Nicht auszudenken, hätte der Offizier sie ins Gestapo Hauptquartier mitgenommen, um dort ihre Personalien zu überprüfen. Ihre Daten stimmten, aber ihre Kennkarte war gefälscht.

Paulina wäre zu gerne dabei, wenn die deutsche Polizei an der angegebenen Adresse auftauchte, um sie abzuholen, und feststellen musste, dass sich an jener Stelle kein Wohnhaus, sondern eine Kirche befand. Die Deutschen hielten sich stets für schlauer als die Polen, und genau das war ihr Fehler. Nur deshalb war es Paulina gelungen, den SD-Offizier mit einem Brot und einer Handvoll Kartoffeln abzulenken. Und so hatte er weder die Wölbung der Pistole unter ihrer Jacke bemerkt, noch geahnt, dass sie statt auf dem Markt beim Schießtraining ihrer Widerstandsgruppe gewesen war.

Die Glocken der Kapuzinerkirche läuteten zur Mittagsstunde. Paulina hastete über die Ulica Miodowa. Eigentlich sollte sie bereits bei Helena sein. Zusammen mit ihrer Schwester wollte sie zwei Rucksäcke voller Flugblätter verteilen, bevor die nächtliche Ausgangssperre begann. Die Warschauer warteten stets sehnsüchtig auf neue Spottverse, in denen die verhassten Besatzer verhöhnt wurden. Es machte ihnen Mut und half ihnen, die schon fast fünf Jahre währende Okkupation durchzustehen.

Helenas Ehemann Jerzy kümmerte sich währenddessen um Agnieszka, die knapp zweijährige Tochter der beiden. Sobald Helena zurückkam, musste er aufbrechen. Für die Deutschen war Jerzy ein einfacher Briefträger. Tatsächlich aber diente er als Offizier im Stab von Tadeusz Komorowski, dem Oberbefehlshaber der Armia Krajowa, der polnischen Heimatarmee, die vom Anbeginn der Besetzung im Untergrund operierte. Gerade plante Komorowski mit der Exilregierung in London einen großen Aufstand, mit dem er Warschau von den Deutschen zurückerobern wollte.

Noch nie seit Beginn des Krieges erschien der Zeitpunkt so günstig für ein solches Vorhaben wie im Moment. In und um Warschau lag nur wenig deutsches Militär. Das Oberkommando der Wehrmacht schickte alle Soldaten, die es erübrigen konnte, an die zusammenbrechenden Gefechtslinien in Ost und West. Gleichzeitig rückten Panzereinheiten der 1. Weißrussischen Front schon fast bis zum Ostufer der Weichsel vor. Oberbefehlshaber Komorowski rechnete fest damit, dass die Sowjets den Aufstand unterstützten. Genau wie die drei Divisionen von General Zygmunt Berling, die südlich der Stadt auf das Kommando zum Angriff warteten.

Paulina bog auf den Altstadtmarkt, wo Helena mit ihrer kleinen Familie wohnte. Wie immer schmerzte es sie, den von den Luftangriffen 1939 schwer zerstörten Platz zu sehen. Die meisten der alten Barockhäuser gingen damals in Flammen auf. Zwischen den notdürftig reparierten und kaum bewohnbaren Ruinen befanden sich leere Grundstücke. Bretterzäune verdeckten Schutt und Baulücken. Aber die Deutschen bepflasterten sie mit Verordnungen und Bekanntmachungen. In den Fenstern von Geschäften und Cafés hingen Schilder, die Paulina ›Nur für Deutsche‹ entgegen schrien. Am schlimmsten jedoch waren die Exekutionslisten, die Gouverneur Fischer aushängen ließ. Auf diesen Listen standen Dutzende Namen von Polen, die im Pawiak, dem berüchtigten Gefängnis für politische Häftlinge als Geiseln einsaßen. Verübte der Widerstand einen Anschlag auf Deutsche, wurden sie zur Vergeltung öffentlich hingerichtet. Für einen getöteten Wehrmachtssoldaten mussten sechzig Polen sterben. Und als der Widerstand den Warschauer Polizeichef Franz Kutschera liquidierte, bezahlten hundert Polen mit dem Leben.

Aber in zwei, höchstens drei Wochen liegt euer Terror hinter uns, und wir sind wieder freie Menschen, dachte Paulina. Leise summte sie die verbotene Hymne ihres Landes: »Noch ist Polen nicht verloren …«

Unter einem der Lautsprecher, über die die Deutschen den Warschauern Nachrichten verkündeten, sah sie einen Jungen. Einen dünnen, kleinen Kerl von allenfalls zwölf Jahren in geflickten Hosen und einem viel zu kurzen Mantel, der zur Melodie eines bekannten polnischen Kinderliedes aus voller Kehle sang: »Die Kobra droht. Sie beißt mit tödlichem Gift. Der Gegner hat keine Kraft mehr und geht in die Knie. Die Kobra ist stärker als er. Sie tötet ihn. Bald!«

Paulina grinste. Es bereitete ihr eine diebische Freude, dass die Deutschen den Text nicht verstanden und nicht ahnten, dass der Bursche den bevorstehenden Aufstand ankündigte.

Die Warschauer hingegen belohnten die hoffnungsvolle Nachricht mit Kupfergroszy, die sie in die Schirmmütze warfen, die der Junge ihnen entgegenstreckte. Auch Paulina kramte ein Geldstück aus ihrer Jackentasche und schmiss es zu dem ansehnlichen Häuflein.

Sie drehte sich um und stand vor einem Ehepaar. Es mussten Deutsche sein, denn ihre Wangen glichen runden rosigen Äpfeln, im Gegensatz zu den abgemagerten bleichen Gesichtern der Warschauer. Außerdem trugen sie neue, gut sitzende Kleidung und lederne Schuhe, während Paulina und ihre Landsleute sich nur noch Holzpantinen leisten konnten.

»Schon wieder so ein armer Kleiner, der betteln muss.« Die Frau betrachtete den Jungen gerührt. »Findest du nicht auch, dass es immer mehr werden, Heinrich?«

»Ein Herumtreiber und Tunichtgut ist das«, knurrte ihr Mann. Er fasste seine Frau am Arm und wollte sie fortziehen, doch sie sträubte sich. »Bitte gib ihm einen Groschen, Heinrich. Er sieht so elend aus.«

Ihr Mann zögerte sichtlich unwillig. Unwirsch zückte er schließlich seine Börse, kramte einen Kupfergroszy heraus und warf ihn in die Mütze. »Jetzt komm!«

Sie hakte sich bei ihm unter, und als sie an Paulina vorbeigingen, hörte diese die Frau sagen: »Aber ein hübsches Lied ist es allemal.«

Die winzige Einzimmerwohnung, in der Helena, Jerzy und Agnieszka lebten, befand sich in einem langen, schmalen Haus am entgegengesetzten Ende des Altstadtmarktes.

Paulina schlüpfte in das dämmrige Treppenhaus. Noch bevor die schwere Eingangstür hinter ihr ins Schloss fiel, hörte sie das entfernte Knattern eines sich rasch nähernden Automobils. Sie stutzte. In diesen Tagen besaßen fast ausschließlich Deutsche ein Auto, in der Regel hohe Verwaltungsbeamte oder Militärs.

Das Knattern verstummte unmittelbar vor dem Haus. So schnell sie konnte, jagte sie zwei Stufen auf einmal nehmend die Treppe hinauf.

Sie erreichte gerade den Treppenabsatz des zweiten Stocks, als die Haustür aufgestoßen wurde und gegen die Flurwand krachte.

»Die Luft ist rein, Unterscharführer!«, meldete eine Männerstimme auf Deutsch.

Unterscharführer! Paulina stockte der Atem. Das war ein SS Rang.

»Schütze Weber, unten bleiben! Niemand darf ins Haus!«, bellte der Anführer. »Schütze Frank, postieren Sie sich in der ersten Etage, Schütze Zimmermann in der zweiten. Kein Bewohner darf seine Wohnung verlassen! Und jetzt auf! Holen wir uns die Polacken!«

Nagelbesohlte Stiefel trampelten durchs Haus.

Paulina lauschte wie versteinert, gelähmt von entsetzlicher Angst. Die SS wollte Helena, Jerzy und ihre kleine Nichte holen. Es wohnten zwar ausschließlich Polen im Haus, aber nur Helena und Jerzy gehörten zum aktiven Widerstand.

Die Soldaten polterten die Treppe hinauf. Nur noch wenige Sekunden, und sie entdeckten Paulina. Zu spät, um Helena und Jerzy zu warnen. Paulina konnte lediglich versuchen, sich selber zu retten.

Doch wohin?

Hektisch schaute sie sich um. Neben ihr ging es ins dritte Stockwerk. Vor ihr und zu ihrer Rechten lagen zwei Wohnungstüren, zu ihrer Linken das Etagenklo. Hoffentlich saß dort niemand! Sie machte einen Schritt darauf zu, zog an der Brettertür und sah mit grenzenloser Erleichterung, dass sie aufschwang. Mit einem Satz hechtete sie in das winzige Kabuff und zog die Tür hinter sich zu. Als sie den Riegel ins Schloss schob, trampelte der erste Deutsche auf den Treppenabsatz.

Die stickige, nach Fäkalien stinkende Luft nahm Paulina fast den Atem. Es war beinahe dunkel, nur durch eine hoch gelegene Fensterluke fiel ein wenig Licht. Vorsichtig, um nur ja kein Geräusch zu verursachen, stellte sie den Korb auf den Boden. Dann zog sie die Pistole und richtete sie auf die Tür. Wenn Schütze Zimmermann den Abort kontrollierte, würde sie ihn ohne zu zögern ins Jenseits befördern!

Angespannt lauschte sie auf die Schritte der Männer. Mindestens drei stürmten vorbei in die dritte Etage. Einer bewachte die Haustür, einer die erste Etage und einer die zweite.

Lautlos schob sich Paulina an die Tür und spähte durch einen Spalt zwischen den Brettern. Schütze Zimmermann stand nicht einmal eine Armeslänge von ihr entfernt. Er hielt sein Maschinengewehr im Anschlag, drehte sich langsam von rechts nach links und schaute dann die Treppe hinauf.

Paulina bemerkte, dass ihm Schweißtropfen unter dem Stahlhelm hervor rannen. Ein Bartschatten bedeckte die Wange und den zusammengepressten Kiefer. Dennoch wirkten die Gesichtszüge noch jugendlich. Sie selber zählte zweiundzwanzig Jahre, aber den Soldaten schätzte sie jünger.

Doch auch er war ein Mörder und Schlächter der SS, Hitlers Eliteeinheit, die die schlimmsten Verbrechen dieses Krieges für ihren Führer verübte.

Sie musterte die zwei gekreuzten Karabiner auf dem ihr zugewandten Kragenspiegel der Uniformjacke. Darunter sah sie noch eine Art Stab. Vielleicht eine Handgranate?

Auf jeden Fall kannte sie das Abzeichen dieser SS Einheit nicht.

In diesem Moment drehte Schütze Zimmermann sich in ihre Richtung. Seine Augen schienen sich durch die dünne Brettertür hindurch in sie hineinzubohren. Langsam hob er die Maschinenpistole und richtete den Lauf dorthin, wo sich Paulinas Brust befand.

Ruhig bleiben, beschwor sie sich. *Verliere nicht die Nerven.* Doch sie vermochte das unkontrollierte Hämmern ihres Herzen nicht zu bändigen, und die Pistole in ihrer Rechten zitterte.

»Alle auf dem Posten?«, tönte eine Stimme aus dem dritten Stock.

»Auf dem Posten, Unterscharführer!« Schütze Zimmermann wandte sich von Paulina und der Klotür ab.

»Auf dem Posten!«, brüllten auch die beiden anderen Männer.

»Attacke!«, hallte der Schrei des Unterscharführers durchs Treppenhaus.

Ein Gewehrkolben krachte gegen die Scheiben einer Wohnungstür. Klirrend zerbarst Glas, dann splitterte Holz unter wuchtigen Tritten.

Plötzlich knallten Pistolenschüsse aus der Tiefe der Wohnung.

»Verdammt! Mein Arm!«, heulte einer der SS-Männer auf.

»Nur ein Streifschuss! Vorwärts!«, trieb der Unterscharführer.

Maschinenpistolen ratterten. Jerzy brüllte: »In Deckung, Helena!« Es polterte, als stürze ein Stuhl um, und Helena schrie: »Jerzy! Nein!«

Paulinas Knie zitterten so heftig, dass sie sich an der Wand abstützen musste. *Nein*!, hallte es unaufhörlich in ihr. *Nein, nein*!

Die Maschinenpistole verstummte.

»Wir haben ihn, Männer«, stellte der Unterscharführer fest.

Einige qualvoll lange Sekunden herrschte Stille, dann vernahm sie undeutlich Jerzys Stimme: »Ich … liebe … dich … Helena.« Er hustete und würgte. Schließlich hallte seine Stimme ein letztes Mal laut und klar auf Deutsch durchs Haus: »Lieber … im Stehen sterben, als … auf Knien zu leben!«

Mit einem dumpfen Geräusch fiel sein Körper zu Boden.

Jerzy, der tapfere, unerschütterliche Jerzy war tot, hingerichtet von den Schlächtern der SS. Paulina biss sich in die zur Faust geballte linke Hand, um ihr Schluchzen zu ersticken.

»Nieder mit allen Deutschen!« Helenas Schrei gellte durchs Treppenhaus. Ein Schuss knallte und ging im Feuer der Maschinenpistolen unter. Helena schrie qualvoll wie ein verendendes Tier, und als der schaurige Laut abbrach, vernahm Paulina ein hohes, dünnes Jammern: »Mama, Papa!«

»Schütze Schuhmacher! Nachschauen, woher das kommt!«

Stiefel stampften durch die Wohnung und verklangen. Das klägliche Weinen des Kindes wurde kräftiger, verzweifelter. Erneute Stiefelschritte, dann meldete Schütze Schuhmacher: »Unterscharführer! Wohnung ist gesichert. Dieses Kind hier war im Kleiderschrank versteckt. Neben einer Schreibmaschine, einem Vervielfältigungsapparat und einem Stapel mit Schmähschriften. Mindestens tausend Blätter, Unterscharführer!«

Paulina schloss die Augen. Sie kannte die ›Schmähschriften‹. Ein am Galgen baumelndes Hakenkreuz war darauf abgebildet. Helena hatte es gezeichnet. Der Text ›Deutschland kaputt – Polen wird siegen‹ stammte von Paulina. Zusammen hatten sie während der letzten vier Nächte tausend dieser Flugblätter gedruckt.

»Befehl erfüllt. Das Polackenpack hat sein gerechtes Schicksal ereilt.« Tödlich kühl klang der Kommentar des Anführers.

»Was ist mit dem Balg, Unterscharführer? Soll ich es kaltmachen?«

Nein!, schrie es in Paulina. *Nicht auch noch Agnieszka!*

In Erwartung des Schrecklichen kniff sie die Augen zusammen. Doch statt eines Schusses hörte sie die eisige Stimme des Anführers: »Runter mit der Waffe, Schütze! Dieses Kind gehört dem Führer!«

Durch den Spalt der Brettertür des Aborts verfolgte Paulina, wie der SS Trupp das Treppenhaus hinablief. Mit grimmiger Genugtuung registrierte sie den blutgetränkten Stoffstreifen am zerfetzten linken Uniformärmel einer der Männer.

Der Anführer trug Agnieszka, nicht liebevoll und behutsam,

wie Eltern ihr Kind, sondern in einer schraubstockartigen Umklammerung. Eine Hand bedeckte den kleinen blondlockigen Kopf und drückte ihn hinunter, sodass Agnieszkas Gesicht fest an die Schulter des Mannes gepresst wurde und ihr Weinen zu einem hilflosen Gurgeln erstickte.

»Schütze Zimmermann!« Der Unterscharführer stoppte bei dem Mann, der auf dem zweiten Treppenabsatz wachte. »Gehen Sie hoch und sichern Sie die Wohnung. Helena Król hat eine Schwester, die hier früher oder später auftauchen wird.«

»Schlage vor, sie zu liquidieren, Unterscharführer.« Der Angesprochene fuhr sich grinsend mit dem Zeigefinger über die Kehle.

»Nein. Aber nehmen Sie sie in Gewahrsam. Die Kollegen vom SD wollen sie haben. Sie glauben, dass sie viele wichtige Informationen in Sachen Widerstand aus ihr herauspressen können. Ich schicke auch ein paar Männer, die die Leichen der beiden Aufrührer verschwinden lassen. Sie werden sich ebenso um die Schreibmaschine, den Vervielfältigungsapparat und die Flugblätter kümmern. Wenn die Kollegen vor Ort sind, rücken Sie ab. Bis dahin untersteht die Wohnung Ihrer Verantwortung.«

»Zu Befehl, Unterscharführer!« Schütze Zimmermann riss den rechten Arm hoch und rannte die Treppe hinauf.

Als die Haustür hinter den SS-Männern ins Schloss fiel, kletterte Paulina auf den Rand der Toilettenschüssel, stellte sich auf die Zehenspitzen und spähte durch die Fensterluke. Leider sah sie nur einen schmalen Ausschnitt des Altstadtmarktes. Den Bereich vor der Haustür konnte sie nicht einsehen. Doch sie hörte das Spucken und Röhren des Automotors. Wenig später erhaschte sie einen kurzen Blick auf einen offenen Kübelwagen mit mehreren Uniformierten darin, der auf dem groben Kopfsteinpflaster davon holperte.

Plötzlich wurde ihr furchtbar übel. Sie stieg von der Toilettenschüssel, ließ sich davor auf die Knie sinken und erbrach stöhnend die Reste ihres Frühstücks. Als ihr Magen sich allmählich entkrampfte, schaute sie angstvoll zur Decke. Über ihr stampfte Schütze Zimmermann durch Helenas und Jerzys Wohnung. Doch er kam nicht herunter. Der schwere Tritt seiner Stiefel musste die verdächtigen Geräusche aus dem Abort übertönt haben.

Benommen rappelte sich Paulina auf. Bevor die angekündigten SS-Männer auftauchten, musste sie raus aus dieser Mausefalle. Durch die Haustür traute sie sich nicht, denn sie fürchtete, dass der Unterscharführer auch dort einen Wachposten stationiert hatte.

Der einzige Fluchtweg, der ihr noch blieb, führte durch den Keller.

Vorsichtig löste sie den Riegel der Tür und drückte sie Stückchen für Stückchen auf, sorgsam darauf bedacht, kein Geräusch zu verursachen. Sie warf ihre Holzsandalen in den Korb, nahm ihn auf und umschloss mit der anderen Hand den Griff der Pistole. Dann huschte sie hinaus und blieb wie angewurzelt stehen – vor ihr auf dem Treppenabsatz lag ein kleiner Schnürstiefel. Er gehörte zu einem Paar, das vor vielen Jahren Helena getragen hatte und nach ihr Paulina. Jetzt gehörte es Agnieszka. Paulina bückte sich, warf das Stiefelchen in den Korb und stürmte die Treppe hinunter.

Sie erreichte das Erdgeschoss, bog um die Ecke des Treppenaufgangs und riss die Kellertür auf. Es knackte laut, als sie den Lichtschalter andrehte. Erschrocken hielt sie inne.

Doch im Haus blieb alles ruhig.

Sie zog die Tür hinter sich zu und eilte über die unregelmäßigen Steinstufen abwärts. Im Schein einer einzelnen Glühbirne an der Decke erkannte sie eine Reihe Verschläge mit Türen aus Lattengitter. Helenas und Jerzys Abteil war das letzte. Eine Kette und ein Vorhängeschloss sicherten es, aber Paulina kannte das Versteck des Schlüssels. Sie schob die Hand zwischen zwei Latten hindurch, bis sie ihn ertastete. Er hing an einem Nagel auf der Innenseite der Wand, gleich neben der Tür.

Das schmale Kellerabteil enthielt wenig mehr als ein Regal mit Werkzeugen und ein paar Einmachgläsern. An der rückwärtigen Wand befand sich über einem Stapel Holzscheite ein kleines quadratisches Fenster. Paulina kletterte auf den Stapel und öffnete es. Kniehohes Gestrüpp versperrte ihr die Sicht auf den Hinterhof. Geräusche hörte sie nicht, der Hof schien verlassen. Doch hoch oben lag das Fenster von Helenas und Jerzys Schlafzimmer. Es war für sie unmöglich, festzustellen, ob Schütze Zimmermann dort mit dem Gewehr im Anschlag lauerte.

Sie stopfte die Pistole hinten in den Rockbund, schob den Korb durch die Luke und versteckte ihn im Gebüsch. Dann zog sie sich am Sims empor und zwängte sich ins Freie.

Disteln und Brennnesseln zerstachen ihre Haut. Ohne Zögern packte sie den Korb und raste auf bloßen Füßen über den Hinterhof, jede Sekunde darauf gefasst, dass eine Maschinenpistolensalve ihrem Leben ein Ende setzte.

Kapitel drei

Warschau, Ende Juli 1944

Schüsse hallten aus der Ruine des ehemaligen Straßenbahndepots. Paulina drückte sich an die Wand der Mietskaserne und spähte um die Ecke.

Der kleine Fero Wieczorek saß auf unkrautüberwucherten Gleisen und spielte in einem freigescharrten Bereich zwischen seinen Füßen mit Tonmurmeln. Alle paar Augenblicke unterbrach er sein Murmelspiel und schaute mit angestrengt gerunzelter Stirn über den Vorplatz. Wenn er irgendetwas Verdächtiges bemerkte, würde er schrill auf zwei Fingern pfeifen und damit jene Menschen warnen, die sich in der Ruine befanden. Allerdings wagten sich die Besatzer nur selten in den Stadtteil Wola. Die Arbeiter, die hier lebten, standen geschlossen hinter der Armia Krajowa.

Weil das Viertel zu den sichersten Orten im besetzten Warschau zählte, hielt Paulinas Verlobter Marek Jablonski hier das Schießtraining für Kämpfer der Heimatarmee ab. Auch Jerzy und Helena hatten zu dieser größten polnischen Widerstandsbewegung gehört. Und nun waren sie tot. Ermordet. Und ihre kleine Agnieszka von den Mördern verschleppt.

Hätte ich irgendetwas tun können, um es zu verhindern?, fragte sich Paulina zum wohl tausendsten Mal. Sie schämte sich, weil sie sich versteckt hatte, und wusste gleichzeitig, dass sie jeden Versuch, Helena und Jerzy zu helfen, mit dem Leben bezahlt hätte.

Sie wischte sich mit der Hand über die Augen und betrat den Vorplatz. Sie musste Marek berichten, was passiert war. Fero entdeckte sie und lief ihr entgegen. Kurz vor ihr stoppte er abrupt und musterte sie. »Weinst du, Paulina?«

»Ach wo.« Sie zerzauste mit einer Hand sein struppiges braunes Haar. »Mir ist bloß ein Staubkorn ins Auge geweht. Ist Marek da drinnen?« Sie wies auf die Ruine des Straßenbahndepots.

Der Junge nickte eifrig. »Er zeigt Agatha, Karol und Danuta, wie man unsere Feinde erschießt.«

»Danke, Fero. Und nun pass schön weiter auf.« Paulina schlüpfte durch einen schmalen Durchlass im Mauerwerk ins Innere der einstigen Halle.

Agatha, Danuta und Karol standen mit dem Rücken zu ihr nebeneinander, die Arme ausgestreckt. In den Händen hielten sie Pistolen, mit denen sie auf eine Reihe faustgroßer Steine zielten, die am anderen Ende der Kriegsruine auf der halb zusammengebrochenen Wand der früheren Werkzeugkammer lagen.

Marek zeigte Danuta, wie sie stehen musste, damit der Rückstoß der Waffe sie nicht aus dem Gleichgewicht brachte. Dann trat er einen Schritt zurück und rief: »Achtung! Eins, zwei, drei – und Feuer!«

Drei Schüsse krachten, und drei Steine fielen von der Mauer.

Marek nickte zufrieden. »Diese Pistolen sind wirklich nicht schlecht. Wie gut, dass die deutschen Wehrmachtsoldaten so korrupt sind, dass sie uns sogar ihre eigenen Waffen verkaufen.« In diesem Moment entdeckte er Paulina. »Hallo, Malya.« Malya hieß Kleine und war sein Kosename für Paulina. »Wolltest du nicht mit Helena Flugblätter verteilen?«

Als sie den Namen ihrer Schwester hörte, konnte Paulina sich nicht länger zurückhalten. »Ach Marek!« Sie schlug die Hände vors Gesicht und schluchzte hemmungslos.

Er eilte zu ihr, umfasste ihre Handgelenke und zog sie behutsam an sich. »Was ist passiert?«

»Helena und Jerzy sind tot! Die SS hat sie erschossen, und dann haben die Soldaten Agnieszka mitgenommen!« Paulina weinte so sehr, dass sie am ganzen Körper zitterte.

Karol, Agatha und Danuta starrten sie entsetzt an.

Marek fasste sie bei den Schultern und schob sie sachte einen Schritt zurück. »Erzähl!«, drängte er. »Alles.«

Stockend berichtete sie vom Überfall der SS-Soldaten, wie es ihr in letzter Sekunde gelungen war, sich zu verstecken, und wie sie durch den Keller fliehen konnte.

»Ich hoffe, dir ist niemand gefolgt.« Karols Blick flog zu dem schmalen Durchlass.

Paulina zog ein Taschentuch aus ihrer Rocktasche und schnäuzte sich. »Ich denke nicht. Ich bin extra über Nebenstraßen gelaufen, damit ich nicht kontrolliert werde. Ach Marek, ich verstehe nicht, wieso das alles passiert ist! Wir haben doch keinen Verräter in unseren Reihen?«

Marek kaute auf seiner Unterlippe. »Das glaube ich nicht so direkt. Aber vor ein paar Tagen wurde Boris verhaftet, als er nachts Schmähplakate klebte. Vielleicht ist er unter den brutalen Befragungsmethoden der Gestapo zusammengebrochen.«

»Oder er opferte Helena und Jerzy, um der Gestapo einen Vernehmungserfolg zu geben, der sie zufriedenstellte. So verhinderte er, dass die Folterknechte unsere Aufstandspläne aus ihm herauspressten«, mutmaßte Agatha.

Paulina starrte sie entsetzt an.

Rasch schloss Marek sie wieder in die Arme. »Hast du irgendwelche Abzeichen auf den Uniformen erkannt?«

»Die SS-Runen«, schluchzte Paulina. »Und gekreuzte Karabiner mit einer Handgranate auf dem Kragenspiegel.«

Marek riss die Augen auf. »Bist du sicher?«

»Vollkommen. Einer der Soldaten stand ja sehr nah bei mir, nur auf der anderen Seite der Toilettentür.«

»Karabiner und Handgranate sind die Erkennungszeichen des Sonderkommandos Dirlewanger«, sagte Marek. »Diese Einheit ist sogar innerhalb der SS für ihre Grausamkeit berüchtigt. Allesamt verurteilte Verbrecher und Sadisten. Ich höre jetzt zum ersten Mal, dass sie in Warschau sind. Meistens werden sie in

Konzentrationslagern eingesetzt.« Er spuckte aus.

Paulinas Gesicht schimmerte kalkweiß. »Und diese Monster haben Agnieszka in ihrer Gewalt!«

»Vor allem haben diese Monster sich auf unsere Spur gesetzt«, sagte Agatha ängstlich.

»Was hältst du davon, abzutauchen, bis wir herausgefunden haben, was diese Sadistentruppe in Warschau zu tun hat«, schlug Karol vor.

»In Ordnung.« Marek straffte sich. »Aber in drei Tagen treffen wir uns hier wieder. Wenn unser Aufstand erfolgreich sein soll, dürfen wir mit den Schießübungen nicht nachlassen.«

Danuta, Agatha und Karol huschten durch die Lücke in der Mauer davon. Paulina und Marek blieben zurück. Die junge Frau wischte ihre letzten Tränen weg. »Ich werde Agnieszka suchen«, sagte sie mit grimmiger Entschlossenheit. »Und ich werde sie finden. Das bin ich Helena und Jerzy schuldig.«

Marek nahm ihre Hände und schaute sie eindringlich an. »Dir ist hoffentlich klar, wie gering die Chance ist, sie lebendig wiederzufinden?«

»Sei still!« Sie hämmerte beide Fäuste gegen seine Brust. »Ich werde Agnieszka niemals aufgeben!« Sie versank in dumpfes Brüten. »Einer der Soldaten rief, dass sie für den Führer bestimmt sei«, meinte sie schließlich. »Deshalb glaube ich, dass Agnieszka lebt, auch wenn ich keine Ahnung habe, was dieser Satz zu bedeuten hat.«

Marek nickte bedächtig. »Einmal angenommen, du hast recht, dann sollten wir zuerst versuchen, einen der Soldaten, die an der Aktion beteiligt waren, zu schnappen. Und den nehmen wir so lange in die Mangel, bis er uns verrät, was die Deutschen mit Agnieszka vorhaben.«

»So machen wir es.« Paulina atmete tief durch. »Nun müssen wir die Schweine nur noch finden.«

»Das ist einfach«, versicherte Marek. »Die Heimatarmee ist

in der ganzen Stadt vernetzt. Ich wette, dass die Soldaten ihre Bluttat irgendwo feiern und damit prahlen. Das ist der Moment, in dem wir sie haben.«

Zwei Tage später lauerte Paulina durch die offene Fensterluke der winzigen Dachwohnung, die sie mit ihrem Verlobten nicht weit vom Straßenbahndepot bewohnte. Der kleine Fero dribbelte einen Ball über die eingeebnete Brache eines bei den Luftangriffen 1939 abgebrannten Hauses. Unter einer wild gewachsenen Birke lag ein Liebespaar und tauschte Küsse aus. Paulina drehte sich um und schaute zu der Uhr, die über der Wohnungstür hing. Noch drei Minuten bis neun. Dann begann die nächtliche Ausgangssperre. Aber Marek war noch nicht von seiner Zusammenkunft zurück. Als Leutnant der Heimatarmee befehligte er eine eigene Einheit, und so kurz vor dem Aufstand fanden die Besprechungen kein Ende.

Eine dicke schwarze Fliege flog laut brummend durch die Fensterluke und setzte sich auf Paulinas schweißfeuchte Stirn. Gereizt schlug sie nach dem Insekt. Die Vorstellung, dass die Deutschen mit Agnieszka über alle Berge verschwanden, während sie hier untätig herumsaß, machte sie verrückt, aber noch hatte niemand aus dem Widerstand etwas vom Verbleib der Männer des Kommandos Dirlewanger gemeldet. Und Paulina hatte Marek versprochen, nichts auf eigene Faust zu unternehmen.

Sie ging zu dem kleinen Tisch in der Mitte der Kammer. Neben ihrer Pistole lag ein Blatt Papier. Es zeigte die Skizze für ein neues Flugblatt, das sie entworfen hatte, um sich von den quälenden Gedanken an Jerzy, Helena und Agnieszka abzulenken. Auf der oberen Hälfte stand in Anlehnung an die Nationalhymne ihres Volkes ›Polen ist niemals verloren!‹. Darunter prangte eine große geballte Faust.

Seit gestern wusste sie von Marek die furchtbare Wahrheit: Die Nazis hatten die Leichen ihrer Schwester und ihres

Schwagers in einem Massengrab in Palmiry verscharrt.

Vom Anbeginn des Krieges führten die Deutschen in dem Waldstück nördlich von Warschau Massenerschießungen durch. Sie ermordeten polnische Intellektuelle, Widerstandskämpfer, Nonnen, Ordensleute, Lehrer, Richter, Politiker, kurz alle, die zur politischen Intelligenz zählten. Es sollten nur die Ungebildeten als willfährige Arbeitssklaven zurückbleiben.

Die Vorstellung, dass Helena und Jerzy an diesem Ort des Grauens lagen, und dass sie selbst der Möglichkeit beraubt war, von ihnen Abschied zu nehmen, quälte Paulina. In der Nacht hatte sie geträumt, dass die beiden sie aus blutüberströmten Gesichtern anstarrten, die Münder zu stummen Schreien aufgerissen.

Um Viertel nach neun hörte sie endlich Mareks Schritte auf den Holzstufen des Treppenhauses. Sie sprang auf, lief zur Tür und schob den Riegel zur Seite, ohne das vereinbarte Klopfzeichen – zweimal kurz, zweimal lang – abzuwarten.

»Himmel, Paulina! Du weißt doch, dass du erst auf unser Zeichen hin öffnen sollst.« Marek drängte sie zurück in die Wohnküche, schloss die Tür und verriegelte sie.

»Du hast gut reden!« Sie nahm ein Glas vom Wandbord, füllte es mit Wasser aus einer Emaillekanne im Spülbecken und reichte es ihm. Er trank und verzog das Gesicht. »Lauwarm!«

»Ein paar Liter heute Morgen waren alles, bevor sie uns das Wasser wieder abgedreht haben«, sagte Paulina. »Ich wette, sie selber nehmen Vollbäder, wann immer sie wollen!«

»Damit ist es bald vorbei.« Marek stellte das leere Glas auf den Küchentisch. »Heute hat der persönliche Adjutant von General Komorowski an der Besprechung teilgenommen und versichert, dass es am ersten August losgeht. Vier Tage noch, Malya, dann beginnt unser großer Kampf um die Freiheit!«

»Und was ist mit Agnieszka? Hast du endlich Nachricht von ihr oder den Schurken, die sie verschleppt haben?«, fragte Paulina ungeduldig.

Bedauernd schüttelte er den Kopf. »Noch nicht. Aber verliere nicht den Mut, unsere Leute halten in der ganzen Stadt Augen und Ohren offen.«
In diesem Moment klopfte es an der Tür.

Kapitel vier

Warschau, Ende Juli 1944

Marek legte einen Finger auf die Lippen, zog seine Waffe aus dem rückwärtigen Hosenbund und schlich auf Zehenspitzen zur Tür.

Paulina ergriff ebenfalls ihre Pistole und folgte ihm, angespannt bis in die Haarwurzeln. Sie erwarteten niemanden, und nur wenige Freunde aus dem Widerstand wussten, wo sie wohnten.

Erneut klopfte es.

Marek drehte sich zu Paulina und schüttelte stumm den Kopf. Sie verstand. Weder die Gestapo noch das deutsche Militär würde so zaghaft anklopfen.

Dennoch richtete sie den Lauf ihrer Waffe auf die Tür, während Marek lautlos den Riegel zurückschob. Dann riss er mit der einen Hand die Tür auf und zielte gleichzeitig mit seiner Pistole in der anderen auf den unbekannten Besucher.

»Nicht schießen!«, schrie der Junge vor ihm auf Polnisch mit erhobenen Händen. »Ich gehöre zu euch!«

»Wer bist du?«, fragte Marek, ohne die Waffe herunterzunehmen. »Und wie hast du uns gefunden?«

»Mein Name ist Filip. Danuta ist meine Cousine. Sie hat mir verraten, wo ich euch finde. Ihr sucht doch jemanden. Einen deutschen SS-Mann, stimmt's?«

Paulina musterte den Knaben. Er war höchstens sechzehn Jahre. Die Augen in dem mageren Gesicht lagen tief in den Höhlen, auf den blassen Wangen wuchs der erste dunkle Bartflaum. Schmale Schultern wie die eines Zwölfjährigen, und die Hosen schlackerten um die spindeldürren Beine. Die 856 Kalorien, die die Besatzer den Polen täglich über Lebensmittelkarten zuteilten, reichten gerade, um nicht zu verhungern.

Marek senkte die Waffe und trat beiseite. »Komm rein.«

Der Junge ließ sich auf einen der beiden Küchenstühle fallen und streckte die Beine aus. »Ihr sucht doch die Soldaten vom Kommando Dirlewanger, die das Paar vom Altstadtmarkt erschossen haben.«

Paulina stand vor dem Gasherd und füllte aus einem Kessel kochendes Wasser in eine bauchige Kanne mit einigen wenigen Teeblättern. Ihre Hände zitterten, als sie die Kanne und drei Keramikbecher auf den Tisch stellte. Marek ging zum Dachfenster und schaute vorsichtig hinaus. »Hoffentlich schleppst du niemanden hinter dir her«, sagte er ein wenig schroff. Paulina goss Tee in die Becher und schob einen davon dem Jungen zu. »Und du weißt, wo wir diese Männer finden?«

Filip beugte sich vor und blies auf das heiße Getränk. »Nicht alle. Aber einen.«

»Einen. So so.« Aus Mareks Stimme klang Zweifel.

Filip warf ihm einen scheelen Blick zu. »Unten an der Weichsel, wo sich die große Brache mit der anschließenden Grünanlage befindet, treffen sich nachts deutsche und polnische Männer.«

»Du sprichst von dem Homosexuellentreff«, stellte Marek fest. »Du bringst dich in große Gefahr, Junge. Die Deutschen stecken Homosexuelle ins Lager.«

Filip zuckte gleichmütig mit den Schultern. »Als Kunden zahlen sie gut – und plaudern hin und wieder Dinge aus, die wichtig für uns sind.« Er legte die Hände um den Becher. »Einer der Männer, die ihr sucht, ist mein Stammkunde. Als er das letzte Mal bei mir war, prahlte er damit, in einem Haus am Altstadtmarkt zwei Widerstandskämpfer umgebracht zu haben. Als ich das hörte, hätte ich ihn selber gerne kaltgemacht.«

Paulina kämpfte gegen den Würgereiz in ihrer Kehle. »Hat er auch etwas über ein kleines Mädchen gesagt? Die Deutschen haben meine Nichte verschleppt!«

»Ein Kind hat er nicht erwähnt.«

»Trotzdem ist er einer der Männer, die wir suchen«, sagte Marek.

Filip nickte knapp und fuhr fort: »In der Südecke des Parks befindet sich ein kleiner Kiosk, in dem vor dem Krieg Erfrischungen verkauft wurden. Jetzt steht er leer, und ich treffe mich dort mit meinen Kunden. Wenn ihr euch auf die Lauer legt und er auftaucht, dann-.« Er machte eine scharfe Handbewegung vor der Kehle.

»Wie abgelegen ist dieser Kiosk?«, fragte Paulina. »Sind wir da ungestört?«

»Das Gelände ist groß, und jeder von uns hat sein eigenes Revier. Die Deutschen schätzen es nämlich nicht, wenn sie einander über den Weg laufen.« Filip grinste. »Wenn ihr ihn nicht gerade erschießt, wird euch niemand hören.«

»Wir wollen ihn vor allem verhören«, erklärte Marek. »Und nachdem er geredet hat, beseitigen wir ihn.«

»Aber dann wird es wieder Vergeltungsaktionen der Deutschen geben«, warf Paulina ein.

Filip winkte ab. »Für die Jungs mit dem rosa Winkel krümmen die Nazis keinen Finger.«

»Wissen sie denn, dass er ein Homo ist?«, fragte Paulina.

Filip nickte. »Er hat mir selber erzählt, dass er deswegen in einem Lager bei Frankfurt gesessen hat. Dort wurde er später für das Sonderkommando Dirlewanger rekrutiert. Er stand vor der Wahl, sich wegen seiner Neigung erschießen zu lassen oder sich zu melden.«

»Besucht er dich regelmäßig?«, fragte Marek.

»Immer am Mittwoch und am Freitag kurz vor Mitternacht. Morgen ist Freitag, da kommt er wieder. Versteckt euch frühzeitig im Kiosk. Die Tür ist offen.«

Paulina legte die rechte Hand auf den Griff ihrer Pistole. »Wir werden da sein.«

»Und du willst wirklich mitkommen?«, fragte Marek später,

als Filip gegangen war.

Paulina stellte die Tassen ins Spülbecken. »Natürlich! Warum fragst du überhaupt?«

»Weil es bei dieser Aktion um deine Familie geht.«

»So ist das also! Du glaubst, ich verliere die Nerven?«

Er musterte sie ernst. »Ich kann es nicht einschätzen. Sag du es mir.«

Sie goss Wasser über das Geschirr, nahm das Spültuch und schrubbte verbissen auf den Bechern herum.

Er trat hinter sie und legte ihr die Hände auf die Schultern. »Bist du sicher, dass du ertragen kannst, was du vielleicht von diesem Mörder zu hören bekommst?«

Sie warf den Lappen in den Ausguss und drehte sich zu ihm. »Schon oft habe ich mehr ertragen, als ich glaubte, aushalten zu können. Behandle mich nicht, als sei ich aus Zucker, Marek. Ich bin eine Soldatin des Widerstandes, genau wie du ein Soldat unserer Bewegung bist!«

Am folgenden Abend, eine Stunde nach Beginn der Ausgangssperre, liefen Marek und Paulina zu dem Park an der Weichsel. Die Deutschen fürchteten sich so sehr vor Anschlägen, dass sie mit der ersten Dämmerung in ihren Häusern verschwanden. Die wenigen Patrouillen, die noch unterwegs waren, kündigten sich mit lautem Stiefelgetrampel an, sodass den beiden genug Zeit blieb, ihnen aus dem Weg zu gehen. Als die Glocke der nahen Kapuzinerkirche halb elf schlug, schlüpften sie in den ehemaligen Kiosk.

Inzwischen war es dunkel, doch in dem schwachen Mondlicht, das durch das Fenster und die Ritzen zwischen den Dachziegeln fiel, konnten sie sich einigermaßen orientieren. Marek schaute Paulina an und zeigte auf den Tresen vor der rückwärtigen Wand des kleinen, quadratischen Raumes. Sie nickte, und beide duckten sich dahinter, hielten die Pistolen bereit und warteten.

In regelmäßigen Abständen wehten Glockenschläge von der Kapuzinerkirche über den Park. Es wurde dreiviertel elf, dann elf. Mäusepfötchen trippelten auf den Bodenbrettern. Von den Dielen stieg der Geruch des trockenen Holzes auf, aber nichts geschah.

Um Viertel nach elf spürte Paulina, wie ihre Anspannung in Erschöpfung umschlug. Vorsichtig streckte sie den schmerzenden Rücken und lauschte in die Nacht.

Plötzlich stupste Marek sie leicht in die Seite und zeigte zur Tür. Gleich darauf hörte Paulina die Schritte von zwei Personen.

Es ist so weit, dachte sie und schloss die Finger der rechten Hand fest um den Griff ihrer Pistole. *Endlich.*

Die Schritte stoppten. Leise knarrend schwang die Tür auf.

»Komm«, raunte Filip auf Deutsch.

»Kann's kaum erwarten«, antwortete sein Begleiter.

Paulina erkannte die Stimme des SS-Mannes, der im Haus am Altstadtmarkt vor der Toilettentür Wache gehalten hatte. Sie hielt den Atem an und verfolgte, wie sich zwei Schatten in den kleinen Raum schoben. Dann schloss Filip die Tür.

Sie lauerte kniend rechts an der Theke vorbei. Der Deutsche stand mit dem Rücken zu Marek und Paulina. Er öffnete seine Hose und entblößte im Mondlicht fahl leuchtende Hinterbacken. In diesem Moment sprang Marek hoch und schlug seine Waffe mit voller Wucht auf den Hinterkopf des Deutschen.

Ohne einen Laut von sich zu geben, sackte er zusammen. Filip und Marek gelang es gerade noch, ihn zu packen, bevor er ungebremst auf den Boden schlug.

Paulina kroch herbei, zerrte zwei Stricke aus ihren Hosentaschen und fesselte den nun wie leblos auf den Brettern liegenden Mann an Hand- und Fußgelenken. Marek knebelte ihn mit einem Stofffetzen, richtete ihn auf und lehnte ihn mit dem Rücken gegen die Hüttenwand. Sofort kippte er vornüber, sodass Marek ihn mit einer Hand stützen musste.

»Hoffentlich hast du ihn nicht umgebracht«, flüsterte

Paulina und legte zwei Finger an den Hals des Mannes. »Nein, er lebt.«

»Dann werde ich ihn jetzt aufwecken.« Marek packte den Bewusstlosen mit der Linken am Schopf, zog seinen Kopf empor, holte mit der Rechten aus und verpasste ihm eine schallende Ohrfeige.

Der Deutsche ächzte leise, kam aber nicht zu sich. Marek versetzte ihm eine weitere Ohrfeige. Wieder stöhnte er benommen und wollte sich aufrichten. Doch da seine Arme auf dem Rücken gefesselt waren, geriet er aus dem Gleichgewicht. Dabei kam er vollends zu sich, straffte seinen Körper und starrte mit aufgerissenen Augen von Marek zu Filip und Paulina.

Marek legte eine Hand auf dessen Kehlkopf und drückte ihn gegen die Wand. »Wir haben ein paar Fragen an dich«, sagte er langsam auf Deutsch. »Dafür werden wir den Knebel lösen. Aber ich warne dich«, er verstärkte den Druck auf die Kehle des Mannes, bis dieser würgte. »Wehe, du schreist, verstanden?«

Sie hörten ein undeutliches Grunzen. Auf ein Zeichen von Marek löste Filip den Knebel.

»Wenn er Krach schlägt, stopfst du ihn sofort wieder rein«, befahl Marek.

Filip nickte.

Marek wandte sich an Paulina. »Los!«

Sie trat vor, erleichtert, dass ihre Gestalt und ihre Gesichtszüge in der fast undurchdringlichen Dunkelheit der Hütte verschwammen. Gleichzeitig kochte in ihrem Herzen ein Hass, wie sie ihn noch nie verspürt hatte. Aber sie atmete tief durch und zwang sich zur Ruhe. »Wo ist das Kind, das ihr vor drei Tagen aus dem Haus am Altstadtmarkt entführt habt?«

»Wer will das wissen?«, krächzte der Deutsche.

»Beantworte meine Frage!«

»Unter zivilisierten Menschen ist es üblich, sich einander vorzustellen, bevor sie ein Gespräch … ah!«

Mareks Hand legte sich wie ein eiserner Ring um seine

Kehle. »Hör auf, Zeit zu schinden«, zischte er. »Niemand wird dir helfen.«

Der Deutsche hustete. Sein Blick bohrte sich in Paulinas dunklen Schatten. »Bist du die Schwester, die uns durch die Lappen gegangen ist? Die Sicherheitspolizei sucht nach dir, und wenn sie dich kriegen – und das werden sie - wirst du dir wünschen, dass dich dasselbe Schicksal ereilt hätte, wie die beiden anderen Polacken.«

Zorn überwältigte Paulina. Sie presste den Lauf ihrer Waffe gegen die Schläfe des Mannes. »Warum ist dieses Kind für euren Führer bestimmt?«

Der SS-Mann hob die Schultern. »Da musst du Gouverneur Fischer fragen. Der hat den direkten Draht zum Führer.«

Paulina rammte die Pistole erneut an die Stirn des Mannes. »Was ist mit dem Unterscharführer, der die Aktion geleitet hat?«

»Nichts.«

»Wo hat er das Kind hingebracht?«

»Keine Ahnung.«

Paulina holte aus und schlug den Mann hart mit der Pistole ins Gesicht, sodass Blut von seiner Wange tropfte. »Sag mir, was du weißt, oder du stirbst hier und jetzt!«

Er lachte heiser. »Das tue ich doch sowieso. Nun mach schon, erledige es. Oder traust du dich nicht?«

»Du schätzt mich falsch ein«, zischte Paulina. Noch nie hatte sie einen Menschen getötet, aber ihre Wut übermannte sie, und sie wollte Rache üben für den Tod von Helena und Jerzy. Mit leisem Klicken entsicherte sie die Waffe.

»Warte!«, rief Marek.

Sie fuhr herum.

»Ich befrage ihn«, sagte er ruhig. »Alleine. Geh du mit Filip raus.«

»Ich will dabei sein«, wehrte sie ab.

»Nein.« Sein Ton ließ keinen Widerspruch zu.

Zögernd nahm sie die Waffe vom Kopf des Deutschen.

Beide erhoben sich. Filip führte sie aus der Hütte und zog sie in ein Gebüsch in der Nähe. Paulina trottete widerstandslos mit, maßlos enttäuscht von sich selbst und dem Gefühl, versagt zu haben.

Mehrere Minuten vergingen. Aus dem Inneren des Kiosks drang kein Laut. Als Paulina glaubte, die Anspannung nicht länger zu ertragen, schwang leise knarrend die Tür auf und Marek kam heraus. Bevor Filip sie festhalten konnte, stürzte Paulina auf ihn zu. »Hat er geredet?« Sie versuchte, an ihm vorbei in die beklemmend stille Hütte zu schauen, doch er schob die Tür mit einem Fuß zu. Dann nahm er Paulinas Hände. »Der Unterscharführer ist übermorgen zum Mittagessen im Gouverneurspalais eingeladen. Offensichtlich will Fischer ihm zum Einsatz gegen Helena und Jerzy gratulieren. In der Nähe gibt es ein *sicheres Haus*. Von dort aus können wir das Palais beobachten. Sobald der Unterscharführer herauskommt und den Schutz des Regierungsviertels verlässt, besteht die Möglichkeit, ihn zu fassen. Ich weiß, das ist nicht viel«, fügte er hinzu, als er Paulinas enttäuschtes Gesicht sah.

»Es ist besser als gar nichts«, erwiderte sie leise. »Was hast du mit ihm gemacht?«

»Das willst du nicht wissen.«

»Hast du da drinnen alles erledigt?« Filip trat zu ihnen und deutete auf den Kiosk.

Marek nickte grimmig. »Wir müssen nur noch unsere Spuren verwischen.« Er griff in seine Jackentasche, holte eine Handgranate heraus und zog den Stift. »Nehmt die Beine in die Hand!« Er warf die Handgranate durch die offene Tür in die Hütte.

Am nächsten Tag liefen Paulina und Marek durch die unterirdischen Abwasserkanäle der Warschauer Kanalisation, stiegen hinter dem ›sicheren Haus‹ aus einem Gully, schlüpften durch die stets offenstehende Hintertür und gingen die Treppe hinauf

auf den Dachboden. Von dort beobachteten sie Gouverneur Fischers Residenz durch zwei ein wenig verschobene Dachziegel.

Das Regierungsviertel ihrer Stadt zu betreten, war allen Polen untersagt. Nach einem Attentat auf den Gouverneur im Frühjahr letzten Jahres hatten die Deutschen die Sicherheitsbestimmungen sogar noch einmal verschärft. Damals gelang es dem Widerstand, ein Paket mit einer Bombe und einem Zeitzünder in Fischers Amtssitz zu schmuggeln, der sich jedoch nicht im Büro aufhielt, als das Paket explodierte. Daraufhin sperrten die Deutschen das gesamte Viertel mit hohen Stacheldrahtzäunen ab und ermöglichten den Zutritt nur noch über wenige schwer bewachte Straßen. Doch an die Kanalisation dachten sie nicht.

Paulina ließ das Fernglas sinken und beugte die vom langen Stehen schmerzenden Beine. »Seit Stunden starren wir jetzt ununterbrochen auf Fischers Amtssitz, aber dieser Unterscharführer taucht nicht auf. Glaubst du, der SS-Mann hat uns belogen?«

»Wir sollten noch nicht aufgeben, Malya.« Marek ergriff das Fernglas und spähte ebenfalls durch die Ritzen zwischen den Dachziegeln. »Unglaublich, wie die Deutschen sich dort unten eingerichtet haben«, stellte er grimmig fest. »Im Regierungsviertel gibt es keine Spuren von Bombardierungen, weder Ruinen noch Brachen. Stattdessen spazieren sie über unsere Boulevards, essen in unseren Restaurants und kaufen in unseren Geschäften, als würde alles ihnen ge… hey, da unten tut sich was!«

»Der Unterscharführer?« Paulina riss Marek das Fernglas aus der Hand, presste es an die Augen und richtete es auf den Durchgang an der Kreuzung Ulica Miaodowa und Ulica Senatorska. Neben der Schranke prangte ein Schild mit der Aufschrift ›Zutritt nur für Deutsche‹. Zwei mit Maschinenpistolen bewaffnete Ordnungspolizisten hielten Wache. Dann fiel ihr eine Frau auf. Eine Polin, das erkannte sie an der ärmlichen Kleidung. Sie näherte sich dem Kontrollpunkt mit vorsichtig tastenden Schritten.

»Siehst du die Frau?«, wisperte sie Marek zu. »Ich glaube, sie hat Angst. Trotzdem geht sie immer weiter auf die Polizisten zu. Sie hält ihren Mantel mit beiden Händen vor der Brust zusammen. Ich glaube, sie versteckt etwas darunter.«

Marek spähte ebenfalls zum Kontrollpunkt. »Sie könnte eine Bombe unter dem Mantel verstecken. Vielleicht auch eine Handgranate. Will sie die Posten liquidieren und sich gleich mit?«

Die Polizisten hatten die Frau längst bemerkt. Breitbeinig standen sie vor der Schranke, die Gewehrläufe auf die Frau gerichtet, die sich ihnen Schritt für Schritt näherte. Kurz vor den Männern zog sie ein rechteckiges Stück Karton unter ihrem Mantel hervor und hielt es mit erhobenen Armen in die Luft.

Sekundenlang starrten die drei sich reglos an, atemlos beobachtet von Paulina und Marek. Plötzlich ging ein Ruck durch einen der Polizisten, und er stapfte auf die Frau zu. Sie schleuderte ihm die Papptafel entgegen, drehte sich um und rannte über die Ulica Senatorska davon. Der Polizist setzte ihr ein paar Schritte nach, doch dann kehrte er wieder um. Er verharrte vor dem Karton, hob ihn vom Boden auf und riss ihn in der Mitte durch.

Paulina ließ das Fernglas sinken. Ihre Augen funkelten. »Einen Moment konnte ich draufschauen, und ich bin sicher, dass dort etwas von *Kinder* und *zurück* stand. Von Kindern, Marek!«

Sie rannte zur Tür der Dachkammer.

»Paulina!«, fauchte er ihr nach. »Wo willst du hin?«

»Ich muss mit dieser Frau sprechen!«, rief sie über die Schulter zurück und verschwand.

Kapitel fünf

Warschau, Ende Juli 1944

Paulina raste über die Höfe der nächsten beiden Häuser in die Richtung, in die auch die Frau verschwunden war. Als sie sich weit genug entfernt vom Regierungsviertel und den zwei Posten glaubte, betrat sie die Ulica Senatorska und schaute sich um.

Viele Passanten waren unterwegs, vor allem Frauen, die Einkäufe machten, aber die, die sie suchte, erblickte sie nicht darunter.

Eine Straßenbahn bog laut bimmelnd um die Ecke. Strom wurde seit Beginn der Besatzungszeit rationiert, deshalb fuhr sie nur im Schritttempo. In diesem Moment nahm Paulina eine Bewegung aus dem Augenwinkel wahr. Die Frau, die die Papptafel gehalten hatte, lief auf die Bahn zu und sprang auf die Plattform des letzten Wagens.

Paulina rannte ihr nach und erklomm die Plattform ebenfalls. Wie meistens war der für Polen abgetrennte hintere Bereich der Bahn überfüllt, während in dem vorderen, den Deutschen vorbehaltenen Teil kaum jemand saß.

Die fremde Frau umfasste einen der Haltegriffe und starrte auf den Boden. Paulina fand, dass sie müde und traurig aussah. Aber so wirkten fast alle Warschauer unter der deutschen Besatzung.

Die Straßenbahn ruckelte in Richtung Neustadt durch eine Allee mit stuckverzierten Villen und grünen Vorgärten. Anders als in Wola wurden in dem großbürgerlichen Viertel nur wenige Häuser bei der Eroberung zerstört. Seit der Besetzung lebten hier hauptsächlich Deutsche, in den Nebenstraßen wohnten jedoch noch Polen.

An einer Haltestelle vor einem Milchgeschäft sprang die

Frau von der Plattform. Paulina verließ die Bahn ebenfalls und folgte ihr in eine schmale Straße, die zur Weichsel führte. Die Frau stoppte vor der Tür eines zweistöckigen Hauses und zog einen Schlüssel aus der Manteltasche.

Paulina winkte und lief auf sie zu. »Warten Sie, meine Dame!«

Die Frau fuhr herum. »Was wollen Sie von mir?«

»Ich habe gesehen, wie Sie vor dem Regierungsviertel demonstriert haben. Das war sehr mutig von Ihnen. Ich würde gerne mit Ihnen reden.«

Die Frau zögerte und warf einen raschen Blick über die Schulter. Dann sagte sie: »Lassen Sie uns ins Haus gehen.«

Paulina trat hinter ihr in einen langen, dämmrigen Flur. Irgendwo in der oberen Etage greinte ein Säugling, eine dunkle Männerstimme fluchte, dann knallte eine Tür.

Die Frau hob entschuldigend die Hände. »Ich würde Sie ja in unsere Wohnung bitten. Aber dort ist es völlig überfüllt, seit die Deutschen eine fünfköpfige Familie in unserer Zweizimmerwohnung einquartiert haben. Ich fürchte, wir müssen mit dem Keller vorliebnehmen.«

Sie ging vor Paulina eine Treppe hinunter und bog in die Waschküche ab. Feuchte, nach Seife riechende Luft schlug ihr entgegen. Auf quergespannten Leinen hingen Blusen und Männerhemden. An der hinteren Wand unter einem schmalen Fenster befand sich eine große Zinkwanne.

»Nehmen Sie Platz.« Die Frau wies auf den Rand der Wanne, schloss das Fenster und setzte sich neben Paulina. »Worum geht es?«

Paulina überlegte. In ihrem Kopf schwirrten so viele Fragen durcheinander, dass sie nicht wusste, wie sie anfangen sollte. Schließlich fragte sie: »Was stand auf der Pappe, die Sie vor den Polizisten hochgehalten haben?«

Die Augen der Frau füllten sich mit Tränen. »Gebt mir mein Kind zurück.«

Paulina stockte der Atem. Eröffnete sich hier die Spur, die sie so sehr ersehnte? »Wurde Ihr Kind von der SS entführt?«

»Nicht von der SS, aber es waren Deutsche, die meinen Sohn gestohlen haben.«

»Und ich musste aus einem Versteck mitansehen, wie SS-Soldaten erst meine Schwester und meinen Schwager erschossen und dann meine Nichte entführten«, offenbarte Paulina. »Das ist alles, was ich noch von ihr habe.« Sie nahm Agnieszkas winziges Stiefelchen aus der Jackentasche und stellte es auf ihre Handfläche.

Die andere Frau strich mit dem Zeigefinger darüber. »Ihre Nichte muss noch sehr jung sein.«

»Sie ist gerade einmal zwei Jahre.« Paulina steckte den kleinen Schuh wieder ein. »Ich hörte, wie der Anführer der SS-Leute sagte, dieses Kind gehöre dem Führer. Wissen Sie, was er damit gemeint hat?«

Die Frau schüttelte den Kopf. »Ich verstehe ohnehin nicht, was die Deutschen mit polnischen Kindern wollen. Für die sind wir doch Untermenschen. Dabei ist mein Kleiner so süß.«

Sie griff in ihre Rocktasche, holte ein zerknittertes Schwarzweißfoto heraus und reichte es Paulina. »Das ist er. Sein Großvater hat das Foto an Arturs siebtem Geburtstag aufgenommen.«

»Er hat genauso hellblondes Haar wie Agnieszka.« Paulina betrachtete den sommersprossigen Jungen, der in kurzen Hosen und ordentlich gebügeltem Hemd zwischen seinem Vater und seiner Mutter auf der Weichselpromenade stand. Alle drei strahlten in die Kamera. Hinter ihnen glänzte das Wasser des Flusses im Sonnenlicht.

Die Frau nahm das Foto wieder an sich. »Seine Augen sind blau. Wie die seines Vaters.«

»Meine Nichte ist auch blond und blauäugig«, sagte Paulina.

»Was für ein Zufall«, murmelte die Frau.

Paulina starrte sie an. »Die Nazis glauben doch, dass eine nordische Rasse aus blonden und blauäugigen Menschen zur

Herrschaft über die Welt bestimmt ist, oder?«

»Ja, aber was wollen Sie damit sagen? Dass unsere Kinder wegen ihrer blonden Haare und blauen Augen entführt wurden? Wir Polen sind doch nach Meinung der Deutschen minderwertige Slawen. Mit einer nordischen Rasse meinen sie doch nur sich selbst.« Arturs Mutter zog zweifelnd die Augenbrauen zusammen.

Paulina überlegte. »Sie haben recht. Das klingt sogar für die Nazis zu verrückt. Erzählen Sie mir, wie Ihr Sohn entführt wurde?«

Die Frau schaute mit feuchten Augen auf das zerknitterte Foto. »Das Unglück begann, als mein Mann und ich einen Brief vom Gesundheitsamt erhielten mit einem Datum und einer Uhrzeit, zu der wir uns mit Artur bei ihnen einfinden sollten. Man müsse seine Lunge röntgen, da es mehrere Tuberkulosefälle in unserem Bezirk gegeben habe. Meinem Mann und mir war davon nichts bekannt, aber wir glaubten, dass es besser sei, der Anordnung zu folgen. Doch bei diesem Termin wurde nicht nur Arturs Lunge geröntgt, sondern weitere seltsame Untersuchungen durchgeführt. Beispielsweise hat der deutsche Amtsarzt den Abstand zwischen seinen Augen gemessen, die Länge und Breite seiner Nase, den Umfang seines Schädels und noch vieles mehr. Zum Beispiel hat er eine Art Besen mit verschiedenfarbigen Haarproben an Arturs Kopf gehalten und gesagt, er sei *flachsblond*. Um seine Augenfarbe zu bestimmen, benutzte er Karten mit Farbkreisen. Anschließend sagte er, Arturs Iris sei *lichtblau* und die Bindehaut *reinweiß*. Eine Sekretärin hat alle Ergebnisse aufgeschrieben.«

»Und nach der Untersuchung nahm man Ihnen Artur weg?«

»Nein. Man schickte uns wieder nach Hause.« Die Frau schüttelte verwirrt den Kopf. »Anfangs haben mein Mann und ich gegrübelt, was das Ganze bedeuten sollte, doch als nichts weiter passierte, haben wir den Vorfall vergessen, bis Artur vor vier Wochen nicht von der Schule nach Hause kam. Ich bin sofort zu seinem Lehrer gelaufen. Der erzählte mir, dass mein Junge und acht weitere Kinder in einem grauen Bus abgeholt wurden. Inzwischen trafen auch die Eltern dieser Kinder ein. Wir alle konnten uns keinen Reim auf das Verschwinden unserer Kinder machen, aber wir stellten fest, dass sie alle unter dem Vorwand einer Tuberkuloseuntersuchung ins Gesundheitsamt bestellt worden waren.«

»Und dass ebenfalls alle diese seltsamen weiteren Untersuchungen über sich ergehen lassen mussten?«

»Ja.«

»Haben Sie etwas unternommen, nachdem Sie all das wussten?«

»Wir Eltern sind zum Gesundheitsamt gelaufen, aber natürlich gab man uns dort keine Auskunft. Stattdessen drohte man uns mit der Polizei. Doch wir haben uns nicht ängstigen lassen, sondern uns in der Nähe des Eingangs versteckt. Als am Abend die Sekretärin, die damals die Untersuchungen protokollierte, das Amt verließ, sind wir ihr gefolgt, und in einer Seitenstraße haben wir uns ihr in den Weg gestellt, sie bedrängt und angefleht, uns zu helfen.«

»Ich wette, sie hat nichts dergleichen getan«, schnaubte Paulina.

»Seltsamerweise doch«, entgegnete die Frau. »Vielleicht hatte sie Angst vor uns, vielleicht rührte sie unsere Verzweiflung, aber sie sagte, dass alle Kinder in ein ehemaliges Waisenhaus im Stadtteil Bielany gebracht wurden. Wir Eltern haben uns sofort dorthin begeben. Das Waisenhaus ist ein großes Gebäude und mit einem hohen Zaun und Stacheldraht von der Außenwelt abgeriegelt. Aber hinter einigen der Fenster haben wir Kinder gesehen.«

»Auch Ihren Sohn?«

»Für einen ganz kurzen Moment.« Die Frau kämpfte mit den Tränen. Paulina legte ihr einen Arm um die Schultern. »Er stand hinter einem der Fenster, und ich habe ihm zugewinkt.

Dann kam eine Pflegerin und zog die Vorhänge zu. Ich glaube nicht, dass er mich gesehen hat.«

»Haben Sie versucht, ins Gebäude zu kommen?«

»Gewiss. Ich und die anderen Eltern. Aber das Tor war abgeschlossen, und es gab nirgends eine Klingel, und gerade, als einer der Väter über das Tor klettern wollte, fuhr die Polizei vor. Sie haben unsere Namen und Adressen notiert und gesagt, dass sie uns ins Pawiak werfen würden, sollten wir je wieder hier auftauchen.«

»Sie haben mit dem Gefängnis der Gestapo gedroht? Wo die Politischen einsitzen?«, rief Paulina entsetzt.

Die Frau nickte. »Einigen Eltern hat das große Angst gemacht, sie haben sich gefügt. Auch mein Mann wollte, dass ich vorsichtiger bin. Aber wie kann eine Mutter, die ihr Kind retten will, vorsichtig sein?«

»Ich verstehe genau, was Sie meinen«, erwiderte Paulina. »Ich werde Agnieszka auch niemals aufgeben.«

»Zehn Tage habe ich mit fünf anderen Müttern vor dem Waisenhaus demonstriert. Jeden Tag hat die Polizei uns bedroht und verjagt, und jeden Tag kamen wir wieder, aber dann ...«, die Frau stockte.

Paulina beugte sich gespannt vor. »Was geschah dann?«

»Am elften Tag wurden unsere Kinder in einem grauen Bus fortgebracht.«

»Ich nehme an, dass Sie nicht wissen, wohin?«

»Nein!« Die Frau schluchzte laut auf und barg das Gesicht in den Händen. »Alle anderen Eltern haben sich inzwischen damit abgefunden, ihre Kinder niemals wiederzusehen. Sie fühlen sich den Deutschen gegenüber machtlos. Wir Polen sind ja seit fünf Jahren daran gewöhnt, dass viele von uns auf Nimmerwiedersehen verschwinden. Aber ich will nicht aufgeben, auch wenn mir das Pawiak droht.«

»Deshalb protestieren Sie vor dem Regierungsviertel«, sagte Paulina.

Die Frau nickte. »Jeden Tag bin ich an diesem Durchlass, denn dort entlang fährt die Limousine des Gouverneurs. Ich will, dass er mich sieht. Die Posten bedrohen mich natürlich, aber damit ich nicht mehr komme, müssten sie mich schon erschießen. Die Nazis haben mir mein Kind gestohlen. Was kann einer Mutter denn Schlimmeres passieren?«

Paulina verabschiedete sich von Arturs Mutter und verließ das Haus. Sie warf einen Blick auf ihre Armbanduhr. Es war erst ein paar Minuten nach drei. Bis zum Beginn der Ausgangssperre blieben ihr noch sechs Stunden, um herauszufinden, ob sich auch Agnieszka in dem ehemaligen Waisenhaus befand. Arturs Mutter hatte ihr den kurzen Fußweg beschrieben.

Zehn Minuten später schlüpfte sie gegenüber des L-förmigen Gebäudes in einen überdachten Hauseingang. Während sie vorgab, sich mit den Riemen ihrer Holzsandalen zu beschäftigen, musterte sie das von einem hohen Maschendrahtzaun mit Stacheldrahtabschluss umgebene Grundstück.

Durch eine Pforte direkt ihr gegenüber und einen Plattenweg gelangte man zum Haus. Ein Stückchen links von ihr befand sich eine Auffahrt zu einer großen Garage. Beide Zugänge waren mit Kette und Vorhängeschloss gesichert. Unkraut und Gestrüpp überwucherten das Gelände. Nicht weit von der Eingangstür erspähte Paulina einen Bombenkrater. Auch das Haus wirkte schäbig und ungepflegt. Lange Fensterreihen mit geschlossenen Vorhängen starrten sie wie blinde Augen an. Am Mauerwerk krallten sich halb verdorrte Efeuranken fest, und von der Eingangstür blätterte die Farbe ab.

Paulina schätzte, dass es im Haus für mindestens einhundert Kinder Platz gab, doch sie sah nicht eine Menschenseele. Sie hörte auch nichts. Alles wirkte gespenstisch still und verlassen.

In diesem Moment tauchte ein Mann auf. Er trug grobe Baumwollhosen, einen braunen Kittel und eine tief in die Stirn gezogene Mütze. Mit schweren Schritten stapfte er zur Garage, holte einen Schlüssel aus dem Kittel und öffnete das Tor. Als er die Flügel auseinanderzog, stockte Paulina der Atem.

In der Garage stand ein großer grauer Bus.

Der Mann sperrte die Fahrertür auf und kletterte in das Fahrzeug. Paulina hörte den Motor starten, dann kam das Ungetüm langsam aus der Halle gerumpelt und stoppte wieder.

Einige Minuten später öffnete sich die Tür des Waisenhauses, und eine Frau in einem dunkelbraunen Kleid, einer langen weißen Schürze und einer steifen, weißen Haube, erschien.

Sie führte einen Jungen von vielleicht vier Jahren an seiner rechten Hand. Hinter ihm tauchte ein kleines Mädchen auf, das die linke Hand des Jungen umklammerte. Ihr folgte ein weiteres Mädchen. Schließlich tapste eine Kette von sieben Kindern über den Hof auf den Bus zu, drei Jungen und vier Mädchen, die Paulina auf drei bis sechs Jahre schätzte. Ihr fiel sofort auf, dass alle helles Haar besaßen. Sie erkannte durchaus Unterschiede, einige heller, andere dunkler, aber immer blond.

Hinter dem Jungen am Ende der Reihe ging eine zweite Pflegerin. Sie trug das kleinste und jüngste Kind. Paulina erkannte es sofort. Sie lief los, rannte mit beiden Armen winkend über die Straße und schrie: »Agnieszka! Agnieszka!«

Die Pflegerinnen blieben irritiert stehen, und der Busfahrer sprang aus der Fahrerkabine. Erwachsene und Kinder starrten auf Paulina, die an den Stäben des Gittertors rüttelte, dass die Kette klirrte, und rief: »Agnieszka, Liebes! Hier bin ich!« Sie setzte einen Fuß auf die Querverstrebung des Tors und zog sich an den Stäben hoch, doch sie rutschte ab, stürzte auf den Gehweg und schürfte sich Knie und Hände auf. »Geben Sie meine Nichte heraus!«, schrie sie auf Deutsch und rüttelte erneut an dem Gitter. »Diese Kinder gehören Ihnen nicht!«

Agnieszka schaute verwirrt in ihre Richtung. Dann verzerrte sich ihr kleines Gesicht, und sie begann zu weinen. Zwei der Mädchen brachen ebenfalls in Tränen aus. Der vorderste Junge versuchte, sich von der Frau loszureißen, die ihn jedoch eisern festhielt.

»Setzen Sie die Kinder in den Bus«, befahl eine der Pflegerinnen dem Fahrer. Er bückte sich zu dem strampelnden Jungen, sagte etwas auf Polnisch zu ihm, hob ihn hoch und schob ihn wie ein Paket in das Fahrzeug. Dann wandte er sich dem zweiten Kind zu.

Die Pflegerin fixierte Paulina. »Machen Sie, dass Sie wegkommen, oder ich lasse Sie festnehmen!«

Paulina trat gegen das Tor. »Geben Sie mir meine Nichte wieder!« Panisch verfolgte sie, wie ein Kind nach dem anderen im Bus verschwand. Schon griff der Fahrer sich Agnieszka. »Nein!«, schrie Paulina. »Das dürfen Sie nicht!«

Tatsächlich drehte der Mann sich zu ihr um. »Bitte«, flehte sie auf Polnisch. »Helfen Sie mir. Wir sind doch Landsleute.«

Er musterte sie einen Moment, dann wandte er sich um und verschwand mit Agnieszka im Bus.

Eine Pflegerin kletterte hinterher, die andere schloss die Türen des Fahrzeugs, und sofort rollte es langsam die Auffahrt auf das Tor zu. Paulina stand auf der anderen Seite des großen Tores. Tränen liefen über ihre Wangen, sie streckte die Hände durch die Stäbe und starrte fassungslos auf Agnieszka, die auf der ersten Bank auf dem Schoß der Pflegerin saß und verzweifelt weinte.

Der Bus stoppte vor dem Tor und der Fahrer sprang heraus. In Sekundenschnelle stand er vor Paulina, packte sie am Handgelenk und zerrte sie mit einem Ruck ans Gitter.

»Die Kinder kommen nach Kalisz. Ins Gaukinderheim.«, raunte er auf Polnisch in ihr Ohr. Dann stieß er sie grob zurück und bellte in brüchigem Deutsch: »Mach Weg frei, Mädchen!«

Sie stolperte zur Seite, er öffnete ohne ein weiteres Wort oder einen Blick das Tor und stieg wieder in den Bus.

»Du bist wieder da, Malya.« Marek öffnete die Wohnungstür

und nahm Paulina in seine Arme. »Ich habe mir große Sorgen gemacht.«

Sie lehnte sich an seine Brust und schloss die Augen. »Ich habe Agnieszka gesehen«, flüsterte sie erstickt. »Ich war ganz dicht an ihr dran. Aber nun ist sie weiter weg als zuvor.«

Er führte sie zum Küchentisch und rückte einen Stuhl für sie zurecht. Als sie sich setzte, sah er ihre aufgeschürften Knie und Hände. »Wie ist das passiert? Wurdest du angegriffen?«

»Ich bin gestürzt«, sagte sie traurig. »Bei meinem erfolglosen Versuch, Agnieszka zu befreien.«

Er befeuchtete ein Tuch mit der Wasserkanne, hockte sich vor sie und tupfte ihre blutigen Knie behutsam ab.

Währenddessen erzählte sie ihm von Arturs Mutter, von den Kindern im Waisenhaus und wie sie Agnieszka gesehen hatte. Danach schwieg sie, Marek nahm ihre Hand. »Du warst sehr unvorsichtig. Du könntest jetzt in einem Folterkeller der Gestapo sitzen.«

»Das tue ich aber nicht«, gab Paulina gereizt zurück. Dann bemerkte sie Mareks vorwurfsvollen Blick. »Du hast ja recht«, räumte sie ein. »Aber ich wollte den Deutschen Agnieszka entreißen. Es ist mir nicht geglückt, doch da ich weiß, wo sie sie hingebracht haben ...«

»... wirst du ihr zu diesem Gaukinderheim nachreisen«, vollendete Marek.

»Ja.«

»Ich habe nichts anderes erwartet«, sagte er. »Und ich verstehe dich vollkommen. Aber bist du dir auch der Gefahren bewusst?«

»Machst du Scherze? Ich bin mir jede Stunde eines jeden Tages der Gefahren bewusst, die uns von den Deutschen drohen!«

Er atmete tief durch. »In zwei Tagen beginnt der Aufstand. Ich kann dich nicht begleiten. Du bist bei allem auf dich allein gestellt. Außerdem liegt Kalisz im Wartheland. Das gehört zum

Deutschen Reich. Dort ist es für uns Polen noch gefährlicher als hier im Generalgouvernement.«

»Falls du mir mein Vorhaben ausreden willst – das wird dir nicht gelingen.« Paulina schob brüsk ihren Stuhl zurück und ging zum Bücherbrett, das über dem Bett hing. »Haben wir nicht noch ein Kursbuch der Bahnverbindungen?«

»Malya!« Marek warf den feuchten Lappen ins Spülbecken und trat neben sie. »Du kannst nicht einfach in einen Zug steigen und losfahren. Du bist die Schwester einer überführten Widerstandskämpferin. Dein Steckbrief hängt nicht nur in den Warschauer Amtsstuben, sondern auch im Fahrkartenbüro am Hauptbahnhof.«

Erschrocken drehte sie sich zu ihm. »Daran habe ich gar nicht gedacht!«

»Du musst zu Fuß bis wenigstens zur Grenze gehen. Alles andere ist zu riskant.« Marek zog eine zerknitterte Faltkarte zwischen zwei Gedichtbänden von Tadeusz Borowski hervor. »Diese Karte von Polen stammt zwar aus der Zeit vor dem Krieg, aber sie erfüllt noch ihren Zweck.«

»Wenn ich zu Fuße gehe, brauche ich viel zu lange«, wehrte Paulina sich. »Außerdem habe ich weder Schuhe noch Stiefel, in denen ich eine so lange Strecke wandern könnte.«

»Ich besorge dir ein Paar Stiefel.« Marek breitete die Karte auf dem Küchentisch aus, und gemeinsam schauten sie darauf. »Die kürzeste Route nach Kalisz führt über Lodz, das die Deutschen Litzmannstadt nennen«, erklärte er. »Bis zur Grenze des Generalgouvernements sind es etwas mehr als hundert Kilometer. Das ist ungefähr die halbe Strecke. Die beste Deckung bietet dir der Wald. Städte, Dörfer, Gehöfte und offenes Land solltest du meiden.« Er tippte mit dem rechten Zeigefinger auf einen Punkt südwestlich von Warschau. »Die erste Stadt, auf die du im Wartheland triffst, heißt Strickau. Kurz vor der Grenze haben wir einen Kontaktmann namens Krystian. Er ist der Förster von Glowno, dem letzten Ort auf der Seite des Generalgouvernements. Du kannst ihm vertrauen. Er hat schon oft Kämpfer der Heimatarmee über die Grenze geschleust.«

Paulinas Augen richteten sich auf Glowno. Ringsum waren auf der Karte Ackerflächen, aber auch Wald eingezeichnet. »Wie gebe ich mich Krystian zu erkennen?«

»Wenn du am Forsthaus bist, sage, dass du nach Krystian suchst. Das ist ein Name, den nur Mitglieder der Heimatarmee kennen.«

Paulinas Blick wanderte übers Wartheland. »Könnte ich ab Strickau einen Zug nehmen? Ich werde ja sicher nur im Generalgouvernement gesucht.«

Marek runzelte die Stirn. »Es ist riskant, aber ich verstehe, dass du nicht noch mehr Zeit verlieren willst.«

»Haben wir in Kalisz auch eine Kontaktperson?«

Marek schüttelte den Kopf und nahm Paulinas Hände. »Wenn du mit Agnieszka über die Grenze zurückgehst, musst du noch vorsichtiger sein, als auf dem Hinweg. Die Deutschen suchen dann nicht mehr nur nach dir, sondern auch nach ihr. Krystian kann euch nicht helfen, weil er nicht weiß, wann ihr kommt.«

»Schon um Agnieszkas Willen werde ich sehr vorsichtig sein«, versicherte Paulina.

»Im Generalgouvernement musst du aufpassen, dass ihr nicht mit der zurückweichenden deutschen Armee kollidiert«, fuhr Marek fort. »Aber ihr werdet in ein befreites Warschau zurückkehren!« Er schloss sie in die Arme und küsste sie.

Bis spät in die Nacht legten sie beim flackernden Schein einer Kerze die Route fest. Danach packte Paulina ihre Pistole, etwas Munition, Streichhölzer, ein wenig Wäsche, ein Täschchen mit Waschzeug, Kamm und Zahnbürste und den kleinen Stiefel von Agnieszka in den bauchigen Rucksack, den sie bisher benutzt hatte, um Flugblätter in Warschau zu verteilen.

Marek steckte zwei Tüten Zwieback dazu. »Ich besorge dir

morgen Reichsmark, weil du im Wartheland nicht mit Zloty zahlen kannst und Zigaretten. Die sind immer das beliebteste Zahlungsmittel. Außerdem bekommst du Lebensmittelkarten für vier Wochen. Es sind Fälschungen, aber sie sind so gut, dass es kein Deutscher merkt.« Er ging zum Schrank, holte die einzige Wolldecke, die sie besaßen, heraus und legte seinen Kompass und die Taschenlampe dazu. »Ich weiß nicht, wie lange die Batterien in der Taschenlampe halten. Sei sparsam damit.«

Sie nahm den Kompass und drehte ihn hin und her. »Mal angenommen, ich verliere den Kompass, wie finde ich mich dann zurecht?«

»Halte deine Uhr waagerecht und richte den Stundenzeiger auf die Sonne. Von da aus schau wo zwölf Uhr ist. Süden befindet sich etwa in der Mitte zwischen diesen beiden Punkten. Nachts orientierst du dich am Polarstern. Natürlich funktioniert das nur, wenn es keine geschlossene Wolkendecke gibt. Weißt du, wie du den Polarstern findest?«

Sie schüttelte den Kopf. Marek schob die beiden Stühle unter die Fensterluke und sie stellten sich darauf. In dem rechteckigen Ausschnitt über sich sah Paulina den Nachthimmel mit einer geradezu überwältigenden Zahl von Sternen.

»Such den Großen Wagen«, sagte Marek. »Es ist der viereckige Kasten mit der langen Deichsel. Von den hinteren Sternen des Wagens, den Achsensternen, ziehst du eine gerade Verbindungslinie über den Kasten hinaus, die ungefähr fünfmal länger ist. Am Ende befindet sich der Polarstern. Dort ist Norden.«

»Ich glaube, ich habe ihn«, sagte Paulina nach ein paar Sekunden. »Er ist viel heller als die Sterne in seiner Nähe.«

»Absolut richtig.« Marek sprang vom Stuhl und hob Paulina herunter. »Nun müssen wir noch über deine Papiere sprechen. Ich nehme an, dass du dich im Wartheland als Deutsche ausgibst? Was hältst du davon, als Lina Peters aus Kalisz zu reisen? Das ist eine größere Stadt. Da fällt bei einer Kontrolle nicht sofort auf, dass du an der angegebenen Adresse nicht wohnst.«

»Einverstanden. Wie lange dauert es, bis der Ausweis fertig ist?«

»Nur einen Tag. Jakub hat noch genügend Blankoformulare. Wir gehen morgen früh zu ihm, damit er schnell ein Foto von dir machen kann. Er kann dir auch eine gefälschte Reisegenehmigung ausstellen.«

»Dann fehlt nur noch eines.« Paulina ging zum Bett, kniete sich vor die Matratze und zog eine flache, kleine Schatulle darunter hervor.

Marek beobachtete sie mit gerunzelter Stirn. »Du willst wirklich das Letzte weggeben, das du von deiner Mutter noch besitzt?«

Sie öffnete das Kästchen und strich behutsam mit der Spitze ihres rechten Zeigefingers über die beiden in Gold gefassten Perlen. »Vielleicht komme ich in eine Situation, in der ich sie benötige.« Sie schloss die Schatulle wieder, ging zum Rucksack und stopfte sie in ihre Ersatzsocken. »Und dann stünde sie bestimmt dahinter.«

Marek trat zu ihr. Sie standen sich gegenüber und sahen sich stumm an. Dann öffnete er die Arme. Paulina schmiegte sich an ihn und legte den Kopf an seine Schulter. »Übermorgen beginnt der Aufstand, und ich werde nicht da sein«, flüsterte sie. »Ich werde Angst um dich haben. Angst, dass du stirbst.«

»Ach Malya.« Er küsste ihre braunen Locken. »Schauen wir dem Tod nicht seit fünf Jahren jede Sekunde ins Gesicht?«

Kapitel sechs

Heringsdorf, 2020

Hermine schwieg. Einige Momente vergingen, in denen keiner der drei Menschen am Tisch ein Wort äußerte. Schließlich räusperte Artur sich: »Ist es Zufall, dass ich so heiße, wie der kleine Junge in Warschau? Gibt es eine Verbindung zwischen ihm und mir?«

Hermine massierte sich mit den Fingerspitzen die Schläfen. »Mein Mund ist vom Reden ganz trocken, Junge. Würdest du mir ein Glas Wasser aus der Küche holen?«

»Natürlich.« Er stand auf und ging hinaus.

»Ich räume den Tisch ab.« Karin stapelte das Kaffeegeschirr auf dem Tablett, stellte die Kuchenplatte daneben und verschwand ebenfalls. Hermine hörte ihre gedämpften Stimmen durch die halb geöffnete Tür. Tassen und Teller klapperten, dann summte die Spülmaschine.

Sie fühlte sich sehr müde. Doch nicht das Erzählen strengte sie an, sondern die Erinnerung an Ereignisse, die weit über siebzig Jahre zurücklagen und die sich nun, da sie davon sprach, anfühlten, als seien sie erst gestern geschehen.

Vielleicht hätte ich nicht daran rühren sollen, dachte sie. *Und ich wollte es eigentlich auch nicht. Aber jetzt gibt es kein Zurück mehr.*

Die Wohnzimmertür schwang lautlos auf. Artur kam mit Gläsern in der einen und einer Flasche Mineralwasser in der anderen Hand herein. Hinter ihm folgte Karin.

»Es ist so schön warm draußen, Mutter. Wollen wir uns ein wenig hinaussetzen?«

Hermine nickte, Karin half ihr beim Aufstehen, und alle drei gingen auf die Terrasse und setzten sich auf Korbstühle, die unter einer von wildem Wein überwucherten Pergola standen.

Artur füllte Wasser in die Gläser und stellte eines vor seine Mutter. »Das ist eine aufwühlende Geschichte«, begann er. »Das Leid der polnischen Bevölkerung und das traurige Schicksal von Agnieszka und den anderen Kindern. Es ist schockierend, wie tyrannisch sich die deutschen Besatzer den Polen gegenüber aufgeführt haben.«

»Meine eigene Kindheit in Stettin war so leicht und sorglos.« Hermine zog ein Taschentuch aus ihrer Rocktasche, nahm ihre Brille ab und putzte sie umständlich. »Es war ein Schock, als Paulina mir von den Grausamkeiten meiner Landsleute berichtete. Anfangs wehrte sich alles in mir, ihr zu glauben, aber unsere gemeinsamen Erlebnisse haben mir die Augen geöffnet.«

»Für Agnieszka scheint sich ja alles zum Guten gewendet zu haben«, stellte Karin fest. »Sie und Agnes Scholz aus Bares für Rares sind doch ein und dieselbe Person, nicht wahr?«

»So ist es.« Hermine setzte ihre Brille wieder auf.

»Aber ich verstehe nicht, was diese Geschichte mit dir zu tun hat, Mutter«, warf Artur ein. »Hast du denn während des Krieges in Warschau gelebt?«

»Nein.« Hermine schüttelte den Kopf. »Ich war während des ganzen Krieges in Pommern.«

Artur betrachtete seine Mutter nachdenklich. »Ich kann mich nicht erinnern, dass du jemals eine Agnes beziehungsweise Agnieszka oder eine Paulina erwähnt hast, und trotzdem waren diese beiden offenbar sehr wichtig für dich. Wie passt das zusammen?«

Hermine nahm ihr Wasserglas. »Geduld, mein Sohn. Es ist nun einmal eine lange Geschichte.«

Kapitel sieben

Generalgouvernement, August 1944

Leise stöhnend verlagerte Paulina ihr Gewicht vom rechten auf das linke Bein. Nach fast drei Tagen, in denen sie vom ersten Morgenlicht bis zum Einbruch der Dunkelheit stramm marschierte, brannten ihre Füße wie Feuer und schmerzten wegen unzähliger Blasen. Die Stiefel, die Marek ihr auf dem Schwarzmarkt besorgen konnte, waren aus gutem, stabilem Leder, aber etwas zu groß, obwohl sie zwei Paar Socken übereinander trug.

»Du musst nach Westen bis Lowicz«, hatte Marek ihr eingeschärft. »Dann wende dich südwärts. Nach ungefähr einem Tag erreichst du Glowno. Das Forsthaus liegt in dem Waldgebiet, das hinter dem Ort beginnt.«

Paulina schob die Zweige des Schlehenbusches auseinander, der sie verbarg, und spähte zu dem alten Haus, das vor ihr auf einer Lichtung in der Abendsonne lag. Geradezu idyllisch inmitten eines Waldes aus Buchen, Eichen und Fichten. Über der grün gestrichenen Tür hing ein Hirschgeweih und unter dem vorspringenden Dach lagerten säuberlich gestapelte Holzscheite. Ein weitläufiger Garten erstreckte sich um das Gebäude. Paulina sah sorgsam geharkte Beete, in denen Kartoffeln, Kopfsalat, Zwiebeln, Erbsen und Bohnen wuchsen, und das Wasser lief ihr im Munde zusammen. Frisches Gemüse gab es in Warschau äußerst selten.

In diesem Moment schlug ein Hund an. Wenig später öffnete sich die grün gestrichene Tür, und ein großer, sehniger Mann trat heraus. Er trug ein braunes Hemd, braune Hosen und kniehohe Stiefel. Sein struppiges dunkles Haar ging nahtlos in den Bart seiner unteren Gesichtshälfte über. Laut bellend raste ein kräftiger Hund an ihm vorbei und sprang am Zaun hoch.

Sein eckiger Kopf witterte in Paulinas Richtung.

»Ruhig, Tofik!«, befahl der Mann. »Bei Fuß.«

Der Hund gehorchte, lief zu seinem Herrn und drängte sich an seine Seite. Langsam näherten sich beide dem Gartenzaun und blieben dahinter stehen. Der Mann zog sein Jagdgewehr von der Schulter, hielt es vor sich und schaute prüfend in den Wald. »Wer ist da?«

Mit erhobenen Händen trat Paulina auf die Lichtung. Beschwichtigend lächelte sie. »Ich bin Paulina Piotrowski. Ich suche Krystian.«

Der Hund knurrte tief grollend. Der Mann legte ihm eine Hand auf den mächtigen Schädel, und das Tier verstummte. »Ich bin Krystian.« Er senkte das Gewehr. »Was willst du?«

»Ich hörte, du bringst Menschen über die Grenze.«

Seine Miene blieb unbewegt. »Ich riskiere mein Leben nur, wenn es einen wichtigen Grund dafür gibt.«

Paulina musterte ihn eindringlich. »Ich suche meine Nichte. Sie ist gerade einmal zwei Jahre alt. Die Nazis haben ihre Eltern ermordet und sie geraubt.«

»Das ist ein wichtiger Grund.« Krystian ging zur Gartenpforte, öffnete sie und bedeutete Paulina, ihm zu folgen.

Sie betraten einen langen, dunklen Flur mit holzvertäfelten Wänden, die einen schwachen harzigen Duft verströmten. Der Hund drängte sich an ihnen vorbei, seine Krallen klackerten über den Steinboden. Er blieb vor einer der Türen stehen und wedelte mit dem Schwanz.

Krystian drückte die Klinke herunter. »Wir haben Besuch, Anastaszja!« Er bedeutete Paulina einzutreten.

Ihr wurde fast schwindelig von dem Duft nach gebratenen Zwiebeln, Kartoffeln und Räucherspeck. Seit sie von Warschau aufgebrochen war, ernährte sie sich von trockenem Zwieback, Wasser und ein paar Beeren, die sie hin und wieder im Wald fand. Wann sie das letzte Mal Fleisch gegessen hatte, wusste sie nicht einmal mehr.

Die junge Frau, die mit dem Rücken zu ihr vor dem Herd stand, wischte sich die Hände an der Schürze ab und wandte sich lächelnd um. Unter dem Kleid wölbte sich ihr Bauch zu einer fussballgroßen Kugel. »Du kommst genau richtig zum Abendessen. Ich hoffe, du magst Kanincheneintopf.« Sie zeigte auf einen Tisch mit einer Holzbank und zwei Stühlen. Dann nahm sie den Topf, aus dem der Stiel einer Schöpfkelle ragte, vom Herd und stellte ihn auf den Tisch.

Krystian hängte das Gewehr an die Wand, holte Schalen und Suppenlöffel aus einem Schrank und verteilte sie. Seine Frau saß inzwischen auf der Bank und er rutschte zu ihr und streckte die langen Beine unter dem Tisch aus. Tofik ließ sich zu seinen Füßen nieder, legte den Kopf auf die Vorderpfoten und beobachtete Paulina aus bernsteinfarbenen Augen.

Sie setzte sich auf einen der Stühle, stellte den Rucksack neben sich auf den freien Stuhl und schaute fassungslos auf den sämigen Eintopf, den Anastaszja in ihre Schale schöpfte. Zwischen Kartoffeln und Gemüse sah sie kleingewürfelten Speck, in der Mitte schwamm sogar ein Stück Fleisch. Sie packte den Löffel und schlang die ganze Portion ohne innezuhalten in sich hinein. Bei ihrem letzten Bissen verspürte sie bereits leises Bedauern.

»Willst du mehr?«, fragte Anastaszja.

Paulina war sicher, noch mindestens dreimal so viel essen zu können, doch sie mochte die Gastfreundschaft der beiden nicht ausnutzen und schüttelte den Kopf. »Es war köstlich, aber ich bin satt.« Sie stellte das Geschirr zusammen und wollte aufstehen. Krystian bedeutete ihr sitzenzubleiben. »Ich mache das.« Er trug die Teller zum Spülstein, goss aus einer Kanne Wasser darüber, nahm eine Bürste und fing an zu schrubben.

Paulina schaute zu Anastaszja. »Wann kommt das Baby?«

Die junge Frau streichelte ihren runden Bauch. »In ungefähr sechs Wochen.«

Paulina lächelte. Auch sie wünschte sich Kinder mit Marek.

Nach dem Krieg. »Es wird in einem freien Polen aufwachsen. Die Deutschen sind auf dem Rückzug. Bald müssen sie Warschau aufgeben.«

Krystian nahm ein Tuch und trocknete die erste Schale. »Wie kommst du darauf?«

Paulina drehte sich zu ihm. »Seit dem ersten August kämpft unsere Heimatarmee Seite an Seite mit der Warschauer Bevölkerung gegen die Besatzer. Und am anderen Weichselufer stehen die Russen bereit. Gemeinsam werden wir die Deutschen besiegen!«

»Gebe Gott, dass du Recht behältst.« Anastaszja bekreuzigte sich.

»Auch ich habe mich wochenlang auf den Aufstand vorbereitet«, fuhr Paulina fort. »Aber jetzt muss ich meine Nichte befreien. Die Deutschen haben sie in ein Kinderheim in Kalisz verschleppt.«

Krystian räumte Geschirr und Besteck in den Schrank und setzte sich wieder neben seine Frau. »Vielleicht ist die Kleine auch in einem Lager.«

»Wie meinst du das?« Paulina versagte fast die Stimme. »Redest du von einem Lager wie … Auschwitz?«

Schreckliche Gerüchte kursierten über diesen Ort. Vor dem Krieg nur ein unbescholtenes Dorf nicht weit von Krakau. Es hieß, dass dort Juden, Zigeuner, Kriegsgefangene, Widerstandskämpfer, Alte und Junge, Gesunde und Kranke, Frauen und Männer, Mütter und Kinder von den Nazis hingerichtet wurden. Sogar aus ganz Europa karrten sie Menschen in Güterzügen dorthin und ermordeten sie mit Gas in eigens dafür errichteten Hallen.

Krystian legte einen Arm um Anastaszja und zog sie an sich. »Ich habe von einem Kinderlager in Lodz gehört. Angeblich werden dort tausende Kinder, die zuvor von ihren Eltern getrennt wurden, gefangen gehalten. Die Nazis lassen sie arbeiten, bis sie verhungern oder an Entkräftung und Krankheiten zugrunde gehen.«

»Diese Deutschen sind leibhaftige Teufel«, flüsterte Paulina.

»Nimm ihr doch nicht die Hoffnung!« Anastaszja langte über den Tisch und nahm Paulinas kalte Hand. »Bis jetzt haben wir noch nichts von so einem Kinderlager in Kalisz gehört.«

Paulina beugte sich zu Krystian. »Bring mich bitte noch heute Nacht ins Wartheland. Ich will keine weitere Zeit verlieren.«

Doch Krystian schüttelte den Kopf. »Es ist noch zu früh. Erst letzte Nacht gab es ein Gefecht zwischen Partisanen und einer Streife des Grenzschutzes. Nach solchen Vorkommnissen verstärken die Deutschen ihre Kontrollgänge. Wir müssen ein paar Tage warten, bis die Grenzer sich wieder in ihren Wachtürmen verkriechen. Sie sind eben keine Soldaten, sondern Zöllner ohne Kampferfahrung.« Krystian richtete seine dunklen Augen auf Paulina. »Vertrau mir. Ich bringe dich sicher auf die andere Seite.«

»Du sagst das, als wäre es so einfach«, murmelte sie.

»Es ist einfach. Wenn man weiß, was man zu tun hat.«

Schließlich konnte Paulina ein herzhaftes Gähnen nicht mehr unterdrücken, und Anastaszja führte sie in das Zimmer gegenüber der Küche. Auf dem Boden lag eine dünne Matratze mit einer Wolldecke.

»Krystian holt frühmorgens frisches Wasser aus dem Brunnen. Er stellt dir eine Kanne vor die Tür. Dort drüben kannst du dich waschen.« Anastaszja zeigte auf einen kleinen Tisch mit einer Emailleschüssel darauf. Dann umarmte sie Paulina. »Gute Nacht. Schlaf gut.«

Paulina schlüpfte aus Jacke, Rock und Stiefeln, legte den Rucksack neben die Matratze und kroch unter die Wolldecke. Sie fühlte sich satt und sicher in diesem Forsthaus, das so weit weg schien von Krieg, Leid und Tod. Sogar ihr karges Nachtlager erschien ihr nach zwei Tagen Schlaf auf dem nackten Waldboden wie ein Himmelbett.

Irgendwo draußen rief eine Eule. Sonst war es still. Sie dachte an Marek, stellte sich vor, wie er seine Arme um sie schlang und wie sein Atem ihren Nacken kitzelte. Dann fiel sie in einen tiefen, traumlosen Schlaf und erwachte am nächsten Morgen von gedämpften Stimmen und Lachen.

Sie wusch sich, zog sich an und betrat die Küche.

Krystian und Anastaszja saßen am Tisch und löffelten Gerstenbrei. Aus einer Blechkanne, die zwischen ihnen stand, stieg der würzige Duft von Malzkaffee. Tofik lag unter dem Tisch und klopfte mit der Rute auf den Boden, als er Paulina bemerkte.

Anastaszja füllte Grütze in Paulinas Schale und goss ihr Malzkaffee ein. »Hast du gut geschlafen?«

Paulina setzte sich. »Tatsächlich weiß ich nicht, wann ich das letzte Mal so ausgeruht aufgestanden bin.«

»Wenn du gefrühstückt hast, erkläre ich dir alles, was du wissen musst, bevor wir die Grenze überqueren. Das Wichtigste ist, sich nicht erwischen zu lassen.« Krystian grinste.

Sie tauchte den Löffel in den warmen Gerstenbrei. »Bringst du nur Widerstandskämpfer über die Grenze?«

»Manchmal auch Schmuggler, wenngleich die meistens ihre eigenen Pfade benutzen.«

»Wird viel geschmuggelt?«

»Das kann man wohl sagen. Obwohl darauf die Todesstrafe steht.« Krystian trank einen Schluck Malzkaffee und wischte sich mit dem Handrücken über den Mund. »Die Schmuggelware kommt aus dem Wartheland. In der Regel sind es Lebensmittel wie Mehl, Zucker und Fett. Bezahlt wird mit Zigaretten oder mit Wertgegenständen, die vor dem Zugriff der Deutschen versteckt werden konnten, also Schmuck, Teppiche, Stoffe oder Kunstwerke.«

»Aber die Deutschen jagen die Schmuggler doch sicher erbarmungslos?«

»Einige tun es«, erwiderte Krystian gleichmütig. »Andere

schmuggeln selber. Eine gute Möglichkeit, das spärliche Gehalt aufzubessern.«

Er verließ die Küche und kam kurz darauf mit einer Landkarte zurück, die er auf dem Tisch ausbreitete. »Hier befindet sich das Forsthaus.« Er tippte auf einen Punkt ein wenig südwestlich von Glowno. »Und hier verläuft die Grenze.« Er zeigte auf eine gezackte Linie. »Bis zu der Stelle, wo wir das Generalgouvernement verlassen, sind es ungefähr fünf Kilometer. Da wir querfeldein gehen, rechne ich dafür zwei Stunden. Wir brechen am frühen Abend auf und erreichen die Grenze ungefähr eine Stunde vor Sonnenuntergang. Drück die Daumen, dass der Himmel bewölkt ist. Je weniger Licht, desto besser.«

Anastaszja räumte die leergegessenen Schalen vom Tisch. »Krystian kennt den Patrouillenrhythmus der Deutschen. Er weiß, wann sie ein Auto benutzen und wann sie zu Fuß unterwegs sind, ob sie Hunde dabeihaben und welche Waffen sie tragen.« Sie blickte ihren Mann voller Liebe und Stolz an.

Paulina betrachtete die Karte. »Woran erkennen wir, dass wir im Wartheland sind?«

»Direkt auf der Grenze stehen drei markante Fichten. Die mittlere besitzt zwei Spitzen. Hinter ihnen beginnt das Wartheland«, antwortete Krystian.

»Und die nächste Bahnstation müsste sich in Strickau befinden. Meine Reisegenehmigung gilt nämlich zwischen Strickau und Kalisz.« Paulina lief in ihr Zimmer. Wenig später kehrte sie mit dem Dokument zurück und legte es auf den Tisch. »Mit diesem Papier darf ich im August auf der Strecke hin und her reisen. Marek und ich konnten nicht abschätzen, wie lange es dauert, Agnieszka zu befreien. Deshalb habe ich eine Reisegenehmigung, die den ganzen Monat gilt. Es ist natürlich kein echtes Dokument. Ein Mitglied des Warschauer Widerstands hat es für mich angefertigt. Genau wie meinen Pass.«

Krystian beugte sich über das Blatt und betrachtete die Stempel und Einträge. »Es sieht wirklich echt aus. Steig trotzdem nicht in Strickau in den Zug. Das ist ein Grenzbahnhof, der scharf kontrolliert wird. Besser ist, du wanderst bis Görnau. Ich bringe dich bis in die Nähe der Eisenbahnstrecke. Nach Görnau sind es dann noch fünfzehn Kilometer.«

»Ein halber Tagesmarsch.« Paulina bemühte sich, zuversichtlich zu klingen, obwohl ihr mulmig zumute war bei dem Gedanken, auf deutschem Reichsgebiet unterwegs zu sein. »Verkehren von Görnau Züge nach Kalisz?«

Krystian nickte. »Sie kommen von Strickau und fahren über Lodz. Dort musst du umsteigen. Aber das Bahnfahren ist für Polen im Wartheland mit vielen erniedrigenden Vorschriften verbunden. Eil- und Schnellzüge dürfen wir gar nicht benutzen.«

Paulina hob das Kinn. »Ich fahre nicht als Polin, sondern als Deutsche.«

In Krystians Augen glomm Anerkennung. »Du hast Mut, Mädchen.«

Während der nächsten Tage ruhte Paulina sich aus und lenkte sich von ihrer wachsenden Nervosität ab, indem sie Anastaszja im Haushalt half. Krystian verschwand immer wieder mit Tofik im Wald, um zu prüfen, ob die Deutschen auf der Seite des Generalgouvernements Kontrollgänge durchführten. An den ersten drei Tagen berichtete er von bewaffneten Trupps aus zwei bis drei Männern, am vierten, fünften und sechsten Tag, sah er keine Patrouillen mehr.

Als Paulina am Morgen des siebten Tages die Küche betrat, saß Krystian auf der Bank und reinigte sein Gewehr. »Heute ist es soweit.«

Anastaszja stellte eine Flasche Johannisbeersaft neben Paulinas Schale mit Grütze und legte einen halben, in ein Tuch gewickelten Brotlaib daneben. »Damit du unterwegs nicht hungerst.«

Als die Sonne sich dem westlichen Waldsaum näherte, trat Paulina aus dem Forsthaus in den Garten. Krystian folgte ihr. Er trug ihren Rucksack auf dem Rücken und hielt das schussbereite Gewehr in der Rechten. Dahinter kamen Anastaszja und Tofik. Der Hund hielt sich dicht an Anastaszjas Seite und witterte mit zuckender Nase in den Wald. Krystian beugte sich zu ihm, fasste mit der freien Hand unter seine Schnauze und sah ihm in die Augen. »Pass auf dein Frauchen auf, Tofik.«

Paulina griff in ihre Jackentasche und holte die kleine Schmuckschatulle ihrer Mutter heraus. »Ich danke euch für eure große Gastfreundschaft bei all den Gefahren, die ihr auf euch nehmt, um mir zu helfen.« Sie ergriff Anastaszjas Hand und legte das Etui hinein. »Ihr habt keine Entschädigung für eure Mühen verlangt, aber damit könnt ihr etwas für das Baby kaufen. Eine Wiege vielleicht.«

Anastaszja umarmte sie innig. »Geh mit Gott, Paulina. Und wenn du auf dem Rückweg bei uns vorbeikommst, freue ich mich, die kleine Agnieszka kennenzulernen.«

Paulina folgte Krystian durch den lichten Wald aus Laubgehölzen, Fichten, Farnen und Stechpalmen. Laub bedeckte den weich federnden Erdboden, und manchmal sah sie entwurzelte Bäume, auf denen Moos oder Kolonien von kleinen braunen Pilzen wuchsen.

Krystian schärfte ihr ein, möglichst nicht zu sprechen, aber als sie einen plätschernden Bach durchquerten und am anderen Ufer ihre Stiefel und Strümpfe wieder anzogen, traute sie sich leise zu fragen: »Wie findest du dich hier nur zurecht? Für mich sieht das alles gleich aus.«

»Wegmarken«, gab er gedämpft zurück und zeigte auf einen Fichtenstamm, dem in Augenhöhe ein rechteckiges Stück der borkigen Rinde fehlte. Er wies sie auch auf weitere Zeichen hin: einen abgebrochenen Ast, einen kleinen Findling, einen halb vermoderten Holzklotz.

Krystian mag das ja reichen, aber ich werde mich auf jeden Fall nach meinem Kompass richten müssen, wenn ich mit Agnieszka wieder hier durchkomme, dachte Paulina.

In diesem Moment hörte sie das entfernte Brummen eines Flugzeuges, das schnell näherkam. Alarmiert stieß sie Krystian an. Was wollte ein Flugzeug hier? So weit abseits von jeder größeren Stadt?

»Ein Zollflieger«, flüsterte er und zog sie unter das dichte Geäst einer Fichte. »Damit wollen sie Schmuggler und Partisanenverstecke aufspüren.«

Das Brummen dröhnte nun direkt über ihren Köpfen. Besorgt schaute Paulina durch die Zweige der Fichte, und für einen Moment sah sie das Flugzeug. Es war ein offener Doppeldecker mit aufgemaltem Hakenkreuz am Seitenruder. Tief strich er gerade oberhalb der Baumkronen entlang. Hinten saß der Pilot, vor ihm zwei Beobachter, die Ferngläser an die Augen gedrückt.

Erst als der Motor nicht mehr zu hören war, setzten sie ihren Weg fort. Krystian lief lautlos und geschmeidig wie ein Wolf. Paulina hingegen fiel jeder Schritt schwer. Ihre wunden Füße waren noch nicht ganz verheilt und schmerzten.

Knack! Ein trockener Ast brach unter ihren Stiefelsohlen. Gleich darauf ertönte der schrille Warnruf einer Drossel.

Krystian wandte sich mit gerunzelter Stirn zu ihr, zog sein Gewehr von der Schulter und lauschte konzentriert. Doch außer dem Wind, der leise durch die Blätter wehte, blieb alles still. Sie gingen weiter, und eine halbe Stunde später erreichten sie den Waldrand.

»Bis zur Grenze sind es noch fünfzig Schritte«, flüsterte er. »Wir warten hier, bis es vollkommen dunkel ist. Dann laufen wir zwischen zwei Patrouillen auf die andere Seite.«

Er schob Paulina in ein Dickicht aus Farn und hohen Gräsern und glitt neben sie. Den Rucksack und das Gewehr platzierte er vor sich auf dem Boden hinter ein paar Brombeerranken. »Siehst du die Fichtengruppe? Direkt dahinter beginnt eine Wiese. Sie ist nicht gemäht und bietet eine erste Deckung.«

Sie nickte und schaute zu den drei eng zusammenstehenden Bäumen, hinter deren dunklen Wipfeln gerade die Sonne versank. Ein breiter gerodeter Streifen unterbrach den Wald unnatürlich. Am Ende der Brache erkannte sie ein Schild. Sie konnte es nicht lesen, denn die Schrift verschwamm im abendlichen Dunst. Sie nahm an, dass an dieser Stelle das Generalgouvernement aufhörte und das Wartheland begann.

»Die Deutschen haben den Wald entlang der gesamten Grenze gefällt«, raunte Krystian. »Am Ende der Brache gibt es einen Weg, der sowohl von Autopatrouillen, als auch von Motorrädern und Grenzern, die zu Fuß unterwegs sind, genutzt wird. Das ganze Gelände ist Sperrgebiet, außer an den amtlich zugelassenen Übergängen. Der nächste befindet sich ein paar Kilometer von hier bei Strickau.«

»Ich sehe gar keine Wachtürme«, flüsterte Paulina.

»Weil wir uns in der Mitte zwischen zwei Türmen befinden.« Krystian warf einen Blick auf seine Armbanduhr. »Die Fußpatrouillen tauchen stündlich auf. Gleich kommt die Acht-Uhr Streife. Die nächste ist um neun, dann um zehn und so weiter. Die Auto- und Motorradpatrouillen fahren leider unregelmäßig. Ich nehme an, sie sind knapp mit Treibstoff. Wenn ich es für sicher halte, gebe ich dir ein Zeichen, und wir überqueren die Brachfläche. Das dauert nur wenige Minuten, aber es sind die gefährlichsten Minuten dieses Weges.«

Paulina tastete unwillkürlich nach der Waffe in ihrem Rockbund, als die Acht-Uhr-Patrouille auftauchte. Sie bestand aus vier Männern und einem Schäferhund, der von einem der Grenzer an der kurzen Leine geführt wurde. Die anderen drei hielten ihre Maschinenpistolen schussbereit und schauten sich immer wieder in alle Richtungen um.

Die Patrouille passierte sie ohne Zwischenfall und verschwand hinter einer Wegbiegung. Auch der Hund bemerkte nichts. »Der Wind weht nicht in seine Richtung«, wisperte

Krystian. Er kauerte wie ein sprungbereites Raubtier neben ihr.

Es dämmerte und dann senkte sich die Nacht wie eine große, dunkle Decke herab. Leider gab es keine Wolken, stattdessen leuchteten unzählige silbrige Sterne vom samtblauen Himmel. Tief aus dem Wald erklang das ›Kuwitt, Kuwitt‹ eines Käuzchens und wurde von einem klagenden ›Schuhu‹ fast direkt über Paulina beantwortet. Je länger sie in der Dunkelheit ausharrte, desto mehr schärften sich ihre Sinne. Sie vernahm, wie es rings um sie raschelte und knackte, ihre Augen konnten die Erhebungen von Grasbüscheln und Baumstümpfen auf der Brache unterscheiden, und die drei Fichten hoben sich schwarz und scharf wie Scherenschnitte vor dem Horizont ab.

Als die Elf-Uhr-Streife in der Nacht verschwand, berührte Krystian ihre Schulter. »Jetzt.« Er packte Paulinas Rucksack und sein Gewehr, bog das Farnkraut auseinander und lief los.

Sie sprang auf. Doch ihr linkes Bein war eingeschlafen und fühlte sich an wie ein Klotz, der an ihr festhing. Plötzlich bohrte sich ein messerscharfer Schmerz in ihren linken Knöchel, sie unterdrückte gerade noch einen qualvollen Schrei und fiel vornüber zwischen die Brombeerranken.

Panisch schaute sie zu Krystian, der geduckt über Buckel und Baumwurzeln sprang und nicht bemerkte, dass sie ihm nicht folgte. Sie richtete sich wieder auf. Doch als sie den linken Fuß aufsetzte, wurde ihr vor Schmerz schwarz vor Augen, und sie fiel erneut zu Boden.

Ich kann nicht laufen, dachte sie voller Angst. *Aber ich muss!* Sie nahm ihre ganze Willenskraft zusammen und stolperte auf die Brache. Bis zu den Fichten schien es plötzlich eine unüberwindlich weite Distanz. Endlich bemerkte auch Krystian, dass etwas nicht stimmte. Er drehte sich um, sah ihr mühsames Humpeln und machte kehrt.

»Ich bin umgeknickt«, keuchte sie, als er bei ihr war.

Ohne ein Wort hob er sie hoch, schob das Gewehr über seine Schulter und rannte wieder los.

Paulina klammerte sich an seinen Hals und starrte auf die drei Fichten. Mit jedem von Krystians kraftraubenden Sätzen kamen sie ihrem Ziel näher. Nur wenige Meter noch, und sie überschritten die Grenze.

In diesem Moment ertönte von links das Knattern eines Autos, und gerade als Krystian auf den Feldweg sprang, tauchten vor ihnen die Lichtkegel von Scheinwerfern auf.

Kapitel acht

Wartheland, August 1944

Wir sind verloren! Wie hypnotisiert starrte Paulina in die kreisrunden gelben Lichter.

Krystian spannte den Körper, sprang mit zwei gewaltigen Sätzen über die Straße und ließ sich stöhnend hinter der Fichtengruppe auf den Boden fallen. Paulina entglitt ihm recht unsanft und konnte nur mit Mühe einen Aufschrei unterdrücken. Zitternd vor Angst spähte sie Richtung Straße. Die Strahlen der Scheinwerfer tasteten wie lange Finger über die Stelle, an der sie und Krystian sich vor Sekunden befunden hatten. Das Knattern des Motors schwoll an, und schon rollte kaum zwei Körperlängen entfernt ein Kübelwagen an ihnen vorbei und verschwand wieder in der Dunkelheit.

Krystian richtete sich vorsichtig auf. »Das war knapp.«

»Ohne dich wäre ich verloren gewesen«, flüsterte Paulina erstickt.

»Wir müssen weiter weg von der Straße. Kannst du zumindest kriechen?«

Sie nickte, und er robbte voran über die Wiese, bis sie den Schutz der Holunderbüsche erreichten, die am anderen Ende wuchsen.

»Zeig mir deinen Fuß«, raunte er.

Mit zusammengebissenen Zähnen zog sie den Stiefel aus, und er betastete das Gelenk vorsichtig.

Sie stöhnte unterdrückt. »Ich hoffe, er ist nicht gebrochen. Ein wenig konnte ich den Fuß noch belasten.«

Krystians Daumen fuhr ihren Knöchel entlang. »Ich fühle eine Schwellung, aber wenn du noch auftreten kannst, ist es eine Verstauchung. Ich will von der Grenze weg. Schaffst du das?«

Sie nickte. Krystian erhob sich, und im Schutz von Sträuchern und Büschen humpelte sie tapfer hinter ihm her. Einmal drehte sie sich um und sah, dass die Fichten bereits ein gutes Stück entfernt lagen. Kurz darauf kündigten Motorengeräusche den Kübelwagen an, der in umgekehrter Richtung den Grenzweg zurückfuhr, und sofort ließen sich beide fallen. Zum Glück waren sie mittlerweile so weit weg, dass sie auch dieses Mal unbemerkt blieben.

Auf einer Wiese mit Birken und dichtem Federgras gab Paulina auf. »Ich kann nicht mehr, Krystian. Mein Fuß braucht eine Pause.«

Er nahm den Rucksack von den Schultern und sah sich um. »Im hohen Gras bist du einigermaßen vor Entdeckung geschützt. Aber es wäre besser, wenn du noch in dieser Nacht bis Görnau wanderst.«

»Das geht nicht.« Sie schüttelte den Kopf.

»Dann musst du hierbleiben. Warte bis morgen Nacht, bis du weitergehst. Auf dem Weg nach Görnau gibt es kaum Wald. Etwas südlich von hier verlaufen Gleise.« Er wies in die Richtung. »Folge ihnen bis zur Stadtgrenze von Görnau. Der Bahnhof befindet sich im Zentrum. Im Wartheland leben übrigens viele Leute aus dem Baltikum, der Bukowina und Siebenbürgen. Keine Ahnung, ob du ihnen vertrauen kannst. Die Nazis haben sie in den Häusern und Höfen angesiedelt, die sie uns Polen zuvor gestohlen haben.« Krystian wischte sich die Hände an der Hose ab. »Kann ich dich jetzt alleine lassen?«

Sie nickte. »Grüße Anastaszja von mir.«

»Do Widzenia, Paulina. Auf Wiedersehen.«

Sie umarmten sich kurz. Er griff sein Gewehr und wandte sich um, sie hörte noch ein leises Knacken im Gebüsch. Dann war sie allein.

Vorsichtig zog Paulina Stiefel und Strumpf vom linken Fuß und befühlte den Knöchel. Er schwoll jetzt sichtlich an, sodass sie den

Stiefel nicht neu würde zuschnüren können. Wie sie damit fünfzehn Kilometer bis Görnau schaffen sollte, war ihr ein Rätsel.

Im fahlen Mondlicht sah sie einen Baumstumpf zwischen kräftigen, steifblättrigen Schmielengräsern. Auf ihren Knien erreichte sie die einigermaßen geschützte Stelle. Sie zerrte ihre Wolldecke aus dem Rucksack, rollte sie zusammen und legte sie auf den Stumpf. Tief ausatmend streckte sie sich rücklings aus, lagerte den Fuß hoch und schob den Rucksack unter ihren Kopf. Erschöpft schloss sie die Augen. Von Westen kommend vernahm sie das rhythmische Rattern eines Zuges. Er fuhr Richtung Generalgouvernement.

Ein Truppentransport?, überlegte sie. *Um die Rebellion in Warschau zu bekämpfen?*

Am Tag vor dem geplanten Beginn des Aufstandes war sie von Warschau aufgebrochen und inzwischen weit über eine Woche unterwegs. Es quälte sie, nicht zu wissen, wie die Dinge standen und wie sich Marek und ihre Freunde von der Heimatarmee gegen die Deutschen schlugen. Es störte sie auch, dass sie keine Ahnung hatte, was an den Kriegsfronten in Ost und West passierte. In Warschau existierten eine Untergrundpresse und ein geheimer Radiofunk zur Exilregierung in London. Im Wartheland lohnte es sich nicht, eine Zeitung zu kaufen. Es gab nur deutsche Blätter, und deren Nachrichten unterlagen einer Zensur.

Als es hell wurde, nickte sie endlich ein und erwachte wenig später vom Wiehern eines Pferdes. Vorsichtig schaute sie durch die Grashalme und stellte fest, dass ihr Versteck an ein abgeerntetes Weizenfeld grenzte. Eine Frau in Männerhemd und Hosen, das Haar mit einem Tuch umwickelt, führte ein Gespann über das Feld. Daneben gingen zwei Frauen mit Mistgabeln und warfen fertig gebundene und getrocknete Getreidegarben auf einen Leiterwagen. Störche stelzten zwischen den gelben Stoppeln umher, und am blauen Himmel kreisten zwei Bussarde.

Eine Weile sah Paulina den Frauen zu, und die geradezu

übermächtige Sehnsucht nach Frieden trieb ihr Tränen in die Augen. Schließlich riss sie sich von dem Anblick los und untersuchte ihre Füße. Auf den wunden Stellen an Fersen und Zehen bildete sich neue Haut, der verstauchte Knöchel schien über Nacht ein wenig abgeschwollen zu sein.

Sie aß ein Stück Brot, trank den Johannisbeersaft und legte den verletzten Fuß wieder hoch. Am Nachmittag verschwanden die Frauen mit dem vollbeladenen Leiterwagen, und als es dämmerte, kroch Paulina vorsichtig aus dem Gebüsch.

Wie Krystian ihr geraten hatte, folgte sie der Bahnstrecke. Natürlich nicht direkt neben den Gleisen, aber sie orientierte sich am Rattern der Züge, die die ganze Nacht hindurch von West nach Ost und von Ost nach West rollten.

Bei Tagesanbruch sah sie in der Ferne die Häuser von Görnau. Ihr Knöchel schmerzte inzwischen sehr, und als sie an einen kleinen Fluss kam, ließ sie sich erschöpft am Ufer ins Gras fallen und tauchte die Füße ins kühle Nass. Dann holte sie ihr Täschchen mit Toilettenutensilien aus dem Rucksack, kämmte sich die Haare, wusch ihr Gesicht und putzte ihre Zähne mit ein wenig Salz. Anschließend betrachtete sie sich im Flusswasser und nickte zufrieden. Jetzt glich sie nicht mehr einer Landstreicherin, sondern einem passablen deutschen Fräulein.

Über eine staubige Straße kam sie in einen Vorort mit kleinen Häusern und handtuchschmalen Gärten, in denen Zwiebeln, Gurken, Bohnen und Kartoffeln wuchsen. Einmal kläffte ein Hund hinter einer Hecke, und sie erschrak bis ins Mark.

Auf die Wohnhäuser folgten Fabriken. Rauch quoll aus hohen Schornsteinen, und in Hallen summten und ratterten Maschinen. Vor den Fabriktoren erblickte sie Männer und Frauen, die zur Frühschicht gingen. Ob es sich um die aus dem Baltikum angesiedelten Deutschen handelte oder um Polen, wusste sie nicht, aber die Menschen sahen genauso verhärmt und ärmlich aus wie ihre Landsleute im Generalgouvernement.

Der Bahnhof lag hinter einem kleinen, mit Bäumen bepflanzten Rondell. Oberhalb des Eingangs wehte eine rote Fahne mit schwarzem Hakenkreuz.

Paulina betrat die schlichte Halle. Es gab zwei Fahrkartenschalter, vor denen Reisende warteten. Über dem einen hing ein Schild mit der Aufschrift ›Für Polen‹, über dem anderen ›Für Deutsche‹.

Paulina stellte sich in der Schlange für Deutsche an.

»Einmal einfache Fahrt zweiter Klasse nach Kalisz«, sagte sie, als sie an die Reihe kam.

Der dickliche Bahnbeamte hinter dem Tresen schaute von seinem Kursbuch auf. »Ein *bitteschön* kostet nichts. Aber ihr jungen Leute habt keine Manieren mehr.«

Paulina holte tief Luft. »Entschuldigen Sie. Bitte.«

»Geht doch. Und jetzt brauche ich Ihren Pass und Ihre Reiseerlaubnis.«

Mit klopfendem Herzen legte sie die beiden gefälschten Dokumente auf den Tresen. Der Bahnbeamte studierte die Einträge gründlich. Schließlich zog er eine Schublade auf und nahm eine Fahrkarte aus gelber Pappe heraus. »Die nächste Verbindung fährt in fünfunddreißig Minuten von Gleis eins. In Litzmannstadt müssen Sie umsteigen. Ich bekomme von Ihnen sechs Mark und zehn Pfennig, plus eine Mark Eilzugzuschlag.«

Paulina legte einen Zehnreichsmarkschein auf den Tresen, und der Beamte händigte ihr die Fahrkarte, ihre Papiere und das Wechselgeld aus. »Gute Reise.«

Paulina ignorierte den Warteraum mit dem Plakat ›Zutritt für Polen strengstens verboten‹ an der Tür und betrat die Plattform. Vierzig Minuten später schnarrte eine Stimme aus dem Lautsprecher über ihr: »Achtung am Bahnsteig eins! Mit fünfminütiger Verspätung hat der Eilzug von Warschau über Glowno und Strickau nach Litzmannstadt Einfahrt! Bitte beeilen Sie sich beim Ein- und Aussteigen. Der Zug fährt nach kurzem Aufenthalt sofort weiter.«

Paulina stieg in den Waggon hinter der Lokomotive und suchte sich einen Platz Rücken an Rücken mit einem Paar, das bereits im Zug saß.

»Dieser Urlaub war nicht, was ich mir erhofft habe. Und nächste Woche geht es schon zurück an die Front«, hörte sie den Mann sagen.

Die Frau versuchte, ihren Gatten zu trösten: »Ach Kurt, ich finde es auch schade, dass wir unsere Flitterwochen abbrechen mussten. Aber wir wiederholen die Reise, wenn du das nächste Mal Fronturlaub hast. Dann ist auch dieser widerwärtige Aufstand in Warschau vorbei.«

Paulinas Herz setzte einen Schlag aus. Sie beugte sich über die Seitenlehne ihrer Bank und sagte: »Entschuldigen Sie bitte, aber ich hörte, dass Sie Warschau erwähnten. Kommen Sie von dort?«

Die Frau nickte. »Unsere Hochzeitsreise sollte nach Warschau gehen, aber bei unserer Ankunft erfuhren wir, dass dort ein Aufstand ausgebrochen ist. Nach einer Nacht mussten wir wieder abreisen.«

Ihr Mann wandte sich ebenfalls Paulina zu. »Ich bin sicher, Gouverneur Fischer wird den Rebellensumpf mit Feuer und Blei vernichten.«

Paulina starrte ihn wortlos an. Er streckte eine Hand aus und tätschelte ihren Arm. »Machen Sie sich keine Sorgen, dass die Rebellion auf das Generalgouvernement oder gar bis in den Warthegau übergreift. Der Hoteldirektor berichtete mir, dass der Reichsführer SS persönlich sich der Sache angenommen hat und bereits Spezialeinheiten der Schutzstaffel in Warschau operieren. Nach allem, was man mir erzählte, treiben die Rebellen ihr Unwesen hauptsächlich im Arbeiterbezirk Wola. Darüber hinaus haben sie es lediglich geschafft, ein Versicherungsgebäude in der Innenstadt zu besetzen.«

Übelkeit übermannte Paulina. Marek befand sich mit seiner Einheit in Wola, mitten im Kampfgeschehen. *Hoffentlich geht es dir gut, Liebster!*, betete sie stumm. *Ich wünschte, ich könnte an deiner Seite stehen!*

»Die Polen wollen einfach nicht begreifen, dass die Kriegsführung ihnen nicht im Blut liegt«, fuhr der Mann im Brustton der Überzeugung fort. »Schon vor fünf Jahren bei ihrem Angriff auf uns, haben sie die Rechnung ohne den Wirt gemacht!«

Paulina ballte die Fäuste, bis sich ihre Fingernägel in die Handballen bohrten. *Nicht wir haben euch angegriffen!*, wollte sie dem Deutschen in sein selbstgefälliges Gesicht schreien. *Eure SS hat das polnische Postamt in meiner Heimatstadt Gdansk bombardiert, und als der Direktor nach fünfzehn Stunden mit einer weißen Flagge in der Hand herauskam, haben eure Soldaten ihn erschossen!*

Ihr Vater, der stellvertretende Direktor des Postamts, war an jenem 1. September 1939 dabei gewesen. Nur ihm allein von immerhin beinahe sechzig Menschen gelang es damals, dem Inferno zu entfliehen und sich in der Gartenhütte von Paulinas Elternhaus zu verstecken. Doch wenige Stunden später spürte die SS ihn auf, und er wurde wie auch die restlichen Überlebenden dieses ersten Kampfes eines schon fast fünf Jahre währenden Krieges hingerichtet. Paulinas und Helenas Mutter kam nie über den gewaltsamen Tod ihres Mannes und die nachfolgenden Drangsalierungen durch die Deutschen hinweg und nahm sich wenige Monate später das Leben.

»Fahrkartenkontrolle! Ihr Ticket bitte!« Eine junge Frau in Schaffneruniform lächelte Paulina an. Wortlos zog diese das kleine gelbe Pappkärtchen aus der Jackentasche und hielt es der Kontrolleurin hin.

»Sie sind so blass. Ist Ihnen nicht gut?«, fragte die Frau.

»Es ist alles in Ordnung.«, murmelte Paulina.

Die Schaffnerin reichte ihr das Ticket zurück. »In zwanzig Minuten erreichen wir Litzmannstadt. Dort haben sie zweieinhalb Stunden Aufenthalt. Der Zug nach Kalisz fährt von Gleis vier.«

Mit kreischenden Rädern hielt der Eilzug im Bahnhof. Paulina stand hinter dem Ehepaar an der Waggontür. Immer noch zitterte sie vor Wut.

Der Mann beugte sich herab und öffnete die Tür. Die Frau drehte sich lächelnd zu Paulina. »Heil Hitler und gute Weiterreise.«

Bei diesen Worten verlor Paulina die Beherrschung. Sie streckte ihre Arme aus und stieß die Frau in Richtung des Ausstiegs. Mit einem überraschten Schrei stolperte die gegen ihren Mann, und beide stürzten mitsamt Koffer auf den Bahnsteig.

Paulina sprang über sie hinweg auf das harte Pflaster. Sofort fuhr ein stechender Schmerz durch ihren linken Knöchel.

»Halt!« Der auf dem Boden liegende Mann versuchte, ihr Fußgelenk zu fassen. Doch sie wich ihm aus und drängte sich zwischen den erschrocken zurückweichenden Reisenden hindurch.

»Hilfe!«, hörte sie die Frau hinter sich schreien. »Das war ein Angriff!«

Ein Mann packte Paulinas Arm. »Hab ich dich, Früchtchen!«

Mit aller Kraft trat sie ihm gegen das Schienbein, und reflexartig gab er sie frei.

Hakenschlagend entkam sie in die Bahnhofshalle. Hier wimmelte es von Leuten, die an Fahrkartenschaltern anstanden, Reisende begrüßten und verabschiedeten oder nach Gepäckträgern Ausschau hielten. Niemand schien etwas von dem Vorfall auf dem Bahnsteig mitbekommen zu haben.

Paulina ging in der Halle ein Stück weiter. Ein Blumenstand nutzte die einzigen größeren Fenster des Gebäudes, um seine Ware in besserem Licht zu zeigen. Abwägend hielt sie einen roten und einen gelben Rosenstrauß vor ihr Gesicht und schaute vorsichtig heraus zum Bahnsteig. Neben dem Zug, umringt von einer gestikulierenden Menschentraube, entdeckte sie einen Polizisten. Der Mann, der versucht hatte, sie festzuhalten, zeigte auf die Bahnhofshalle.

Panisch blickte Paulina sich um. Wo sollte sie sich verstecken? Dann sah sie zwischen einem Zeitungskiosk und dem Eingang zu einem Restaurant zwei weiß lackierte Türen mit den Aufschriften ›Damen‹ und ›Herren‹.

Sie eilte los, rasch, aber nicht so schnell, dass es Argwohn erregte, und schlüpfte durch die Tür der Damentoilette.

Eine Frau im Putzkittel, die soeben das Waschbecken mit einem Schwamm auswischte, drehte sich um. »Zweite WC gerade fertig«, sagte sie mit starkem polnischem Akzent.

»Danke«, erwiderte Paulina auf Polnisch. Sie verschwand in der hinteren der beiden Kabinen, verriegelte die Tür und lehnte sich gegen die Seitenwand. In ihrem Knöchel pochte ein solcher Schmerz, dass ihr fast schwarz vor Augen wurde. Besonders ärgerte sie sich jedoch über ihre Unbeherrschtheit, mit der sie sich und ihr ganzes Vorhaben in große Gefahr gebracht hatte.

Sie schreckte auf, als die Tür zum Waschraum geöffnet wurde und schwere Schritte eintraten. »Heil Hitler!«, sagte eine Männerstimme. »Ist hier gerade eine junge Dame mit einem Rucksack hereingekommen?«

»Nix reingekommen«, antwortete die Reinigungsfrau gleichmütig.

»Du weißt, dass du Vertretern der Staatsgewalt gegenüber zu wahrheitsgemäßer Auskunft verpflichtet bist! Wenn du lügst, wirst du schwer bestraft!«

»Nix lügen!« Nun klang die Reinigungsfrau empört.

»Das werden wir ja sehen.« Die Stiefel stampften über den Fliesenboden in Richtung der Toiletten.

Paulina hielt den Atem an, zog die Pistole aus ihrem Rockbund und richtete sie auf die Tür. Die Schritte stoppten vor der ersten Kabine. Sie hörte, wie die Tür gegen die Seitenwand schlug.

»Da nicht Männer erlaubt!«, empörte sich die Reinigungsfrau. »Nur Frauen.«

Ein kurzer Moment der Stille folgte. »Schon gut, ich gehe ja wieder. Aber wenn hier eine junge Frau auftaucht, ungefähr zwanzig Jahre alt, braune Haare, brauner Rock, graue Jacke und ein feldgrüner Rucksack, hältst du sie sofort hier fest und rufst laut um Hilfe. Verstanden?«

»Festhalten und Hilfe rufen«, wiederholte die Frau. »Nur ich fünfundfünfzig. Wie ich Frau von zwanzig festhalten?«

»Tu, was ich dir sage! Andernfalls blüht dir was«, bellte die Männerstimme. Krachend fiel die Tür ins Schloss.

Etwas später klopfte es an die Kabinentür. »Die Luft ist rein«, sagte die Toilettenfrau leise auf Polnisch.

Paulina schob die Pistole wieder in ihren Rockbund und öffnete die Tür. »Tausend Dank! Sie haben mich gerettet. Gehören Sie zum Untergrund?«

Die Frau schüttelte den Kopf. »Das ist mir zu riskant. Ich habe drei Töchter und zwei Enkelkinder, die meine Unterstützung dringend brauchen.«

»Ich muss in etwa zwei Stunden weiter«, sagte Paulina. »Ich würde gerne so lange hierbleiben.«

»Von mir aus.« Die Frau ging zurück zum Waschbecken und nahm ihren Putzlappen.

Paulina verzog sich wieder in die Kabine, verriegelte die Tür und setzte sie sich auf den Deckel der Klosettschüssel.

Offensichtlich ist es mein Schicksal, auf Toiletten vor den Deutschen Schutz zu suchen, dachte sie. Beinahe musste sie lachen.

Der Polizist tauchte nicht wieder auf, und als Paulina nach fast zwei Stunden aus der WC-Kabine schlüpfte, hoffte sie, dass er die Suche aufgegeben hatte.

Die Toilettenfrau erhob sich von ihrem Hocker, öffnete die Waschraumtür und schaute hinaus. »Die Luft ist rein.« Sie winkte mit einer Hand.

Paulina erreichte das Gleis, gerade als die Verbindung nach Kalisz ausgerufen wurde. Unbehelligt stieg sie in den Zug und traf am frühen Abend in Kalisz ein.

Auf dem Bahnhofsvorplatz standen ein paar Pferdedroschken und zwei Busse. Einer der Busfahrer wartete neben seinem Fahrzeug und rauchte. Sie ging zu ihm. »Können Sie mir sagen, wie ich zum Gaukinderheim komme?«

Er musterte sie durch eine Qualmwolke hindurch. »Was wollen Sie denn da?«

»Arbeiten.«

»Sind Sie vom Mädelsbund und müssen ihren Arbeitsdienst dort ableisten?«

Paulina hatte noch nie von einem ›Mädelsbund‹ gehört, aber sie nickte aufs Geratewohl.

»Steigen Sie ein.« Der Busfahrer deutete mit dem Daumen auf sein Fahrzeug. »In zwei Minuten geht's los.«

Sie stellte einen Fuß auf die erste Stufe, drehte sich noch einmal um. »Wo muss ich aussteigen?«

»Posener Straße. Das Gaukinderheim liegt gegenüber vom katholischen Friedhof.« Er warf den Zigarettenstummel auf den Boden und kletterte hinter ihr in den Bus.

Zehn Minuten später stieg Paulina an der Posener Straße aus. Neben ihr befand sich der katholische Friedhof und auf der gegenüberliegenden Straßenseite sah sie eine hohe Mauer mit einer schmalen Pforte. Dahinter ragte zwischen ausladenden Baumkronen ein rotes Ziegeldach empor. Sie lief über die Straße und drückte die Klinke herunter. Abgeschlossen. Hundert Meter weiter wurde die Mauer von einem dreistöckigen Backsteinwohnhaus unterbrochen. Es grenzte an ein Eisentor, breit genug, dass ein Lieferwagen hindurchpasste. Paulina stellte fest, dass auch das Eisentor verschlossen war, aber sie drückte ein Auge an den Spalt zwischen Tor und Mauerwerk und sah eine steinerne Zufahrt sowie ein Stück von einer Rasenfläche. Doch wie schon beim Warschauer Waisenhaus entdeckte sie weder Kinder noch Pflegerinnen, und als sie ihr Ohr an den Spalt legte, hörte sie nur die Vögel, die in den Bäumen zwitscherten.

Bin ich hier wirklich richtig?, fragte sie sich. *Finde ich Agnieszka hinter diesen Mauern?*

Erschöpft und enttäuscht lehnte sie sich gegen das Eisentor. Bald wurde es Nacht, und sie wusste weder, ob sie sich am richtigen Ort befand, noch wo sie schlafen oder die nächste Mahlzeit bekommen sollte.

In diesem Moment bemerkte sie, wie die schmale Pforte in der Mauer aufging. Zwei Frauen traten heraus. Eine trug den Habit einer Ordensfrau, die andere ein einfaches, schwarzes Kleid, grobe schwarze Strümpfe und derbe Halbschuhe. Die beiden Frauen umarmten sich innig, dann schlüpfte die Ordensfrau wieder durch die Pforte und zog sie hinter sich zu. Die zweite Frau eilte mit gesenktem Kopf an Paulina vorbei und stoppte vor dem Eingang eines weiteren Backsteinhauses.

Einer inneren Eingebung folgend, humpelte Paulina hinter ihr her. »Bitte warten Sie!«, rief sie auf Deutsch.

Kapitel neun

Wartheland, August 1944

Die Frau wandte sich um. Sie wirkte jung, vielleicht Mitte zwanzig, und damit nur wenig älter als Paulina. »Sie sind verletzt.« Ihre Stimme klang weich, und sie sprach mit polnischem Akzent.

»Ich habe mir den Knöchel verstaucht. Aber das ist nicht wichtig.« Paulina musste sich zusammenreißen, die Frau nicht zu schütteln, um schnell an Informationen zu kommen. So berührte sie nur ihr Handgelenk. »Ich suche ein Kind. Vielleicht ist es in dem Heim. Arbeiten Sie dort?«

Die dunklen Augen der Frau flackerten nach rechts und links. »Gehen wir hinein.«

Vor Paulina betrat sie das Backsteinhaus und stieg über eine knarrende Holztreppe ins dritte Stockwerk. Paulina überflog die ausschließlich polnischen Namensschilder an den Wohnungstüren. »Was für Menschen leben hier?«

»Außer mir ein Tischler, eine Schneiderin und eine Küchenhilfe, jeweils mit ihren Familien. Wir alle arbeiten im Heim. Hier wohne ich.« Die junge Frau schloss eine dunkelgrün gestrichene Tür auf. Über dem Postschlitz in halber Höhe hing ein schmales Schild mit der Aufschrift ›M. Pinczewska‹.

Sie betraten einen kleinen Korridor. Stickige, abgestandene Luft schlug Paulina entgegen. An der rechten Seite des Flurs blickte sie durch die geöffnete Tür in eine winzige Kammer. Sie sah eine eiserne Bettstelle. Auf dem Boden lag ein grauer Flickenteppich. An einer Wand hing ein Kruzifix, gegenüber ein paar Haken mit Kleidern und ein halbblinder Spiegel. Das einzige andere Zimmer befand sich am Ende des Korridors. Es schien kein Fenster zu haben, denn obwohl draußen noch die

Sonne am Himmel stand, blieb es im Inneren dunkel.

»Setzen wir uns in die Küche.« Die junge Frau ging vor und zündete eine Öllampe auf dem Tisch an. Paulina stellte fest, dass es dort doch ein Fenster gab. Es lag an der Seite zum Kinderheim und war zugemauert.

»Ich bin Maria.« Die Frau wechselte ins Polnische.

»Mein Name ist Paulina«, sagte sie ebenfalls auf Polnisch, zog ihren Rucksack von den Schultern und legte ihn auf den Boden.

Maria wies auf die Bank an der Wand hinter dem Tisch. »Setz dich.« Sie ging zum Küchenschrank, nahm ein zusammengefaltetes Tuch und eine Tube aus einer Schublade und quetschte etwas braune Paste auf den Stoff. Dann hockte sie sich vor Paulina. »Welches ist der verletzte Fuß?«

»Der Linke.« Paulina zog ihren Stiefel aus und rollte die doppelten Socken herunter. Sie schnupperte. »Was ist das?«

»Essigsaure Tonerde. Sie wird dir helfen.« Maria umwickelte vorsichtig Paulinas Knöchel.

»Das kühlt wunderbar.« Paulina seufzte erlöst. Obwohl sie Maria noch nicht einmal eine Stunde kannte, vertraute sie ihr. Vielleicht, weil sie Ruhe, Freundlichkeit und Güte ausstrahlte.

»Du sagst, dass du ein Kind suchst?«, nahm Maria den Faden der Unterhaltung wieder auf.

»Meine Nichte«, bestätigte Paulina.

Maria drückte das Tuch behutsam fest. »Vor knapp zwei Wochen traf im Heim ein Bus mit Kindern aus Warschau ein. Es waren sieben Kinder. Drei Jungen und vier Mädchen.«

»Das war der Transport mit meiner Nichte«, rief Paulina aufgeregt.

Maria nahm ihre Hand und führte sie zu dem zugemauerten Fenster. »Die Kinderheimverwaltung hat alle Fenster im Haus, von denen man auf das Gelände schauen kann, zumauern lassen. Aber man muss nicht alles hinnehmen, was die Deutschen tun.« Sie öffnete die Fensterflügel, legte ihre Finger an einen Backstein am unteren Rand und zog ihn behutsam aus dem Mauerwerk. Dann wandte sie sich zu Paulina. »Komm und schau hinaus.«

Gespannt spähte Paulina durch die Lücke. Sie sah eine gepflasterte Zufahrt, die zu einem freistehenden Gebäude mit einem grob gezimmerten Holztor führte, wie es Lager und Wirtschaftsgebäude besaßen. Vor der Mauer standen mehrere Mülltonnen.

Die linke Seite der Zufahrt grenzte an die Mauer, die rechte an eine weite, vereinzelt mit hohen Bäumen bewachsene Rasenfläche. Paulina hielt nach einer liegengelassenen Puppe, einem Ball oder einer Schaukel an einem der Bäume Ausschau, aber sie entdeckte nichts, was darauf hindeutete, dass hier Kinder spielten. Dann betrachtete sie das Gebäude, dessen Dach sie von jenseits der Mauer gesehen hatte. Es war zwei Etagen hoch, aus hellem Sandstein und besaß drei Flügel, die einen offenen, grob gepflasterten Hof umgaben.

Paulina trat zurück. »Dort ist meine Nichte eingesperrt?«

Maria schob den Backstein wieder in die Lücke und schloss das Fenster. »Das war einmal ein Kloster der Nazareth-Schwestern. Aber vor zwei Jahren wurden die von den Deutschen in ein Arbeitslager gebracht.«

Paulina runzelte die Stirn. »Hast du dich vorhin nicht von einer Ordensfrau verabschiedet?«

»Das war Schwester Elzbieta. Wegen ihrer verkrüppelten Hände taugte sie nicht fürs Arbeitslager. Nun arbeitet sie als Hilfskinderpflegerin im Heim.«

»Und worin besteht deine Arbeit?«

»Ich bin auch Hilfspflegerin. Bis zur Vertreibung der Nonnen war ich als Köchin im Kloster beschäftigt. Mit dem Transport aus Warschau leben sechzig Kinder im Heim. Aber die Anzahl wechselt ständig. Manche bleiben nur wenige Tage, andere verschwinden nach ein paar Wochen. Wohin weiß ich nicht. Die deutschen Aufseherinnen wohnen ebenfalls im

Gebäude. Außerdem befinden sich dort noch Büros, ein Arztzimmer und die Wohnung der Leiterin Johanna Zander.« Maria rümpfte die Nase. »Sie ist eine harte Frau. Es gibt eine kleine Kapelle auf dem Gelände. Wenn sie Kinder bestrafen will, sperrt sie sie dort ein. Einen ganzen Tag. Manchmal auch über Nacht. Ohne Essen und Trinken.«

Paulina ballte die Fäuste. Der Gedanke, dass ihre gerade zweijährige Nichte sich allein und eingesperrt in dieser Kapelle ängstigte, erzürnte sie. »Deshalb verschleppen die Nazis also polnische Kinder? Um sie zu quälen?«

»Johanna Zander und die Aufseherinnen sagen, dass sie die Kinder germanisieren, also zu Deutschen machen.«

Paulina starrte sie an. »Das kann ich nicht glauben!«

Doch Maria nickte ernst. »Die Kinder im Heim sind zwar Polen, aber die Deutschen behaupten, dass sie germanische Vorfahren haben, und dass es ihre Pflicht sei, diese Kinder aus der Hand von uns Polen zu retten. Deshalb dürfen die Kinder nur noch Deutsch sprechen. Auch wir dürfen nur Deutsch mit ihnen sprechen. Wenn die Aufseherinnen hören, dass eines der Kinder polnisch spricht, bestrafen sie es. Außerdem erhalten alle Kinder deutsche Namen.«

»Sie stehlen diesen Kindern ihre Herkunft und ihre Erinnerung!«, erregte Paulina sich. »Warum arbeitest du für solche Leute?«

»Nun, irgendjemand muss sich doch um diese Kinder kümmern. Und später Zeugnis geben können, darüber, was vorgefallen ist«, erwiderte Maria ruhig. »Ich zeige dir noch etwas. Warte hier.« Sie kniete sich auf den Boden und tastete über die Dielen, bis sie eine lockere fand. Sie hob sie hoch, griff in den Spalt darunter und zog ein Schreibheft heraus. »Das sind meine Erinnerungen. Ich sammle sie für die Familien der Kinder.«

Die beiden Frauen setzten sich nebeneinander auf die Bank. Maria schlug das Heft auf, Paulina zog die Öllampe heran, und sie schauten auf die mit Bleistift geschriebenen Einträge.

»Václav Pawlowski, Ulica Krakowska 3, Kjelzy / Kielce – Wenzel Paulsen«, las Paulina halblaut. »Dorota Rybarczyk, Marktplatz 12, Rogasen / Rogozno – Dora Reiber; Artur Majrczak -«, sie stieß einen Schrei aus und tippte mit dem Finger auf die Adresse. »Ich kenne seine Mutter.« Sie runzelte die Stirn. »Hinter seinem Eintrag steht Artur Mayer. Du notierst also die neuen deutschen Namen der Kinder?«

Maria nickte. »Meistens sind es Übersetzungen der polnischen Namen. Aber nicht immer.«

In fieberhafter Eile überflog Paulina die restlichen Seiten des Heftes. In der letzten Zeile las sie: Agnieszka Król, Altstadtmarkt 7, Warschau – Agnes Krahl.

»Das ist meine Nichte.« Paulinas Stimme brach. Sie stützte den Kopf in die Hände, ihre Schultern zuckten krampfhaft.

Maria legte den Arm um sie und zog sie an sich.

»Wie geht es ihr?«, schluchzte Paulina. »Erzähl mir alles! Bitte!«

»Sie spricht nicht«, sagte Maria. »Anfangs wollte sie auch nicht essen. Aber wenn ich sie füttere, nimmt sie ein wenig. Schwester Elzbietas Zimmer liegt neben ihrem Schlafsaal. Sie sagt, dass Agnieszka jede Nacht weint. Dann geht sie zu ihr und tröstet sie.«

»Wird sie …«, Paulina stockte. »Wird sie von den Aufseherinnen geschlagen? Oder in dieser Kapelle eingesperrt?«

»Nein. Elzbieta passt nachts auf sie auf und ich am Tage. Sie ist im Moment die Kleinste hier. Fast noch ein Baby. Wenn Agnieszka weint, nehme ich sie sofort auf den Arm und tröste sie, bis sie sich wieder beruhigt. Deshalb und weil sie weder polnisch noch deutsch spricht, ist sie bisher allen Bestrafungen entgangen.«

Paulina starrte in den gelben Schein, den die Öllampe auf den Tisch malte. »Woher kannte man im Heim ihre Adresse und ihren Namen?«

»Die Heimleitung erhält Namen und Adressen der Kinder

von den Meldeämtern ihrer Heimatstädte.«

»Und woher kennst du die echten Namen und Adressen?«

»Bei den ganz Kleinen weiß ich es normalerweise nicht, da sie noch nicht richtig sprechen können und sich auch nicht erinnern. In Agnieszkas Fall war Schwester Elzbieta zufällig im Büro der Heimleiterin, als die Liste vom Meldeamt Warschau auf ihrem Schreibtisch lag. Bei den älteren Kindern passe ich einen günstigen Moment ab, um sie nach ihren wirklichen Namen und ihren Adressen zu fragen. Die Angaben trage ich am Abend in mein Heft ein. Außerdem schreibe ich den Eltern eine Postkarte mit verschlüsseltem Inhalt, aber so, dass sie erkennen, dass ich Kontakt zu ihrem Kind habe.«

»Wie verstehen die Eltern denn, was du ihnen mitteilst? Ihr kennt euch ja nicht und konntet keine Codewörter vereinbaren?«, fragte Paulina verwirrt.

Maria lächelte. »Das stimmt. Aber es gibt einen Code, den alle Eltern verstehen, und das ist der Anfangsbuchstabe des Namens ihres verschwundenen Kindes. Zygmunt Światłowskis Eltern habe ich zum Beispiel geschrieben, dass ich Z. getroffen habe, dass er gesund ist und Grüße übermittelt. Außerdem habe ich geschrieben, dass ich schon lange nichts mehr von den Światłowskis gehört habe, und dass ich mich auf Nachrichten von ihnen freue.«

»Und dann schreiben die Eltern dir zurück?«

Maria nickte. »Natürlich können auch sie nicht viel mehr berichten, als dass es ihnen gut geht und sie herzliche Grüße an ihren Sohn oder ihre Tochter übermitteln, aber ich zeige den Kindern die Antwort. Allein das Wissen, dass ihre Eltern an sie denken und ihnen Liebe schicken, gibt ihnen Kraft und Hoffnung zum Weiterleben, auch wenn ich die Briefe später vernichten muss. Zum Glück ist bis jetzt niemandem aufgefallen, was ich tue. Und mit Gottes Hilfe wird es das auch weiterhin nicht.« Maria bekreuzigte sich. »Manchmal hilft es doch, dass die Deutschen uns Polen für dumm und minderwertig halten.«

»Gerissenheit erwarten sie jedenfalls nicht von uns«, stimmte Paulina zu. »Dennoch ist es hochriskant, was du tust. Es sind zwar nur wenige Deutsche des Polnischen mächtig, aber in der Zensurabteilung der örtlichen Postämter sind gewiss Polen beschäftigt.«

»Was sollen sie schon aus ein paar Grüßen und der Mitteilung, dass es gut gehe, herauslesen? Und wenn es ihnen doch verdächtig erscheint, bete ich, dass ihr Herz für Polen schlägt«, erwiderte Maria ruhig. »Ich habe übrigens auch Agnieszkas Eltern geschrieben, aber bisher keine Antwort erhalten.«

»Das wirst du auch nicht«, sagte Paulina leise. »Sie wurden von der SS ermordet. Von meiner Familie ist mir nur noch Agnieszka geblieben, und ich muss sie unbedingt aus diesem Heim retten. Hilfst du mir dabei?«

»Natürlich. Aber wir müssen sehr gut überlegen, wie wir vorgehen. Außerdem solltest du deinen Fuß wieder belasten können, denn du wirst Agnieszka die meiste Zeit tragen müssen.«

Paulina schaute Maria neugierig an. »Hast du schon bei der Befreiung von Kindern geholfen?«

»Ein paar Mal. Zusammen mit dem Tischler, Herrn Kulczysńki. Wir verstecken Kinder in Müllkübeln und schmuggeln sie über den Wirtschaftseingang vom Gelände. Vater, Mutter oder ein Verwandter nehmen sie dann am Müllplatz in Empfang.«

»Und das vereinbarst du auch mit den Eltern über verschlüsselte Nachrichten?«

»So ist es«, bestätigte Maria. »Das nächste Kind, das wir befreien wollen, ist Zygmunt Światłowski. Ich habe seinen Eltern geschrieben, dass Z. sehr froh ist, ab dem ersten September als Müllfahrer in Kalisz zu arbeiten, und dass es seine Aufgabe sein wird, Abfall zum Müllplatz zu bringen. Verstehst du?«

»Du teilst den Eltern mit, dass sie ihren Sohn am ersten September auf dem Müllplatz von Kalisz in Empfang nehmen sollen«, antwortete Paulina. »Aber versuchen die Deutschen nicht, die befreiten Kinder wieder zurückzubekommen?«

»Sie führen natürlich viele Verhöre mit allen Angestellten des Heims durch, wenn eines der Kinder verschwunden ist. Aber bisher wurden weder Herr Kulczysńki noch ich verdächtigt. Und es wurde auch keines der Kinder wiedergefunden.« Maria lächelte triumphierend. »Die Eltern dürfen sich natürlich nicht mit ihren Kindern zeigen oder sie in die Schule schicken. Sie müssen sie sehr gut verstecken, zumindest würde ich das tun.«

»Sie müssen die Kinder nicht ewig vor der Welt verbergen«, versicherte Paulina. »Die deutschen Armeen sind auf dem Rückzug. Hitler wird den Krieg verlieren, und dann ist Polen wieder frei.« Sie seufzte tief. »Dennoch kommt eine solche Rettungsaktion nicht für Agnieszka infrage. Sie würde nicht verstehen, warum man sie in einen Müllkübel steckt. Und sie würde weinen.«

»Wir werden einen anderen Weg finden. Aber nicht mehr heute.« Maria stand auf, ging zum Herd und hob den Deckel von einem Topf. »Magst du Rübeneintopf? Du kannst auch hier auf der Küchenbank schlafen. Ich bitte dich, die Wohnung nicht zu verlassen, aber wenn du morgen früh um neun Uhr den Ziegelstein aus der Mauer nimmst und herausschaust, wirst du Agnieszka sehen. Bei gutem Wetter erhalten die Kinder nämlich Deutschunterricht im Park. Doch erschrick nicht, wenn du sie siehst. Die Deutschen haben alle Kinder gegen Kopfläuse behandelt und ihnen die Haare geschoren.«

Paulina nickte angespannt. Sie holte einen Fünfmarkschein aus ihrem Rucksack und legte ihn auf den Tisch. »Bitte nimm das von mir. Ich stehe so tief in deiner Schuld.«

Doch Maria schob den Schein zu ihr zurück. »Du wirst dieses Geld noch für dich und Agnieszka brauchen.«

Am nächsten Morgen um Punkt neun Uhr öffnete Paulina mit

zitternden Fingern die Fensterflügel und zog den Ziegelstein aus dem Mauerwerk. Dann beugte sie sich hinunter und schaute durch das Loch.

Ungefähr fünfzig Schritte entfernt sah sie die Kindergruppe, die mit Schwester Elzbieta und Maria auf dem Rasen vor dem ehemaligen Klostergebäude saß. Maria hielt ein kleines Kind auf dem Schoß. Es trug einen grauen Kittel. Sein Haar war bis zur blanken Kopfhaut geschoren.

Eine dritte Frau in einem schwarzen Kleid und mit streng gebundenem Dutt stand auf dem Rasen und deutete mit einem Stab auf eine Tafel, die neben ihr auf einer Staffelei lehnte. Sie bellte ein Wort heraus, das Paulina aufgrund der Entfernung nicht verstand und richtete ihren Zeigestock auf einen dünnen Jungen, der zwar aufsprang, aber das Wort augenscheinlich nur zögernd wiederholte.

Paulina wandte sich erneut dem Kind auf Marias Schoß zu. War dieses blasse Mädchen wirklich ihre Nichte? Ohne die goldenen Löckchen sah sie fremd aus, ganz anders als die kleine Agnieszka. Sie konzentrierte sich auf das Profil, und allmählich erkannte sie in den weichen Wangen, der Stupsnase und dem runden Kinn ihre Nichte wieder. Tränen der Freude liefen ihr übers Gesicht. Sie hatte Agnieszka gefunden. Nun musste sie sie aus dem Gaukinderheim befreien.

Der Tag verging quälend langsam. Paulina wusch das Frühstücksgeschirr ab und erneuerte den Umschlag aus essigsaurer Tonerde. Die Schwellung ihres Knöchels schien kleiner geworden zu sein. Prüfend drehte sie das Gelenk und verzog das Gesicht. Es schmerzte, aber nicht mehr so stark. Ihr Blick fiel auf die Tageszeitung, die auf dem Tisch lag. Die heutige Ausgabe der Litzmannstädter Zeitung. Maria hatte sie aus dem Briefkasten geholt, bevor sie um halb sieben zur Arbeit gegangen war. Obwohl Paulina wusste, dass die deutsche Presse zensiert wurde, überflog sie die Schlagzeilen, auf der Suche nach Berichten über den Aufstand in Warschau. Doch sie fand nur den Kommentar eines gewissen Doktor Kurt Pfeiffer, der sich über die ebenso ›sturen wie vergeblichen‹ Durchbruchsversuche der Roten Armee bei Warschau lustig machte. Bedeutete das, dass die Deutschen den polnischen Aufstand erfolgreich niederschlugen? Oder zumindest die Russen in Schach hielten? Andererseits wusste sie von Marek, dass die Heimatarmee fest mit der Hilfestellung der Roten Armee rechnete.

Hoffentlich ist alles vorbei und Warschau befreit, wenn ich mit Agnieszka nach Hause komme, dachte sie.

Um kurz nach halb sieben hörte Paulina, wie die Wohnungstür geöffnet wurde. Sie lief in den Flur. »Danke, dass du mir ermöglicht hast, Agnieszka zu sehen, Maria.«

Die junge Frau hängte ihre Tasche an einen Garderobenhaken, murmelte einen Gruß und ging in die Küche.

Paulina eilte ihr hinterher. »Was hast du denn?«

Maria ließ sich auf die Küchenbank fallen, bedeckte das Gesicht mit den Händen und schluchzte.

Sofort zog sich Paulinas Magen zusammen. »Ist Agnieszka etwas geschehen?«

»Nicht Agnieszka«, presste Maria hervor.

»Was ist denn passiert?« Paulina rutschte neben Maria auf die Bank, nahm sanft ihre Hände und zog sie herunter. »Erzähl mir alles.«

Maria starrte vor sich auf die Tischplatte. »Heute ist Zygmunt Światłowski gestorben. Die Zander hat ihn umgebracht. Er war erst vierzehn Jahre alt.«

Paulina sah sie fassungslos an. »Was sagst du da?«

Maria zog ein Tuch aus der Tasche ihres Kleides und putzte sich die Nase. »Heute Nachmittag mussten Schwester Elzbieta und ich mit allen Kindern in den Speisesaal kommen. Dort sahen wir Tereza Wojtek. Am Morgen hatte sie *Dobry dzień* statt *Guten Tag* zur Heimleiterin gesagt und war dafür in die Kapelle gesperrt worden. Jetzt saß sie mit Stricken gefesselt auf einem

Stuhl. Neben ihr stand die Zander mit einer Reitpeitsche in der Hand.«

»Hat sie Tereza mit der Peitsche verprügelt?« Paulina bebte vor Wut.

»Viel schlimmer.« Maria richtete den Blick auf Paulina, aber eigentlich sah sie durch sie hindurch. »Die Zander befahl, dass wir uns alle auf Stühle setzen. Dann rief sie Zygmunt zu sich. *Nimm die Peitsche, Hans,* forderte sie ihn auf, denn Hans ist Zygmunts deutscher Name, *und bestrafe Tereza. Ich will, dass du sie zwanzig Mal schlägst!* Zygmunt erwiderte, dass er weder Tereza noch eines der anderen Kinder auspeitschen würde. *Wenn du nicht gehorchst, bekommst du drei Tage Arrest bei Wasser und Brot!*, schrie die Zander.«

»Und dann?«, fragte Paulina tonlos. »Was geschah dann?«

»Zygmunt nahm die Peitsche. Er trat einen Schritt zurück und holte Schwung. Aber er schlug nicht Tereza, sondern die Zander. Er traf sie mit voller Wucht im Gesicht. Sie schrie gellend auf, und wir alle sahen, dass die Haut ihrer Wange aufgeplatzt war. Viel Blut lief über ihr Gesicht und tropfte auf den Boden.«

»Allmächtiger«, flüsterte Paulina.

»Hätte der Allmächtige nur geholfen!«, stieß Maria hervor. »Aber der Allmächtige blieb still, als die Zander sich auf Zygmunt stürzte und ihm die Peitsche entriss. Er blieb still, als sie ihn an den Haaren aus dem Speisesaal schleifte. Und er blieb still, als sie uns befahl, mit ihr in den Keller zu gehen. Dort mussten wir mitansehen, wie sie Zygmunt in den offenstehenden Kasten mit den Stromsicherungen stieß. Er schrie und sein Körper verkrampfte sich und …«

»Warte!« Paulina hob eine Hand. »Ich verstehe das nicht. Hat sie den Kasten geöffnet und Zygmunt hineingestoßen, weil sie ihn umbringen wollte?«

»Vielleicht schleifte sie ihn auch in den Keller, um ihn dort zu verprügeln und einzusperren«, schluchzte Maria. »Aber dann sah sie das Schild und sie …«

»Welches Schild?«, unterbrach Paulina erneut.

»Das vor dem offenen Sicherungskasten.« Maria atmete tief durch. »Heute waren Handwerker im Haus, die an den Steckdosen in der Küche gearbeitet haben. Dafür haben sie offensichtlich einige Sicherungen im Keller entfernt und den Kasten nicht wieder verschlossen. Aber sie haben ein Schild davor aufgehängt, auf dem stand: Achtung Strom! Lebensgefahr! Und dann hat die Zander …« Maria brach ab und stützte den Kopf in die Hände. »Ich hatte Zygmunts Befreiung bereits mit seinen Eltern geplant. Jetzt muss ich ihnen schreiben, dass ihr Sohn tot ist.«

Paulina ballte die Fäuste. »Diese elende Mörderin. Es reicht ihr nicht, die Kinder zu quälen. Wenn ihr danach ist, bringt sie sie einfach um. Ich wette, dass nicht einmal die Polizei informiert wurde.«

»Es waren zwei Beamte da, die sich mit der Heimleiterin in ihrem Büro unterhalten haben«, sagte Maria. »Aber nach einer halben Stunde sind sie wieder gegangen. Ich habe gesehen, wie sie mit der Zander auf dem Hof standen und sich die Hände geschüttelt haben.«

Paulina bekam kaum Luft. Eine brodelnde Mischung überkochender Gefühle durchströmte sie. Der Schock über den Tod des Jungen, die Trauer, die seinen Eltern nun bevorstand, und die entsetzliche Furcht um ihre Nichte. »Wir müssen Agnieszka so schnell wie möglich aus diesem Heim herausholen.«

»In den nächsten Tagen wird das schwierig sein«, erwiderte Maria. »Nach dem Vorfall mit Zygmunt wird die Zander uns Polen streng beobachten lassen.«

Paulina schob ihren Stuhl zurück, lief in der Küche auf und ab und blieb schließlich vor Maria stehen. »Dann steige ich heute Nacht ins Heim ein. Hilfst du mir?«

»Ich habe keine Schlüssel, um dich auf das Gelände oder ins Gebäude zu lassen.«

»Dann klettere ich eben über die Mauer und schlage eines

der Fenster ein.«

»Das ist keine gute Idee«, warnte Maria. »Hast du vergessen, dass die Deutschen ihre Zimmer ebenfalls im Kloster haben? Sie werden den Lärm hören. Und selbst wenn du unentdeckt mit Agnieszka aus dem Gebäude kommst – wie willst du mit ihr über die Mauer klettern?« Maria rieb sich die Schläfen. »Heute kann ich keinen klaren Gedanken mehr fassen. Lass uns eine Nacht ausruhen. Morgen fällt uns gewiss etwas ein.«

Paulina kaute auf ihrer Unterlippe. »Also gut«, sagte sie widerstrebend. »Lass uns eine Nacht darüber schlafen.«

Als Paulina am nächsten Morgen um neun Uhr den Backstein aus dem Mauerwerk zog, lag die Rasenfläche verlassen vor ihr. In den folgenden Stunden schaute sie immer wieder durch die Lücke, aber erst am Nachmittag sah sie eine Gruppe ältere Kinder. Von einer Aufseherin begleitet, standen sie in Reih und Glied auf dem Rasen und machten Leibesübungen.

Als Paulina am Abend das Geräusch des Schlüssels in der Wohnungstür hörte, wartete sie schon im Flur. »Ich habe Agnieszka den ganzen Tag nicht gesehen. Geht es ihr gut?«

»Sie wurde heute ärztlich untersucht.« Maria hängte ihre Tasche an einen Garderobenhaken, ging in die Küche und wusch ihre Hände am Spülstein. Dann setzte sie sich an den von Paulina mit Tellern, Gläsern und einer Wasserkaraffe gedeckten Tisch.

Paulina nahm den Topf mit Kartoffeln und Erbsen vom Herd und stellte ihn dazu. »Warum wurde sie untersucht? Sie ist doch nicht krank?«

Maria griff sich einen Löffel und füllte beide Teller. »Es ist eine Routineuntersuchung, die alle Kinder hier durchlaufen. Zuerst prüft der Arzt Agnieszka auf Läuse. Dann hat er ihr Blut abgenommen.«

Paulina ließ ihre Gabel sinken. »Weinte sie dabei?«

Maria nickte bedrückt. »Als der Arzt die Spritze in ihren

Arm gestochen hat. Aber ich war die ganze Zeit bei ihr und habe sie getröstet. Nach dem Blutabnehmen machte der Arzt drei Fotos von ihr. Eines von vorne, eines von der Seite und eines halb von vorne. Ich nehme an, dass sie für ihre Akte bestimmt sind.«

»Was steht in dieser Akte?«

»Das weiß ich leider nicht. Alle Akten sind im Büro der Zander eingeschlossen, und das darf ich als Polin nur in ihrer Gegenwart betreten.« Maria schob ein Stück Kartoffel in den Mund, kaute und schluckte. »Im Anschluss an die Fotos hat er sie von Kopf bis Fuß vermessen.«

Paulina horchte auf. »Arturs Mutter erzählte mir, dass auch ihr Sohn im Warschauer Gesundheitsamt vermessen wurde.«

»Das gehört zu den Routineuntersuchungen, die ich erwähnte«, erklärte Maria. »Wann immer es ging, habe ich Agnieszka auf dem Schoß gehalten, doch als der Arzt ihr das Kraniometer anlegen wollte, hat sie sich gewehrt.«

»Was ist ein Kraniometer?«, fragte Paulina alarmiert. »Kann man ihr damit wehtun?«

»Es ist ein Metallring, der um den Kopf festgeschraubt wird, um seinen Umfang zu bestimmen«, erläuterte Maria. »Ich glaube nicht, dass die Untersuchung schmerzhaft ist. Aber Agnieszka hat sich gefürchtet, als der Arzt die Schrauben anzog.«

Paulinas Augen füllten sich. »Was müssen sie und die anderen Kleinen alles durchmachen!« Sie schob ihren Teller zurück und stützte den Kopf in die Hände. »Die Deutschen verschleppen unsere blonden und blauäugigen Kinder, geben ihnen deutsche Namen und befehlen ihnen, nur noch deutsch zu sprechen - und das alles, weil diese Kinder angeblich germanische Vorfahren haben.« Sie hob den Kopf und schaute Maria an. »Hältst du es für möglich, dass die Nazis ein Volk aus Blonden und Blauäugigen erschaffen wollen?«

Maria runzelte die Stirn. »Es stimmt, dass sie von diesem Menschentyp besessen sind. Aber es gibt auch viele dunkelhaarige und braunäugige Deutsche. Nicht einmal ihr eigener Führer sieht auf Fotos blond aus.«

Paulina stand auf und trug die Teller zum Spülbecken. »Hast du einmal gehört, wie die Zander oder eine der Aufseherinnen sagte, dass all diese geraubten Kinder dem Führer gehören?«

»Nein.« Maria schüttelte den Kopf. »Aber es klingt beängstigend.«

»Wir müssen einen Plan entwickeln.« Paulina stellte das saubere und trockene Geschirr zurück in den Schrank. »Den ganzen Tag zerbreche ich mir bereits den Kopf, und ich glaube, dass wir die Idee mit der Flucht durch das Wirtschaftstor nicht ganz verwerfen müssen. Auch wenn wir Agnieszka nicht in einen Mülleimer setzen können.« Sie drehte sich zu Maria. »Du sagtest, dass der Tischler, Herr Kulczysńki, bei der Befreiung von Kindern mithilft?«

»Ja.«

»Besitzt er einen Schlüssel für einen der Zugänge zum Gelände?«

»Für das Eisentor neben diesem Haus. Er ist verantwortlich dafür, dass es immer verschlossen ist.«

»Glaubst du, er wäre bereit, an einem bestimmten Abend das Abschließen zu vergessen?«

»Gewiss, aber das nützt dir nichts. Für das Gebäude, in dem die Kinder schlafen, hat er keinen Schlüssel.«

»Darüber habe ich auch nachgedacht.« Paulina lächelte. »Im Gebäude haben wir doch Schwester Elzbieta als Verbündete.«

»Das stimmt«, rief Maria. »Für sie und Herrn Kulczysńki lege ich meine Hand ins Feuer.«

»Dann fragst du die beiden, ob sie uns helfen?«

»Natürlich tue ich das.«

»Gut!« Paulina klatschte in die Hände. »Dann sieht unser Plan folgendermaßen aus. Herr Kulczysńki lässt das Eisentor offen, Schwester Elzbieta kommt in der Nacht zu einer vereinbarten Stunde mit Agnieszka dorthin, ich nehme meine Nichte in Empfang, laufe zum Bahnhof und fahre mit dem nächsten Zug nach Strickau. Von dort ist es nicht mehr weit bis zur Grenze des Generalgouvernements.« Als sie über den Fluchtplan nachgedacht hatte, war ihr der Gedanke gekommen, Krystian und Anastaszja zu fragen, ob sie sich bei ihnen bis zur Befreiung Warschaus verstecken könne. Aber das erzählte sie Maria nicht. Je weniger Menschen von dem Forsthaus im Wald wussten, desto besser.

»Ich führe dich über Nebenstraßen zum Bahnhof«, unterbrach Maria ihre Gedanken. »Damit du nicht in eine nächtliche Kontrolle gerätst.«

Paulina schaute sie gerührt an. »Das willst du für mich und Agnieszka tun?«

»Selbstverständlich. Außerdem kann ich wenigstens dieses Stück die Kleine für dich tragen. Du hast ja deinen Rucksack. Schmerzt dein Fuß noch?«

»Ein wenig. Aber dadurch werde ich mich auf keinen Fall von Agnieszkas Befreiung abhalten lassen.« Paulina brach ab. Ihre Augen weiteten sich.

»Was hast du?«, fragte Maria alarmiert.

»Wir haben etwas Wichtiges übersehen: Agnieszka versteht nicht, was passiert. Wenn Schwester Elzbieta sie mitten in der Nacht weckt und aus dem Bett holt, könnte sie weinen, und das hört dann vielleicht eine der Aufseherinnen. Ungewöhnliche Geräusche fallen in einem nächtlich stillen Gebäude besonders auf.«

»Aber Agnieszka kennt Schwester Elzbieta und weiß, dass ihr von ihr nichts Schlimmes droht. Warum sollte sie weinen?«

Paulina wiegte den Kopf. »Vielleicht weil sie spürt, dass etwas anders ist, als in den Nächten zuvor. Sie hat innerhalb kurzer Zeit ihre Eltern verloren und wurde zweimal von Fremden an einen ihr unvertrauten Ort verschleppt. Ich bin sicher, dass sie tief verstört ist und allein deshalb leicht in Tränen ausbricht.«

»Aber Schwester Elzbieta hat es bisher immer geschafft, sie zu beruhigen.«

»Wir haben nur diesen einen Versuch, Agnieszka zu befreien. Deshalb müssen wir im Voraus versuchen, alle Hindernisse zu beseitigen.« Paulina starrte auf einen Kratzer in der Tischplatte und überlegte. »Ich glaube, ich habe eine Idee. Als Helena und ich noch klein waren, sind wir oft nachts aufgewacht und haben geweint, weil wir von den Hexen und Drachen in unseren Märchenbüchern geträumt haben. Wenn wir uns gar nicht beruhigen wollten, hat unsere Mutter uns ein paar Tropfen Baldrian auf einem Stück Zucker gegeben. Danach konnten wir wieder schlafen. Vielleicht lag es am Zuckerstück«, Paulina lächelte Maria zu, »oder daran, dass unsere Mutter uns im Arm hielt. Aber vielleicht hat auch der Baldrian dazu beigetragen.«

»Ich verstehe, worauf du hinauswillst«, erwiderte Maria. »Auch der Arzt im Heim verordnet Kindern, die nicht aufhören zu weinen, hin und wieder Baldriantinktur. Allerdings ist sie im Medikamentenschrank eingeschlossen, und den Schlüssel hat der Arzt.«

»Dann muss ich die Tinktur in einer Apotheke kaufen. Kannst du mir sagen, wo ich eine finde?«

Maria hob abwehrend die Hände. »Du darfst diese Wohnung nicht verlassen, Paulina. Damit bringst du uns beide in Gefahr.«

»Hast du denn die Möglichkeit, zur Apotheke zu gehen?«

»Ich darf das Heim während der Arbeitszeit nicht verlassen. Besorgungen erledigt Herr Kulczysńki. Willst du, dass ich ihn frage, ob er die Tinktur beschafft?«

»Unbedingt.« Paulina bückte sich nach ihrem Rucksack und holte zwei Mark heraus. »Glaubst du, das reicht, um eine kleine Flasche zu kaufen?«

»Ich denke schon.« Maria schob die Münze in ihr Kleid. »Ich

werde gleich morgen mit Herrn Kulczysńki sprechen.«

»Glaubst du, dass er schon morgen zur Apotheke geht?«

»Gewöhnlich schickt die Zander ihn ein bis zweimal pro Woche los. Es dauert also möglicherweise ein paar Tage, bis er dazu kommt, die Tropfen zu besorgen.«

»Es fällt mir schwer, so lange zu warten«, sagte Paulina.

Maria griff nach ihrer Hand. »Hab ein wenig Geduld. Morgen frage ich erst einmal Herrn Kulczysńki und Schwester Elzbieta, ob sie uns helfen.«

Fünf Tage später saßen Paulina und Maria abends am Küchentisch. Paulina drehte ein braunes Glasfläschchen zwischen den Fingern, auf dem ein Etikett mit der Aufschrift ›Baldriantinktur‹ klebte. »Wie konnten wir nur vergessen, Herrn Kulczysńki zu bitten, beim Apotheker die Dosierung zu erfragen? Ich selber erinnere mich leider auch nicht, wie viele Tropfen meine Mutter auf ein Zuckerstück gegeben hat.« Sie schaute zu Maria. »Meine Mutter sagte immer, dass Baldrian harmlos sei, aber ich habe dennoch Angst, Agnieszka mit einer zu hohen Dosis zu schaden. Ist sie andererseits zu gering, könnten die Tropfen wirkungslos sein.«

»Ich bitte Herrn Kulczysńki, sich bei seinem nächsten Besorgungsgang in der Apotheke nach der Dosierung für Kinder zu erkundigen«, bot Maria an.

Paulina runzelte die Stirn. »Ich soll noch fünf Tage warten? Das ist mir zu lang.«

»Dann werde ich Schwester Elzbieta morgen fragen, ob sie es weiß«, erwiderte Maria. »Ich muss ihr ohnehin mitteilen, dass wir die Baldriantinktur jetzt haben. Willst du, dass ich sie Agnieszka verabreiche?«

»Bitte tu das«, antwortete Paulina. »Wahrscheinlich wäre es beim Abendessen am besten.«

Maria schüttelte den Kopf. »An den Tischen sitzen Aufseherinnen, die beobachten, ob die Kinder manierlich essen. Aber später, wenn ich Agnieszka zu Bett bringe, sollte es klappen. Zucker haben wir nicht, also nehme ich ein Stückchen Brot. Wenn ich Agnieszka zu Bett bringe, kann ich ein wenig Tinktur auf das Brot träufeln und es ihr geben. Natürlich müssen wir erst die Dosierung in Erfahrung bringen.«

Paulina schraubte das Fläschchen auf, gab einen Tropfen auf die Spitze ihres linken Zeigefingers und leckte ihn ab. »Es schmeckt recht scharf. Ich hoffe, Agnieszka spuckt das Brot nicht wieder aus.«

»Dann habe ich eine andere Idee«, sagte Maria. »Morgens, bevor ich zur Arbeit gehe, gebe ich die Baldriantinktur auf ein Stückchen Schwarzbrot, und darauf schmiere ich etwas von dem Rübenmus darüber, das wir zum Frühstück essen. In ein Wachstuch gewickelt kann ich das Brotstück in meiner Rocktasche bis zum Abend aufbewahren. Dann ist es zwar weich wie Brei, ...«

»... aber Agnieszka mag Brei. Das war schon immer so«, rief Paulina. Sie beugte sich über den Tisch und ergriff Marias Hände. »Endlich hat dieses untätige Warten ein Ende!«

Schwester Elzbieta berichtete Maria, dass der Arzt sehr unruhigen und aufgeregten Kindern einen halben Teelöffel Baldriantinktur verordnete. Da diese Kinder alle einige Jahre älter waren als Agnieszka, schlug sie vor, der Kleinen nur einen viertel Teelöffel zu verabreichen.

Am Morgen danach stand Paulina neben Maria in der Küche und träufelte einen viertel Teelöffel der klaren Tinktur auf ein kleines Stück Brot. Danach schmierte sie reichlich Rübenmus auf das Brot, klappte es zusammen und wickelte alles in ein Wachstuch.

»Mach dir keine Sorgen, ich werde die Kleine hüten wie meinen Augapfel«, beteuerte Maria, als sie das Päckchen in ihrem Kleid versteckte.

»Das glaube ich dir ja. Aber müssen wir wirklich bis Mitternacht warten, bis wir Agnieszka befreien? Es wird doch viel früher dunkel«, entgegnete Paulina.

»Schwester Elzbieta hat sich an den letzten Abenden zur Zimmertür der Zander geschlichen und beobachtet, dass sie ihr Licht stets um Punkt elf Uhr abends löscht. Es ist einfach sicherer, danach noch eine Stunde zu warten, damit sie auch wirklich fest schläft.« Maria umarmte Paulina und ging zur Tür. »Wir sehen uns heute Abend.«

Kaum verließ Maria das Haus, zog Paulina den Backstein aus dem Mauerwerk und spähte hinaus. Schwüle, von Feuchtigkeit gesättigte Luft strömte ihr entgegen, und über dem roten Ziegeldach türmten sich bleigraue Wolken. Der Park war bis auf eine Katze, die dicht an der Klostermauer entlang huschte, verlassen.

Gegen Mittag donnerte es, kurz darauf fielen die ersten schweren Tropfen, und am frühen Nachmittag prasselte der Regen vom Himmel.

Hoffentlich bleibt das Wetter bis in die Nacht so. Dann sind weniger Leute auf den Straßen unterwegs und mit etwas Glück auch weniger Polizeikontrollen, überlegte Paulina, während sie durch das Fenster von Marias Schlafkammer die Blitze beobachtete, die über Hausdächern und Baumkronen zuckten. Sie holte ihren Rucksack aus der Küche und zog das Sockenpaar heraus, in dem sie ihr Geld versteckte, nahm den von Maria verschmähten Fünfmarkschein und schob ihn unter das Kopfkissen. Gerne hätte sie ihr viel mehr gegeben, aber sie brauchte Geld für die Fahrkarte zurück nach Strickau und eine Reserve für unvorhergesehene Zwischenfälle.

Um kurz nach sechs Uhr lief Paulina in den Flur und stellte sich hinter die Wohnungstür. Sie wusste, dass es noch eine halbe Stunde dauerte, bis Maria kam, aber sie hielt die Anspannung einfach nicht mehr aus. Endlich hörte sie das vertraute Knirschen des Schlüssels im Schloss, und sie riss die Tür auf.

»Allmächtiger!« Maria zuckte erschrocken zurück.

Paulina packte sie am Handgelenk, zog sie herein und

drückte die Tür zu. »Entschuldige, aber ich bin furchtbar aufgeregt. Hat alles geklappt? Hast du Agnieszka die Baldriantropfen gegeben?«

Maria wich ihrem Blick aus. »Lass uns in die Küche gehen.«

Paulina eilte ihr hinterher. »Du verhältst dich seltsam. Stimmt etwas nicht?«

Maria stand neben einem der beiden Stühle, umklammerte die Lehne und starrte in das flackernde Licht der Öllampe auf dem Tisch.

Paulinas Knie begannen zu zittern. »Sag mir sofort, was los ist«, verlangte sie.

Maria richtete ihre dunklen Augen auf sie und holte tief Luft. »Agnieszka ist fort.«

Kapitel zehn
Wartheland, August 1944

Paulinas Herz setzte einen Schlag aus. »Nein«, flüsterte sie und noch einmal: »Nein.«

Sie war wie zur Salzsäule erstarrt. Ihre Gedanken rasten, überschlugen sich und verhakten sich in den drei Worten, die all ihre Hoffnung vernichteten: »Agnieszka ist fort.«

Als ihr die furchtbare unausweichliche Wahrheit dämmerte, übermannte sie die Verzweiflung. »Das darf nicht sein!«, schrie sie und hieb mit der Faust auf die Tischplatte. »Verfluchter Gott, warum wendest du dich von einem Kind ab, das bereits Vater und Mutter durch Mord verloren hat? Hilfst du wirklich lieber jenen, die es am wenigsten verdienen?«

Maria packte ihr Handgelenk. »Sei leise! Das ganze Haus hört dich!«

»Lass mich!« Paulina befreite sich ungestüm, packte den Rucksack, der auf dem Stuhl stand und riss die Verschnürung auf. »Ich habe eine Waffe! Und die werde ich der Zander an den verdammten Kopf halten, bis sie mir sagt, wohin sie Agnieszka gebracht hat!« Wie von Sinnen wühlte sie durch das Gepäck, packte die in ein Unterhemd gewickelte Pistole und zerrte sie aus dem Rucksack. Der Kompass und die Taschenlampe, die ganz oben lagen, flogen heraus und polterten auf den Boden.

»Paulina, bitte beruhige dich!«, flehte Maria.

»Gerade wurde mir meine Nichte zum dritten Mal gestohlen, und ich soll mich beruhigen?« Paulina fuhr so heftig herum, dass sie gegen den Stuhl stieß. Er kippte um und knallte auf die Dielen.

»Es reicht!« Jetzt verlor auch Maria die Fassung. »Dein Toben bringt uns in Lebensgefahr!« Mit der Rechten packte sie den Lauf der Pistole und versuchte, sie an sich zu reißen, die Linke drückte sie auf Paulinas Mund.

Die beiden Frauen starrten sich an. »Ruhig«, sagte Maria fest. »Du musst dich jetzt beruhigen.«

Paulina spürte, wie die Kraft aus ihrem Körper wich. Ihre Knie zitterten, sie stöhnte erstickt. Dann sackte sie auf dem Boden zusammen. Die Waffe rutschte aus ihren Fingern, sie schlug die Hände vors Gesicht und schluchzte verzweifelt. Maria kniete sich neben sie, schloss sie in die Arme und streichelte sanft über ihren Rücken. »Es tut mir so leid«, flüsterte sie. »Es tut mir so furchtbar leid.«

In diesem Moment klopfte es dreimal kräftig an die Wohnungstür.

Beide Frauen erstarrten und sahen sich erschrocken in die Augen. Maria legte einen Finger auf die Lippen. Paulina nickte und tastete nach ihrer Waffe.

Wieder klopfte es, und eine Männerstimme rief: »Frau Pinczewska!«

Maria atmete tief aus. »Das ist Herr Kulczysńki.«

»Der Tischler?«, flüsterte Paulina.

Maria nickte. »Erinnerst du dich, was ich dir über ihn erzählt habe? Wir brauchen ihn nicht zu fürchten, er hilft den Kindern. Ich werde ihm jetzt die Tür öffnen, damit nicht noch mehr Leute im Haus alarmiert werden. Aber versteck die Waffe.«

Paulina nickte und strich sich mit den Händen über das Haar. Während Maria zur Tür ging und den Riegel zurückschob, erhob sie sich, schob die Pistole in den Rucksack und stellte den Stuhl aufrecht. Von ihrer Wut war nur noch dumpfe Verzweiflung geblieben. Ihr wurde bewusst, wie sinnlos ihr unbeherrschter Ausbruch gewesen war, und sie schämte sich, dass sie ausgerechnet Maria, die ihr nichts als Freundlichkeit und Unterstützung bot, in große Gefahr brachte.

Vom Flur her hörte sie Marias Stimme. »Ich wünsche Ihnen

einen guten Abend, Herr Kulczysńki.«

»Was herrscht bei Ihnen für ein Lärm?«, fragte er zurück. »Seit wann sind Sie nicht mehr alleine in Ihrer Wohnung?«

»Ich habe Paulina aufgenommen.« Maria trat zur Seite, sodass er Paulina in der Küche stehen sah. »Sie ist aus Warschau.«

Er runzelte die Stirn. »Warum schreit sie das Haus zusammen? Will sie, dass die Polizei hier auftaucht?«

»Kommen Sie doch herein, Herr Kulczysńki. Wir erklären Ihnen alles, aber drinnen spricht es sich besser, als hier draußen«, forderte Maria den Tischler auf.

Der kräftige, dunkelhaarige Mann ging ihr voraus in die Küche, blieb vor Paulina stehen und musterte sie wortlos.

Sie schluckte. »Ich bin Agnieszkas Tante. Seit fast einem Monat folge ich ihrer Spur, und heute Nacht wollte ich sie endlich aus dem Heim befreien. Aber dann hat Maria mir erzählt, dass …« Sie brach ab und wischte sich mit einer Hand über die Augen. »…, dass sie nicht mehr da ist.«

Kulczysńkis Miene wurde weich. »Ich verstehe«, brummte er. »Frau Pinczewska bat mich ja, das Tor offenzulassen. Es tut mir sehr leid. Für Sie und die Kleine.«

Maria legte Paulina eine Hand auf den Rücken und schob sie sanft in Richtung des Stuhls. »Warum setzt du dich nicht, Paulina? Und Sie, Herr Kulczysńki, nehmen Sie doch auch Platz. Ich koche uns einen Tee. Der beruhigt die Nerven.«

Wortlos ging Paulina zum Schrank und holte drei Becher heraus. Sie fühlte sich betäubt und wie vernichtet, gleichzeitig waren ihre Nerven zum Zerreißen gespannt. Zehn Minuten später füllte Maria die Becher. »Trink«, forderte sie Paulina auf. »Du wirst sehen, das tut dir gut.«

Widerstrebend legte sie die Finger um das Gefäß und merkte überrascht, wie die Wärme der Emaille ihr aufgewühltes Gemüt ein wenig beruhigte. »Was genau ist eigentlich heute geschehen?«, fragte sie rau.

»Sie haben einen großen Bus mit Kindern abgeholt.« Mitfühlend schaute Maria zu Paulina. »Es tut mir so unaussprechlich leid.«

Paulina schüttelte fassungslos den Kopf. »Ich habe das Gebäude den ganzen Tag beobachtet, aber einen Bus habe ich nicht bemerkt.«

»Du konntest ihn nicht sehen«, erwiderte Maria. »Er fuhr durch das Portal auf der entgegengesetzten Seite des Geländes und parkte direkt vor dem Haupteingang.«

»Und während ich hier gesessen habe, voller Vorfreude darauf, Agnieszka wieder in meine Arme zu schließen, wurde sie mir erneut genommen. Wären wir nur eine Nacht früher gewesen …« Paulina spürte eine Klammer um ihren Brustkorb, und ihr Kehlkopf zuckte schmerzhaft. Mit gepresster Stimme fragte sie: »Weißt du, wohin sie gebracht wurden?«

»Nein. Das erzählen sie uns nie.«

Maria rutschte neben Kulczysńki auf die Bank und lehnte den Kopf an die Wand. »Die Kinder waren gerade mit dem Mittagessen fertig, da kam die Zander mit zwei Krankenschwestern in den Speisesaal. Als ich die Frauen sah, wusste ich sofort, dass es wieder so weit ist, aber …«

»Warum?«, unterbrach Paulina. »Warum wusstest du es?«

»Weil es keine gewöhnlichen Krankenschwestern sind, die diese Kindertransporte begleiten. Üblicherweise tragen die deutschen Krankenschwestern eine blaue Tracht, aber diese hier sind immer braun gekleidet, und am Kragen ist nicht die Brosche mit dem Roten Kreuz befestigt, sondern eine mit einer Art Hakenkreuz darauf.«

»Mit einer Art Hakenkreuz?« Paulina runzelte die Stirn. »Was meinst du damit?«

»Das Emblem besteht aus dem Buchstaben N, durch den ein senkrechtes S mit zwei seitlichen Flügeln führt«, erklärte Maria. »Es sieht ein bisschen wie ein Hakenkreuz aus, aber nicht ganz.«

»N und S«, murmelte Paulina. »Das steht bestimmt für

Nationalsozialismus. Vielleicht haben die Nazis eine eigene Organisation von Krankenschwestern.«

»Vielleicht«, erwiderte Maria. »Aber wozu?«

»Nun, die Rotkreuzschwestern sind offizielle Schwestern, die in allgemeinen Krankenhäusern oder Lazaretten arbeiten und dem Roten Kreuz angehören. Die NS-Schwestern dagegen werden von den Nazis für spezielle, geheime Aufgaben eingesetzt, wie zum Beispiel, sich um geraubte polnische Kinder zu kümmern, die zu Deutschen umerzogen werden sollen«, warf Kulczysńki ein.

»Aber hier in Kalisz werden die Kinder nicht von solchen Schwestern beaufsichtigt«, wandte Maria ein.

»In dem Waisenhaus in Warschau habe ich sie auch nicht gesehen. Aber wie Herr Kulczysńki glaube auch ich, dass sie etwas mit dem Kinderraub zu tun haben«, sagte Paulina. »Erzähl! Wie ging es weiter, nachdem die Zander und die braunen Schwestern in den Speisesaal gekommen sind?«

»Die Zander holte einen Zettel hervor und verlas die Namen von zwölf Kindern. Die Größeren, die ihre Namen kennen, standen auf. Agnieszka musste ich zu ihr bringen. Sie war die Jüngste des Transports.« Maria brach in Tränen aus. »Ach, Paulina, ich wollte sie beschützen, aber ich habe mich nicht getraut, etwas zu sagen. Bitte verzeih mir!«

»Du konntest es nicht verhindern.« Paulina dachte an Warschau, wo sie selber zweimal hilflos mitansehen musste, wie ihre Nichte verschleppt wurde.

»Ich trug Agnieszka zum Bus und übergab sie dort einer der braunen Schwestern«, fuhr Maria fort. »Artur Majrczak, der Junge, mit dessen Mutter du in Warschau gesprochen hast, ist auch in dem Transport.«

Paulina schluckte. »Hat Agnieszka geweint, als du sie übergeben musstest?«

Maria nickte niedergeschlagen. »Sie hat sich an mir festgeklammert. Aber natürlich nützte das nichts. Ich musste sie der

Schwester geben. Als der Bus vom Hof fuhr, schaute sie mich durchs Fenster an und drückte ihre kleinen Hände gegen die Scheibe, so als flehe sie mich an, sie nicht alleine zu lassen.« Maria schlug die Hände vors Gesicht. »Es war schrecklich.« Auch Paulina kamen die Tränen. Als sie merkte, dass die Verzweiflung sie erneut zu überwältigen drohte, zog sie ihr Taschentuch aus dem Rock und putzte ihre Nase. »Hast du wirklich nicht die geringste Ahnung, wohin sie die Kinder bringen?«

Maria schüttelte den Kopf. »Als ich es das erste Mal erlebte, habe ich die Zander gefragt, aber sie meinte, dass mich das nicht zu kümmern habe. Später fragte ich noch einige Aufseherinnen, doch die konnten mir nichts sagen.«

»Dennoch bin ich sicher, dass es Aufzeichnungen über den Ort gibt, an den die Kinder geschafft werden. Die Deutschen kontrollieren und protokollieren alles«, bemerkte Herr Kulczyśnki. »Gewiss befinden sie sich im Büro der Zander.«

Paulina schloss die Augen und massierte sich die Lider. Schließlich ließ sie die Hände sinken und schaute erst Maria und dann Herrn Kulczyśnki an. »Es geht einfach kein Weg daran vorbei. Ich werde heute Nacht ins Büro der Heimleiterin einbrechen! Ist das Eisentor noch offen, Herr Kulczyśnki?«

Er nickte. »Die Tischlerei ist am entgegengesetzten Ende des Geländes. Ich habe zwar gehört, dass wieder Kinder abgeholt wurden, aber dass Agnieszka dabei war, wusste ich nicht.«

Maria rieb sich die Stirn. »Der Weg aufs Gelände ist zwar frei, aber das Haus ist verschlossen. Schwester Elzbieta, die Agnieszka ja zum Tor bringen wollte, war nämlich dabei, als die Kleine abgeholt wurde, und natürlich weiß sie nicht, dass sie uns heute Nacht einlassen soll. Wir müssen also einen anderen Weg ins Haus finden.«

»Wir?«, wiederholte Paulina und starrte Maria mit großen Augen an.

»Ich begleite dich. Alleine schaffst du das nicht.«

Paulina lief um den Tisch, umarmte Maria und drückte ihr

im Überschwang einen Kuss auf die Wange. »Wo befindet sich das Büro der Zander?«, fragte sie dann.

In Marias Augen kehrte ein wenig Glanz zurück. »Im Erdgeschoss des Nordflügels. Direkt unter ihrer Wohnung.«

»Und der Schlüssel?«

»Den hat sie bei sich, also in ihrer Wohnung.«

»Dort auch noch einzubrechen ist viel zu riskant. Ich habe jedoch eine andere Idee, wie Sie und Frau Pinczewska sowohl ins Gebäude als auch ins Büro der Zander kommen«, mischte sich Herr Kulczysńki ein. »Warten Sie einen Moment, ich bin gleich wieder da.«

Herr Kulczysńki verschwand. Fünf Minuten später kehrte er zurück und legte etwas auf den Tisch, das wie ein langer Nagel aussah. Allerdings besaß es gegensätzlich gebogene Enden, eines davon flach geklopft. »Das ist ein Diebeshaken. Damit können Sie alle Schlösser des Gebäudes öffnen, nicht nur die Türschlösser, sondern auch den Aktenschrank im Büro der Zander oder ihre Schreibtischschubladen. Stecken Sie einfach das flache Ende ins Schloss und drehen den Haken ein wenig.«

»Ich weiß. Ich kenne die Dinger.« Paulina strich mit zwei Finger über den Diebeshaken. »In Warschau haben mein Verlobter Marek und ich dieses nützliche Werkzeug immer wieder gebraucht, um Türen zu öffnen, hinter denen die Deutschen ihre Geheimnisse verstecken wollten. Ich würde ihn gerne einmal ausprobieren.« Sie ging zur Küchentür und schloss sie ab. Dann schob sie den Haken mit dem flachen Ende voran in das Schloss und drehte ihn behutsam. Nach wenigen Sekunden sagte sie: »Ich fühle die Feder, jetzt muss ich nur noch den Riegel aufschieben.« Wieder drehte sie den Haken hin und her. Plötzlich klackte es. Triumphierend wandte sich Paulina zu Maria und Herrn Kulczysńki. »Nun hält uns nichts mehr auf!«

Die Glocken der Kirche auf dem katholischen Friedhof schlugen

Mitternacht, als die beiden Frauen sich durch das Eisentor auf den Hof stahlen. Paulina hielt ihre Taschenlampe in der Rechten. Der Diebeshaken steckte in ihrer Rocktasche. Hinten im Bund, verborgen unter der Jacke, drückte der harte Lauf der Pistole in ihren Rücken.

Immer noch regnete es in dieser vollkommen schwarzen Nacht. Alles Licht von Mond und Sternen, das sie hätte verraten können, wurde von einer dichten Wolkendecke verschluckt. Maria fasste Paulinas Hand und huschte mit ihr zum Gebäude. Eng an die Mauer des ehemaligen Klosters gedrückt, schlichen sie Richtung Nordflügel. Maria blieb vor einer schmalen Holztür stehen und drehte sich zu Paulina.

»Wir benutzen diesen Nebeneingang, das ist unauffälliger«, flüsterte sie. »Das Büro der Zander liegt in der Mitte des Flurs. Vergiss nicht, dass ihre Wohnung sich direkt darüber befindet. Wir müssen also sehr leise sein.«

Paulina reichte Maria die Taschenlampe und trat vor die Tür. Sie zog den Diebeshaken aus der Rocktasche und tastete nach dem Schloss. Vorsichtig schob sie ihn hinein.

»Beeil dich«, flüsterte Maria hinter ihr.

»Das tue ich ja.« Paulina bewegte den Haken hin und her. »Ich fühle die Feder, aber das verdammte Ding klemmt. Gib mir etwas Licht.«

Die Taschenlampe leuchtete auf. Zum Glück entsprach sie den Verdunkelungsvorschriften. Sie besaß einen kleinen Schirm aus Metall, sodass das Licht nicht streute, sondern direkt auf das Schlüsselloch fiel. Paulina drehte erneut am Haken. Es knirschte leise. Dann ertönte ein lautes »Knack«.

Maria fuhr zusammen. Die Taschenlampe rutschte aus ihren Fingern und polterte auf den steinernen Treppenabsatz.

»Entschuldige.« Maria bückte sich hastig und hob die Lampe auf.

»Mach sie aus«, zischte Paulina.

Maria knipste die Taschenlampe aus, und beide Frauen

schauten ängstlich an der Fassade empor. Doch weil überall die Verdunkelungsvorhänge zugezogen waren, erkannten sie nicht, ob in einem der Zimmer Licht angezündet wurde.

»Hoffentlich gibt es hier außer der Wohnung von der Zander nur Büros«, flüsterte Paulina.

»In den anderen Räumen befinden sich Büros, aber auch Zimmer der Aufseherinnen«, sagte Maria zerknirscht.

Mit angehaltenem Atem warteten sie, Paulina mit der Hand an der Pistole, ob irgendwo über ihnen ein Fenster geöffnet wurde.

Doch alles blieb ruhig.

»Scheint noch einmal gut gegangen«, raunte Paulina.

Vorsichtig drückte sie die Klinke herunter und öffnete die Tür Zentimeter für Zentimeter, bis der Spalt groß genug war, um hindurch zu schlüpfen. Wieder verharrten sie. Dann knipste Maria die Taschenlampe an und leuchtete den Gang entlang. »Das ist das Büro der Heimleiterin.« Sie richtete den Lichtkegel auf eine Tür.

Beiden Frauen huschten weiter und erreichten das Büro. Paulina drückte die Türklinke herunter. »Abgeschlossen«, stellte sie fest. Wieder schob sie den Haken ins Schlüsselloch und drehte ihn langsam und vorsichtig. Dieses Mal knackte es kaum hörbar. Paulina zog den Diebeshaken zurück, öffnete die Tür und verschwand im Raum dahinter. Maria folgte ihr. Stück für Stück führte sie Paulina mit dem Lichtstrahl der Taschenlampe.

Deren erster Blick fiel auf das Hitler-Porträt an der Wand zwischen den Fenstern und danach auf den Schreibtisch mit dem Telefon und einem Behälter für Stifte. An einer Seitenwand stand der Aktenschrank. Verschlossen durch eine Rollladenfront. Paulina sah abschätzend auf das Schlüsselloch und beseitigte dieses Hindernis dank des Diebeshakens in Sekundenschnelle. Maria trat neben sie. Ihre Taschenlampe schien auf ein Regalbrett mit Ordnern. Darunter befand sich eine Hängeregistratur voller Akten.

In fliegender Eile überflog Paulina die auf den Akten festgeklemmten Reiter mit den säuberlich beschrifteten Schildern. Sie las deutsche Vor- und Nachnamen, alphabetisch geordnet.

»Ich nehme an, das sind die Kinderakten, aber ich finde Agnieszka nicht«, stellte sie irritiert fest.

»Du musst nach Agnes Krahl suchen«, wisperte Maria.

»Ich weiß, aber es gibt keine Akte von Agnes Krahl.« Paulinas Stimme klang hohl vor Enttäuschung.

»Gibt es eine von Artur Mayer?«

Paulina suchte erneut und schüttelte den Kopf.

»Dann wurden die Akten heute zusammen mit den Kindern an ihren neuen Aufenthaltsort gebracht«, sagte Maria nach einer kurzen Pause. »Wir haben Agnieszkas Spur verloren.«

Paulina stieß die Registratur zurück in den Schrank. »Ich weigere mich, das zu glauben! Die Deutschen führen über alles Buch.« Sie zerrte einen der Ordner aus dem Regal und blätterte ihn fieberhaft durch, doch außer Bestellungen über Bettwäsche, Kinderkleidung und Lebensmittel entdeckte sie nichts. Der zweite Ordner enthielt Rechnungen, im dritten befand sich Korrespondenz mit dem Rasse- und Siedlungshauptamt, wie sie aus den Anschriften und Aufdrucken auf den Briefbögen erkannte, und in den letzten beiden Ordnern wurden die Personalakten der Beschäftigten abgelegt. Auch hier bekam sie nicht den kleinsten Hinweis auf Agnieszka. Es wirkte, als sei ihre Nichte nie in diesem Heim gewesen. Mit einem Ruck zog Paulina den Rollladen herunter und schaute sich im Büro um. »Der Schreibtisch ist unsere letzte Möglichkeit.«

Sie verschloss den Aktenschrank mit dem Diebeshaken und benutzte diesen dann, um die oberste Schublade des Schreibtisches zu öffnen. Neben einem Stempelkissen und einem Karussell, an dem mehrere Stempel hingen, lag eine Kladde mit der Aufschrift ›Zu- und Abgänge 1944‹.

Sie nahm sie und schlug die erste Seite auf. »Ich glaube, ich habe was gefunden.« Hektisch wandte sie sich zu Maria.

»Leuchte mal!«

Maria richtete den Lichtstrahl auf die aufgeschlagene Seite und beugte sich über Paulinas Schulter. »Das sind alles Namen von Kindern, die einmal hier waren«, flüsterte sie aufgeregt. »Hinter jedem Namen steht der Ankunftstag, gefolgt von jenem, an dem sie wieder verschwunden sind. Aber was hat *Bad Polzin* zu bedeuten? Es steht am Ende eines jeden Eintrags.«

»Das ist eine Stadt. Allerdings weiß ich nicht, wo die ist.« Hastig blätterte Paulina weiter bis zur letzten beschriebenen Seite der Kladde. »Da!«, hauchte sie. »Da steht Artur Mayer, der kleine Artur Majrczak aus Warschau und darunter Agnes Krahl. Meine Agnieszka.« Ihre Stimme brach.

»Das Ankunftsdatum stimmt«, stellte Maria fest. »Und das ihrer Abholung auch. Heute! 22. August 1944. Auch Artur und Agnes wurden nach Bad Polzin gebracht.«

Paulina klappte das Notizbuch zu und legte es wieder in die Schublade. »Nun weiß ich, wo ich nach Agnieszka suchen muss.« Sie verschloss die Lade.

»Dann lass uns gehen«, sagte Maria nervös. Sie löschte die Taschenlampe und zog Paulina mit sich zur Tür. »Du musst sofort zum Bahnhof.«

Es regnete nicht mehr, als Maria und Paulina sich eine Stunde später voneinander verabschiedeten. »Geh immer weiter diese Straße entlang«, sagte Maria. »Dann kommst du direkt zum Bahnhof.«

Die Frauen umarmten sich innig. Maria küsste Paulina auf beide Wangen. »Geh mit Gott. Ich werde jeden Tag für dich und Agnieszka beten.«

»Pass auf dich auf, mutige Maria.«

»Und du auf dich, tapfere Paulina.«

Kapitel elf

Wartheland, August 1944

Die leere Bahnhofshalle wirkte ein wenig gespenstisch, und ein flackerndes bläuliches Notlicht verstärkte Paulinas Beklommenheit noch. Sie überlegte, ob sie sich bis zum Morgen im Wartesaal ausruhen sollte, doch dann bemerkte sie neben den Fahrplänen einen großen Glaskasten mit einer Landkarte. Sie schaute auf die Abbildung des Warthelandes mit den angrenzenden Regionen.

Unwillkürlich richtete sich ihr Blick auf die langgestreckte Danziger Bucht. Hier an der Ostseeküste lag ihre Heimatstadt Gdansk, Danzig. Sie betrachtete den länglichen, sich über eine Biegung der Bucht erstreckenden Umriss der Stadt, und Heimweh und Trauer überfluteten sie. Ihre glückliche Jugend hatte mit dem Einmarsch der Deutschen ein abruptes Ende gefunden. Siebzehn Jahre zählte sie damals erst. Heute, knapp fünf Jahre später, war ihre Familie nahezu ausgelöscht.

Wenn es ihr gelang, ihre Nichte aus den Klauen der Nazis zu befreien, löste sie damit nicht nur das Versprechen an ihre ermordete Schwester ein, es bedeutete auch ihren ganz persönlichen Triumph über den Feind, der ihr so viel genommen hatte.

Langsam wanderte Paulinas Blick an der Küstenlinie der Ostsee entlang. Bad Polzin hieß der Ort, in dem sich Agnieszka nun befinden sollte. Das *Bad* wies auf einen Kurort hin, und an der Küste reihten sich die Seebäder- und Urlaubsorte aneinander wie Perlen auf einer Schnur. Sie fand Zoppot, Stolpmünde, Kolberg und Misdroy, aber Bad Polzin fand sie nicht. Gerade wollte sie den Blick auf Usedom und Rügen richten, da fiel ihr ein Stück östlich von Stettin der Schriftzug ›Bad Polzin‹ ins Auge. Das Städtchen lag ein wenig von der Küste entfernt im Landesinneren. In einer Region, die auf der Karte als ›Pommersche Schweiz‹ bezeichnet wurde.

Die Strecke von Kalisz nach Bad Polzin zog sich beängstigend weit über die altersfleckige Karte. Paulina schätzte sie auf mindestens ein Drittel länger ein als die von Warschau bis Kalisz.

Das wird eine gewaltige Reise werden, überlegte sie und überflog im Geiste ihre zusammengeschmolzenen Geldvorräte. Hoffentlich reichten sie für die Fahrkarte. *Und dann musste sie auch noch zurück nach Warschau!*

Paulina biss sich fest auf die Unterlippe und beschloss, sich über diese Probleme vorerst nicht ihren Kopf zu zerbrechen. Das Wichtigste war und blieb, Agnieszka zu befreien.

Sie wandte sich vom Glaskasten ab, verharrte mitten in der Bewegung, drehte sich langsam wieder um und starrte auf die Karte. ›Pommersche Schweiz‹ stand oberhalb des Ortsnamens von Bad Polzin. Das bedeutete, dass die Stadt in Pommern lag, aber Paulinas Reisegenehmigung besaß nur im Wartheland auf der Strecke zwischen Strickau und Kalisz Gültigkeit.

Und ohne Reisegenehmigung erhielt sie keine Fahrkarte.

Schon wieder ein Hindernis! Verzweiflung und Wut überrollten sie. Am liebsten hätte sie mit den Fäusten auf den Glaskasten eingetrommelt.

Und wenn du zu Fuß gehst?, fragte eine innere Stimme.

Doch schon von Warschau nach Kalisz war sie fast zwei Wochen unterwegs gewesen und immerhin ab Görnau mit der Bahn gefahren. Für die Strecke von Kalisz bis Bad Polzin benötigte sie gewiss mehr als einen Monat und das nur, falls sie keine Umwege machen musste, ihr verletzter Fuß durchhielt und auch sonst nichts Außergewöhnliches geschah. Hinzu kam, dass sie den Weg nicht kannte und sie kaum Geld und Lebensmittelkarten besaß, um sich und später Agnieszka zu versorgen. Außerdem brach bald der Herbst an, dann wurden die Nächte kühler und regnerischer, und das machte es immer schwieriger, im Freien zu schlafen. Besonders auf dem Rückweg, wenn sie zusätzlich für ihre Nichte sorgen musste.

Ich schaffe es nicht, dachte sie und spürte tiefe Verzweiflung. *All diese Probleme zu lösen, ist völlig unmöglich.*

In diesem Moment sah sie Helena und Jerzy vor sich, blutüberströmt, wie in ihren Alpträumen. Und sie sah Agnieszka, grob gepackt von dem SS-Mann, wie er mit ihr über die Treppe des Hauses am Warschauer Altstadtmarkt verschwand. Ihre Rechte glitt in ihre Jackentasche und umfasste den kleinen Kinderstiefel.

»Verzeih mir, dass ich dich beinahe aufgegeben hätte«, flüsterte sie. »Ich werde nie wieder so schwach sein.«

Nach und nach kamen die ersten Reisenden des Tages in die Bahnhofshalle. Um Punkt sieben Uhr öffnete der Fahrkartenschalter, und Paulina verlangte ein Billett nach Bad Polzin. Die Beamtin lächelte und suchte ihr eine Bahnverbindung aus dem Kursbuch, die um halb acht über Posen und Stargard fuhr, doch als Paulina die benötigte Reisegenehmigung nicht vorlegen konnte, wollte sie ihr die Fahrkarte nicht verkaufen.

Paulina durchwühlte demonstrativ ihren Rucksack. »Ich habe sie zu Hause vergessen. Aber ich muss wirklich dringend nach Bad Polzin. Ich soll dort eine Stelle antreten, und man erwartet mich. Können Sie nicht einmal eine Ausnahme machen?«

Die Bahnbeamtin schüttelte bedauernd den Kopf. »Damit mache ich mich strafbar. Holen Sie Ihre Reisegenehmigung, dann verkaufe ich Ihnen eine Fahrkarte.«

»Bitte«, flehte Paulina mit Tränen in den Augen. »Ich bitte Sie von ganzem Herzen.«

»Sie haben doch gehört, dass es nicht geht, also machen Sie endlich Platz«, beschwerte sich ein Mann hinter ihr. »Andere Leute wollen auch eine Fahrkarte kaufen.«

Widerstrebend nahm Paulina ihren Rucksack und trat vom Schalter weg. Ihr Vorhaben schien erneut zum Scheitern verurteilt, doch dieses Mal gab sie der aufkeimenden Mutlosigkeit nicht nach. Sie würde in den Zug nach Posen steigen – mit oder ohne Fahrkarte, mit oder ohne Reisegenehmigung.

Sie schaute sich in der Halle um. Trotz der frühen Stunde füllte sich der Bahnhof rasch mit Menschen. Sie folgte einem Ehepaar an das Bahngleis, von dem der Zug nach Posen abfuhr. Die beiden schoben gemeinsam einen mit Koffern hoch beladenen Gepäckwagen vor sich her. Angespannt blickte sie auf die große runde Uhr unter dem Bahnsteigdach. Noch fünfzehn Minuten, bis der Zug einfahren sollte.

In diesem Moment entdeckte sie einen Beamten der Bahnschutzpolizei. Er befand sich am entgegengesetzten Ende des Bahnsteiges und bewegte sich langsam in ihre Richtung. Sein Blick wanderte prüfend über die Gesichter der Menschen. Immer wieder blieb er stehen und ließ sich Papiere zeigen.

Im ersten Schreck fragte sich Paulina, ob er nach ihr suche. Vielleicht war der Einbruch ins Büro der Zander längst aufgeflogen, vielleicht waren die Angestellten des Heims verhört worden und Maria in Verdacht geraten, irgendetwas damit zu tun zu haben. Sie glaubte nicht, dass Maria leicht zusammenbrach, aber falls die Zander sie mit ihrer Peitsche traktierte …

Verdammt, jetzt reiß dich aber mal zusammen, schimpfte sie mit sich selber. *In einem solchen Fall wird wohl kaum die Bahnschutzpolizei, sondern die Gestapo nach dir suchen, und die Männer in den schwarzen Ledermänteln würden mindestens zu zweit kommen, vielleicht sogar mit einem Spürhund.* Sie atmete einmal tief durch. In der Bahnhofshalle waren ihr weder Gestapo noch Spürhunde aufgefallen. Eine Kontrolle durch den Bahnpolizisten wollte sie natürlich trotzdem vermeiden. Sie konnte zwar einen Pass vorweisen, aber sie ahnte, dass sie sich ohne Reisegenehmigung und Fahrkarte nicht auf dem Bahnsteig aufhalten durfte.

Inzwischen war der Polizist auf höchstens fünf Meter herangekommen. Vorsichtig schob sie sich hinter das Ehepaar mit seinem hohen Gepäckwagen und hoffte, dass der Polizist an den beiden vorbeiging.

Doch der richtete seinen Blick auf das Paar. »Kontrolle, Luise. Halte schon mal unsere Papiere bereit«, hörte sie den Mann sagen.

Rasch wich Paulina zurück und schlug einen kleinen Bogen um die dichtgedrängt stehenden Menschen, bis sie sich im Rücken des Bahnschutzpolizisten befand. Ihr vorsichtiges Manöver glückte, denn er bemerkte sie nicht, und während sie die Überprüfung des Ehepaares beobachtete, kam ihr die Idee, wie sie ohne Fahrkarte und Reisegenehmigung nach Bad Polzin gelangen könnte.

Obwohl der D-Zug Richtung Posen voller Reisender war, ergatterte Paulina einen Platz direkt an der Tür eines Abteils. Sie setzte den Rucksack auf ihre Knie und schob unauffällig eine Stiefelspitze in den Türspalt, sodass er ein wenig offenblieb. Dann lehnte sie sich zurück und schloss die Augen. Doch sie täuschte ihr Ruhebedürfnis nur vor. Tatsächlich fühlte sie sich trotz der schlaflosen Nacht hellwach und konzentriert, aber sie wollte nicht von anderen Reisenden in ein Gespräch verwickelt werden.

Der Zug fuhr an, und einige Minuten später hörte sie die Stimme der Schaffnerin, die den Waggon betrat und in das erste Abteil rief: »Fahrkartenkontrolle! Irgendjemand zugestiegen?« Paulina lauschte aufmerksam auf die Frau, die ihr Kommando in jedem Abteil wiederholte.

Schließlich erreichte sie Paulinas benachbarte Schiebetüre. Paulina nahm ihren Rucksack, stand auf und trat in den Gang. Rasch, den Kopf gesenkt, glitt sie an dem Abteil vorbei, in dem die Schaffnerin gerade die Fahrkarten der Reisenden prüfte und eilte in einen bereits vollständig kontrollierten Waggon. Dort nahm sie wieder einen Sitz an der Tür. Nach jedem Halt begann die Fahrkartenkontrolle von Neuem, und Paulina huschte im letzten Moment aus dem Abteil und suchte sich abermals einen sicheren Platz. Erleichtert bemerkte sie, dass an sämtlichen Stationen viele Reisende ein- und ausstiegen, denn je häufiger sich die Zusammensetzung der Fahrgäste änderte, desto weniger fiel ihnen Paulinas Verhalten auf.

Knapp zwei Stunden später rollte der D-Zug durch die Vororte von Posen, und Paulina schaute in Hochstimmung aus dem Fenster.

Sie wusste so gut wie nichts über ihren ersten Umsteigeort, nur dass Posen seit 1939 der Verwaltungssitz des von den Nazis neu geschaffenen Reichsgaus Wartheland war. Jetzt zeigte sich Posen als Großstadt. Durch das Zugfenster sah sie weite Ketten mehrstöckiger Mietshäuser, Fabriken und Industrieanlagen. Dazwischen ragten wuchtige, graue Flaktürme auf, die Geschützrohre wie lange, dünne Finger gen Himmel gerichtet. Außerdem fielen Paulina die vielen Kasernen und Exerzierplätze ins Auge, und sie erblickte immer wieder Soldaten, die in Reih und Glied marschierten, das Gewehr geschultert.

Ein Konzert aus Pfiffen und Rufen brandete auf, als Paulina aus dem Zug stieg: »Hallo! Seht mal diesen wunderschönen Engel! Engelchen, Fräulein, schauen Sie mal zu uns rüber! Schenken Sie uns armen Frontsoldaten Ihr bezauberndes Lächeln!«

Auf dem Gleis gegenüber stand ein Lazarettzug, über dessen heruntergezogene Fenster sich Dutzende von Soldaten beugten und Paulina, teilweise mit eingegipsten Armen, zuwinkten. Viele trugen auch Kopfverbände mit getrockneten braunen Blutflecken. Bei anderen zeigten sich Bandagen unter der halb geöffneten Uniformjacke.

Paulina warf einen flüchtigen Blick auf die überraschend jungen Soldaten. Einige schätzte sie sogar jünger, als sie es selber war. *Von der Schulbank eingezogen und in den Krieg geschickt*, dachte sie.

Das Reich Hitlers versuchte zwar immer noch, mit Kasernen, Exerzierplätzen und marschierenden Soldaten den Eindruck von Stärke und Stabilität zu erwecken, aber dieser Lazarettzug erzählte eine andere Wahrheit. Auch die Deutschen zahlten in diesem von ihnen selbst entfachten Krieg einen hohen Blutzoll.

Ein Blick auf den Aushang mit dem Fahrplan sagte Paulina, dass der Zug nach Stargard nicht von diesem Gleis abfuhr. Doch als sie die Plattform verlassen wollte, entdeckte sie eine Schranke, an der ein Bahnbeamter die Fahrkarten sämtlicher Reisender kontrollierte. Menschen, die die Sperre ohne Ticket passierten, bemerkte Paulina nicht, und sie vermutete, dass dies auch keine gute Idee sein würde.

Besorgt beobachtete sie den Kontrollvorgang und sah, dass der Bahnbeamte die Tickets nicht in die Hand nahm, sondern sie sich lediglich von den Reisenden zeigen ließ, bevor er sie mit einer ungelenk wirkenden Bewegung der Zange in seiner linken Hand abknipste. Der rechte Ärmel der Uniformjacke hing leer und schlaff herab.

Paulina musste die Plattform ohne gültige Fahrkarte verlassen, um weiterfahren zu können. Aber sie besaß noch das Ticket von Görnau nach Kalisz.

Sie reihte sich in die Schlange an der Sperre ein. Es ging nur langsam voran, doch schließlich stand sie vor dem Beamten.

»Bitte, mein Herr.« Mit klopfendem Herzen streckte sie ihm das kleine gelbe Billett entgegen. Dabei achtete sie darauf, mit dem Daumen die Hälfte des Pappkärtchens abzudecken.

Der Beamte nickte kurz, knipste das benötigte Loch in die Fahrkarte und winkte sie mit der Zange weiter.

Puh, atmete sie auf.

Doch am Eingang zum Gleis, von dem der Zug Richtung Stargard fuhr, kontrollierte eine junge Frau. Sie nahm jedes Ticket in die Hand, betrachtete es genau und setzte erst dann die Markierung.

Paulina runzelte die Stirn. An dieser Sperre brauchte sie eine andere Taktik. Erneut reihte sie sich in die Warteschlange ein. Als sie ihre Fahrkarte vor der Dame emporhielt, achtete sie auf einen möglichst großen Abstand zu ihr. Die Beamtin streckte die Hand aus, um das Ticket zu nehmen. In diesem Moment stellte Paulina sich auf die Zehenspitzen, winkte heftig und rief: »Da bist du ja, Schatz! Ich suche dich schon eine Ewigkeit!«

Sie lief auf den Bahnsteig, innerlich zum Zerreißen gespannt, denn sie erwartete einen ärgerlichen Ausruf hinter sich: »Sofort anhalten! Es ist verboten, den Bahnsteig ohne Freigabe zu betreten!«

Doch nichts geschah. Paulina verlangsamte den Schritt, schaute vorsichtig über die Schulter zurück und stellte fest, dass die Frau sich nicht um sie kümmerte, sondern bereits die Fahrkarten nachfolgender Reisender überprüfte.

Plötzlich fragte eine männliche Stimme hinter Paulina: »Meinten Sie gerade mich?«

Sie fuhr herum und sah sich einem hochgewachsenen jungen Mann in einer feldgrauen Wehrmachtsuniform gegenüber.

Sofort wich sie einen Schritt zurück. »Was fällt Ihnen ein?«

Er deutete eine Verneigung an. »Erlauben Sie, dass ich mich vorstelle. Leutnant Erich Beck, 11. Infanterie Division.«

Sie hob die Schultern und wollte sich umdrehen, doch er setzte eilig nach: »Ich habe mich gefragt, ob Sie mich meinten, als Sie nach Ihrem Schatz riefen. Zumindest hätte ich nichts dagegen.«

Paulina streckte das Kinn. »Selbstverständlich meinte ich nicht Sie! Wenn Sie mich jetzt bitte entschuldigen.« Sie ließ ihn stehen und tauchte im lebhaften Treiben auf dem Bahnsteig unter.

Zwei Stunden vergingen, in denen Paulina wie auf glühenden Kohlen saß. Abwechselnd beobachtete sie die Kontrolleurin an der Bahnsteigsperre und den Wehrmachtsoffizier. Zu ihrer Erleichterung nahm keiner der beiden weitere Notiz von ihr. Die junge Frau ging mit stoischem Gleichmut ihrer Arbeit nach, der Offizier vertiefte sich in eine Zeitung, die er aus seiner Uniformjacke zog.

Schließlich fuhr mit fünfzigminütiger Verspätung die Bahn Richtung Stargard ein. Sofort brach Hektik aus. Reisende stürzten zu den Waggons, um bereits im Zug sitzenden Passagieren Taschen, Koffer, Rucksäcke und Kleinkinder durch die Fenster anzureichen. In den Gängen zu den Abteilen und auf der Plattform vor den Eingängen stauten sich die Menschen, während eine Stimme aus den Lautsprechern dröhnend zur Eile mahnte beim Ein- und Aussteigen.

Paulina folgte einer Gruppe junger Frauen, die braune Kostüme mit roten, von zwei Getreideähren gerahmten Hakenkreuzbinden an einem Jackenärmel trugen. Lachend und scherzend besetzten sie ein Abteil in einem der vorderen Waggons. Doch Paulina bewegte sich zum hinteren Ende des Zuges.

»Ist Ihr Schatz Ihnen schon wieder abhandengekommen?«

Leutnant Beck lehnte mit breitem Lächeln in der Tür eines Abteils. »Bei mir ist noch genügend Platz für eine hübsche junge Dame.«

»Bedaure, aber ich suche …«

»… Ihren Schatz? Den gibt es doch gar nicht.«

Sie blitzte ihn an. »Wie können Sie es wagen?«

Er verschränkte die Arme vor der Brust. »Wir wissen beide, dass ich recht habe. Diesen Schatz haben Sie erfunden, erst um sich durch die Bahnsteigsperre zu mogeln und dann als Ausrede für mich. Versuchen Sie nicht, es zu leugnen. Ich habe Sie beobachtet.« In gespielter Strenge runzelte er die Stirn. »Besitzen Sie überhaupt eine gültige Fahrkarte für diesen Zug?«

»Selbstverständlich, auch wenn Sie das nicht das Geringste angeht«, gab Paulina empört zurück, obwohl ihr fast das Herz stehenblieb. »Im Übrigen habe ich weder Zeit noch Lust auf Ihre Unverschämtheiten.« Sie wandte sich von Beck ab, doch er stützte blitzschnell eine Hand an die Außenwand des Abteils und versperrte ihr so den Weg. Bittend schaute er Sie an. »Warum gönnen Sie einem armen Frontsoldaten das Vergnügen Ihrer Gesellschaft nicht, bevor er wieder dem Tod ins Auge blicken muss? Kommen Sie, zeigen Sie, dass Sie ein Herz haben.« Er nahm den Arm herunter und hielt ihr die Abteiltür auf.

In diesem Moment fuhr der Zug an. Paulina verlor das Gleichgewicht und stolperte. Beck nutzte die Gelegenheit, sie in sein Abteil zu ziehen. »Das nenne ich Schicksal, mein Fräulein. Und was ist schon dabei, wenn wir uns diese eintönige Reise gegenseitig ein wenig angenehmer machen?«

Paulina überlegte und kam zu dem Schluss, dass sie es riskieren musste, Becks Wunsch nachzugeben. Er schien hartnäckig genug, um sie auch weiterhin nicht in Ruhe zu lassen, und sie wollte keine unnötige Aufmerksamkeit erregen. Sie würde sein Abteil ohnehin wieder verlassen, sobald sie einen Schaffner oder eine Schaffnerin hörte.

Aber wenn du denkst, dass ich ein angenehmer Zeitvertreib für dich bin, hast du dich getäuscht, dachte sie.

»Offensichtlich bleibt mir nichts anderes übrig, Herr Leutnant.« Sie setzte sich auf einen Platz an der Tür und stellte ihren Rucksack auf die Knie.

Beck beobachtete sie kopfschüttelnd. »Dieses unförmige Ding wollen Sie doch nicht die ganze Zeit auf Ihren hübschen Beinen balancieren. Wozu gibt es Gepäcknetze?« Er fasste den Rucksack blitzschnell an den Riemen und schob ihn neben seine Offizierskiste in die Ablage. »Du lieber Himmel, der wiegt ja einiges. Schleppen Sie Ziegelsteine mit sich herum?«

»Nein, aber ein Dutzend Handgranaten«, gab sie schnippisch zurück und bereute es sofort. Beck in dieser ohnehin riskanten Situation auch noch herauszufordern, war unvorsichtig und dumm.

Er starrte sie verblüfft an und brach dann in schallendes Gelächter aus. »Das ist großartig! Ich wusste von Anfang an, dass die Fahrt mit Ihnen nicht langweilig wird! Wie lange habe ich überhaupt das Vergnügen? Ich fahre bis Stettin.«

Sie verschränkte die Arme vor der Brust. »Ich denke, das geht Sie nichts an.«

Beck seufzte. Dann stand er auf, ging zum Fenster und schob es herunter. »Adieu, mein liebes Posen. Wer weiß, wann ich dich wiedersehe.«

Er klang wehmütig, und Paulina musterte ihn neugierig. »Steht es so schlecht an der Ostfront?« Sie brannte auf Nachrichten, besonders auf solche, die einen ungünstigen Kriegsverlauf für die Deutschen vermuten ließen.

»Damit möchte ich Sie nicht behelligen. Es gibt viel angenehmere Themen, über die wir uns unterhalten können.«

»Sie müssen mich nicht vor schlimmen Wahrheiten beschützen«, beharrte sie. »Oder glauben Sie, der Krieg hat meine Familie verschont?«

Er drehte sich um und sah sie ernst an. »Das tut mir leid. Inzwischen gibt es wohl keine Familie mehr, die er verschont hat, auf welcher Seite der Front sie auch steht. Nur die, die diesen Feuersturm heraufbeschworen haben, mussten noch keinen Preis zahlen.«

Sie starrte ihn an. Es überraschte sie, von einem Deutschen so deutliche Kritik an Hitler und seinen Schergen zu hören. Dann erinnerte sie sich an eine Nachricht, die vor weniger als einem Monat wie ein Lauffeuer im Warschauer Widerstand kursiert war: Ein deutscher Offizier hatte versucht, Hitler in seinem Hauptquartier in Ostpreußen mit Sprengstoff zu töten. Angeblich gehörte der Mann zu einem größeren Verschwörungsring innerhalb des deutschen Militärs. Leider ging der Anschlag schief. Der Attentäter und mit ihm viele weitere Verschwörer wurden hingerichtet. Doch vielleicht sympathisierte dieser Leutnant Beck heimlich mit den Verschwörern, und vielleicht gab es mit ihm noch andere Deutsche, die des ewig dauernden Krieges müde waren.

Fahrtwind wehte durch das Fenster. Beck schob es mit einem Ruck zu. »Verraten Sie mir jetzt endlich Ihren Namen, oder sind Sie mit Ihren Handgranaten in geheimer Mission unterwegs?«

Paulina beschloss, auf seinen scherzhaften Ton einzugehen. »Ich kann einen Außenstehenden natürlich nicht in meine Mission einweihen, aber ich verrate Ihnen so viel. Ich reise unter dem Decknamen Lina Peters.«

»Und wohin führt Ihre Reise, Fräulein Lina Peters?«

»Nach Gda ...« Paulina brach ab. »Nach Danzig«, verbesserte sie sich hastig. Ihre Geburtsstadt fiel ihr natürlich als Erstes ein.

Beck stutzte. »Täusche ich mich, oder wollten Sie gerade Gdansk sagen?«

Sie bemerkte, dass ihre Hände feucht wurden, doch sie antwortete ruhig: »Sie täuschen sich.«

Nachdenklich musterte er sie. »Das glaube ich nicht. Warum wollten Sie den polnischen Namen der Stadt verwenden? Sind Sie Polin?«

Obwohl Paulina innerlich vor Angst bebte, kräuselte sie schmollend die Lippen. »Sie sind sehr anmaßend, Leutnant Beck, aber ich gebe zu, dass Sie mich ertappt haben. Ich wollte tatsächlich Gdansk sagen. Ich hatte ein polnisches Kindermädchen, das diesen Namen trotz des ausdrücklichen Verbots meiner Eltern verwendete. Als Kind habe ich sie oft nachgeahmt, weil das Wort ein so lustiger Zungenbrecher ist. Und manchmal rutscht mir dieser Name heute noch heraus.«

Angespannt beobachtete sie, ob Beck ihre Notlüge schluckte, und tatsächlich lächelte er. »Eine eindrucksvolle Erklärung. Und dieses Kindermädchen? Hat es Ihnen nur ein paar polnische Begriffe beigebracht oder auch, wie man Handgranaten im Gepäck transportiert?«

»Vor allem Letzteres«, erwiderte sie, ohne mit der Wimper zu zucken. »Überrascht Sie das?«

»Ich habe den Eindruck, dass ich bei Ihnen auf alles gefasst sein muss.« Er zog ein flaches Etui aus einer Innentasche seiner Uniform, ließ es aufschnappen und bot es ihr an. »Zigarette?«

»Nein.« Sie schüttelte den Kopf. »Danke.«

»Stört es Sie, wenn ich …?«

»Ehrlich gesagt, ja. Die ganze Kleidung stinkt verqualmt.«

Er seufzte. Seine schon nach einer Zigarette ausgestreckten Finger sanken herab, und er schob das Etui zurück in seine Uniformjacke. »Sie sind wahrhaftig streng mit mir. Verraten Sie mir wenigstens, was Sie in Posen gemacht haben?«

»Ich habe Verwandte besucht.« Kaum waren die Worte heraus, fielen ihr Becks wehmütige Abschiedsworte an Posen ein. Wahrscheinlich stammte er aus der Stadt oder kannte sich zumindest sehr gut dort aus. Sollte er auf die Idee kommen, sie nach Straßen, Plätzen, Gebäuden und Orten zu fragen, würde er sofort merken, dass sie ihm eine neue Lüge aufgetischt hatte.

Er lehnte sich in seinem Sitz zurück, schlug die Beine übereinander und musterte sie. »Und jetzt sind Sie auf dem Rückweg nach Danzig?«

»Das stimmt«, erwiderte sie angespannt.

»Ich wundere mich, dass Ihre Eltern Sie alleine reisen lassen. Es ist eine weite Strecke, und es sind nicht nur wohlmeinende Menschen, sondern auch Gesindel unterwegs.«

»Ich bin erwachsen«, gab sie kühl zurück. »Oder wollen Sie andeuten, dass allein reisende Frauen in deutschen Zügen nicht sicher seien?«

Er musterte sie anerkennend. »Sie sind eine selbstbewusste und moderne junge Frau. Das gefällt mir. Aber ich hoffe, Sie sind nicht zu modern, um sich von mir zu Kaffee und Kuchen einladen zu lassen. Es ist Pflaumenzeit. Wenn wir Glück haben, gibt es Pflaumenkuchen im Speisewagen.«

Paulina verschlug es die Sprache. Vor fünf Jahren hatte sie das letzte Mal Pflaumenkuchen gegessen, von ihrer Mutter gebacken, in jenem letzten sorglosen Sommer vor dem Krieg. Ihr

Magen knurrte. Sie errötete.

»Das werte ich als ein Ja«, lachte Beck. Er strich seine Uniformjacke glatt, stand auf und öffnete die Abteiltür. »Kommen Sie.« Er streckte Paulina eine Hand entgegen. »Und während wir bei Kaffee und Kuchen plaudern, können Sie mir auch gleich verraten, warum Sie den Umweg über Stettin machen, anstatt die direkte Strecke über Schneidemühl zu nehmen.«

Sie starrte ihn an, unfähig ihren Schrecken zu verbergen.

In diesem Moment zerriss ein dröhnender Knall die Luft.

In Paulinas Ohren klingelte es schmerzhaft. Gleichzeitig kreischten die Bremsen des Zuges hässlich schrill, sie glaubte, ihr Trommelfell müsse zerspringen.

Das war eine Sprengfalle, schoss es durch ihren Kopf. *Ein Partisanenangriff!*

Der Waggon schlingerte so heftig, dass sie fürchtete, er würde entgleisen. Instinktiv versuchte sie, sich an Beck festzuhalten, aber sie wurde erst gegen die Abteiltür geschleudert und prallte dann auf den Boden. Ein stechender Schmerz fuhr durch ihren Brustkorb, sodass sie keine Luft mehr bekam. Aus dem Augenwinkel nahm sie wahr, wie ihr Rucksack und Becks Offizierskiste aus der Gepäckablage flogen und an die gegenüberliegende Abteilwand krachten. Sie versuchte, sich an der Kante eines Sitzes hochzuziehen, um dem Chaos zu entkommen. Doch der Waggon brach seitlich aus und sprang aus den Gleisen. Metall ächzte und kreischte, ein rotglühender Funkenschauer wirbelte am Fenster vorbei, Glas knirschte und zersplitterte. Paulina flog durch die Luft und prallte mit dem Kopf gegen die Abteilwand. Schmerz explodierte in ihrem Schädel. Dann schwarze Stille.

Kapitel zwölf
Heringsdorf, 2020

»Du lieber Himmel, wie furchtbar!«, rief Karin. »Paulina ist bei diesem Attentat doch nicht …«, sie stockte und schaute ihre Schwiegermutter fast flehentlich an, »… ums Leben gekommen?«

Hermine lehnte sich auf ihrem Stuhl zurück und schloss die Augen. Artur nahm die Wasserflasche und goss seiner Mutter nach. »Ich glaube, für heute reicht es, Mutter. Ich begleite dich nach oben, und du legst dich ein wenig hin.«

»Sorge dich nicht, mein Sohn«, wehrte Hermine ab. »Ich brauche nur eine kleine Pause. Oder möchtest du nichts mehr hören?«

»Ehrlich gesagt brenne ich darauf, die ganze Geschichte zu erfahren.« Artur füllte sowohl Karins als auch sein Glas. »Du bist nämlich immer noch nicht darin aufgetaucht.«

»Das werde ich, mein Sohn. Das werde ich.«

»Und ich kann es nicht erwarten, mehr über Paulina zu hören«, warf Karin ein. »Ich bewundere ihren und Marias Mut. Hoffentlich hat diese widerwärtige Heimleiterin nie herausbekommen, wie Maria versuchte, den Kindern und ihren Eltern zu helfen.«

Hermine öffnete die Augen, nahm ihr Wasserglas und trank einen Schluck. »Das kam glücklicherweise erst nach dem Krieg heraus. Da wurden dann Maria und auch Herr Kulczyński für ihren selbstlosen Einsatz bei den geraubten Kindern geehrt, und der arme Zygmunt erhielt einen Gedenkstein im Park des ehemaligen Heims.«

»Woher weißt du das alles?«, fragte Artur überrascht.

»Erinnerst du dich an die Polenrundreise, die ich vor fünfundzwanzig Jahren unternommen habe? Damals war ich auch in Kalisz. Maria und Herr Kulczyński lebten leider nicht mehr. Aber ich habe mir das frühere Gaukinderheim angesehen und mit einigen Schwestern gesprochen. Heute ist es nämlich wieder ein Kloster. Ich war sogar im Stadtarchiv und ließ mir Marias Aufzeichnungen mit den Namen und Adressen der Kinder zeigen. Ich habe auch Warschau besucht. Leider wurde die Stadt nach dem Aufstand vollkommen zerstört. Die Orte, von denen Paulina mir erzählt hatte und die ich so gerne mit eigenen Augen sehen wollte, existierten nicht mehr.«

»Mein Bauchgefühl sagt mir gerade, dass es noch mehr Orte gibt, die du auf dieser Reise besucht hast und von denen wir noch nichts wissen«, brummte Artur.

Hermine strich über seinen Arm. »Du wirst alles hören, mein Sohn.«

Karin drehte nachdenklich ihr Wasserglas in den Händen. »Ich bin froh, dass wenigstens dieser Wehrmachtsoffizier Paulina gegenüber Kritik am Hitlerregime äußerte. Nach den vielen schlimmen Erfahrungen, die sie mit uns Deutschen gemacht hat.«

»Wer weiß, wie diese Begegnung ohne die Explosion verlaufen wäre«, sagte Artur nüchtern. »Dieser Beck hat doch ständig versucht, sie in die Enge zu treiben.«

»Wir werden es nie erfahren«, erwiderte Hermine. »Ich weiß jedoch, dass Paulina ohne ihn nicht am Leben geblieben wäre.«

»Dann spielt er noch eine größere Rolle in deiner Geschichte?«, fragte Karin gespannt.

Hermine schaute sie über den Rand ihrer Brille hinweg an. »Um ein Leben zu retten, genügt oft ein einziger kleiner Augenblick.«

»Ich frage mich die ganze Zeit, ob ich in dieser Situation dieselbe Stärke wie Paulina bewiesen hätte«, sinnierte Karin. »Ich glaube auch, dass ich für meine Kinder alles tun würde.«

»Wir sind so sicher und geborgen aufgewachsen. Wir

mussten nie beweisen, ob auch wir zu denselben Heldentaten wie Paulina fähig wären«, gab Artur zu bedenken.

»Wenn das Leben derjenigen in Gefahr ist, die wir am meisten lieben, wachsen wir über uns hinaus«, stellte Hermine fest. »Wir wollen sie beschützen und sind in der Lage, Dinge zu tun, die wir uns sonst niemals zugetraut haben.«

»Willst du uns nicht endlich sagen, wann sich deine und Paulinas Wege gekreuzt haben, Mutter?«, fragte Artur. »War es in diesem Gaukinderheim. Hast du dort …«, er schluckte, »… deinen Arbeitsdienst abgeleistet?«

»Ich wäre mit siebzehn Jahren zwar alt genug dafür gewesen, aber nein, ich habe nicht dort gearbeitet. Mein erster und einziger Besuch in dem Heim war bei jener Reise, von der ich euch erzählte.« Hermine nahm ihr Wasserglas. »Bevor ich fortfahre, fülle mir bitte noch einmal nach, mein Sohn. So viel reden macht durstig.«

Kapitel dreizehn
Wartheland, August 1944

»Machen Sie die Augen auf!«, forderte eine weibliche Stimme.

Paulina versuchte zu gehorchen, doch sie schaffte es nicht.

»Strengen Sie sich an. Hopp, hopp!« Die Frauenstimme ließ sie nicht in Ruhe.

Paulina nahm all ihre Kraft zusammen. Sie fühlte sich, als müsse sie aus einem tiefen dunklen Ozean emportauchen, während das Wasser beständig versuchte, sie abwärts zu ziehen. Nur langsam gelang es ihr, die Lider zu öffnen. Helles Licht blendete sie und es schmerzte hinter ihrer Stirn. Rasch schloss sie die Augen wieder, aber die Frauenstimme beharrte: »Nicht doch! Bleiben Sie bei mir!«

Paulina spürte einen nachdrücklichen Stupser am Arm und riss reflexartig die Augen erneut auf.

Das Licht, das ihr so unangenehm grell entgegen strahlte, stammte aus einer Lampe, die über ihr an einer hohen Zimmerdecke hing. Vorsichtig rollte sie die Augäpfel nach rechts und links und stellte fest, dass sie sich in einem großen Saal mit unzähligen eisernen Bettstellen befand, die in einer langen Reihe nebeneinanderstanden. Zwischen den Kopfenden hingen Vorhänge, aber sie erkannte die Umrisse von Körpern, die sich unter den dünnen hellen Decken abzeichneten. Auch sie selber lag in einem schmalen Eisenbett. Über ihr schwebte das Gesicht einer Frau mit sauber gescheiteltem Haar und einer steifen, weißen Haube, in deren Mitte ein rotes Kreuz saß.

Ich bin in einem Krankenhaus, erkannte Paulina. *Und diese Frau ist eine Krankenschwester. Eine Deutsch sprechende Krankenschwester. Ich verstehe sie, obwohl ich polnisch denke. Was bedeutet das? Wie bin ich hierhergekommen?*

»Sie befinden sich im Stadtkrankenhaus Posen. Ich bin Schwester Grete, und ich kümmere mich seit Ihrer Einlieferung vor einer Woche um Sie. Sie sind Lina Peters aus Kalisz. Wissen Sie das noch?« Die Schwester schaute Paulina aufmerksam an.

Die Aussage verwirrte Paulina. *Das stimmt nicht,* dachte sie, obwohl ihr der Name Lina Peters vage vertraut erschien. *Ich bin Paulina Piotrowski. Ich bin Polin und lebe in Warschau.* Sie öffnete den Mund, um die Schwester aufzuklären. Doch in diesem Moment schrie eine Stimme in ihrem Kopf: *Stopp! Die Deutschen dürfen nicht wissen, wer du bist!*

»Ich glaube, ich erinnere mich«, flüsterte Paulina, obwohl sie fast völlig im Dunkeln tappte.

Schwester Grete lächelte ihr aufmunternd zu. »Sie sind noch ein wenig durcheinander, nicht wahr? Das ist auch kein Wunder, nach dem, was Sie durchgemacht haben. Aber vertrauen Sie mir. Sie sind Lina Peters. Das steht nämlich in ihrem Pass, den wir in Ihrer Jackentasche gefunden haben.« Sie ergriff ein mit Wasser gefülltes Glas von dem kleinen Nachttisch neben Paulinas Bett. »Trinken Sie etwas.«

Paulina nickte, vorsichtig, da jede Bewegung einen bohrenden Schmerz in ihrem Kopf auslöste. Doch ihre Kehle fühlte sich so rau an wie ein Reibeisen, und ihre Zunge klebte am Gaumen.

Schwester Grete fasste mit der freien Hand behutsam unter Paulinas Kopf und hob ihn ein wenig an. Es war nur eine kleine Verlagerung, aber sie verstärkte die ohnehin unerträgliche Empfindung. Paulina stöhnte, und ihr wurde schwarz vor Augen. Das Stöhnen rief eine neue Qual hervor, jetzt in ihrem Brustkorb. »Meine Lunge«, röchelte sie. »Als steckt ein Dolch darin.«

Schwester Grete hielt das Glas an Paulinas aufgesprungene Lippen. Wohltuend benetzte die Flüssigkeit Mund und Zunge und rann frisch und kühl ihre Kehle hinab. Die Schmerzen, nicht nur im Hals, sondern auch im Kopf wurden erträglicher, und sogar das Atmen erschien leichter. »Danke«, presste sie hervor.

Schwester Grete stellte das Glas zurück auf den Tisch. »Mit ihrer Lunge ist alles in Ordnung«, erklärte sie. »Aber beim Röntgen haben wir festgestellt, dass zwei Rippen angebrochen sind. Das tut gemein weh, aber sie werden wieder zusammenwachsen. Sie hatten Glück im Unglück, dass Ihnen nichts Schlimmeres passiert ist. Hätten Sie in einem der vorderen Waggons gesessen, wären Sie jetzt tot.« Sie bettete Paulinas Kopf erneut auf das Kissen.

Paulina schloss die Augen und versuchte, möglichst flach zu atmen. »Sagten Sie, dass ich seit einer Woche hier bin?«

»Das stimmt«, bestätigte die Schwester. »Heute ist der achtundzwanzigste August. Eingeliefert wurden Sie am Einundzwanzigsten.«

»Ich war eine ganze Woche bewusstlos?«

»Richtig weg waren Sie zwei Tage. Sie müssen einen wirklich schlimmen Schlag auf den Kopf bekommen haben. Danach sind Sie immer wieder für ein paar Augenblicke wach geworden. Außer der Gehirnerschütterung und den angebrochenen Rippen hatten Sie noch eine Platzwunde an der Stirn. Aber die hat der Chirurg direkt nach Ihrer Einlieferung genäht. Außerdem habe ich mit einer Pinzette unzählige winzige Glassplitter aus dem Gesicht und den Händen entfernt. Ach ja, Ihr linker Arm war auch noch ausgekugelt. Den hat ein Sanitäter gleich vor Ort wieder eingerenkt.«

Schwester Grete lüftete die Decke ein wenig, und Paulina betrachtete erschüttert die Schlinge um ihren linken Arm und ihre beiden bandagierten Hände. Anschließend holte Grete einen kleinen Spiegel aus der Schürzentasche und hielt ihn vor Paulinas Gesicht. Sie zuckte erschrocken zusammen, als sie ihr Spiegelbild mit der fast daumenlangen Naht unterhalb des Haaransatzes sah und die unzähligen roten Punkte auf Stirn, Wangen und Kinn.

»Sorgen Sie sich nicht, Ihr hübsches Gesicht wird nicht

dauerhaft entstellt sein.« Grete tätschelte Paulinas unverletzte Schulter. »Von der Naht an der Stirn werden Sie eine kleine Narbe zurückbehalten, aber alles andere verheilt folgenlos. Auch wenn es sich für Sie im Moment nicht so anfühlt - Sie hatten erheblich mehr Glück als andere.«

»Was ist eigentlich passiert? Ich kann mich an nichts erinnern«, flüsterte Paulina.

»Versuchen Sie es«, forderte Schwester Grete sie auf. »Strengen Sie sich an.«

Paulinas Blick verlor sich in dem gleißend hellen Licht über ihrem Bett. Sie ignorierte den bohrenden Kopfschmerz und konzentrierte sich. »Da war ein sehr lauter Knall«, begann sie zögernd. »Eine Explosion, nicht wahr?«

Schwester Grete nickte. Ermutigt fuhr Paulina fort: »Ich erinnere mich an schrecklich lautes Kreischen und Quietschen und an Funkenflug. Sie erwähnten, dass ich aus einem Waggon geborgen wurde. Also habe ich in einem Zug gesessen. Jetzt erinnere ich mich auch an einen Mann. Einen Offizier?« Wieder blickte sie fragend zu der Krankenschwester.

»Leutnant Beck«, bestätigte die Schwester. »Der Mann, der Ihr Leben gerettet hat.«

»Leutnant Beck?«, wiederholte Paulina. Der Name sagte ihr nichts.

»Er überlebte die Explosion mit leichten Verletzungen und zog Sie aus dem brennenden Waggon. Nachdem er Sie einem Sanitäter übergeben hatte, rettete er noch viele weitere Menschen.«

»Und wo ist Leutnant Beck jetzt?«

»Wieder an der Front. Er hat Sie noch einmal hier besucht. Aber Sie waren nicht bei Bewusstsein.«

Paulina schluckte. »Sind viele Menschen bei dem Unfall gestorben?«

»Oh, das war kein Unfall, sondern ein Attentat.« Empörung mischte sich in Gretes bisher so ruhige Stimme. »Polnische Partisanen brachten eine Sprengfalle unter den Gleisen an. Als die Lokomotive darüberfuhr, explodierte die Sprengladung und der Zug entgleiste. Zum Glück hatte er noch nicht volles Tempo aufgenommen. Sonst wären wohl mehr als achtzehn Menschen ums Leben gekommen. Über hundert wurden verletzt. Fast alle Toten und Verletzten sind Frauen und Kinder. Die Sicherheitspolizei geht bereits sämtlichen Spuren nach und weiß Gott ich hoffe, dass sie diese schäbigen Saboteure zur Strecke bringt!«

Bei dem Hass in Schwester Gretes Stimme fuhr Paulina zusammen und stöhnte gleich darauf schmerzvoll auf, nicht nur, weil es sich anfühlte, als bräche in ihrem Kopf eine Lawine los, sondern auch vor Entsetzen. Sie konnte sich nicht erinnern, warum sie in dem Zug gesessen hatte und auch nicht, warum sie sich in Posen befand, aber dass bei diesem von ihren Landsleuten verübten Attentat so viele Frauen und Kinder gestorben waren, lastete schwer auf ihr. Die Deutschen wüteten bis heute unter der polnischen Bevölkerung und verschonten dabei weder Frauen noch Kinder noch Alte oder Schwache. Trotzdem wollte sich bei Paulina kein Triumphgefühl einstellen. Vor allem wenn sie an die Kinder dachte, die auf beiden Seiten hilflosesten und unschuldigsten Opfer dieses Krieges.

Wie Agnieszka, hallte es in Paulinas Kopf. Sie verband nichts mit diesem Namen, aber er rief in ihr gleichzeitig ein Gefühl tiefer Verbundenheit und großer drohender Gefahr hervor.

Schwester Grete öffnete die Schublade von Paulinas Nachttisch und holte einen einzelnen kleinen Kinderstiefel heraus. Das rotbraune Leder war faltig vom vielen Tragen und an Zehen und Ferse bereits stark abgestoßen. »Den haben wir in Ihrer Jackentasche gefunden. Erkennen Sie ihn?«

Paulina betrachtete den Stiefel. »Der gehört Agni ...«, sie stockte, weil ihre innere Stimme sie erneut warnte weiterzusprechen.

»Meinen Sie vielleicht Agnes?«, hakte Grete nach. »Ist das Ihre Tochter?«

Paulina versuchte so sehr, sich zu erinnern, dass ihr fast der Kopf zersprang. Schließlich gab sie erschöpft auf. »Ich weiß es nicht.«

»Dann wissen Sie auch nicht, wo die Kleine sich befindet?«

In Bad Polzin, sagte die Stimme in Paulinas Kopf. Sie verband keinerlei Eindrücke oder Bilder mit einem Ort namens Bad Polzin, aber vorsichtshalber verschwieg sie diesen Erinnerungsfetzen. Stumm schüttelte sie den Kopf.

»Machen Sie sich keine Sorgen.« Schwester Grete strich ihr über die Stirn. »Das ist normal bei einer so schweren Gehirnerschütterung. Nach und nach werden Ihre Erinnerungen zurückkehren.«

»Vielleicht finden sich in meinem Gepäck Hinweise«, sagte Paulina. »Ich hatte doch sicher eine Tasche oder einen Koffer bei mir.«

»Leider wurde der größte Teil des Gepäcks unter den Trümmern zerquetscht oder ist verbrannt«, klärte Schwester Grete auf. »Was gefunden wurde, hat die Sicherheitspolizei beschlagnahmt, denn sie wird das Attentat gründlich untersuchen. Sie, Fräulein Peters, wurden lediglich mit der Kleidung, die Sie am Leib trugen, eingeliefert. Sie war reichlich mitgenommen. Also habe ich Sie in unsere Krankenhauswäscherei gegeben und sie danach in der Näherei reparieren lassen. Sie sieht natürlich nicht wie neu aus, aber einstweilen geht es. Falls Sie die Sachen suchen, sie hängen in Ihrem Spind.« Schwester Greta zeigte auf den schmalen Metallschrank auf der anderen Seite des Bettes. »Sollte man Ihnen etwas von den überprüften Gepäckstücken zuordnen können, werden Sie die Sachen selbstverständlich nach dem Ende der polizeilichen Untersuchungen zurückerhalten.« Sie warf einen Blick auf ihre Armbanduhr und holte ein Thermometer aus ihrer Schürzentasche. »Zeit zum Fiebermessen. Und danach bringe ich Ihnen einen Teller Suppe. Damit sie wieder zu Kräften kommen.«

Das Fieberthermometer zeigte 37,8 Grad. Schwester Grete

tat dieses Ergebnis mit einer Handbewegung ab. »Das ist schon die ganze Zeit so, kein Grund zur Sorge.«

In der Suppe schwammen reichlich Kartoffeln, Erbsen, Möhren und sogar ein wenig Speck. Paulina löffelte sie mit Appetit. Danach fühlte sie sich völlig erschöpft. Sie schloss die Augen und versuchte einzuschlafen. Aber hinter ihrer Stirn kreiste unaufhörlich ein Karussell von Fragen: *Wieso nennt die Schwester mich Lina Peters, wenn ich doch Paulina Piotrowski heiße? Und warum warnt die innere Stimme mich beständig, weder diese Erinnerung noch Agnieszkas Namen preiszugeben? Oder jenen dieses unbekannten Ortes Bad Polzin?*

Sie wusste nur, dass Schwester Grete sie für eine Deutsche hielt, und dass sie auf keinen Fall erfahren durfte, dass Lina Peters tatsächlich eine Polin war.

Ratsch! Mit einem Ruck verschwand der Vorhang auf ihrer linken Seite. Paulina starrte erschrocken in das hasserfüllte Gesicht einer älteren Frau. Sie sah braunes, von grauen Strähnen durchzogenes Haar und eingefallene, fahle Wangen. Zwei scharfe Linien zogen sich von den Nasenflügeln zu den Mundwinkeln. »Ich hoffe, die Sicherheitspolizei fasst diese Verbrecher, und sie enden auf dem Schafott!«, fauchte die Frau. Sie wies auf den eingegipsten Fuß, der unter ihrer Bettdecke hervorsah. »Ich bin mit einem gebrochenen Bein davongekommen. Aber meine Tochter und mein Enkel sind bei diesem feigen Attentat ums Leben gekommen. Eine Sitzbank, die aus der Verankerung gerissen wurde, hat sie erschlagen.« Die Frau schluchzte erstickt. »Hätte es nur mich erwischt und nicht sie! Ich habe mein Leben doch schon gelebt!«

»Mein tiefes Beileid«, sagte Paulina rau. »Sie haben einen schrecklichen Verlust erlitten.«

Die Frau zog ein Taschentuch aus dem Ärmel ihres Nachthemds und tupfte sich über die Augen. »Ich habe den Polizisten alles gesagt, woran ich mich erinnern konnte, aber ich fürchte, ich war keine große Hilfe. Was weiß ich schon von Partisanen?«

»Sie haben den Polizisten alles gesagt?«, wiederholte Paulina. »Wann war das?«

»Am Tag nach dem Unfall haben mich zwei Sicherheitspolizisten befragt. Zu Ihnen werden sie auch noch kommen.«

In dieser Nacht lag Paulina wach, starrte auf das bläulich glimmende Notlicht über der Tür und versuchte verbissen, die Lücken in ihrem Gedächtnis zu schließen. Schließlich tastete sie nach dem kleinen Stiefel auf ihrem Nachttisch und während ihre aus den Bandagen ragenden Finger unablässig die Risse und Falten im Leder befühlten, stiegen allmählich Erinnerungen in ihr Bewusstsein empor. Bilder ihrer Eltern und ihrer Schwester und Szenen von glücklichen Tagen in Danzig, die mit dem Beginn des Krieges in Tod, Angst und Grauen umschlugen. Weitere Eindrücke folgten von Warschau und Marek, von ihren Freunden bei der Heimatarmee und schließlich von jenem Schreckensmoment, als Helena und Jerzy ermordet und Agnieszka entführt worden war.

Irgendwann wusste Paulina wieder, warum sie sich in Posen befand, was vor der Explosion der Sprengfalle geschehen war und auch, wie sich die Stadt Bad Polzin in das Puzzle ihrer Erinnerungen fügte.

Die Frau mit dem gebrochenen Bein im Bett neben ihr murmelte im Schlaf, und Paulina fiel siedend heiß ein, was sie über die Befragung durch die Sicherheitspolizei gesagt hatte. *Die SiPo wird alle Fahrgäste nach und nach befragen,* grübelte sie. *Wie viele Menschen werden das wohl sein, und wie lange wird das dauern?* Aber es konnte auch sein, dass die Polizei schon längst ihre Personalien überprüfte. Dann würde sie feststellen, dass es keine Lina Peters in Kalisz gab. Und sollte Paulinas Rucksack den Anschlag überstanden haben, würden sie den Kompass entdecken, die polnischen Zloty, die gefälschten Lebensmittelmarken und die gefälschte Reisegenehmigung. Und die Pistole.

Nach diesen Funden, da war sich Paulina sicher, verstärkte

die Polizei ihre Anstrengungen und würde innerhalb kürzester Zeit die Verbindung zwischen den gefälschten Dokumenten, der Waffe und dem gefälschten Pass auf den Namen Lina Peters herstellen.

Und damit wäre ihr Schicksal besiegelt. Die SiPo würde sie in einen ihrer berüchtigten Folterkeller werfen, und wenn sie dort mit ihr fertig waren, erledigte der Scharfrichter den Rest.

Paulina wusste jetzt, ihr stand nur ein Weg offen – die Flucht. Sie musste ihr nacktes Leben retten und das sofort.

Die Schmerzen in ihrem Körper und ihrem Kopf ignorierend, setzte sie sich auf und stellte die Füße auf die kühlen Fliesen. Mit den Fingern ihrer rechten Hand umklammerte sie Agnieszkas kleinen Stiefel, mit der linken stützte sie sich auf der Bettkante ab und richtete sich auf. Obwohl sie sich sehr langsam und vorsichtig bewegte, wurde ihr so schwindelig, dass sie fürchtete, der Länge nach auf den Boden zu fallen.

Wie soll ich es in diesem Zustand nur aus dem Krankenhaus schaffen? Geschweige denn nach Bad Polzin?, fragte sie sich verzweifelt.

Indem du einen Schritt nach dem anderen machst, antwortete die Stimme in ihrem Inneren.

Und die ersten Schritte führten durch die Tür dieses Krankensaals.

Es war nicht einfach, den Verschlussriegel des Spindes mit bandagierten Händen zu öffnen, aber es gelang, und zum Glück quietschten die Scharniere nicht. Sie tastete nach ihrer Kleidung. Jacke, Rock und Bluse hingen an einem Bügel. Wäsche und Strümpfe lagen in einem Brett darüber, und auf dem Boden standen ihre Stiefel.

Das Ausziehen des Nachthemdes und Anziehen der Sachen dauerte lange. Den Kampf mit ihrem Büstenhalter gab sie nach einem stechenden Schmerz in ihrer Schulter schnell auf, von der Bluse schaffte sie es, mit großer Mühe zwei Knöpfe zu schließen, den Rock ließ sie offen. Und in die Ärmel von Bluse und Jacke schlüpfte sie unter Tränen. Immer wieder schaute sie auf das Nachtlicht über der Tür, weil sie fürchtete, dass die Nachtschwester kontrollieren kam. Außerdem musste sie ständig darauf achten, leise zu sein, damit ihr Tun von den Patientinnen in den benachbarten Betten nicht bemerkt wurde.

Sie fand ihren Pass nicht und vermutete, dass er bei der Sicherheitspolizei lag. Immerhin fand sie ihre Armbanduhr in einer der Jackentaschen. Sie fuhr mit der Fingerspitze über das Glas und fühlte einen Sprung, aber nachdem sie die Uhr aufgezogen hatte und sie an ein Ohr hielt, hörte sie ein leises, regelmäßiges Ticken. Sie stopfte Agnieszkas kleinen Stiefel in eine Jackentasche, nahm ihre eigenen in die Hand und tappte auf Strümpfen zur Tür. Wenig später glitt sie lautlos auf den Klinikflur.

Im diffusen Licht der Notbeleuchtung schaute sie den langen Gang hinunter und entdeckte an der gegenüberliegenden Seite ein Schild mit einer gezackt aufsteigenden Linie und einem nach rechts weisenden Pfeil. Um jedoch das Treppenhaus zu erreichen, musste sie an einer offenstehenden Tür vorbei.

Sie drückte sich an der Wand entlang und hielt ihren Blick starr auf den rechteckigen gelben Lichtschein gerichtet, der aus dem Raum auf den Flur fiel. Schließlich konnte sie in das Zimmer sehen. Hinten in einer Ecke stand ein Medikamentenschrank. Daneben hing ein Regal mit ein paar Büchern und mehreren Schachteln, in denen Paulina Verbandsmaterial, Pflaster und Spritzen vermutete. Unter diesem befand sich ein Schreibplatz, und dort saß eine kräftig gebaute Nachtschwester. Sie kehrte Paulina den Rücken zu und blätterte in einer Akte.

Paulina beobachtete sie angespannt und huschte dann mit einem Satz an der Tür vorbei, darauf gefasst, hinter sich einen Alarmruf und eilige Schritte zu hören. Doch alles blieb still. Schließlich erreichte sie das Treppenhaus, und ihr Herz machte einen triumphierenden kleinen Sprung.

Sie schlich die Stufen hinunter, bis sie zwischen den Tafeln, die auf verschiedene Fachabteilungen hinwiesen, ein Schild mit dem Wort ›Ausgang‹ sah.

Als sie vorsichtig um die Ecke spähte, nahm sie nur wenige Meter entfernt eine hohe zweiflügelige Holztür wahr. Leider grenzte diese direkt an die Portiersloge. Der Wachmann saß hinter einer Glasscheibe, las Zeitung und trank hin und wieder einen Schluck aus der Tasse auf seinem Tisch. Anders als bei der Schwester im Stationszimmer kehrte er Paulina nicht den Rücken zu, sodass sie nicht unbemerkt an ihm vorbei schlüpfen konnte.

Sie zog sich zurück, tastete sich die Stufen in den Keller hinunter und gelangte in einen langen, schwach beleuchteten Gang. Ein Schild mit einem nach rechts gerichteten Pfeil wies den Weg in die Pathologie. Ein zweites zeigte zur anderen Seite in die Wäschekammer, die Küche und die Werkstätten. Zwischen diesen Hinweisschildern befand sich eine stabile Holztür mit Eisenbeschlägen. Der Schlüssel hing an einem Haken daneben.

Paulina fiel ein Stein vom Herzen. Doch sie lief nicht auf die Tür zu, sondern wandte sich nach links, bis sie vor der Küchentür stand. In Küchen gab es Lebensmittel, und sie benötigte dringend etwas zu essen. Sie drückte die Klinke herunter und schlüpfte hinein. An der Innenseite der Mauer fand sie einen Lichtschalter. Es knackte laut, als sie ihn drehte, und helles gelbes Licht flackerte auf. Ihr Blick richtete sich auf die große runde Uhr an der gegenüberliegenden Wand. Sie zeigte zehn Minuten nach Mitternacht. Ihr blieben knapp sechs Stunden, um im Schutz der Dunkelheit aus Posen zu fliehen, und sie wusste weder, wo sie sich in der Stadt befand, noch welches der sicherste und kürzeste Weg hinaus war.

Ruhig Paulina, mahnte sie sich. *Du hast es bis hierher geschafft. Du wirst es auch weiterhin schaffen.*

Zuerst stellte sie ihre Armbanduhr. Dann schaute sie sich in der Klinikküche um, die die Größe eines Krankensaals besaß. Längs der Wände standen Herde, Regale und Spülbecken, in der Mitte halbhohe Schränke mit Arbeitsplatten. Alles wirkte makellos sauber und aufgeräumt. Kochkittel und Schürzen hingen in Reih und Glied an Haken unterhalb der Wanduhr. Töpfe und Pfannen stapelten sich nach Größe sortiert auf langen Borden über den Kochstellen. Außerdem entdeckte sie eine weitere Tür, die jedoch abgeschlossen war. Vermutlich befand sich dahinter die Speisekammer.

Obwohl sie kaum noch hoffte, auf etwas Essbares zu stoßen, riss Paulina sämtliche Schränke und Schubladen auf, aber statt der erhofften Lebensmittel fand sie Geschirr, Besteck, Handtücher und sonstige Küchenutensilien. Sie band sich ein Bündel aus einem Handtuch, in das sie einen Löffel, ein kleines, scharfes Messer und einen Emaillebecher packte. In einem Fach mit Kochlöffeln lag eine Schachtel Streichhölzer, die sie ebenfalls einsteckte. Und schließlich entdeckte sie in einem aufgerissenen Karton eine Rolle Erbswurst und eine Packung Zwieback.

»Wer sagt's denn«, flüsterte sie, stopfte Erbswurst und Zwieback in ihr Bündel und schaute erneut auf die Uhr. Sie zeigte kurz vor halb eins.

Sie schlüpfte in ihre Stiefel und stillte auf dem Weg zur Tür ihren Durst noch aus einem Wasserhahn. Als sie sich aufrichtete, schwankte die Küche auf und ab, und fast wäre ihr kleines Bündel auf den Boden gefallen. Doch dann ließ der Schwindel nach, und sie tappte zu der Holztür mit den Eisenbeschlägen.

Sie nahm den Schlüssel vom Haken, steckte ihn ins Schloss und drehte. Einmal. Zweimal. Daraufhin öffnete sie die Tür. Ein leichter Luftzug wehte ihr entgegen, sie stieg eine ganze Reihe steinerne Stufen empor und stand auf einem Bürgersteig.

Ein überwältigendes Gefühl von Freiheit erfasste Paulina. Sogar Angst, Schmerz und Erschöpfung verblassten dahinter.

Vor ihr lag Posen, still und schwarz. Doch nach kurzer Zeit gewöhnten sich Paulinas Augen an die Dunkelheit, und sie erkannte Konturen von Häusern und Dächern. Sie musterte die von Bäumen und wegen der Verdunkelung nicht genutzten Laternen gesäumte Straße. In der Mitte verliefen die Oberleitungen einer Straßenbahn. Aber die Stadt schien vollkommen ausgestorben. Ob es an der späten Stunde lag oder ob es in Posen eine Ausgangssperre gab, wusste Paulina nicht.

Sie hörte ein kurzes und dumpfes Klappern irgendwo auf der anderen Seite der Allee und hielt den Atem an. Kurz darauf glühte ein winziger roter Punkt auf und bewegte sich langsam hin und her. Offensichtlich wollte jemand in Ruhe eine Zigarette rauchen. Sie atmete auf.

Eng an die Krankenhausmauer gedrückt wartete sie, bis der rot glühende Punkt erlosch und die Tür des Rauchers noch einmal schlug. Nun war es höchste Zeit zu verschwinden.

Weißt du, wie du den Polarstern findest?, hörte sie Mareks Stimme in ihrem Herzen. *Dort ist Norden.*

Sie legte den Kopf in den Nacken und schaute in den Himmel. Einige Wolkenschleier zogen hoch über ihr, aber sie fand den Großen Wagen ohne Probleme und kurz darauf auch den Polarstern. Sie erinnerte sich, dass Bad Polzin auf der Karte im Bahnhof von Kalisz im Norden eingezeichnet war.

Um Agnieszka zu finden, musste sie dem Nordstern folgen.

Im Schutz der Mauern eilte Paulina durch schmale Altstadtgassen und über kleine Plätze. Einmal kam ihr ein Ehepaar entgegen, das einen Hund an der Leine führte, und an einem Brunnen schreckte sie ein Liebespaar auf. Aus einer Gastwirtschaft hörte sie gedämpft Stimmen hinter den Fenstern, und als sie von einem Fahrrad überholt wurde, das wegen der Verdunkelungsvorschriften ohne Licht fuhr, erschrak sie fast zu Tode.

Schließlich erreichte sie einen Fluss und folgte seinem leicht geschwungenen Lauf Richtung Norden, bis die Stadt in Wiesen und abgeerntete Felder überging und letztendlich von einem Waldgebiet abgelöst wurde. Noch war es dunkel, und oft verdeckten Baumkronen den freien Blick auf den Himmel. Deshalb wanderte Paulina auf Forstwegen, die besser sichtbar waren. Die frische Luft half etwas gegen Kopfweh und Schwindel, aber bei tiefem Einatmen schmerzten ihre angebrochenen Rippen. Auch ihr verstauchter Knöchel plagte sie erneut.

Jeder Schritt ist für Agnieszka, spornte sie sich an, wenn sie glaubte, die Kraft zu verlieren. Und dann hielt sie wieder für eine Weile durch.

Sie war inzwischen so müde, dass sie sich nur noch auf den nackten Boden legen und schlafen wollte. Völlig ermattet stolperte sie über einen quer liegenden langen Ast. Sie hob ihn auf und benutzte ihn als Stock, nun fiel ihr wenigstens das Gehen etwas leichter.

Mit der Morgendämmerung begann es zu regnen. Paulina beschloss, sich einen Unterschlupf zu suchen. Sie verließ den Forstweg und wanderte querfeldein bis sie am Rande einer mit Wacholder und Blaubeerkraut bewachsenen Lichtung, halb verborgen unter Fichtenzweigen, eine verfallene Holzhütte entdeckte. Früher mochte sie einmal Waldarbeitern als Schutz gedient haben, aber dann war in einem Sturm eine Fichte auf das Dach gestürzt und hatte es eingedrückt. Nur die grob gezimmerten Bretterwände lehnten sich immer noch aneinander.

Paulina umrundete die Hütte und fand eine windschief in rostigen Angeln hängende Tür. Den Schmerz in ihrer Brust ignorierend zerrte sie sie ein Stückchen auf und schlüpfte hinein.

Laub bedeckte knöchelhoch den Boden. Es roch nach fauligem Holz und Moos. Sie sah zwei umgestürzte Stühle und in der Ecke einen Tisch. Paulina kroch darunter und stellte fest, dass das Laub dort einigermaßen trocken war. Sie zog die Stühle wie eine kleine Wand vor sich und rollte sich auf den Blättern zusammen.

Sie war durchnässt und fror, ihr Kopf wollte fast zerspringen, und in ihrer Lunge schien ein Messer zu stecken. Sie besaß weder Geld noch Papiere und kaum etwas zu essen, und ihr

Ziel, Agnieszka zu finden und zu befreien, türmte sich wie ein unüberwindlicher Berg vor ihr auf. Sie brach in Tränen aus, verzweifelt und erschöpft, wie sie es nicht einmal nach dem Tod ihrer Eltern oder nach der Ermordung von Helena und Jerzy gewesen war.

Aber sie wusste auch, dass sie es sich nie verzeihen würde, ihre kleine Nichte im Stich zu lassen.

Ich muss einfach nur ein paar Stunden schlafen, beschloss sie. *Dann werde ich gewiss nicht mehr alles so dunkel und hoffnungslos sehen.*

Sie erwachte von einem groben Stoß gegen ihre verletzte linke Schulter. Mit einem Schmerzensruf fuhr sie auf und starrte in einen Gewehrlauf.

Kapitel vierzehn

Wartheland, September 1944

Es ist aus, dachte sie zitternd vor Kälte und Angst. *Sie haben dich.*

Dort, wo sich die Stühle befunden hatten, stand jetzt ein Mann. Sehen konnte Paulina nur seine Beine abwärts der Knie, aber sie schloss aus der Größe seines Schuhwerks, dass es sich um einen Mann handeln musste. Er trug eine Hose aus dunkelgrünem Flanell und rotbraune, bis zur halben Wade geschnürte Lederstiefel. Ihr erschien diese Art Stiefel vertraut. Auch Marek besaß so ein Paar. Sie gehörten zu seiner Leutnantsuniform bei der Heimatarmee.

Der Kerl ist zumindest kein deutscher Polizist, dachte Paulina vorsichtig erleichtert.

Hinter den Stiefeln entdeckte sie drei weitere Beinpaare in ähnlichen Hosen und Schuhwerk. Ein Stiefelpaar war deutlich kleiner als die anderen.

»Erschieß sie!«, forderte eine Frauenstimme, die wohl zu diesem Stiefelpaar gehörte, auf Polnisch. »Worauf wartest du noch?«

»Aber es ist eine Frau«, protestierte einer der Männer ebenfalls auf Polnisch.

»Wir müssen es tun. Zu unserer eigenen Sicherheit«, beharrte die Frau.

»Wenn sie Polin ist, will ich nicht, dass sie stirbt«, meldete sich ein anderer Mann.

»Wenn ihr sie nicht liquidieren wollt, tue ich es!« Die Frau trat einen Schritt nach vorn.

»Stopp!«, befahl der Mann, der direkt vor dem Tisch stand.

»Ich hoffe, du machst keinen Fehler«, knurrte die Frau, blieb aber stehen.

»Das macht er nicht!«, rief Paulina auf Polnisch. »Ich bin Polin und unbewaffnet. Mein Name ist Paulina. Ich komme aus Warschau.«

Einen Moment herrschte Stille. Dann sagte eine männliche Stimme: »Erhebe dich. Aber langsam, und ich will deine Hände sehen.«

Paulina kroch unter dem Tisch hervor, richtete sich mühsam auf und streckte ihre bandagierten Hände vor. »Ich bin verletzt.«

Drei Männer und eine Frau musterten sie mit steinernen Mienen. Der Mann, der direkt vor ihr stand, schien älter zu sein als die übrigen drei. Graue Bartstoppel bedeckten ein zerfurchtes Gesicht. Ein fadenscheiniges braunes Hemd spannte sich über den Schultern. In den Händen hielt er ein Gewehr, dessen Lauf er auf Paulina richtete.

Die drei anderen wirkten noch jung. Paulina schätzte die Frau auf Anfang Zwanzig, so wie sie selbst. Von Gestalt mittelgroß und schlank. Ein langer Zopf aus honigblondem Haar hing ihr über eine Schulter. Doch ihr starrer Blick aus kalten blauen Augen ließ Paulina nicht los.

Die beiden Männer schienen ein wenig älter. Sie waren groß und breitschultrig, schwarze Vollbärte wuchsen in ihren Gesichtern und auf dem Kopf das gleiche struppige schwarze Haar. Auf den Rücken trugen sie bauchige Rucksäcke.

Alle drei zielten mit ihren Pistolen auf Paulina.

Der Graubärtige nickte der jungen Frau zu. »Durchsuche sie!«

Die warf ihren Zopf über die Schulter zurück, schob die Pistole in den Hosenbund und trat auf Paulina zu. »Dreh dich um und leg die Hände flach auf den Tisch.«

»Bitte sei vorsichtig«, bat Paulina. »Zwei meiner Rippen sind angebrochen.«

Die Frau antwortete nicht. Schnell und sicher tastete sie Paulinas Arme, den Körper und die Beine ab. »Keine Waffen«, meldete sie.

»Schau auch in ihre Jackentaschen«, befahl der Alte. Die Frau drehte Paulina wieder zu sich und griff in die beiden Taschen. In der einen fand sie das Päckchen Streichhölzer, aus der anderen zog sie Agnieszkas kleinen Stiefel.

»Gib mir den!« Paulinas Rechte schoss vor und schnappte das Stiefelchen so rasch aus der Hand der Frau, dass diese überrascht zurückwich.

»Der ist meiner, und er bleibt meiner!« Paulina steckte den Kinderschuh wieder ein.

Der Graubärtige angelte mit dem Gewehrlauf Paulinas Bündel unter dem Tisch hervor und gab der jungen Frau einen Wink. »Prüfe nach, was darin ist!«

Sie löste den Knoten und legte die Erbswurst, den Zwieback, den Becher und das Messer auf den Tisch.

»Nehmt mir diese Sachen nicht weg«, flehte Paulina. »Ich besitze sonst nichts.«

Der Wortführer ging nicht darauf ein, und einer der beiden jüngeren Männer fragte: »Was machen wir jetzt mit ihr?«

»Ich bin immer noch dafür, sie zu liquidieren«, sagte die zierliche Frau. »Sie mag eine Polin sein. Aber wer sagt uns, dass sie keine Kollaborateurin ist. Ein Lockvogel, den die Deutschen auf unsere Spur angesetzt haben?«

»Ich bin eine von euch!«, rief Paulina. »In Warschau gehöre ich dem Widerstand an, mein Verlobter ist Leutnant bei der Armia Krajowa.«

Die Frau lachte spöttisch. »Und warum bist du dann hier, statt deinen Brüdern und Schwestern in Warschau beizustehen?« Sie wandte sich an den Graubärtigen. »Sie will uns einwickeln. Wir sollten kurzen Prozess mit ihr machen!«

Angst überwältigte Paulina. *Ich werde jetzt gleich sterben und Agnieszka niemals wiedersehen!*, dachte sie und machte mit flehentlich ausgestreckten Händen einen Schritt auf die Frau zu. Dabei verfing sich ihr rechter Fuß in einem Loch des verfaulten Bretterbodens und sie stürzte. Im selben Moment warf sich die andere über sie und drückte das Messer aus Paulinas Bündel an deren Kehle.

Ein höllischer Schmerz zuckte durch Paulinas linke Schulter, und ihr Brustkorb fühlte sich an, als müsse er explodieren.

»Ich kriege keine Luft!«, japste sie und versuchte, sich unter der jungen Frau wegzurollen, aber ihr fehlte die Kraft dazu, und ihre Widersacherin drückte sie mühelos auf den Boden.

Paulinas Blick suchte den Graubärtigen. »Hört mich bitte an. Ich sage die Wahrheit!«, stöhnte sie erstickt.

Der überlegte einen Moment, dann nickte er der jungen Frau zu. »Lass sie los!«

Diese zögerte, steckte aber schließlich das Messer hinten in ihren Gürtel, zog stattdessen ihre Pistole und richtete sie auf Paulina. »Keine Tricks. Oder du wirst es bereuen!«

»In Ordnung«, schnaufte Paulina.

Die junge Frau stand auf und trat einen Schritt zurück. Paulina rollte sich stöhnend auf die Knie, klammerte sich an der Tischkante fest und zog sich stöhnend hoch. Langsam drehte sie sich zu den vier Polen um. Die Welt vor ihr schwankte, und sie musste sich an den Tisch lehnen. Sie sah von einem zum anderen. »Auch ihr seid Kämpfer der Armia Krajowa, nicht wahr? Wir stehen auf derselben Seite.«

Die vier schwiegen.

Paulina griff langsam in die Tasche ihrer Jacke, zog Agnieszkas kleinen Stiefel heraus und hielt ihn empor. »Der gehört meiner Nichte. Am vierundzwanzigsten Juli hat die SS ihre Eltern ermordet. Sie selber wurde von den Mördern verschleppt, und ich folge seither ihrer Spur. Zweimal war ich kurz davor, ihnen Agnieszka zu entreißen, aber jedes Mal kam ich einen Moment zu spät. Vor ein paar Tagen fand ich heraus, dass sie an einen Ort namens Bad Polzin gebracht wurde. Ich war in einem Zug auf dem Weg dorthin, aber dieser Zug ist kurz nach der Ausfahrt aus dem Posener Bahnhof über eine Sprengfalle gefahren.« Sie schaute die Frau und die drei Männer nacheinander an. »Wart ihr das?«

Die junge Frau musterte sie kühl. »Ich hörte, es hat viele Deutsche erwischt.«

»Vor allem Frauen und unschuldige Kinder«, antwortete Paulina.

»Aus einem unschuldigen deutschen Kind wird ein erwachsener Deutscher, der unser Volk auslöschen will«, sagte einer der beiden jungen Männer. Der andere ergänzte: »Nur ein toter Deutscher bedeutet keine Gefahr mehr für uns. Sie behandeln uns schlimmer als die Fußmatte, auf der sie ihre dreckigen Schuhe abstreifen.«

»Auch ich habe bis auf Agnieszka meine ganze Familie durch die Hand der Deutschen verloren. Es gibt nur noch sie und mich«, sagte Paulina leise.

Der Graubärtige fragte: »Wie hast du es geschafft, als Polin in diesen Zug zu gelangen?«

»Ich reiste als Deutsche. Ich beherrsche die Sprache unserer Feinde fließend, weil meine Großmutter Deutsche war. Mein falscher Pass lautete auf den Namen Lina Peters.«

Der Alte betrachtete sie nachdenklich. »Ich denke, du sagst die Wahrheit, aber wir müssen deine Angaben überprüfen. So lange bleibst du bei uns. Das wird einige Tage dauern, da wir nur zu festgesetzten Zeiten mit dem Warschauer Widerstand in Kontakt treten können.«

»Aber ich darf nicht noch mehr Zeit verlieren«, rief Paulina verzweifelt.

»Du hast keine Wahl«, erwiderte der Mann unbewegt.

Er drehte sich um und verließ den Unterschlupf. Die junge Frau nahm Paulinas Bündel an sich und bedeutete ihr mit einem Wink der Pistole, ebenfalls hinauszugehen. Die beiden jungen Männer blieben zurück. Während Paulina mit dem Graubärtigen und der Frau vor der Hütte wartete, hörte sie, wie drinnen Stiefel durch das Laub raschelten und Scharniere quietschten. Dann klang es, als fiele eine Bodenklappe zu, und die zwei kamen heraus. Paulina bemerkte, dass die vormals bauchigen Rucksäcke nun wie eingefallen an den Männern hingen. Doch sie fragte nicht, und natürlich bot ihr niemand eine Erklärung an.

Querfeldein wanderten sie durch den Wald. Der Graubärtige an der Spitze, die beiden Männer nahmen Paulina in die Mitte, zum Schluss folgte die junge Frau. Anfangs regnete es noch, aber allmählich riss der Himmel auf, und die Sonne schien durch das Blätterdach. Immer wieder glich Paulina den Sonnenstand mit der Zeit auf ihrer Armbanduhr ab und schloss daraus, dass sie sich nordwärts bewegten. Am frühen Nachmittag, nach beinahe zwei Stunden, erreichten sie einen schmalen Bachlauf und als sie schon fast davorstanden, erkannte Paulina hinter einigen dicht beieinander wachsenden Tannen ein Haus.

Es wirkte kaum größer als die Ruine, in der die Partisanen sie aufgestöbert hatten, aber es verfügte über ein mit Holzschindeln gedecktes Dach, Fensterläden und eine Tür aus stabilen Bohlen, die von einem Vorhängeschloss gesichert wurde.

In einem offenen Anbau lagerten Holzscheite. Zwischen zwei Tannen hingen Strümpfe, eine Hose und ein paar Hemden an einer Wäscheleine. Ein entasteter Baumstamm vor der Hütte diente als Sitzbank. Der Graubärtige öffnete das Vorhängeschloss und zeigte auf die Tür. »Tritt ein!«

Doch Paulina rührte sich nicht. »Ihr wisst, wer ich bin. Nun solltet ihr euch vorstellen.«

Der Graubärtige nickte. »Das ist nur recht und billig. Mein Name ist Teodor.« Er wies auf die junge Frau. »Das ist Janka. Und diese beiden«, er schaute zu den schwarzhaarigen Männern, »sind Oleg und Piotr. Sie sind Brüder, wie du unschwer erkennen kannst.«

Paulina bedankte sich mit einem kurzen Nicken und folgte Teodor in das kleine Haus. Ihr erster Blick fiel auf die polnische Flagge an der Wand gegenüber des Eingangs, und sie bekam eine Gänsehaut, als sie die stilisierten Buchstaben P und W in der Mitte sah. Sie bedeuteten ›Polska Walcząca – Kämpfendes Polen‹. Der Schlachtruf der polnischen Widerstandsbewegung.

»Gibt es in der Posener Gegend eine Abteilung der Armia Krajowa?«, fragte sie Teodor.

Er räusperte sich: »Es gab eine. Aber davon sind nur wir vier übrig geblieben. Im Januar flogen wir durch einen Verräter aus unseren eigenen Reihen auf. Auch unser Kommandant, Oberst Kowalówka wurde gefasst und in der Festung Posen inhaftiert, wo die Gestapo ihn mehrfach folterte. Am zweiten Juni wurde er schließlich hingerichtet.«

»Die meisten unserer Kameradinnen und Kameraden wurden liquidiert«, sagte Oleg.

»Oder sie wurden in Konzentrationslager geschafft«, ergänzte Piotr.

Paulina schluckte gegen den Kloß in ihrer Kehle an. »Hat die SS die Kinder der Ermordeten verschleppt?«

»Das Rasseamt hat etliche der Waisen in ein Haus in der Glownastraße gebracht«, bestätigte Teodor ernst. »Nach einiger Zeit sind sie von dort verschwunden, niemand weiß wohin. Ich vermute jedoch, dass sie in das Kinderlager in Lodz deportiert wurden.«

»Meine Nichte wurde in ein Heim nach Kalisz verschleppt. Von dort verschwand sie nach Bad Polzin, aber das habe ich euch ja bereits gesagt.« Paulina fasste sich an den Kopf. Nach dem langen Marsch pochte ihr Schädel, und selbst das Sprechen strengte sie an.

Teodor wies auf einen grob gezimmerten Tisch mit vier Stühlen. »Setz dich. Du siehst erschöpft aus.«

Erleichtert sank sie auf einen der Stühle und sah sich um.

In einem Regal stapelten sich Konserven neben einem Korb Kartoffeln und einem Laib dunklen Brotes. Auf einem Brett an der Wand standen eine Waschschüssel und ein Krug. Daneben befand sich die Feuerstelle. Außerdem gab es noch zwei über Eck stehende Etagenbetten. Das Haus bestand offensichtlich nur aus diesem einen Raum.

»Schlafe ich auf dem Boden?«, fragte Paulina.

»Vielleicht teilt Janka ihr Nachtlager mit dir.« Teodor schaute die junge Frau an.

»Sollte ich in diesem Falle nicht besser mein Messer zurückbekommen?«, fragte Paulina.

»Wenn ich dir etwas antun wollte, würde dir dein Messer auch nichts nützen«, fauchte Janka.

»Vielleicht sollten wir etwas essen.« Teodor hängte sein Gewehr an einen Haken an der Wand und zog den Brotlaib aus dem Regal. »Deckst du den Tisch, Janka? Und einer von euch Jungs kümmert sich um den Tee!«

Janka nahm einen Stapel Holzbretter aus dem Regal und knallte eins vor Paulina auf den Tisch. »Wenn du mir meine Decke wegnimmst, fliegst du aus dem Bett.«

»Wenn ich schlafe, bin ich schwer wie ein Klotz«, knurrte Paulina.

Die beiden schauten sich aus schmalen Augen an und lachten dann gleichzeitig.

»Ich mache mal Feuer.« Oleg ging zu der offenen Feuerstelle, und Piotr füllte einen Kessel mit Wasser aus der Karaffe und hängte ihn an einen Haken.

Teodor setzte sich Paulina gegenüber, zog einen Tabaksbeutel aus der Hosentasche und fischte mit zwei Fingern einen Zigarettenstummel heraus. »Heute Abend um Punkt neun Uhr richte ich über eine bestimmte Radiofrequenz eine Anfrage an meine Kontaktperson bei der Armia Krajowa in Warschau. Du sagtest, dass dein Verlobter Leutnant bei der Heimatarmee ist. Kann er deine Identität bestätigen und auch, dass du als Lina Peters unterwegs bist?«

Paulina nickte. »Frage nach Leutnant Marek Jablonski.«

»Ich sagte ja bereits, dass es dauern wird, bis ich Antwort erhalte. Die Sendefrequenz muss wegen des Aufstandes für die Kommunikation mit der Exilregierung in London frei bleiben.«

Paulina erschrak. »Der Aufstand ist noch nicht beendet? Ich glaubte, dass wir die Deutschen längst aus Warschau vertrieben haben.«

Teodor holte ein Briefchen Streichhölzer aus dem Tabaksbeutel, riss eines an und hielt es an den Zigarettenstummel. »Leider ist das Gegenteil der Fall. Unsere Schwestern und Brüder stehen mit dem Rücken zur Wand.«

»Was sagst du da??« Paulina riss die Augen auf.

»Die Kämpfe konzentrieren sich seit über einer Woche fast völlig auf die Altstadt«, fuhr Teodor fort. »Die Situation für unsere Leute dort ist kritisch. Sie versuchen, über die Kanalisation nach Zoliborz im Norden zu entkommen, und ich rechne jeden Tag mit der Nachricht, dass die Altstadt gefallen ist.«

»Aber die Rote Armee!«, rief Paulina. »Sie lag auf der anderen Seite der Weichsel, als ich Warschau verließ. Die Russen wollten uns doch helfen!«

Piotr prustete verächtlich. »Genosse Stalin hat seine Meinung geändert. Churchill und Roosevelt wollten uns mit Luftangriffen unterstützen, aber Stalin verweigert ihren Fliegern, auf russischen Flugplätzen zu landen und aufzutanken.«

»Erneut hat er Polen verraten und hilft Hitler, wie schon 1939!« Oleg spuckte mit hasserfüllter Miene auf den Dielenboden.

»Aber die Armia Krajowa hat auf seine Unterstützung vertraut. Ohne ihn schaffen wir es nicht«, rief Paulina.

»Genau so ist es«, stieß Janka bitter hervor. »Die Deutschen konnten ungestört Spezialeinheiten zusammenziehen, um den Aufstand niederzuschlagen. Auch aus Posen wurden Polizei-Einheiten abberufen. Soweit ich weiß, waren sie in Wola dabei.«

Paulinas Herz hämmerte. »Mein Verlobter kämpft in Wola.«

Teodor nahm einen letzten Zug und blies den Rauch in Richtung Decke. »Die Deutschen haben schon in der ersten Woche des Aufstandes Zehntausende Polen in Wola massakriert. Sie wussten, dass dort das Herz des Widerstandes schlägt, und sie

…«, sein Blick aus braunen Augen streifte Paulina mitleidig, »… haben es herausgerissen.«

Sie wurde blass. »Was haben sie getan?«

Teodor räusperte sich. »Willst du das wirklich wissen?«

»Ja!« Paulina umklammerte die Tischkante, bis ihre Fingerknöchel weiß hervortraten.

Er warf den Zigarettenstummel auf den Bretterboden und zertrat ihn. »Am fünften August hat Himmler Spezialeinheiten der SS nach Wola geschickt, die Kampfgruppe Reinefarth und das Sonderkommando Dirlewanger.«

»Das Sonderkommando Dirlewanger?«, schrie Paulina. »Das sind Bestien! Sie haben meine Schwester und meinen Schwager ermordet.«

»In Wola erschlugen sie die Alten, vergewaltigten Frauen vor den Augen ihrer Männer, richteten Kinder mit Kopfschuss hin und hörten nicht auf mit ihren Gräueltaten, bis sich die Leichenberge auf den Straßen türmten«, stieß Janka hervor. »Im Marie-Curie-Krankenhaus exekutierten sie Pfleger und Patienten, darunter sogar alle Säuglinge in der Geburtsabteilung.«

»Und ich hatte Mitleid mit den deutschen Frauen und Kindern, die bei eurem Attentat umgekommen sind!« Paulina bedeckte das Gesicht mit den Händen und schluchzte laut.

Teodor beugte sich vor und legte ihr eine Hand auf die Schulter. »Die Menschen in Warschau stehen fest zur Heimatarmee. Aber ich fürchte, sie müssen für die Freiheit Polens einen hohen Preis zahlen. Was deinen Verlobten betrifft – ich hoffe, dass wir gute Nachrichten von ihm bekommen.«

»Ohne ihn …« Paulina erhob sich und stieß ihren Stuhl zurück. »Entschuldigt mich.«

Sie rannte aus der Hütte über die kleine Lichtung und stoppte neben einer Tanne. Mit einer Hand stützte sie sich an der borkigen Rinde des Baumes ab und übergab sich.

Bitte Gott, wenn es dich gibt, mach dass Marek gesund und unver-

letzt ist, betete sie stumm. *Zerstöre nicht unseren Traum von einem gemeinsamen Leben, in einem friedlichen und freien Polen. Lass nicht zu, dass die Deutschen meinen Liebsten töten, und lass mich nicht alleine zurück mitten im Land meiner Todfeinde.*

Eine Hand legte sich auf ihren Rücken, und sie richtete sich ruckartig auf. Dicht hinter ihr stand Janka und reichte ihr ein Taschentuch. »Ich verstehe, wie du dich fühlst.«

»Ich habe so furchtbare Angst.« Paulina wischte sich mit dem Tuch über den Mund. »Die Deutschen haben meinen Vater und meine Mutter auf dem Gewissen, meine Schwester und meinen Schwager. Wenn auch noch Marek ...« Sie knüllte das Tuch zusammen und stopfte es in ihre Rocktasche.

»Auch ich stand einmal an dem Punkt, an dem du jetzt stehst«, erwiderte Janka ruhig. »Ich stamme aus Lodz. Kurz nach der Eroberung der Stadt haben die Nazis mich und meine Eltern und mit uns unzählige Männer, Frauen und Kinder im dortigen Ghetto eingepfercht. Einhundertsechzigtausend Menschen waren wir, die hinter Mauern und Stacheldraht ein Leben fristen mussten, wie man es keinem Tier zumuten würde.«

»Du bist Jüdin«, stellte Paulina fest.

»Ich bin eine Polin jüdischen Glaubens«, erwiderte Janka kühl.

»Natürlich«, murmelte Paulina. »Wie hast du es geschafft, aus dem Ghetto zu fliehen? Oder gab es einen Aufstand wie in Warschau?«

»Es gab keinen Aufstand«, Jankas Stimme klang belegt. »Wir haben alle nur versucht, irgendwie zu überleben. Meine Mutter und ich mussten in einer Schneiderei Uniformen für deutsche Soldaten nähen. Mein Vater war Arzt und arbeitete im Ghettokrankenhaus, aber er sagte immer, dass er den Leuten dort nur beim Sterben zusehen könne. Es gab so viele Ausbrüche von Typhus und Tuberkulose, weil wir alle unterernährt waren und von den Deutschen keine Medikamente bekamen. Im März 1942 wurden meine Eltern dann mit Tausenden weiteren Bewohnern des Ghettos deportiert.«

»Wohin?«, fragte Paulina tonlos.

»Nach Kulmhof. Das liegt ungefähr hundert Kilometer östlich von Posen. Seither habe ich nichts mehr von ihnen gehört. Aber ich fürchte, dass sie tot sind. Auch in Kulmhof morden die Nazis mit Gas.« Janka starrte an Paulina vorbei in den Wald. Ihr kalter Blick gab keine Gefühle preis.

»Und dich haben sie nicht nach Kulmhof gebracht?«, fragte Paulina leise.

Janka riss sich aus ihrer Erstarrung. Sie räusperte sich. »Ein ehemaliger Patient meines Vaters, der dem Judenrat angehörte, sah meinen Namen auf einer Transportliste und warnte mich. Er half mir, versteckt in einem Karren voller Leichen aus dem Ghetto zu fliehen. Einige Wochen streifte ich ganz alleine durch die Wälder und schlug mich mehr schlecht als recht durch. Ich war kurz davor aufzugeben, als mich eine Gruppe Partisanen in der Nähe von Posen fand. Weißt du, was mich seither am Leben hält?«

Paulina schüttelte stumm den Kopf.

»Ich träume davon, ein Attentat auf Hitler auszuüben. Nachts, wenn ich wachliege, male ich mir aus, wie ich es tue.«

»Wie?«, fragte Paulina angespannt.

Janka lächelte. »Wenn er mit seinem Privatzug zwischen Berlin und seinem Hauptquartier in Ostpreußen unterwegs ist, wird die gesamte Strecke nur für diesen Zug gesperrt. Das ist der richtige Zeitpunkt, ihn in die Luft zu sprengen.« Sie nahm Paulinas Hand. »Komm mit. Ich möchte dir etwas zeigen.«

Die beiden Frauen gingen zur Rückseite des Hauses. Dort befand sich ein fensterloser Schuppen, den Paulina bisher nicht sehen konnte. Ein Bolzenschloss sicherte die Tür.

»Du wirst staunen.« Janka zog einen Schlüssel aus ihrer Hosentasche und öffnete die Tür. Paulina trat hinter ihr in den Verschlag. »Du lieber Himmel!«, hauchte sie. »Wo habt ihr das alles her?«

An den Wänden befanden sich Regale, in denen sich Maschinenpistolen, Handgranaten und Molotow-Cocktails stapelten, aber auch Bleche, Schneidewerkzeuge, Drähte, Zangen und Flaschen. Auf einem Tisch stand ein Gerät, das Paulina aus der Küche ihrer Mutter kannte.

»Wozu braucht ihr eine Maschine zum Verschließen von Konservendosen?«, fragte sie.

»Weil man damit ebenfalls die Zylinder von Handgranaten verschließen kann. Alle Waffen, die du hier siehst, haben wir selber hergestellt.« Janka nahm eine der Maschinenpistolen und reichte sie Paulina. »Kannst du schießen?«

Paulina drehte die kleine graue Waffe in den Händen. »Marek hat es mir beigebracht. Eine seiner Hauptaufgaben vor dem Aufstand war es, Widerstandskämpfer im Gebrauch von Waffen auszubilden. Das hier ist eine Blyskawica. In Warschau stellen Angehörige des Widerstands sie in Geheimwerkstätten nach dem Muster des englischen Stan-Modells her.«

»Du weißt gut Bescheid«, stellte Janka anerkennend fest.

»Mein Schwager Jerzy war vor dem Krieg Ingenieur«, erwiderte Paulina. »Er hat die Produktion überwacht und die Prototypen in einem Waldstück bei Warschau getestet.« Sie legte die Waffe zurück ins Regal.

Janka deutete auf die Handgranaten. »Wir stellen Filipinka-Handgranaten, Molotow-Cocktails und Maschinenpistolen her. Teodor ist auch Ingenieur und hat uns angelernt. Oleg und Piotr halten außerdem Verbindung zu unseren Kontaktleuten in den Fabriken. Die versorgen uns mit den verschiedensten Materialien. Zusätzlich werfen britische Flieger Pakete mit Patronen und Chemikalien ab, aus denen wir Sprengstoffe herstellen.« Janka wies auf die Dosenverschlussmaschine. »Solange du bei uns bist, kannst du uns helfen. Wir brauchen dringend Nachschub an Handgaranten.«

Am selben Abend um kurz vor neun Uhr zog Oleg einen Radioapparat, ein Mikrofon und eine Autobatterie unter einem der beiden Etagenbetten hervor. Er stellte die drei Geräte auf dem Tisch und verkabelte sie miteinander. Teodor stellte das Radio an und drehte die Knöpfe, bis er die gesuchte Sendefrequenz fand. Daraufhin holte er ein Heft mit Verschlüsselungscodes und einen Notizblock aus dem Regal und schrieb eine willkürlich erscheinende Abfolge von Buchstaben auf den Block. Um Punkt neun Uhr nahm er das Mikrofon und sprach die Buchstaben langsam und deutlich hinein.

Danach wandte er sich an Paulina. »Ich habe nach deinem Verlobten gefragt und auch die Daten durchgegeben, die du uns genannt hast. Nun heißt es warten.«

Genau eine Woche später saßen sie wieder zusammen. Janka, Paulina und Teodor am Tisch. Piotr hockte auf einer der Pritschen und reinigte seine Maschinenpistole. Oleg ging herum und schenkte bitteren schwarzen Kaffee aus gemahlenen Eicheln aus.

Um Punkt neun Uhr knackte es im Radio. Sogleich ertönte eine unbekannte Frauenstimme und las ebenso langsam und deutlich wie Teodor eine Abfolge von Buchstaben vor.

Paulina umklammerte ihren Becher und wandte den Blick nicht von Teodor, der die Buchstaben säuberlich in seinem Block notierte. Endlich verstummte die Stimme, und während Oleg die Geräte abbaute und unter dem Etagenbett verstaute, entschlüsselte Teodor mithilfe seines Codeheftes die Nachricht und notierte sie ebenfalls. Schließlich legte er den Stift auf den Tisch.

»Und?«, fragte Paulina aufgeregt.

Teodor rückte seinen Stuhl herum und sah ihr in die Augen. »Deine Identität wurde bestätigt, und zwar sowohl dein echter polnischer Name als auch der Name Lina Peters in dem gefälschten Pass.«

Ihr Herzschlag beschleunigte sich. »Stammen die Informationen von Marek?«

Er schüttelte den Kopf. »Von einer Frau namens Danuta.«

»Ich kenne sie!«, rief Paulina. »Marek hat uns beiden Schießunterricht gegeben. Sagte sie, wie es ihm geht?«

Teodor nickte langsam. »Dein Verlobter ist am fünften August bei der Verteidigung des Marie-Curie-Krankenhauses gefallen.«

Im ersten Moment begriff Paulina den Sinn der Worte nicht. Doch dann setzte der Schock ein. Marek tot. Seit drei Wochen schon. Gefallen! Noch bevor sie die Grenze des Generalgouvernements überquert hatte.

In Paulina explodierte ein gewaltiger Schmerz. Im nächsten Moment sackte sie vom Stuhl.

»Sie kommt zu sich«, sagte eine Frauenstimme irgendwo über Paulina in der Dunkelheit, und langsam dämmerte ihr die Erkenntnis, dass etwas Furchtbares passiert war.

»Paulina, hörst du mich?«, fragte die Stimme und ein kaltes nasses Tuch strich über ihre Stirn.

Sei still, dachte sie unwillig. *Lass mich in Ruhe.*

Doch die Frauenstimme drängte unbarmherzig: »Sag etwas, Paulina! Hörst du mich?«

Widerwillig öffnete sie die Augen. Sie lag in einem Bett. Neben ihr saß eine junge Frau auf dem Rand der Matratze und betupfte ihre Stirn mit kühlem Wasser. Drei Männer schauten besorgt auf sie herunter. Paulina fiel ein, dass die junge Frau Janka hieß. Fast gleichzeitig erinnerte sie sich an die Namen der Männer. Und dann wusste sie auch wieder, was geschehen war.

»Marek ist tot«, flüsterte sie.

Janka legte das Tuch auf ihre Knie und streichelte Paulinas Wange. »Du kannst vorerst bei uns bleiben. Wir kümmern uns um dich.« Als Paulina nicht reagierte, fragte sie: »Du weißt doch, wo du bist und warum du hier bist?«

»In bin in einem Wald bei Posen«, murmelte Paulina. »Und ich kann nicht bei euch bleiben. Ich muss Agnieszka befreien.

Die Deutschen sollen sie mir nicht auch noch nehmen.«

Sie wollte sich aufsetzen, aber ihr wurde so schwindelig, dass sie sich an Janka festhalten musste. Die junge Frau legte einen Arm um Paulina und half ihr. »Bevor du aufbrechen kannst, sollte es dir erst wieder besser gehen. Außerdem benötigst du neue Papiere. Die Gestapo dürfte inzwischen herausgefunden haben, dass du nicht Lina Peters bist.«

»In Warschau dauerte es einen Tag, mir Papiere anzufertigen.«

»Nachdem unsere Widerstandsgruppe verraten wurde, müssen Oleg und Piotr sich erst umhören, ob es noch jemanden gibt, der falsche Papiere anfertigt«, warf Teodor ein.

Janka ergänzte: »Um deine Nichte aus den Händen der Nazis zu befreien, musst du stark und gesund sein. In deinem jetzigen Zustand schaffst du es nicht einmal, ein Taschentuch zu tragen, geschweige denn Agnieszka, wenn sie müde wird.« Sie nahm Paulina an beiden Schultern und drehte sie behutsam zu sich. »Wenn du zu früh aufbrichst, setzt du dein und Agnieszkas Leben aufs Spiel. Aber ich kann dir helfen, damit ihre Rettung gelingt. Vor dem Krieg war ich nämlich eine gute Leichtathletin. Ich kenne jede Menge Übungen, mit denen du deine Kraft wiedergewinnst.«

»Nun gut«, sagte Paulina müde. »Ich sehe es ein.«

Janka stellte ein Trainingsprogramm zusammen. Anfangs schmerzte Paulinas Knöchel noch so sehr, dass sie mit kurzen Runden um die Hütte begannen, die sich zu Fußmärschen quer durch den Wald ausdehnten. Sobald sich der verletzte Knöchel kräftig genug zeigte, versuchten sie Dauerläufe, und schließlich sprangen sie über Wurzeln und kleine Baumstämme.

Paulina merkte, dass ihre Muskeln und ihr Gleichgewichtssinn mit dem unebenen und unterschiedlich festen Untergrund immer besser zurechtkamen, und allmählich ließen auch die Schmerzen in ihren Rippen nach. Die Wunden der Glassplitter in ihrem Gesicht und den Händen verheilten ebenfalls, und Janka ergänzte das Ausdauertraining durch Klimmzüge an kräftigen Ästen.

Wenn Paulina außer Atem geriet und um eine Pause bat, lachte Janka nur und forderte sie auf, weitere tausend Schritte zu laufen oder noch zehn Klimmzüge zu machen. Paulina biss die Zähne zusammen und merkte bald, dass sie die Übungen immer länger durchhielt, und auch Kopfschmerzen verspürte sie seltener, allenfalls bei extremer Anstrengung oder Konzentration.

Durch die Bewegung besserte sich zwar ein wenig die Niedergeschlagenheit, die sie seit der Nachricht von Mareks Tod quälte. Doch jede Erinnerung an ihn verursachte ihr Kummer und Schmerz. Sie machte sich heftige Vorwürfe, weil sie nicht an seiner Seite gekämpft hatte, und sie quälte sich mit der Frage, wie er starb. Sie hoffte, dass er durch eine schnelle Kugel gefallen war, sodass ihm ein langes Leiden erspart blieb. Und sie betete, dass in seinen letzten Augenblicken ein Freund an seiner Seite stand. Doch all diese Grübeleien deprimierten sie so sehr, dass sie sich schließlich verbot, an Marek zu denken. Sie konzentrierte sich ganz auf Agnieszkas Rettung. Tagsüber gelang es ihr recht gut, sich abzulenken, aber gegen ihre nächtlichen Träume blieb sie machtlos. Im Schlaf durchlebte sie wieder und wieder ihre Zeit mit Marek, lachte mit ihm, kämpfte und hoffte mit ihm, spürte seinen Körper und sah die Liebe in seinen braunen Augen. Dann erwachte sie mit einem Ruck und stürzte aus dem Glück ihrer Träume in die Leere der Wirklichkeit.

Am zweiten Oktober, Paulina lebte inzwischen fast fünf Wochen bei den Partisanen, erhielt sie eine neue gefälschte Kennkarte auf den Namen Paula Krahl. Agnieszka stand darauf als ihre Tochter Agnes. Außerdem überreichte Teodor ihr zwei ebenfalls unechte Reisegenehmigungen. Eine führte von Posen über Schneidemühl nach Bad Polzin, die andere durch Stettin und

Stargard. Die Rückfahrgenehmigung erstreckte sich bis Strickau, dem Städtchen vor der Grenze des Generalgouvernements.

»Diese Dokumente sind ja bis zum dreißigsten November gültig«, stellte Paulina erstaunt fest.

»Wir hielten es für besser, dir einen möglichst großen Spielraum zu verschaffen«, sagte Teodor. »Die Zeiten sind unsicher. Du kannst jederzeit auf Hindernisse treffen, die deine Pläne verzögern. Mit diesen Reisegenehmigungen kannst du auf beiden Hauptstrecken nach Bad Polzin fahren, für den Fall, dass eine von den Bombern der Alliierten zerstört wird.«

Janka nickte ihr zu. »Es sieht so aus, als trennen sich unsere Wege nun. Teodor muss mit Oleg und Piotr heute Nacht in ein Waldgebiet bei Güldenau, wo die Briten Sprengstoffpakete für uns abwerfen wollen. Also bringe ich dich zum Bahnhof von Samter. Das ist ein kleiner Ort ungefähr dreißig Kilometer westlich von hier. Und morgen bist du wahrscheinlich schon in Bad Polzin.«

Paulina schaute durch die Fenster der Hütte auf die Lichtung. Inzwischen war es unübersehbar Herbst geworden. Das Laub der Bäume färbte sich unaufhaltsam von Grün über Gelb zu Braun, und die Nächte wurden empfindlich kalt. »Ich bin schon so lange hier«, sagte sie. »Ich habe Angst, dass Agnieszka sich nicht mehr in Bad Polzin befindet.«

Am Abend baute Teodor das Radio auf. Es gab zwar keine Nachrichten, die er nach Warschau durchgeben wollte, doch er erwartete Neuigkeiten über den Aufstand. Mehr als zwei Monate kämpfte die Armia Krajowa nun schon gegen die Deutschen. Inzwischen war sie zu einem kläglichen Häuflein zusammengeschmolzen. Nur ein paar versprengte Grüppchen kämpften noch im Stadtzentrum, die Kapitulation durch Oberbefehlshaber Komorowski galt als sicher.

Die fünf Menschen in der kleinen Hütte lauschten mit angespannten Mienen auf das Rauschen und Knacken im Radio.

Neben Paulinas Stuhl stand ein Rucksack von Teodor. Außer dem Messer und der Erbswurst, die sie im Stadtkrankenhaus Posen gestohlen hatte, befanden sich darin ihre neuen Papiere, ein Schwarzbrot, fünfundzwanzig Reichsmark, einige gefälschte Lebensmittelkarten und eine kleine Pistole mit einer Stange Munition. Bei der Waffe handelte es sich um eine Vis wz. 35, eine polnische Armeepistole, die Oleg besorgen konnte. Zum Schluss gab Janka ihr noch einen dicken grob gestrickten Pullover. »Es ist Herbst«, sagte sie. »Und ich habe noch einen.«

»Danke.« Paulina sah sie gerührt an.

»Achtung, Achtung. Es folgt eine Durchsage der Armia Krajowa an das polnische Volk«, krächzte eine Stimme aus dem Radio.

Teodor ließ die Zigarette sinken, die er sich gerade aus Zeitungspapier, klein geschnittenem Buchenlaub und Tabakresten drehte, und die fünf Menschen am Tisch sahen sich erschrocken an.

»Die Nachricht ist nicht codiert«, flüsterte Janka. Sie tastete nach Paulinas Hand, und alle lauschten gebannt der Männerstimme, die voll ohnmächtigem Zorn aus dem Radioapparat in die kleine Hütte drang: »Unser Oberbefehlshaber General Komorowski hat sich angesichts der aussichtslosen Lage zur Kapitulation entschlossen. Er hat einen Waffenstillstand vereinbart, der heute in Kraft getreten ist. Aber – und das ist die heilige Wahrheit - wir sind schlimmer behandelt worden als Hitlers Satelliten, schlimmer als Italien, Rumänien und Finnland. Mag Gott der Gerechte sein Urteil über die furchtbare Ungerechtigkeit fällen, die dem polnischen Volk widerfahren ist, und möge Er alle Schuldigen strafen. Unsere Helden sind die Soldaten, deren einzige Waffe gegen Panzer, Flugzeuge und Geschütze ihre Revolver und Petroleumflaschen waren. Unsere Helden sind die Frauen, die die Verwundeten pflegten und unter Beschuss Meldedienste leisteten, die in zerbombten Kellern für Kinder und Erwachsene kochten, die den Sterbenden Linderung brachten und sie trösteten. Unsere Helden sind die Kinder, die in den rauchenden Ruinen unschuldsvoll spielten. Das sind die Menschen Warschaus. Ein Volk, in dem solche Tapferkeit lebt, ist unsterblich. Denn jene, die starben, haben gesiegt, und jene, die leben, werden weiterkämpfen, werden siegen und wiederum Zeugnis dafür ablegen, dass Polen lebt, solange die Polen leben.«

Die Stimme verstummte. Dann erklang die polnische Hymne, gespielt von einer einzelnen kratzenden Geige. Die fünf Menschen am Tisch legten die rechte Hand aufs Herz und lauschten stumm. Und allen liefen Tränen über die Wangen.

Schließlich verklang die Musik, und nur noch das gleichförmige Rauschen tönte aus dem Radio.

»Mein armes, geliebtes Warschau«, flüsterte Paulina.

Janka presste ihre Finger: »Du hast es doch gehört. Polen lebt, wenn wir Polen nie aufhören, um unsere Freiheit zu kämpfen!«

Teodor holte ein Briefchen Streichhölzer aus der Hosentasche, riss eines an und hielt die Flamme an seine Zigarette. »Du kannst nicht mit Agnieszka nach Warschau zurückkehren, Paulina«, sagte er nach einem tiefen Zug. »Die Armia Krajowa hat gegen die Deutschen verloren. Jetzt rückt die Rote Armee über die Weichsel vor, ganz Warschau wird zum Schlachtfeld werden und Gott alleine weiß, für wie lange.«

»Ich kenne ein Försterehepaar bei Glowno an der Grenze des Generalgouvernements. Dort kann ich mit Agnieszka Unterschlupf finden, bis die Kämpfe in Warschau vorüber sind«, sagte Paulina.

Teodor machte eine scharfe Handbewegung. »Vergiss das. Die Rote Armee wird die Deutschen aus Warschau hinaus und immer weiter nach Westen treiben. Ich gehe jede Wette ein, dass Stalin fest entschlossen ist, Berlin zu erobern und Hitler zur Strecke zu bringen. Das bedeutet, dass wir alle in den nächsten Monaten erst von der deutschen und dann von der sowjetischen Armee überrollt werden.«

»Aber wir leben hier doch sehr versteckt«, wandte Janka ein. »Paulina kann sich mit der Kleinen bei uns verstecken, bis der Krieg vorbei ist. Nicht wahr, Teodor?«

»In dieser Hütte ist es genauso unsicher für eine Frau mit einem kleinen Kind wie in Glowno. Wisst ihr nicht, dass die Deutschen überall dort, wo sie sich zurückziehen, verbrannte Erde hinterlassen? Erst transportieren sie Rohstoffe und Industrie nach Deutschland, dann schlachten sie die Bevölkerung ab, brennen Städte und Dörfer nieder und verwüsten Wälder und Felder. Wie willst du in einem derart zerstörten Land mit einem kleinen Kind überleben?«

»Ich weiß es nicht«, antwortete Paulina tonlos.

Teodor blies eine scharf riechende Wolke aus Zigarettenrauch in den Raum. »Du musst mit der Kleinen über die Ostsee nach Schweden.«

»Was sagst du?« Paulina starrte ihn völlig überrumpelt an.

»Schweden ist neutral«, erklärte Teodor. »Ihr könnt dort unter eurer deutschen Identität einreisen. Mit etwas Glück verkehren sogar noch Postschiffe von der deutschen Küste nach Ystad oder Trelleborg.«

»Mit etwas Glück«, murmelte Paulina.

»Falls die zivile Schifffahrt Richtung Schweden unterbrochen ist, bleibt dir noch die Möglichkeit, dich an der Küste entlang bis Dänemark durchzuschlagen«, fuhr Teodor fort. »Du musst vom Festland auf die Insel Seeland übersetzen und dann über den Öresund nach Malmö. Auf diesem Weg wurden bereits einige Kuriere der Armia Krajowa erst nach Schweden und von dort nach England geschleust. Und ich hörte, dass die Dänen so auch ihre jüdische Bevölkerung vor den Deutschen retteten.«

Paulina fuhr sich mit einer Hand über die Stirn, hinter der plötzlich wieder ein heftiger Schmerz pochte. »Trotz der furchtbaren Unterjochung durch die Deutschen habe ich noch nie darüber nachgedacht, in einem anderen Land als in Polen zu leben. Ich habe mich von der Hoffnung genährt, dass diese

Unterdrückung eines Tages ein Ende hat. Doch jetzt werden die deutschen Unterdrücker von russischen abgelöst, von jenen, die uns so schmählich in Warschau im Stich gelassen haben.« Sie lehnte sich auf ihrem Stuhl zurück und schaute sinnend an die Decke der kleinen Hütte. »Ich sehne mich so sehr nach Frieden und Freiheit für Agnieszka und mich, aber ich zweifle, ob das in Polen jemals wieder möglich sein wird. Vielleicht hast du recht, Teodor. Vielleicht finden Agnieszka und ich eine neue Heimat in Schweden.«

Kapitel fünfzehn
Pommern, Oktober 1944

Der Gasthof ›Zum Hirschen‹ lag direkt gegenüber des Bahnhofsgebäudes von Bad Polzin. Eine Wildrosenhecke, übersät mit dicken roten Hagebutten, wuchs um ein Backsteinhaus. Über der Tür hing ein schmiedeeisernes Wirtshausschild, das ein mächtiges Hirschgeweih zeigte. Daneben wies ein Schild an einer weiß gestrichenen Eingangspforte auf Fremdenzimmer und Biergarten hin.

Paulina verspürte Hunger. Ein Blick auf ihre Armbanduhr zeigte Viertel vor zwei. Seit sie am frühen Morgen in Samter in den Zug gestiegen war, hatte sie nur ein wenig trockenes Schwarzbrot geknabbert. Vielleicht bekam sie im Hirschen noch etwas zu essen.

Die Gartenterrasse befand sich hinter dem Haus und schien gut besucht. Vor allem Reisende mit Koffern, Körben und Taschen saßen unter den ausladenden Kastanienbäumen und genossen die überraschend warme Herbstsonne.

Doch an einem Tisch, nicht weit von Paulina, feierten sechs Männer in grauen Uniformen. Jahrelanger Gewohnheit folgend schaute sie auf den Kragenspiegel und entdeckte die doppelten Blitzrunen der SS. An den Schirmmützen, die neben Bierkrügen und Schnapsgläsern auf dem Tisch lagen, erkannte sie, dass es sich um Offiziere handelte.

»Ein Hoch auf unseren Heinrich! Er hat Führer und Vaterland einen weiteren gesunden Sohn geschenkt!«, rief einer der Männer und schlug seinem Sitznachbarn krachend auf die Schulter. Die übrigen fünf lachten dröhnend, und alle prosteten sich mit den Bierkrügen zu. Einer ergriff eine halbvolle Flasche mit Korn und füllte die Schnapsgläser. »Nicht schwächeln,

Kameraden, der Pegel muss gehalten werden!« Sie kippten den Inhalt hinunter und knallten die Gläser auf den Tisch. »Fräulein! Nachschub!«, rief einer.

Das reicht mir!, dachte Paulina und wandte sich zum Gehen.

In diesem Moment entdeckte sie einer der Offiziere und strahlte über das ganze von Alkohol und Sonne gerötete Gesicht. »Was haben wir denn da für eine reizende kleine Dame?« Er erhob sich, schwankte leicht und musste sich an der Tischkante festhalten. »Heil Hitler, mein Fräulein!«

Paulina erstarrte. Dann wandte sie sich langsam dem Offizier zu, der sie aus glasigen Augen anstarrte und erwiderte eisig: »Der …«, sie zögerte den Bruchteil einer Sekunde, »… Führer wäre gewiss entsetzt, Offiziere seiner Elitetruppe in einem solchen Zustand zu sehen.«

»Bravo, mein Fräulein! Sie haben ganz recht mit ihrer Zurückweisung!« Ein weiterer Offizier stand auf und verbeugte sich demonstrativ. »Darf ich Sie mit einem Glas Sekt für die Unverfrorenheit meines Kameraden entschädigen?«

Paulina hob das Kinn. »Ich weiß nicht, was für eine Kinderstube Sie genossen haben, mein Herr, aber eine Dame setzt sich niemals zu einer Gruppe angetrunkener Männer an den Tisch. Wenn Sie mich jetzt bitte entschuldigen!«

Zum zweiten Mal wandte sie sich um und sah sich einer rotwangigen Kellnerin gegenüber, die ihr freundlich lächelnd den Weg versperrte: »Nehmen Sie doch dort drüben Platz, junges Fräulein.« Sie zeigte auf einen kleinen Tisch mit zwei Stühlen, weit entfernt von der angeheiterten Offizierstruppe. »Unter der Kastanie ist es wunderbar schattig. So einen warmen Oktoberanfang gab es ja schon ewig nicht mehr.«

Als Paulina zögerte, fasste die Frau sie am Arm und stupste sie in Richtung des Tisches. »Machen Sie es sich ruhig gemütlich. Ich bin gleich bei Ihnen.« Mit einem breiten Lächeln steuerte sie auf die SS-Offiziere zu. »Planten die Herren nicht, um vier Uhr der frischgebackenen Mutter Ihre Aufwartung zu machen? In diesem Fall müsste ich jetzt abkassieren. Sie wollen sich doch sicher noch frisch machen. Unrasiert sind Sie in einem Haus voller Mütter und Neugeborener nämlich nicht erwünscht, wenn Sie verstehen, was ich meine.«

»Ganz recht, Fräulein.« Der frischgebackene Vater zückte seine Geldbörse, zog einen Zwanzigmarkschein heraus und legte ihn mit großem Schwung auf den Tisch. »Der Rest ist für Sie.«

Die Bedienung steckte den Schein in ihre lederne Börse. »Danke vielmals, Herr Obersturmführer.«

»Noch ist er Untersturmführer«, bemerkte der Offizier, der Paulina zum Sekt eingeladen hatte.

»Nicht mehr lange, wenn er weiter in diesem Tempo Kinder für den Führer produziert«, rief einer seiner Kameraden, worauf die ganze Truppe begeistert grölte.

»Jetzt aber raus mit euch!« Die Kellnerin machte eine ausholende Schaufelbewegung mit den Händen.

Laut lachend und scherzend zogen die Offiziere von dannen, und die Angestellte widmete sich wieder Paulina. »Entschuldigen Sie, dass die Herren Sie belästigt haben.«

Paulina winkte ab. »Sie haben dem ja sehr geschickt ein Ende gesetzt.«

Die Kellnerin senkte die Stimme. »Vor dem Krieg kam ein anderes Publikum, wenn Sie verstehen, was ich meine. Aber seit der Kurbetrieb eingestellt ist, sind die Herren der Schutzstaffel fast unsere einzigen Übernachtungsgäste, und wir müssen auch sehen, wo wir bleiben.« Sie holte Bestellblock und Stift aus der Schürze. »Unser Tagesgericht ist Kartoffelklöße mit Bohnen für dreißig Pfennig. Oder Sie können für zwei Brotmarken einen Strammen Max mit Spiegelei haben. Ein Glas Apfelsaft ist bei beiden Gerichten inklusive.«

Paulina beschloss, ihr Geld zu sparen und sagte: »Ich nehme den Strammen Max.« Sie schaute zum Tisch der SS-Offiziere, auf dem noch die Bierkrüge und Schnapsgläser standen. »So viel

Schutzstaffel in einem Kurort ist doch sehr ungewöhnlich, oder nicht?«

Die Kellnerin zuckte mit den Schultern. »Seit wir hier das Lebensbornheim haben, sind sie ständig da. Sie nehmen den Zeugungsauftrag des Führers sehr ernst, wenn Sie verstehen, was ich meine.«

»Ich fürchte nicht«, erwiderte Paulina verwirrt. »Sprechen Sie von einem Entbindungsheim für die Frauen von SS-Offizieren?«

Die Kellnerin steckte Block und Stift in ihre Schürze. »Das Heim Pommern ist weniger für die Ehefrauen, eher für die Freundinnen«, informierte sie Paulina und verschwand.

Zehn Minuten später stellte sie einen Teller mit einer kleinen Scheibe Graubrot und einem Spiegelei sowie ein Glas Apfelsaft vor Paulina. »Guten Appetit. Den Saft keltern wir selber aus unserem Pommerschen Krummstiehl. Sie können lange suchen, bis Sie was Besseres finden.«

Paulina trank einen Schluck. Der Saft schmeckte leicht säuerlich und rann kühl und erfrischend ihre Kehle hinunter. »Wirklich sehr lecker«, lobte sie und wickelte das Besteck aus der Serviette.

Die Bedienung stand immer noch am Tisch. Ihr Blick streifte über Paulinas unter der Jacke verborgenen Bauch. »Ich nehme an, Sie sind keine von denen, die ins Heim Pommern wollen?«, fragte sie halblaut.

Paulina sah sie erstaunt an. »Wie kommen Sie darauf?«

Die Kellnerin beugte sich vor und raunte: »Ich bitte vielmals um Entschuldigung, aber wenn alleinreisende junge Frauen in unseren Ort kommen, wollen die gewöhnlich in das Entbindungsheim vom Lebensborn. Allerdings sehen Sie nicht so aus, wie die Frauen, die dort üblicherweise Aufnahme finden. Die sind stattlicher, nicht so kleine braunlockige Püppchen, wie Sie eins sind.«

Paulina runzelte die Stirn. »Und nach dem, was Sie bereits sagten, wohl auch in anderen Umständen?«

Die Kellnerin vergewisserte sich, dass kein weiterer Gast nach ihr verlangte, und fuhr dann fort: »Ganz genauso ist es. Das Heim Pommern bietet diesen jungen unverheirateten Damen einen Ort, wo sie nach einem Fehltritt ihr Kind zur Welt bringen können.«

»Aha«, sagte Paulina. Die Frau sprach für sie in Rätseln.

»Ja, kennen Sie den Lebensborn denn gar nicht?«, wunderte sich die Kellnerin. »Die Broschüren liegen doch bei jedem Frauenarzt aus.«

Paulina starrte sie verständnislos an und schwieg.

Die Kellnerin lächelte milde. »Sie waren noch nie bei einem Frauenarzt, habe ich recht? Sie sind eben ein anständiges junges Ding, das nicht auf den erstbesten Schöntuer reinfällt. Das habe ich mir gleich gedacht, als ich gehört habe, wie Sie die Herren von der Schutzstaffel in ihre Schranken verwiesen haben.«

»Tatsächlich höre ich heute zum ersten Mal, dass es diese Einrichtungen gibt«, murmelte Paulina.

Die Kellnerin brannte bereits darauf, sie aufzuklären: »Der Lebensborn ist ein Verein, den der Reichsheini gegründet hat, also der Himmler, und Häuser wie das Heim Pommern gibt es überall im Reich. Unser Heim Pommern hier war mal das angesehenste Sanatorium am Ort, das Luisenbad. Aber dann hat die Stadt das Haus dem Führer geschenkt, und der hat es dem Himmler gegeben, und seither wohnen im Luisenbad keine eleganten Kurgäste mehr, sondern …«, die Kellnerin seufzte tief, »… junge Damen, die sich in einer Notlage befinden.«

»Und was tun diese Frauen nach der Geburt? Sie können wahrscheinlich schlecht mit ihren Kindern nach Hause reisen.«, fragte Paulina. Sie begriff das System, das hinter diesen Entbindungsheimen steckte, immer noch nicht ganz.

»Na, da würde man sie wohl ziemlich scheel ansehen«, stimmte die Kellnerin zu. »Deshalb reisen die meisten Frauen auch ohne ihre Kinder wieder ab. Die Kleinen bleiben im Heim, und der Lebensborn sucht Ersatzeltern für sie. Im Heim Pommern veranstalten sie regelrechte Besichtigungstage, an denen Ehepaare kommen und sich ein Kind aussuchen dürfen. Einige dieser Paare sind bei uns abgestiegen und haben erzählt, wie sehr sie sich freuen, ein Kind von echter arischer Rasse zu adoptieren. Die Mütter dieser armen Kleinen sehen ja auch alle aus, als wären sie einem Lehrbuch für nordische Rassen entstiegen. Und ihre Väter sind durchweg diese germanischen Heldentypen von der SS.«

Paulina horchte auf. Da war sie wieder, diese Besessenheit der Nazis von Menschen, die sie als ›arisch‹ bezeichneten und deren herausragendsten äußeren Merkmale blonde Haare und blaue Augen waren.

»Die Paare, mit denen Sie gesprochen haben«, fragte sie, »wollten wirklich ausdrücklich ein arisches Kind?«

»Na, deshalb kommen die doch zum Lebensborn! Ehrlich gesagt, mir tun die Menschlein leid, die so in die Welt gesetzt werden. Ein Kind sollte aus Liebe entstehen und nicht, um die Blonden und Blauäugigen auf der Welt zu vermehren. Aber der Himmler hat sich das wohl in den Kopf gesetzt. Man erzählt sich sogar …«, die Wangen der Kellnerin färbten sich tiefrot, »…, dass im Heim Pommern ledige arische Fräulein mit SS-Männern zusammengebracht werden, um Kinder für den Führer zu zeugen. Möglich wäre es, das Heim liegt ja so abgelegen, noch hinter dem Kurpark. Und ich meine, wenn wirklich alles so harmlos ist, warum sieht man die Frauen, die im Heim leben, fast nie bei uns in der Stadt? Auch der Chef der Einrichtung und seine Familie halten Abstand. Sogar der Hausmeister, Herr Schuster, hat sich verändert, seit er für den Lebensborn arbeitet. Früher war er im Chor und im Schützenverein aktiv, aber seit er für das Heim Pommern arbeitet, kriegt ihn keiner mehr zu Gesicht. Wahrscheinlich will er nicht, dass wir ihn mit Fragen bedrängen.« Die Kellnerin schnaubte.

Paulina wunderte sich über die Offenheit der Frau. Störte sie sich wirklich an den Zuständen im Heim Pommern? Interessierte sie lediglich das Anrüchige daran, oder wollte sie Paulina eine Falle stellen, ihr kritische Bemerkungen über Himmler und seinen Verein entlocken und sie dann bei der Polizei anschwärzen? Paulina beschloss, vorsichtig zu sein und sich nicht zu einer unbedachten Äußerung hinreißen zu lassen. Gleichzeitig ließen ihr die Äußerungen der Bedienung keine Ruhe. Inzwischen glaubte auch sie, dass Agnieszka, Artur und die anderen polnischen Kinder wegen ihrer blonden Haare und ihrer blauen Augen von den Nazis geraubt worden waren. Und auch sie sollten sich irgendwo in Bad Polzin befinden.

Paulina beschloss, das Wagnis einzugehen und die geschwätzige Frau vorsichtig auszuhorchen: »Unterhält der Reichsführer SS hier am Ort auch ein Heim für arische Waisenkinder? Ich komme aus Kalisz, wissen Sie, da gibt es so eine Einrichtung.«

»Hier nicht«, behauptete die Kellnerin. »Allerdings leben einige Waisenkinder im Heim Pommern. Ich sehe immer die grauen Busse, in denen sie durch die Stadt gefahren werden.«

Paulinas Herz schlug schneller, aber sie beherrschte sich und fragte ruhig: »Wissen Sie auch, was mit den Kindern dort geschieht?«

»Irma!«, dröhnte eine tiefe Stimme durch den Biergarten. »Halte die Dame nicht mit deinem Tratsch vom Essen ab! Gleich kommen die ersten Kaffeegäste, und die Tische sind noch nicht frisch eingedeckt!«

Paulina drehte sich ruckartig um. Ein Mann stand im Terrasseneingang zum Gasthaus, die Fäuste in die Hüften gestemmt. Als er Paulinas Blick bemerkte, glättete sich seine erzürnte Miene, er zog die dunkelgrüne Weste über dem runden Bauch zurecht und verschwand mit einem kurzen Kopfnicken im Gasthaus.

Die Kellnerin verdrehte die Augen. »Ich muss dann mal

weitermachen. Mit dem Chef ist nicht zu spaßen, wenn er wütend wird. Aber falls Sie länger in unserer kleinen Stadt bleiben und noch eine Unterkunft suchen …«

»Danke für das Angebot, aber ich bin nur auf der Durchreise«, erwiderte Paulina. Sie wollte der neugierigen und geschwätzigen Kellnerin lieber nicht verraten, warum sie sich wirklich in Bad Polzin aufhielt.

Auf dem Stadtplan vor dem Bahnhofsgebäude fand Paulina das Heim Pommern. Wie von der Bedienung beschrieben, entdeckte sie es ein Stück hinter dem Kurpark an einem kleinen See. Der Weg führte Paulina auf und ab durch Bad Polzin. Die Pommersche Schweiz machte ihrem Namen alle Ehre.

Das Stadtzentrum lag auf einer Anhöhe. Wohnhäuser mit ordentlich gestrichenen Fassaden und Stuckverzierungen gruppierten sich um einen Marktplatz. Vor Geschäften und Cafés standen Töpfe mit blühenden Astern und Dahlien, Frauen erledigten Einkäufe, und eine Gruppe Hitlerjungen eilte mit klappernden Sammelbüchsen von Haus zu Haus.

In der Nähe des Kurparks sah Paulina Sanatorien, Hotels und Pensionen. Wie gepflasterte Wunden kamen ihr die verrammelten Fenster und Türen vor. Im Park fehlten die üblichen, geruhsam flanierenden Besucher. Dafür spielten Kinder vor der leeren Konzertmuschel Fußball, und auf den Bänken saßen alte Männer und Frauen, ihre Hunde zu ihren Füßen. Als Paulina sich näherte, unterbrachen die Leute ihr Schwätzchen und verfolgten sie mit neugierigen Blicken. Ein fremdes Gesicht fiel dieser Tage in der kleinen Stadt sofort auf.

Die Grünanlage ging in eine Eichenallee über. Darauf folgten Stoppelfelder und Äcker, auf denen Bauern noch Wintergetreide aussäten. Einmal schreckte Paulina einen Hasen auf, und am Rand eines Wäldchens sah sie Rehe.

Nach einer halben Stunde erreichte sie das Nordufer des Sees. Aus dem Schilf hörte sie die Rufe von Wasservögeln, und auf einem Holzsteg saß ein Angler. Am gegenüberliegenden Ufer befand sich ein Bootshaus und etwas oberhalb davon, an einem langsam ansteigenden Hang, erspähte sie das Heim Pommern. Aufmerksam ging sie die Zufahrtsstraße weiter.

Groß und imposant wirkte das ehemalige Kurhaus auf Paulina. Die weiße Fassade und das graue Ziegeldach hoben sich von dem goldenen Herbstlaub des dahinter beginnenden Waldes ab. Lange Fensterreihen zogen sich über drei Etagen und schienen sie wie dunkle Augen zu beobachten. Der Haupteingang lag in der Mitte des Gebäudes, herrschaftlich von Säulen flankiert. An der linken Seite fiel ihr eine verglaste Veranda auf. Ein großzügiger Park mit einer gepflegten Rasenfläche und alten Bäumen erstreckte sich vom Haus bis zum See. Paulina sah Menschen umherspazieren, jedoch zu weit entfernt, um sie deutlich voneinander unterscheiden zu können.

Vorsichtig schaute sie sich um. Außer ihr befand sich niemand auf der Straße, doch sicherheitshalber sprang sie in den Graben, der parallel des Weges verlief. Hier wuchsen hohes Gras, Brennnesseln und Gestrüpp und boten ihr Schutz vor unerwünschten Blicken. Langsam tastete sie sich vorwärts, bis sie eine sauber geschnittene Buchenhecke an ihrer rechten Seite erreichte. Direkt hinter der Gehölzreihe lag der Park, und sie hörte helle Stimmen und Lachen. Vorsichtig spähte sie durch die Zweige.

Nur wenige Meter entfernt reihten sich Kinderwagen aus weißem Korbgeflecht in mehreren schnurgeraden Linien in der Sonne auf. Paulina schätzte sie auf mindestens dreißig Stück. Aus einigen plärrten die hohen Stimmchen von Neugeborenen. Frauen in bunt gemusterten Kleidern und Strickjacken beugten sich über die Wagen. Neben ihnen standen Schwestern mit gestärkten weißen Hauben und braunen Kleidern. Sie zeigten den Frauen, wie sie die Säuglinge hochheben und halten mussten. Paulina erinnerte sich an Marias Bericht von Schwestern in brauner Tracht, die Agnieszka und die anderen polnischen

Kinder aus dem Heim in Kalisz abgeholt hatten. Sie spürte, wie ihre innere Erregung wuchs. Es schien, als befände sie sich auf dem richtigen Weg.

Sie beobachtete Frauen, die auf Bänken unter Kastanienbäumen saßen und sich unterhielten. Einige strickten winzige Höschen und Jäckchen, manche saßen einfach still da, die Arme um den deutlich gewölbten Bauch gelegt. Paulina entdeckte auch die SS-Offiziere aus dem Gasthaus. Der frisch gebackene Vater schob einen Kinderwagen über den Rasen und plauderte mit einer jungen blonden Frau neben ihm. Die anderen Offiziere spazierten mit ihren hochschwangeren Begleiterinnen am Arm hinterher.

Die ganze Szene wirkte so harmlos und friedlich wie in einem vornehmen Kurhotel, und doch mussten irgendwo auf dem Gelände Agnieszka, Artur und noch mehr polnische Kinder versteckt sein. Im Garten konnte Paulina sie nicht entdecken. Um sich ein klares Bild zu verschaffen, wollte sie das Umfeld des Gebäudes erkunden.

Geduckt schlich sie weiter, bis der Graben an der Einfahrt des Gebäudes endete. Ihr gegenüber lag ein schmaler Gemüsegarten, der an ein kleines Wohnhaus grenzte. Über der Tür des Hauses hing eine Hakenkreuzflagge, doch das Tor zum Heim stand offen, und Paulina bemerkte weder Wachpersonal noch Hunde. Jenseits des Hauptgebäudes sah sie Parkplätze, auf denen sich jedoch lediglich eine große dunkle Limousine und ein Kübelwagen befanden. Rechts des Haupteingangs wehte die schwarze Fahne der SS mit den beiden weißen Blitzrunen, links die blutrote Flagge mit dem schwarzen Hakenkreuz. Menschen, egal ob Frauen oder Kinder, entdeckte Paulina nicht.

Sie erkannte einen ungepflasterten Hof. Er begann an dem schmalen Garten und wurde von einem hohen Maschendrahtzaun eingegrenzt.

Prüfend schaute sie auf das kleine Wohnhaus. Kein Schatten bewegte sich hinter den Fenstern, auch der Garten lag verlassen.

Langsam kroch sie aus dem Graben, doch als sie gerade über die Einfahrt rennen wollte, tauchte ein Mann auf. Er trug einen grauen Arbeitskittel und schob eine leere Schubkarre in Richtung des Gartens.

Paulina blieb fast das Herz stehen. Wie angewurzelt hockte sie im halbhohen Gras und starrte auf den Mann, der vor der Gartenpforte stoppte und die Schubkarre abstellte. Er tastete mit beiden Händen über die Taschen seines Kittels und schaute dabei auf seine Füße. So entging ihm, wie Paulina nur wenige Meter entfernt langsam rückwärts in den Graben rutschte. Gerade, als sie sich auf den Boden duckte, hob der Mann den Blick, brummte etwas und tappte zurück hinter das Haus.

Paulina schloss die Augen und atmete einige Male tief durch. Dann nahm sie ihren ganzen Mut zusammen, huschte über die Zufahrt und sprang auf der anderen Seite erneut in den Graben.

Paulina schlich durch Farnkraut, Brennnesseln und Stechpalmen immer entlang des Maschendrahtzaunes. Er führte sie zur Rückseite des Heims. Jetzt erkannte sie den Grundriss der Anlage. Der lange Haupttrakt des Gebäudes wurde von zwei seitlichen Flügeln begrenzt. Dazwischen lag ein Hof. Endlich hörte sie Kinderstimmen. Behutsam schob sie Brennnesseln und Farnkraut beiseite und sah eine Schar Jungen und Mädchen vom Kleinkind bis zum Alter von ungefähr zwölf Jahren. Bei ihnen befand sich eine der braun gekleideten Schwestern. Wahrscheinlich sollte sie die Kinder beaufsichtigen, doch sie lehnte an der Rückwand des Hauptgebäudes, völlig vertieft in einen Brief, den sie in Händen hielt.

Die größeren Mädchen der Kindergruppe saßen auf dreibeinigen Hockern und pulten Erbsen, die sie aus einem Korb vor ihren Füßen nahmen. Die grünen Kügelchen warfen sie in eine Schüssel. Die Jungen säuberten Kaninchenställe, die an der Mauer des vorderen Seitenflügels standen, und Paulina erkannte

Artur, der gerade frisches Stroh in den Ställen verteilte. Durch sein kurz geschorenes Haar schimmerte die Kopfhaut. Doch das Gesicht glich dem des schmächtigen Jungen auf dem Foto, das seine Mutter ihr in Warschau gezeigt hatte. Die Kleinkinder krabbelten auf allen vieren über den festgestampften Lehmboden. In Kitteln und Hosen aus ungefärbtem Leinen und Strickjacken aus grauer Schafwolle wirkten sie wie kleine graue Mäuse. Paulinas Blick überflog die Gruppe mehrmals. Doch Agnieszka sah sie nicht.

Endlich entdeckte sie ein kleines Mädchen, das an der entgegengesetzten Ecke des Hofes auf einem Töpfchen hockte und sein Geschäft erledigte. Wie schon in Kalisz fiel es Paulina schwer, in dem Kind mit dem kurzgeschorenen Haar ihre Nichte zu erkennen. Hinzu kam, dass Agnieszka ihren Babyspeck verloren hatte und größer wirkte, als Paulina sich an sie erinnerte. Ganz still saß die Kleine auf dem Blechtöpfchen, nur wenige Schritte vom Maschendrahtzaun entfernt, und beobachtete eine Hühnerschar, die nebenan auf einem abgetrennten Bereich im Staub pickte.

Vorsichtig kroch Paulina durch das Unterholz, bis sie kaum noch zwei Meter von Agnieszka trennten. Doch der Maschendrahtzaun bildete ein unüberwindbares Hindernis. Sie betrachtete ihre Nichte. Die Kleine war sauber und ordentlich gekleidet, und ihre rosigen Wangen ließen darauf schließen, dass sie genug zu essen bekam. Dennoch fand Paulina den Ausdruck des zweijährigen Mädchens viel zu ernst und in sich gekehrt.

Ach Helena, dachte Paulina unendlich traurig. *Wenigstens musst du das nicht miterleben.*

Die Schwester blieb unverändert in ihren Brief vertieft. In diesem Moment überrollten Paulina ihre Gefühle. Die ganzen Strapazen und Schmerzen der letzten Wochen, der unsägliche Verlust von Marek, ihre Empfindung, ohne Agnieszka völlig allein auf dieser Welt zu sein, ließ sie alle Vorsicht und Planung vergessen. Behutsam bog sie das Farnkraut beiseite und rief leise auf Polnisch: »Agnieszka, mein Engelchen, schau mich an.«

Das kleine Mädchen hörte sie und drehte den Kopf. Aber sie musterte Paulina unbewegt.

Paulina lächelte aufmunternd. »Ich bin es, deine Tante Paulina.«

Agnieszka reagierte nicht. Verständnislos mit weit aufgerissenen Augen starrte sie auf die Frau im Farnkraut.

Paulina kroch noch näher an den Maschendrahtzaun, bog das Geflecht ein wenig auseinander und schob die rechte Hand hindurch. »Komm zu mir, Engelchen«, lockte sie sanft.

Die Kleine schaute auf Paulinas ausgestreckte Hand und rutschte mit dem Töpfchen rückwärts. Agnieszka erkannte sie nicht.

Das Geräusch einer zuklappenden Tür ließ Paulina zusammenfahren. Hastig zog sie den Arm zurück und verkroch sich wieder im Farnkraut. Durch die grünen Fächer sah sie, wie eine junge, hochschwangere Frau den Hof betrat. Ihr Haar leuchtete außergewöhnlich hell, fast weiß und sie war klein, kleiner noch als Paulina. Schmale Beine schauten unter dem Saum ihres sonnenblumengelben Kleides hervor. Dazu trug sie eine Jacke aus weicher Angorawolle, die sich um ihren kugelrunden Bauch spannte. Zum Schutz gegen das Sonnenlicht legte sie die rechte Hand an die Stirn und sagte etwas zu der Schwester. Die zeigte flüchtig auf Agnieszka und vertiefte sich sofort wieder in ihren Brief. Die junge blonde Frau dankte ihr und eilte lächelnd auf Agnieszka zu.

»Guten Tag, Agnes.« Sie hockte sich neben die Kleine, sodass ihr hübsches, herzförmiges Gesicht auf einer Höhe mit Agnieszkas war. »Nun, Liebes? Musst du immer noch üben, auf dem Töpfchen zu sitzen?«

Paulina presste die Lippen zusammen. Was fiel dieser Fremden ein, Agnieszka ›Liebes‹ zu nennen?

Agnieszkas ernstes Gesichtchen hellte sich auf. Sie streckte einen Arm in Richtung der fleißig pickenden Hühner und sagte:

»Kura. Gack, gack.«

Paulina traten Tränen in die Augen. Kura bedeutete Huhn. Helena hatte ihrer Tochter die Tiernamen anhand eines Bilderbuches beigebracht. Also erinnerte sich die Kleine zumindest noch an ihre Muttersprache.

Der Wind wehte eine Haarsträhne über das Gesicht der jungen Frau, und sie steckte sie hinter dem Ohr fest. »Das ist ein hässliches, polnisches Wort. Das musst du vergessen, Agnes. Du bist ein deutsches Mädchen. Und ein deutsches Mädchen spricht deutsch.« Sie kitzelte Agnieszka mit einem Finger am Kinn, und die Kleine lachte glucksend.

Die Schwangere zeigte auf eine braune Henne, dicht am Zaun: »Ich bringe dir jetzt bei, wie es richtig heißt. Huhn.«

Agnieszkas Blick folgte der Hand. »Kura«, sagte sie.

»Nein, Agnes.« Die junge Frau wackelte mit einem Zeigefinger vor dem Gesicht der Kleinen. »Huhn.«

Agnieszka schaute konzentriert auf den Mund der Blonden. Dann wiederholte sie langsam: »Uhn. Gack, gack!«

Zorn flammte in Paulina auf. Sie hasste diese Deutsche, die die polnische Muttersprache ihrer Nichte verunglimpfte und ihr einredete, eine Deutsche zu sein!

»Ich wusste, dass du es kannst!«, rief die Frau und lachte hell. »Pass auf, jetzt bringe ich dir noch etwas bei.« Sie tippte der Kleinen gegen die Brust. »Agnes.« Dann zeigte sie auf sich selbst. »Her-mi-ne.«

»He-mi-ni«, wiederholte Agnes zögernd.

»Bald kannst du es. Du bist ein kluges kleines Mädchen!« Die junge Frau umarmte Agnieszka und küsste sie auf die Wange. »Bist du jetzt fertig mit Topfsitzen? Hast du Pipi gemacht?«

»Pipi.« Agnieszka nickte schüchtern.

»Sehr gut! Dann steh auf, damit ich dir beim Anziehen helfen kann.« Die Deutsche hob Agnieszka vom Töpfchen und stellte sie hin. Sie zog ihr das Höschen empor, glättete den Kittel und schloss die Knöpfe der Strickjacke. »Fertig. Gib mir einen Kuss, Agnes.« Sie neigte ihre Wange zum Gesicht der Kleinen, die nach kurzem Zögern ihr Mündchen darauf drückte.

Die Wut drohte Paulina zu überwältigen. Bloß zwei Monate genügten den Nazis, um aus der Tochter ihrer toten Schwester ein deutsches Kind zu machen! Agnieszka reagierte nicht nur auf ihren neuen Namen, sie verstand auch Deutsch und versuchte, es selber zu sprechen. Die Erinnerung an ihre polnische Tante schien hingegen ausgelöscht.

Dicht neben ihr im Unterholz knackte es, und sie fuhr erschrocken zusammen. Ein Fasan flog auf und landete ungelenk auf dem Maschendrahtzaun.

»Uhn!«, rief Agnieszka und streckte die Arme nach dem großen Vogel aus.

»Das ist ein Fasan«, erklärte die junge Frau namens Hermine. »Wollen wir uns sein schönes Federkleid aus der Nähe ansehen? Aber wir müssen sehr vorsichtig sein, damit er keine Angst bekommt.«

Agnieszka nickte eifrig, Hermine fasste sie an der Hand, und die beiden näherten sich langsam dem großen Vogel. Doch kurz bevor sie den Maschendrahtzaun erreichten, breitete der Fasan die Flügel aus und flatterte über den Hof davon.

»Oh, jetzt ist er fort«, rief die junge Frau. »Aber es ist ohnehin Zeit hineinzugehen, Agnes. Es wird schon kühl.«

Aber Agnieszka rührte sich nicht. Sie schaute in Richtung des Farnkrauts, in dem Paulina kauerte, streckte eine Hand aus und sagte: »Da!«

Die blonde Frau schüttelte den Kopf. »Nein, Agnes. Der Fasan ist fort.«

»Da!«, wiederholte Agnieszka und drückte sich an Hermines Beine.

»Was ist denn da?« Hermine beugte sich vor und spähte ins Farnkraut. Augenblicklich erstarrte sie.

Kapitel sechzehn
Heringsdorf, 2020

»Du bist also in einem Entbindungsheim der SS gewesen.« Arturs Stimme klang hohl. Es fiel ihm schwer, seine Mutter anzusehen. Die lebenslange tiefe Verbindung mit ihr, dieses Band riss gerade ein. Er fühlte sich wie am Rande einer Klippe, ohne zu wissen, wie tief sein Fall und wie hart der Aufprall sein würde. Irgendetwas war nicht mehr im Gleichgewicht. Karin tastete nach seiner Hand, und er hielt sich an ihrer fest.

»Geht es dir gut, mein Sohn?«, fragte Hermine.

Er räusperte sich. »Das hängt davon ab.«

»Wovon?«

Von dem, was du mir noch erzählen wirst, dachte Artur. Das soeben Gehörte konnte nur die Spitze des Eisbergs sein. Sein Inneres wehrte sich gegen weitere Offenbarungen. Andererseits war es sinnlos, vor einem Geheimnis davonzulaufen, von dem er gerade erst den Anfang kannte. Er atmete tief durch und fragte: »Wann genau bist du in dieses Heim gekommen, Mutter? Im Herbst 1944?«

»Am ersten Juli. Es war ein Samstag.«

»Dass du das noch so genau weißt«, wunderte sich Karin.

»Ich habe es nie vergessen.«

»Ich bin am 8. September 1945 geboren«, sinnierte Artur. »Also war nicht ich das in deinem Bauch, als Paulina dich sah.« Er rieb sich die Nasenwurzel mit den Fingerspitzen einer Hand. »Habe ich einen Bruder oder eine Schwester?«

»Ich habe im Heim Pommern einen Jungen geboren«, sagte Hermine leise.

»Und was ist aus ihm geworden? Lebt er noch? Ist er tot? Lass dir doch nicht jedes Wort aus der Nase ziehen, Mutter!«

»In gewisser Weise ist es eine tragische Geschichte. Und ich habe so lange darüber geschwiegen, weil ich dich nicht damit belasten wollte.« Hermines Stimme zitterte. »Jetzt weiß ich, es war zu lange.«

Artur lachte bitter. »Vielleicht wolltest du ja nicht mich, sondern dich schützen?«

»Artur! Beruhige dich!«, mahnte Karin. »Es waren schwierige Zeiten damals.«

»Nicht einmal in diesen Zeiten wurden Frauen gezwungen, in ein SS-Entbindungsheim zu gehen«, fuhr er auf.

»Ich wurde nicht gefragt«, sagte Hermine. »Ich war erst siebzehn und durfte nicht über mein Leben entscheiden.«

»Und ich bin fünfundsiebzig, Mutter, ziemlich alt, um zum ersten Mal zu hören, dass ich einen Bruder habe!«

»Artur!«, mischte sich Karin wieder ein. »Sprich nicht so mit deiner Mutter!«

»Entschuldige, dass ich etwas aufgebracht bin! Aber wäre nicht zufällig die Nichte von dieser Paulina in deiner Lieblingssendung aufgetaucht, würdest du deine Geheimnisse mit ins Grab nehmen, Mutter! Ist es nicht so?« Artur sprang auf, sodass der Korbstuhl über den Boden scharrte. »Entschuldigt mich, ich brauche etwas Bewegung.« Er stürmte die Terrassenstufen hinunter in den Garten.

Hermine schaute auf den leeren Stuhl ihres Sohnes. Sie weinte. »Jetzt habe ich Artur zutiefst verletzt. Und dabei kennt er die ganze Geschichte noch gar nicht.«

Karin erhob sich, ging um den Tisch herum und umarmte ihre Schwiegermutter. »Dein Sohn ist ein gestandener Mann mit einer Menge Lebenserfahrung. Er wird mit dem, was du ihm noch erzählen wirst, zurechtkommen.«

»Das hoffe ich.« Hermine wischte sich über die Augen. »Und du? Verurteilst du mich auch?«

Karin lehnte ihre Stirn gegen Hermines Kopf. »Ich verstehe euch beide, deinen Wunsch, die schmerzlichen Ereignisse der

Vergangenheit zu begraben und Arturs Enttäuschung, weil du ihm diesen Bruder so lange verschwiegen hast. Aber wie könnte ich dich verurteilen, wo ich selber doch in einer Zeit ohne Krieg und ohne Hitler aufgewachsen bin. Mein Leben ist so viel einfacher und so viel sicherer verlaufen als deines.«

»Du bist sehr verständnisvoll, Karin. Ich danke dir«, erwiderte Hermine, den Blick zu Boden gerichtet.

Ihre Schwiegertochter bemühte sich, sie aufzumuntern: »Es berührt mich, wie du dich um die kleine Agnieszka gekümmert hast. Sie ist dir dort im Heim Pommern richtig ans Herz gewachsen, nicht wahr?«

Ein zaghaftes Lächeln erschien auf Hermines Gesicht. »Oh ja. Agnes war so ein goldiges kleines Ding, und sie hat so tapfer versucht, sich unter fremden Menschen in einer fremden Umgebung zurechtzufinden. Leider haben die Schwestern im Heim die Nase über sie gerümpft, weil sie sich so oft eingenässt hat. Zur Strafe musste sie dann stundenlang auf dem Töpfchen sitzen.«

»Das ist barbarisch!«, empörte sich Karin. »Sie war traumatisiert. Das mussten doch selbst diese Nazischwestern begreifen, nach allem, was sie durchmachen musste.«

»Damals wurden Kinder anders erzogen als heute. Sie sollten sauber, satt und ordentlich sein. Und das Wichtigste, gehorsam. Es gab in jener Zeit ein weit verbreitetes Buch, das auch wir jungen Frauen im Heim Pommern bekamen. Es hieß *Die deutsche Mutter und ihr erstes Kind.* Eine der dort empfohlenen Erziehungsmaßnahmen lautete, ein Kind, das nachts schreit, weinen zu lassen, bis es sich von alleine beruhigt.«

»Artur und ich haben unsere Kinder getröstet«, Karin schüttelte den Kopf. »Es wäre uns nicht im Traum eingefallen, sie nachts weinen zu lassen.«

»Damals wurde liebevoller Trost als überflüssige Verzärtelung angesehen. Die Eltern glaubten, ihre Kinder mit Strenge auf die Härten des Lebens vorbereiten zu müssen.«

»Hast du geahnt, unter welchen Umständen Agnieszka ins Heim Pommern kam? Gab es Gerüchte? Oder wurde alles vertuscht?«, fragte Karin.

»Ich nehme an, das Personal des Heims kannte die Wahrheit, zumindest der Heimleiter und wohl auch seine Sekretärin. Aber wir Frauen, die wir dort Gäste waren, ahnten nicht das Geringste«, beteuerte Hermine. »Man sagte uns, dass diese polnischen Kinder Waisen wären, die unter der Obhut des Führers stünden. Sie gehörten ihm, weil sie guten Blutes seien. So erzählten es uns die Schwestern. In der damaligen Zeit wurde damit ausgedrückt, dass sie einer sogenannten nordischen Rasse angehörten. Wir stellten das nicht in Frage, denn diese blonden und blauäugigen Kinder entsprachen dem idealisierten Menschentyp vollkommen. Und wir waren überzeugt, dass der Lebensborn ein gutes Werk an diesen armen Waisenkindern tut.«

»Aus heutiger Sicht klingt es völlig absurd, die Haar- und Augenfarbe mit dem Wert eines Menschen zu verknüpfen«, sagte Karin nachdenklich. »Wir wissen auch, dass es so etwas wie menschliche Rassen nicht gibt.«

»Meine Eltern waren überzeugte Nationalsozialisten, und sie haben auch mich in diesem Sinne erzogen«, fuhr Hermine fort. »Erst als ich Paulinas Geschichte kennenlernte, begann ich an dem, was rings um mich geschah, zu zweifeln.«

Karin streichelte die von Runzeln und braunen Altersflecken bedeckte Hand der alten Frau. »Willst du, dass ich Artur wieder zu uns hole? Fühlst du dich stark genug, mit deiner Geschichte fortzufahren?«

Hermine nickte, und Karin eilte in den Garten. Artur stand mit dem Rücken zu ihr und tippte heftig auf seinem Handy herum. Karin berührte ihn sacht an der Schulter. »Deine Mutter wartet auf dich, Schatz.«

Er drehte sich um. Sein Gesicht blass, und sein Blick aufgewühlt. »Weißt du, dass der Lebensborn bei den Nürnberger Prozessen wie eine harmlose Fürsorgeeinrichtung behandelt wurde? Lediglich vier Personen der Organisation wurden angeklagt, und alle vier haben den Gerichtssaal als freie Menschen verlassen.« Er streckte Karin das Handy entgegen, auf dem ein Artikel bei Wikipedia geöffnet war. »Himmler versuchte, mit dem Lebensborn seinen Wahn einer weltbeherrschenden arischen Rasse zu verwirklichen. Dafür ließ er Tausende Kinder in den besetzten Ländern Europas rauben. Nicht zu vergessen die unzähligen Babys, die wie mein unbekannter Bruder in diesen Heimen geboren wurden. Es sind so viele traurige und ungeklärte Schicksale, Karin. Und eines davon betrifft meine Familie.«

Hand in Hand gingen sie zurück zu der alten Dame. Hermine saß still und reglos am Tisch, doch als Karin und Artur eintraten, wandte sie sich um. »Geht es dir besser?«

Artur hockte sich vor ihren Stuhl und sah ihr ernst in die Augen. »Wie bist du nur an diese SS-Organisation geraten, Mutter? Das passt so gar nicht zu dir.«

Sie hob eine Hand und strich ihm über das Haar. »Ich selber war zu verwirrt und verängstigt, um einen klaren Gedanken zu fassen, geschweige denn, eine Entscheidung zu treffen.«

»Und der Vater dieses Kindes? Wie reagierte er, als du ihm offenbartest, dass du schwanger bist?«

»Ich habe es ihm nicht gesagt. Er war viel älter als ich und verheiratet. Ich fürchtete, dass er mit mir brechen würde, wenn er von der Schwangerschaft erfuhr. Aber mein Vater nahm mit ihm Kontakt auf. Die beiden beschlossen, mich im Heim Pommern unterzubringen. Ich sollte das Kind dort zur Welt bringen, mich etwas erholen und Anfang des kommenden Jahres nach Hause zurückkehren.«

»War der Vater des Kindes ein SS-Offizier? So einer wie die im Gasthaus?«

»Er war Hauptsturmführer der SS. Das war ein mittlerer Offiziersrang.«

»Und musstest du dich einer rassischen Untersuchung und einer Gesinnungsprüfung unterziehen, bevor du im Heim Pommern aufgenommen wurdest?«

»Artur!«, rief Karin. »Hör auf, deine Mutter zu verhören!«

Doch Hermine nickte ihr beruhigend zu. »Vielleicht mussten andere Frauen das, aber von mir wurde es nicht verlangt«, erklärte sie.

»Es tut mir leid, Mutter, aber das glaube ich dir nicht.« Artur nahm erneut sein Handy und scrollte darin herum. »Es gibt im Internet viele Seiten, auf denen klipp und klar steht, dass alle Frauen, die sich um Aufnahme in einem Lebensbornheim bewarben, einen Ariernachweis vorlegen und Rechenschaft über ihre nationalsozialistische Gesinnung ablegen mussten. Außerdem wurden detaillierte Fragen zu einer Vielzahl unerwünschter Krankheiten gestellt. Der Lebensborn wollte wissen, ob Zustände wie beispielsweise Alkoholismus, Depressionen, Schizophrenie oder sogenannter Schwachsinn in den Familien der Frauen vorkamen.«

»Ich wurde vor der Anreise vom Hausarzt unserer Familie lediglich auf ansteckende Krankheiten untersucht. Es gab ja sehr viele Neugeborene im Heim Pommern, die geschützt werden sollten«, erklärte Hermine. »Die Aufnahmeformulare haben meine Eltern ausgefüllt. Ich war ja noch nicht volljährig.«

Artur beugte sich vor und sah seiner Mutter in die Augen. »Wirst du mir nun alles über deinen Aufenthalt in diesem Heim und über dieses Kind erzählen und mir nichts verschweigen?«

Hermine nickte nachdrücklich. »Ja, mein Sohn. Die Zeit der Geheimnisse ist vorbei.«

Kapitel siebzehn
Pommern, Oktober 1944

Die beiden jungen Frauen befanden sich so nah beieinander, dass sie sich mit ausgestreckten Armen hätten berühren können, wäre nicht der Maschendrahtzaun zwischen ihnen gewesen. Paulina fühlte sich vor Schreck wie gelähmt. Sie erwartete, jeden Moment einen gellenden Schrei aus Hermines Mund zu hören. Doch nichts geschah. Dann brach Agnieszka den Bann, indem sie klar und deutlich sagte: »Lina.«

Paulinas Herz bebte. ›Lina‹, so nannte Agnieszkas sie, weil sie ›Paulina‹ noch nicht aussprechen konnte. Sie streckte eine Hand aus und wisperte: »Mały aniołek, Engelchen.«

Agnieszka strahlte und wollte zum Zaun tapsen, doch Hermine nahm die Kleine enger an ihre Seite. Sie musterte Paulina eindringlich, aber ohne Angst. »Wer sind Sie?«, fragte sie.

»Frau Hermine!«, rief in diesem Moment die Schwester. »Was tun Sie immer noch bei Agnes? Hat sie endlich ihr Geschäft erledigt?«

Paulina zog blitzartig ihre Hand zurück. »Ich komme wieder«, flüsterte sie Agnieszka auf Polnisch zu. Dann warf sie ihren Rucksack über die Schulter und rannte in den Wald.

Sie erwartete jeden Moment lautes Alarmgeschrei, doch sie hörte nur das Rascheln des trockenen Laubes unter ihren Füßen und das Knacken dünner Zweige. Schließlich duckte sie sich schwer atmend hinter den breiten Stamm einer alten Buche und lauschte. Einige Vögel zwitscherten über ihr in den Blättern. Sonst blieb alles still. Vorsichtig schaute sie an der Buche vorbei, aber sie war so weit vom Heim entfernt, dass sie es kaum mehr sah.

Warum rief diese Hermine nicht um Hilfe?, fragte sie sich. *Sie muss bemerkt haben, dass Agnieszka mich erkennt.*

Sie fand keine rechte Erklärung für das rätselhafte Verhalten der jungen Deutschen.

Sie schaute auf ihre Armbanduhr. Die zeigte kurz vor halb fünf. In ungefähr zwei Stunden ging die Sonne unter, und sie musste noch einen Unterschlupf für die Nacht finden.

Langsam wanderte sie durch den Wald auf der Suche nach einem dichten Gestrüpp oder einem Unterstand, in dem sie sich verstecken und auch ein wenig Schutz finden würde. Plötzlich vernahm sie Geräusche, die sie hier in diesem Wald so überraschten, dass sie wie angewurzelt stehenblieb.

Frauenstimmen sangen auf Polnisch: »Kukułeczka kuka, chłopiec panny szuka … Der Kuckuck ruft *Kuckuck*, der Bursche sucht ein Mädchen …«

Bittersüße Erinnerungen an ihre Mutter durchströmten Paulina. Wie oft hatte sie ihr und Helena das alte polnische Kinderlied vom kleinen Kuckuck vorgesungen. Wie magisch angezogen folgte sie den singenden Stimmen, bis sie an den Rand einer Lichtung gelangte, auf der sich ein großes Gehöft mit Wohnhaus und Nebengebäuden befand. Sie erkannte einen Geflügelhof, in dem Hühner pickten und einen Pferch, in dem zwei Schweine im Schlamm wühlten. Beim Wohnhaus stand ein mit Holzscheiten beladener Leiterwagen mit einem Pferd davor. Drei Frauen in blauen Arbeitskitteln, Holzpantinen und um das Haar geschlungenen Kopftüchern luden die Scheite ab und stapelten sie unter dem vorspringenden Dach des Hauses. Dabei verständigten sie sich mit kurzen polnischen Rufen.

Die zwei singenden Frauen arbeiteten in einem Gemüsegarten am Waldrand. Sie hoben mit großen Eisengabeln Kartoffelpflanzen aus der Erde, schüttelten die gelben Knollen herunter und warfen sie in Eimer. Paulina kroch so nah heran, wie sie es wagte, und verbarg sich an einem niedrigen Zaun hinter einem Stechpalmengebüsch. Auch die beiden Gärtnerinnen trugen blaue Kittel und Kopftücher. Auf der rechten

Brustseite erkannte sie eine gelbe angenähte Stoffraute mit einem dunklen P in der Mitte. Paulina kannte das Abzeichen nicht, doch es erinnerte sie an den gelben Stern, den die Juden tragen mussten.

Sie überlegte, ob sie sich den Frauen auf dem Hof zeigen sollte. Es waren Polinnen. Deshalb glaubte sie nicht, dass sie Alarm schlugen, wenn sie sich ebenfalls als Polin zu erkennen gab. Aber dann entschied sie sich, die Szene noch eine Weile zu beobachten. Dieser Hof gehörte sicherlich einem deutschen Bauern, der sich bestimmt irgendwo in der Nähe aufhielt.

Die beiden Gärtnerinnen wischten die Erde mit dem Kartoffelkraut von den Grabegabeln. Die randvoll gefüllten Eimer standen neben ihnen. Die Frauen am Haus stapelten ein paar letzte Holzscheite auf. Zwei trieben die Schweine in den Bretterverschlag und das Geflügel ins Hühnerhaus, eine schirrte das Pferd vom Wagen und führte es in den Stall. Dann schob sie mithilfe der beiden anderen den Wagen unter das Dach einer offenen Remise. Sie waren gerade damit fertig, als eine laute Männerstimme von der Zufahrt kommandierte: »Und eins, und zwei! Und eins, und zwei!«

Die Frauen ließen alles stehen und liegen, rannten zum Wohnhaus und stellten sich in einer schnurgeraden Reihe neben dem Eingang auf.

Paulina zählte fünfzehn Frauen, die im Gleichschritt auf den Hof kamen. An ihrer Spitze marschierte ein beleibter Mann in einem grauen Kittel. Sie erkannte ihn als denselben, den sie am Morgen auf der Einfahrt zum Heim Pommern gesehen hatte.

»Alle halt!« Der Dickbäuchige hob den rechten Arm und stoppte vor dem Wohnhaus. »Und Aufstellung nehmen zum Appell!«

In Windeseile stellten sich die fünfzehn Frauen mit den anderen fünf in eine Reihe.

»Durchzählen!«, bellte er, worauf jede Frau eine Zahl von eins bis zwanzig rief.

Nach dem Appell ging der Mann zu den Holzscheiten unter dem Vordach und schob hier und da ein Stück zurecht. Dann prüfte er, ob die Türen des Hühnerhauses und des Schweinekobens verschlossen waren. Dabei fiel sein Blick auf die Kartoffeleimer und Grabegabeln im Gemüsegarten, und seine feisten Wangen röteten sich. Er fuhr zu den immer noch in einer schnurgeraden Reihe stehenden Arbeiterinnen herum und brüllte: »Wer hat diesen Sauhaufen zu verantworten?«

Die beiden Gärtnerinnen traten vor. »Verzeihung, Herr Schuster! Wir gerade aufräumen, als Sie auf Hof«, sagte eine in holprigem Deutsch.

Schuster, dachte Paulina. *Der Hausmeister*. Sie erinnerte sich an die Aussagen der Kellnerin im Hirschen. Also gehörte der Hof zum Heim und versorgte die Bewohnerinnen mit Lebensmitteln.

»Gefaulenzt habt ihr Polackenweiber!«, schrie Schuster. »Ihr räumt das auf der Stelle weg! Und wenn das noch einmal passiert, mache ich dem Hauptsturmführer Meldung!«

Die beiden Frauen rannten zum Garten, und er sah Ihnen übellaunig hinterher. »Der Hauptsturmführer würde eure Truppe die ganze Nacht strammstehen lassen. Aber ihr habt Glück, dass ich ein nachsichtiger Mensch bin! Abtreten!« Er gab den übrigen achtzehn Frauen in der Reihe einen Wink. »Morgen früh um Punkt Viertel vor sechs steht ihr genau hier bereit, oder ihr werdet mich kennenlernen!« Er wandte sich grußlos um und stapfte über die Auffahrt davon.

Kaum war er verschwunden, kam Leben in die Frauenreihe.

»Wir gehen rein und machen die Suppe warm. Beeilt euch!«, rief eine von ihnen Richtung Garten.

»Nimm die Eimer und geh schon mal rein«, sagte eine der beiden Gärtnerinnen zu der anderen. »Ich komme gleich hinterher.«

Paulina wartete, bis alle Frauen außer der einen im Garten verschwunden waren, schlich zum Zaun und zischte: »Pst, pst.«

Doch die Frau wandte ihr den Rücken zu und hörte sie nicht. Paulina kam eine Idee. Leise stimmte sie das Lied vom kleinen Kuckuck an: »Kukułeczka kuka, chłopiec panny szuka … Der Kuckuck ruft *Kuckuck*, der Bursche sucht ein Mädchen …«

Die Frau ließ die Grabegabel sinken und drehte sich langsam um.

»Dobry dzień«, sagte Paulina lächelnd. »Guten Tag. Ich heiße Paulina. Und du?«

»Was willst du?«, fragte die Frau.

»Ich brauche einen Schlafplatz. Und etwas zu essen. Ich bezahle auch dafür.« Paulina hielt ein Zweimarkstück empor.

Die Frau betrachtete es, aber sie machte keine Anstalten, es zu nehmen. »Ich bin Olga«, sagte sie schließlich. »Du kannst im Pferdestall schlafen. Dort ist es warm. Und ich besorge dir auch etwas zu Essen. Bezahlen musst du nichts. Alle Lebensmittel hier gehören dem Heim Pommern. Dort leben so viele Leute, dass es nicht auffällt, wenn ich ein wenig für dich abzweige. Ich bringe dich jetzt in den Pferdestall. Komm, wir müssen uns beeilen.« Olga griff die beiden Grabegabeln und bedeutete Paulina mit einer Kopfbewegung, ihr zu folgen. Sie kletterte über den Zaun und lief Olga hinterher zum Stall, diese öffnete die Tür und schob Paulina rasch hinein.

Der warme anheimelnde Duft von Pferd und Heu umfing sie. Eine Katze, die neben der Tür saß, huschte davon und verschwand zwischen Strohballen an einer Stallseite. Sie sah eine Kiste für Hafer, und an eisernen Haken an der Wand hingen das Zuggeschirr und eine Pferdedecke aus grober Wolle. Das Pferd stand in seinem Verschlag und zupfte Heu aus der Raufe. Als die beiden Frauen hereinkamen, drehte es sich mit gespitzten Ohren um und wieherte leise.

Olga deutete auf die Strohballen. »Dort kannst du schlafen. Wickel dich in die Pferdedecke, dann piksen die Halme nicht. Ich gehe jetzt ins Haus, aber später bringe ich dir etwas zu essen.

Ich muss nur warten, bis niemand mehr in der Küche ist.«

»Willst du nicht, dass die anderen Frauen von meiner Anwesenheit wissen? Sie sind doch auch Polinnen«, fragte Paulina.

»Sie würden dich nicht verraten, aber von dir zu wissen, bringt sie in Gefahr.«

»Ich bin aus Warschau. Niemand sucht hier nach mir.«

»Du hast dich im Wald verborgen und warst sehr vorsichtig, als du dich mir gezeigt hast. Irgendetwas, das die Deutschen nicht wissen sollen, hast du also vor.« Olga nickte ihr zu und verschwand.

Paulina nahm ihren Rucksack ab. Dann legte sie sich die Pferdedecke um die Schultern und setzte sich auf einen Strohballen. Müde lehnte sie den schmerzenden Rücken an die Wand. Jeder Muskel tat ihr weh, und in ihrem Kopf pochte es dumpf. Dennoch verspürte sie Zuversicht. Es war ihr gelungen, Agnieszka zu finden, und es würde ihr auch gelingen, sie zu befreien.

Langsam senkte sich die Dunkelheit über das Land. Im Stroh raschelte es leise. Das Pferd in seinem Verschlag kaute ruhig sein Heu, schnaubte hin und wieder leise. Nach kurzer Zeit maunzte es neben Paulina, und die Katze sprang auf ihren Schoß. Sie rollte sich zusammen und döste, doch als draußen am Tor der Riegel klapperte, schrak sie hellwach empor und sprang davon.

Das Tor knarrte, und das flackernde Licht einer Laterne fiel in den Stall. Olga huschte herein, schloss das Tor hinter sich und stellte die Laterne auf den Boden, sodass der schwache Schein nicht durch das Fenster auf den Hof drang. In der anderen Hand hielt sie einen Korb und kam damit auf Paulina zu. »Ich habe dir Brot, hartgekochte Eier und Pfefferminztee gebracht. Lass es dir schmecken.« Sie setzte sich auf einen der Strohballen. »Haben die anderen Frauen bemerkt, dass du noch einmal hinausgegangen bist?«

»Ja, aber sie glauben, ich prüfe, ob alle Türen und Tore verschlossen sind. Das tue ich nämlich jeden Abend. Sie haben auch nicht gemerkt, dass ich einen Korb und Essen mitgenommen habe, weil sie sich alle schon in ihren Schlafkammern befinden. Unsere Tage sind lang, und am Abend sind wir immer sehr müde.«

Paulina biss in den Brotkanten. »Kannst du noch etwas bleiben?«, fragte sie kauend. »Ich möchte mit dir reden.«

Olga zögerte. »In Ordnung«, sagte sie dann. »Aber nicht lange.«

»Dieser Schuster …«, begann Paulina. »Ist er euer Aufseher?«

Olga nickte. »Fünfzehn von uns arbeiten im Heim Pommern als Putzfrauen und in der Küche, wir übrigen fünf kümmern uns um den Hof. Die Eier, das Fleisch und das Gemüse sind nämlich für die Küche des Heims bestimmt. Das Heim Pommern ist ein Entbindungsheim für deutsche Frauen. Es liegt nicht weit von hier. Zu Fuß erreichst du es in wenigen Minuten.«

»Ich weiß«, sagte Paulina.

»Dann bist du wegen des Heims Pommern hier«, stellte Olga fest, aber als Paulina zu einer Erklärung ansetzte, winkte sie ab: »Iss erst in Ruhe.«

Paulina schluckte das Brot hinunter, nahm ein Ei aus dem Korb und pellte es. »Wurdet ihr von den Deutschen verschleppt?«

In Warschau kursierten eine Menge schlimmer Geschichten über deutsche Polizei, die überall im Generalgouvernement polnische Männer und Frauen zusammentrieb und sie wie Vieh in Güterzügen nach Deutschland schaffte. Aus den spärlichen Nachrichten, die die Verschleppten nach Hause schickten, erfuhren ihre Angehörigen, dass sie in deutschen Fabriken schufteten, als Dienstmädchen in deutschen Haushalten arbeiteten, deutsche Felder bestellten, deutschen Müll abtransportierten oder die Trümmer nach Luftangriffen auf deutsche Städte beseitigten. Dafür erhielten sie nur sehr wenig Lohn, minderwertiges Essen und wurden insgesamt wie Sklaven behandelt. Auch Paulina und Marek waren nicht von Transportaufrufen verschont geblieben, aber sie hatten sie ignoriert und sofort ihren Unterschlupf gewechselt, um nicht aufgespürt zu werden. Doch SS und Polizei veranstalteten immer wieder Jagden auf offener Straße, bei denen sie Männer, Frauen und sogar Jugendliche aufgriffen und abführten.

»Wir alle haben eine ähnliche Geschichte«, offenbarte Olga. »Ich stamme aus Rozan, einer Kleinstadt nördlich von Warschau. Im Herbst 1939 musste ich mich auf dem deutschen Arbeitsamt registrieren, und zwei Jahre später erhielt ich den schriftlichen Befehl, mich zu einem bestimmten Datum auf dem Bahnhof einzufinden. Meine Cousine, die den Befehl ebenfalls erhielt, versteckte sich im Haus ihrer Eltern. Als sie nicht am Bahnhof erschien, durchsuchte die Gestapo das Haus und fand sie auf dem Dachboden. Sie wurde in ein Lager bei Berlin geschafft und muss für die Deutschen in der Rüstungsindustrie arbeiten. Ihre Eltern wurden öffentlich auf dem Marktplatz hingerichtet.«

»Ich glaube, es gibt keinen Polen und keine Polin, die nicht von Deutschen terrorisiert und gepeinigt wurden«, fauchte Paulina. »Hast du Kinder, die du zurücklassen musstest?«

»Zwei Söhne. Sie sind fünf und sieben und leben bei meiner Mutter. Mein Mann ist Soldat und geriet 1939 in Gefangenschaft. Aber er wurde nicht wie ein alliierter Soldat in einem Kriegsgefangenenlager interniert, sondern in ein Arbeitslager im Süden Deutschlands gebracht. Vor drei Jahren hat er mir eine Postkarte geschrieben, dass er in einem Steinbruch arbeitet. Seither habe ich nichts mehr gehört. Aber ich bete jeden Tag, dass er noch lebt.« Olga bekreuzigte sich.

»Hast du je daran gedacht zu fliehen? Ihr seid hier nicht eingesperrt.«

»Das ist auch nicht nötig. Als Polen dürfen wir uns nicht frei bewegen, und an unserer Kleidung sind wir überall als polnische Zwangsarbeiterinnen erkennbar.« Olga zeigte auf das Abzeichen mit dem P auf ihrer rechten Brust. »Außerdem bin ich sicher, dass meine Mutter und meine Kinder dafür büßen müssen, wenn ich fliehe. Du sagst, du bist aus Warschau. Wie hast du es bis hierher geschafft, ohne aufgegriffen zu werden?«

»Mit der Hilfe von Freunden.« Paulina dachte an Marek, an Krystian und Anastaszja, an die namenlose Toilettenfrau, an Maria und an Janka, Teodor, Olek und Piotr. »Und ich spreche sehr gut deutsch. Deshalb kann ich mich als Deutsche ausgeben.«

»Und was willst du im Heim Pommern? Ist eins der polnischen Kinder dort deines?«

»Meine Nichte befindet sich in diesem Heim«, bestätigte Paulina mit rauer Stimme. »Die SS hat ihre Eltern ermordet und die Kleine verschleppt. Aber ich werde sie befreien.«

Olga nahm die Thermoskanne, goss heißen Tee in den mitgebrachten Becher und reichte ihn Paulina. »Dafür brauchst du einen sehr guten Plan.«

Paulina pustete auf den Dampf, der aus dem Becher aufstieg. »Ich glaube, die einzige Möglichkeit ergibt sich, wenn die Kinder ins Freie dürfen. Sie werden dabei zwar von einer Schwester bewacht, aber diese Frau scheint mir recht unaufmerksam. Dennoch muss ich die Abläufe rund um das Heim erst besser kennenlernen. Erlaubst du mir, noch ein paar Tage in diesem Stall zu übernachten?«

»Ja, aber du musst dich sehr vorsichtig verhalten.«

»Ich werde nie vergessen, welches Risiko du für mich eingehst.«

Olga nahm den Korb und rutschte von den Strohballen. »Ich gehe jetzt. Morgen um halb sechs komme ich, um das Pferd zu füttern. Dann bringe ich dir auch wieder etwas zu essen.«

Mitten in der Nacht erwachte Paulina durch trommelnden Regen auf das Stalldach. Eine Zeit lang lauschte sie und dachte über die letzten Wochen nach. So viele Menschen hatten sie bisher ein Stück ihres Weges begleitet, und trotzdem fühlte sie sich einsamer denn je, vor allem seit sie wusste, dass Marek nicht mehr lebte.

Als Olga am nächsten Morgen in den Stall kam, regnete es immer noch. Sie überreichte Paulina einen Korb mit einem Stück frischen, warmen Brotes und einer Thermoskanne mit heißem Kamillentee. »Du musst den Stall jetzt verlassen. Schuster kontrolliert nämlich, ob hier drinnen alles sauber und ordentlich ist. Versteck dich hinter den Stechpalmen am Garten und lass den Korb auch dort stehen. Ich hole ihn später. Komm erst wieder auf den Hof, nachdem Schuster die Frauen am Abend zurückgebracht hat.«

»Verstanden! Ich danke dir.« Paulina nahm den Korb und ihren Rucksack und huschte aus dem Stall.

Als Schuster um Punkt Viertel vor sechs auf dem Hof erschien, lag dieser noch im Dunkeln. Er ließ die Frauen unbarmherzig im strömenden Regen zum Appell aufmarschieren, während er übellaunig das Haus und die Nebengebäude inspizierte. Olga musste ihn begleiten und ihm dabei den Schirm über den Kopf halten. Sie selber wurde klatschnass. Fielen auch nur Tropfen auf Schusters Schultern oder auf die Laterne in seiner Rechten, brüllte er, dass es über den ganzen Hof hallte.

Paulina wartete, bis es so hell wurde, dass sie genug erkennen konnte, dann huschte sie durch den Wald zum Heim und kauerte sich in das Farnkraut nah am Maschendrahtzaun. Es regnete ununterbrochen, und sie wunderte sich nicht, dass weder Kinder noch Schwangere ins Freie kamen. Dennoch beobachtete sie das Heim aufmerksam, doch außer ein paar verschwommenen Schatten hinter den von Regentropfen blinden Scheiben sah sie nichts. Am Abend kehrte sie, bis auf die Haut durchnässt und erbärmlich frierend, in den Stall zurück. Sie zog ihre Kleider aus, legte sie auf die Strohballen und rubbelte sich mit einer Handvoll Stroh ab. Schnell brannte ihre Haut und leuchtete rot. Dann wickelte sie sich in die raue Pferdedecke und streichelte die Katze, die schnurrend um sie herumstrich. Olga schaute nur kurz vorbei, brachte ihr eine Schale mit heißer Gerstengrütze und eine zusätzliche Wolldecke. In der Nacht fegte ein Herbststurm über das Land, und ein Gewitter entlud sich mit Blitzen und krachenden Donnern. Der sintflutartige Regen hörte nicht auf.

»Komm wieder in den Stall, sobald Schuster weg ist«, sagte Olga am nächsten Morgen. »Du holst dir den Tod, wenn du den ganzen Tag draußen aushalten musst. Ich habe den anderen Frauen gesagt, dass ich gleich den Pferdestall ausmiste, dann kommt keine von ihnen hierher.«

Paulina ergriff die Mistgabel, die an der rückwärtigen Stallwand lehnte. »Ich helfe dir.«

Schon zur Mittagszeit fuhr Olga die letzte Schubkarre zum Misthaufen neben der Jauchegrube. Paulina kroch erschöpft von der ungewohnten Stallarbeit, aber auch zufrieden, in eine dunkle Ecke zwischen die Strohballen.

Als Schuster die Arbeiterinnen am Abend zurückbrachte, schüttete es immer noch so sehr, dass er auf Appell und Inspektion verzichtete und sofort zurück zum Heim eilte. Wenig später erschien Olga im Stall, um das Pferd zu füttern, und Paulina sprang von den Strohballen. »Ich hoffe, morgen ist es besser. Es kann ja nicht ewig so weiter regnen.« Sie nahm ihr Messer und zerschnitt die Stricke um einen der Heuballen.

Olga griff sich einen Armvoll und schüttelte ihn in die Raufe im Pferdestall. »Schuster glaubt, dass es so bleibt. Er hat eine Verletzung aus dem ersten großen Krieg in der rechten Schulter und sagt, solange seine zusammengeflickten Knochen derart höllisch schmerzen, bleibt das Wetter schlecht.«

»Soll ich den Hof verlassen? Ich verstehe, wenn du mich nicht länger verstecken willst«, meinte Paulina, obwohl der Gedanke an einsame kalte Regennächte im Wald sie ängstigte.

Olga schüttelte ein paar Heuhalme von ihrem Kittel. »Ich möchte, dass du mit ins Haus kommst.«

Paulina schaute sie überrascht an. »Warum?«

»Weil du endlich einen Plan brauchst, um deine Nichte zu retten. Die anderen Frauen warten schon auf dich.«

»Du hast ihnen von mir erzählt?«

»Heute, gleich nachdem wir mit dem Stall fertig waren.«

»Du wolltest sie doch nicht in Gefahr bringen.«

»Das stimmt, aber du wirst ohnehin so lange in der Nähe des Heims bleiben, bis du deine Nichte befreit hast, nicht wahr?«

Paulina nickte nachdrücklich.

»Nun, dann müssen wir Polinnen zusammenhalten. Im Gegensatz zu mir oder dir kennen sich die Frauen, die im Heim arbeiten, dort gut aus. Sie können dir helfen, einen Plan zu entwickeln, und je eher du mit deiner Nichte fort bist, desto besser ist es auch für uns.«

Paulina duckte sich gegen den peitschenden Regen und schlüpfte hinter Olga in einen langen dunklen Flur.

»Unsere Schlafkammern sind oben«, sagte Olga und schwenkte die Laterne Richtung Treppe. »Hier unten liegen Wirtschaftsräume und eine Abstellkammer. Am Ende des Ganges, wo das Licht unter der Tür hervor scheint, befindet sich die Küche. Sie ist der einzige beheizte Raum im Haus.«

Olga ging voraus und drückte die Klinke herunter.

Der Duft von frisch gekochtem Eintopf wehte auf den Flur, und ein Feuer im Herd verbreitete anheimelnde Wärme. Eine Lampe mit einem runden Schirm aus Milchglas hing über einem langen, grob gezimmerten Holztisch, an dem die Frauen saßen und aßen. Ihre halblauten Gespräche verstummten, als Olga mit Paulina hereinkam, und sie musterten die junge Frau neugierig.

»Dobry wieczór! Guten Abend!«, grüßte Paulina.

»Dobry wieczór!«, antworteten die Frauen lächelnd.

Sie rückten zusammen, um Platz für Paulina zu machen.

Eine stand auf, holte eine Schale und einen Löffel aus dem Geschirrschrank und schöpfte Kartoffeln und Gemüse aus dem Topf auf der Tischmitte. »Setz dich und iss.« Sie winkte Paulina zu sich.

Paulina folgte der Aufforderung nur zu gerne. Außer einem Kanten Brot am Morgen hatte sie nichts gegessen und ihr Magen knurrte. Sie stellte ihren Rucksack auf den Boden, nahm den Löffel und tauchte ihn in den Eintopf. »Da sind ja richtig viele Kartoffeln drin. So gut verpflegen euch die Deutschen?«

Die Frauen lachten und Olga erklärte: »Unsere offizielle Tagesration ist viel kleiner, aber wir zweigen uns heimlich etwas von der Ernte im Gemüsegarten ab. Schuster tut sich zwar immer sehr wichtig mit seinen Inspektionen, tatsächlich aber hat er keinen Überblick, welche Mengen im Garten wachsen.«

»Mir ist auch aufgefallen, dass er eine Menge Wirbel macht«, sagte Paulina. »Wie werdet ihr denn drüben im Heim behandelt?«

»Solange wir unsere Arbeit erledigen, übersehen die Deutschen uns«, sagte eine der Frauen. »Wir kochen, backen, waschen, flicken die Wäsche und halten Flure und Zimmer sauber. Und das alles nur für Kost und Logis. Deutsche Frauen würde das Heim nicht zu diesen Bedingungen einstellen können. Das würde keine machen.«

»Kennt ihr meine Nichte Agnieszka? Bei den Deutschen heißt sie Agnes Krahl«, erkundigte sich Paulina.

»Natürlich, so eine niedliche Kleine. Jede von uns hat ein Auge auf sie«, meinte eine andere Frau und alle nickten eifrig.

»Ich stecke ihr manchmal ein Stück frisches Rosinenbrot zu. Das liebt sie«, sagte eine zweite Frau.

»Und ich einen Zipfel von der Wurst, die für die schwangeren Deutschen bestimmt ist«, ergänzte eine Dritte.

Paulina schaute in die Runde. »Ich habe Agnieszka auf dem Hinterhof mit einer Deutschen gesehen. Sie heißt Hermine. Was wisst ihr über sie?«

»Frau Hermine hat sich von Anfang an um Agnieszka gekümmert«, erzählte die erste Frau. »Sie ist ein anständiger Mensch. Sie ist die Einzige, die grüßt, wenn sie einer von uns begegnet.«

»Mir gibt sie manchmal Trinkgeld, wenn ich ihr Zimmer gereinigt habe«, bemerkte die Zweite. »Dann legt sie immer den Finger auf die Lippen und lächelt.«

»Und einmal ist sie in die Küche gekommen und hat gesagt, dass sie noch nie so gute Rote Grütze gegessen hat«, rief die Dritte.

»Im Ort erzählte eine deutsche Kellnerin mir, dass die meisten Säuglinge, die im Heim Pommern zur Welt kommen, von Pflegeeltern adoptiert werden. Aber was geschieht mit den polnischen Kindern? Sie bleiben doch sicher nicht dauerhaft im Heim«, fragte Paulina.

»Die Kinder bleiben gewöhnlich so lange, bis sie fließend deutsch sprechen und ihre polnische Muttersprache und ihre polnischen Namen vergessen haben«, erklärte die erste Frau. »Dann nehmen deutsche Ehepaare sie mit, genau wie die Säuglinge. Diese Ehepaare kommen für ein Wochenende, lassen sich Kinder vorführen und verbringen ein paar Stunden mit ihnen. Wenn ihnen eines gefällt, behalten sie es.«

Paulina legte den Löffel in den leer gegessenen Teller und stützte den Kopf in die Hände. Sie fühlte sich, als zöge jemand einen Schleier von ihren Augen. All die rätselhaften Fetzen von Informationen, die sie über den Raub der polnischen Kinder besaß, fügten sich nun zu einem Ganzen. Sie verstand auch den Satz des SS-Offiziers ›Dieses Kind gehört dem Führer.‹ Hitler und Himmler wollten die Deutschen tatsächlich zu einem Volk von Blonden und Blauäugigen machen. Dafür wurden einerseits Kinder zwischen blonden und blauäugigen Deutschen gezeugt und in Häusern wie dem Heim Pommern zur Welt gebracht und andererseits blonde und blauäugige Kinder aus den Familien ihrer besiegten Feinde geraubt. Diesen Kindern zwang man eine deutsche Identität auf, und sie wuchsen in deutschen Familien auf. Als Erwachsene würden sie dann weitere blonde und blauäugige deutsche Kinder für das Reich und seinen Führer in die Welt setzen. Paulina schwirrte der Kopf, die Idee erschien ihr vollkommen verrückt und sinnlos. Gleichzeitig spürte sie die Gefahr, in der Agnieszka schwebte, deutlicher denn je. Sie durfte ihre Nichte niemals einem solchen Wahnsinn überlassen.

Sie riss sich aus ihren Gedanken und fragte: »Waren schon Leute da, die sich für Agnieszka interessiert haben?«

Die Frauen verneinten. »Vielleicht wurde sie noch niemandem angeboten«, meinte eine. »Aber lange kann das nicht mehr dauern. Und sie ist so süß, dass sich gewiss viele deutsche Paare für sie interessieren werden.«

Paulina ballte die Fäuste. »Ich muss sie so schnell wie möglich aus diesem Heim holen. Aber ich weiß nicht wie. Wenn das Wetter so schlecht ist, sind die Kinder ja nicht einmal mehr auf dem Hof. Gibt es irgendeine Möglichkeit, heimlich in das Haus einzusteigen?«

»Nachts über den Keller«, sagte eine Frau. »Ich bin mit Wanda für die Wäsche zuständig und weiß, dass das Fenster der Waschküche immer offensteht. Es ist gerade groß genug für dich. Das Zufahrtstor zum Heim ist allerdings nachts verschlossen, und es liegt direkt neben dem Pförtnerhaus. Sollte Schuster zufällig wach sein, wenn du darübersteigst, sieht er dich. Am besten kletterst du am Hinterhof über den Zaun.«

Paulina dachte nach. »Für mich alleine ist das kein Problem, aber Agnieszka ist zu klein. Ich müsste für sie ein Loch in den Zaun schneiden und den Draht auseinanderbiegen. Gibt es hier eine geeignete Zange?« Sie sah Olga an, doch die schüttelte den Kopf. »Solche Werkzeuge schließt Schuster bei sich ein. Aber ich habe eine Gartenschere. Schuster hat sie sogar vor ein paar Tagen frisch geschärft. Du musst sie mir allerdings wiederbringen, nachdem du das Loch in den Zaun geschnitten hast.«

Paulina nickte. »Ich schleiche mich morgen Nachmittag zum

Gelände, schneide das Loch und bringe dir die Schere direkt zurück. Wenn ich nachts auf den Hinterhof klettere, biege ich das Loch auf, sodass ich Agnieszka auf dem Rückweg hindurchschieben kann. Anschließend biege ich den Draht wieder zurecht, damit das Loch nicht sofort auffällt. Und dann verschwinden wir schnellstens.«

»Du willst nicht mit der Kleinen zu uns zurückkommen?«, fragte Olga.

Paulina schüttelte den Kopf. »Nein, ich will rasch weg vom Heim. So weit wie möglich.« Sie blickte in die Runde. »Wisst ihr, ob Schuster oder eine der Schwestern nachts Kontrollgänge macht?«

Die Frauen schauten sich ratlos an. »Leider nein. Wir sind dann ja hier auf dem Hof.«

»Also muss ich das Risiko eingehen und sehr wachsam und vorsichtig sein«, sagte Paulina. »Könnt ihr mir einen Grundriss des Hauses aufzeichnen, damit ich mich zurechtfinde?«

Die Frau neben Paulina stand auf, holte ein Notizbuch und einen Bleistiftstummel aus der Schublade des Geschirrschrankes, setzte sich wieder und begann zu zeichnen.

»Das ist das Gebäude. Das Fenster der Waschküche liegt hier«, erklärte sie und machte ein kleines Kreuz am linken Seitenflügel. »Sobald du den Flur betrittst, halte dich links, bis du den Haupttrakt erreichst. Dort wendest du dich nach rechts und läufst bis zum Treppenhaus. Es befindet sich in der Mitte des Haupttraktes.« Die Frau zeichnete an der entsprechenden Stelle ein weiteres kleines Kreuz. »Wenn du das Erdgeschoss erreichst, schaust du direkt auf den Haupteingang und die Anmeldung, aber sie ist nachts nicht besetzt. Zu beiden Seiten des Treppenhauses beginnen Stationsflure. Auf dem linken befinden sich die Schlafsäle der polnischen Kinder. Agnieszka schläft in dem Saal ganz hinten rechts.« Die Frau kennzeichnete die Stelle. »Es gibt eine Notbeleuchtung auf den Gängen, und in den Schlafsälen der Kinder auch.«

»Ich danke dir.« Paulina legte eine Hand auf ihren Unterarm. »Weißt du auch, in welchem Bett Agnieszka schläft?«

Die Frau schüttelte den Kopf. »Leider nicht.«

»Sie schläft im letzten Bett in der Reihe vor den Fenstern«, sagte eine Frau, die sich zum ersten Mal zu Wort meldete. »Ich weiß das, weil es zu meinen Aufgaben zählt, die Bettwäsche der Kinder zu wechseln. Agnieszka ist die Einzige, deren Laken fast jeden Morgen nass ist. Die Schwestern sagen dann, sie sei ein ungezogenes kleines Ding, das so lange auf dem Topf sitzen müsse, bis sie gelernt habe, was von ihr verlangt wird.«

»Bald wird Agnieszka von niemandem mehr beschimpft, wenn sie sich vor Angst einnässt.« Paulina schlug mit einer Hand auf den Tisch. »Mein Entschluss steht fest. Ich werde morgen, in der Nacht vom sechsten auf den siebten Oktober, im Heim einsteigen und sie befreien!«

»Und wir alle helfen dir, so gut wir können«, versicherte Olga. Die Frauen murmelten und nickten.

Paulina schloss die Augen und ließ sich den gesamten Ablauf noch einmal durch den Kopf gehen. Sie hoffte so sehr, dass ihr Vorhaben nicht wieder vereitelt würde, so wie damals in Kalisz. Sie erinnerte sich an den Abend, an dem sie und Maria in der Küche gesessen und Agnieszkas Befreiung geplant hatten. Ihr fiel ihre Sorge ein, Agnieszka könne laut weinen, wenn sie nachts aus dem Schlaf gerissen wurde. Diesmal besaß sie keine Baldriantropfen, sie musste sich darauf verlassen, Agnieszka augenblicklich beruhigen zu können. Immerhin hatte die Kleine sie erkannt und Lina genannt. Paulina wischte sich schnell Tränen aus ihren Augen. Es musste einfach klappen.

Sie blickte in die Runde der Frauen. »Der Plan steht. Ich denke, wir haben alles besprochen. Ich hoffe nur, dass ihr nicht dafür büßen müsst, mir geholfen zu haben. Die Deutschen werden euch bestimmt ausführlich befragen, sobald sie Agnieszkas Verschwinden bemerken.«

»Das sollen sie ruhig tun!«, sagte eine der Frauen. »Wir sind nachts hier auf dem Hof und wissen von nichts.«

»Wir freuen uns, dass wir dir und Agnieszka helfen können«, sagte Olga und hob ihr Wasserglas. Die anderen folgten ihrem Beispiel, und sie stießen alle miteinander an. »Für Agnieszka, für Polen und für die Freiheit!«

Kapitel achtzehn
Pommern, Oktober 1944

Paulina hockte vor dem Fenster der Waschküche. Regentropfen tanzten in dem flüchtig aufscheinenden Licht des Streichholzes in ihrer rechten Hand. »Was zum Teufel …?«, murmelte sie ungläubig.

Das Fenster stand offen, so wie es die Polin gesagt hatte, doch zwei stabile eiserne Querstangen versperrten den Einstieg. Wütend schlug Paulina gegen die untere der beiden Stangen und stutzte - sie bewegte sich!

Sie schloss die Finger um das kalte Eisen und zerrte daran. Die Stange ließ sich hin und her bewegen. Offensichtlich saß sie nur noch locker im Mauerwerk. Energisch rüttelte und zog sie - und fiel nach hinten über, mit der Einbruchssicherung in ihrer Hand.

Sie rappelte sich wieder auf, versteckte die Stange im Gras vor dem Fenster und schlängelte sich mit den Füßen voraus durch die enge Öffnung. Doch bevor sie den Boden erreichte, spürte sie Wasser in ihren rechten Stiefel eindringen und schwere, nasse Stoffbahnen, die sich um ihren Fuß wanden. Direkt unterhalb des Fensters stand ein Becken, in dem Wäsche eingeweicht wurde.

Sie schüttelte die Laken weg und streckte das Bein nach hinten, bis die Stiefelspitze den gemauerten Beckenrand berührte. Dann stellte sie auch den anderen Fuß auf die Einfassung, stützte sich an der Wand ab und glitt vorsichtig auf den Boden. Sie setzte sich auf die Kante, zog den Stiefel aus und wischte die Sohle an ihrer Jacke ab. Obwohl sie glaubte, dass die feuchten Spuren ihrer Schritte bis zum Morgen verdunstet sein würden, wollte sie sichergehen.

Sie schlüpfte wieder in den Stiefel, entzündete ein Streichholz und schaute sich um. Bevor das Flämmchen erlosch, erkannte sie schemenhaft viele Laken und Bettbezüge. Sie hingen auf Leinen, die quer durch die Waschküche gespannt waren. Sie zündete ein weiteres Streichholz an und bahnte sich ihren Weg durch die frisch gewaschene, noch nasse Wäsche. Sie schlug das nächste Bettlaken zur Seite und prallte sofort zurück. Vor ihr stand ein SS-Mann! Das Streichholz fiel herunter und erlosch. Und der Mann rührte sich nicht.

Deine Nerven spielen dir einen Streich, beschwor sie sich. *Denk nach! Wie wahrscheinlich ist es, dass sich mitten in der Nacht ein SS-Mann in der Waschküche eines Entbindungsheims aufhält*? Doch nur langsam beruhigte sich der dröhnende Schlag ihres Herzens.

Mit zitternden Fingern riss sie ein weiteres Streichholz an und starrte auf den schwarzen Militärmantel unmittelbar vor sich. Die Armbinde mit dem Hakenkreuz auf blutrotem Grund stach ihr ins Auge. Dann sah sie den Bügel, an dem der Mantel hing, und ihr entschlüpfte ein nervöses Kichern. Das Uniformstück – sie vermutete, dass es dem Heimleiter gehörte – befand sich lediglich zum Trocknen hier. Brüsk schob sie es beiseite und stand vor einer eisernen Tür.

Im Gang dahinter schimmerten bläuliche Notlichter. Paulina folgte ihnen, bis sie das Treppenhaus erreichte. Zwischendurch drehte sie sich immer wieder um und prüfte, ob ihr nass gewordener Stiefel Abdrücke auf dem Boden hinterließ. Doch sie bemerkte nur ein paar schwache feuchte Ränder, die rasch trockneten.

Lautlos eilte sie die Stufen zum Erdgeschoss empor. Auch hier brannte blaues Notlicht. Sie schaute in eine kleine Halle mit Anmeldung und Haupteingang. Zu beiden Seiten zweigten lange Gänge ab. Sie wandte sich nach links, in jenen Flur, an dem die Schlafsäle der polnischen Kinder lagen.

In diesem Moment vernahm sie rechts von sich ein leises Klicken. Blitzschnell presste sie sich an die Wand, zog ihre Pistole aus dem Rockbund und starrte in die Richtung des Geräusches. Alles blieb totenstill, aber stand nicht die erste Tür auf dem Gang ein wenig offen? Jetzt schwang die Tür weiter auf, ein dunkler Schatten stolperte heraus und fiel dumpf klatschend auf den Boden.

»Ahhh!«, wimmerte eine Stimme.

Paulina verharrte an der Wand und wagte nicht zu atmen, die Pistole im Anschlag, einen Finger am Abzug. Der Schemen bewegte sich nicht, aber dann ertönte ein ersticktes Schluchzen, gefolgt von einem schwachen Keuchen: »Hilfe, zu Hilfe.«

In Paulinas Kopf überschlugen sich die Bilder. Sie wollte zu Agnieszka. Doch das Stöhnen und Wimmern der Frau auf dem Flur würde in kurzer Zeit die Bewohnerinnen der umliegenden Zimmer wecken. Und dann dauerte es nicht mehr lange, bis sich das ganze Heim in Aufruhr befand. Das vereitelte nicht nur ihren Plan, auch für sie selbst bestand höchste Gefahr, entdeckt zu werden.

Sie unterdrückte einen Fluch, rannte zu der Frau und hockte sich neben sie. »Seien Sie still!«

Die Frau starrte sie aus aufgerissenen Augen an. Paulina erkannte Hermine, die junge Deutsche, die sich oft um Agnieszka kümmerte. Hermine versuchte sich aufzurichten, sank aber sofort wieder mit einem Stöhnen auf den Boden. »Ich habe Schmer …«

»Still!« Paulina presste die linke Hand auf Hermines Mund und richtete den Lauf der Pistole auf ihr Gesicht. »Ich nehme die Waffe nur runter, wenn sie ruhig bleiben, verstanden?«

»Mh«, kam es mühsam von Hermine.

Langsam ließ Paulina die Pistole sinken und schob sie in den Rockbund. Dann nahm sie ihre Hand von Hermines Mund und packte deren Kehle. »Ein Mucks, und ich drücke zu.«

»Das Kind kommt«, hauchte Hermine. »Ich brauche Hilfe. Holen Sie die Hebamme.«

»Nein!« Paulina schüttelte den Kopf.

»Etwas stimmt nicht … ich habe Angst. Frau Wachtendorf … unter dem Dach … bitte.« Hermines Stimme war nun kaum noch zu hören.

Paulina knurrte gereizt und schaute auf die offenstehende Tür hinter Hermine. »Ich bringe Sie jetzt in Ihr Zimmer und helfe Ihnen ins Bett«, flüsterte sie. Die Hebamme würde sie nicht holen, aber sie wollte Hermine das Gefühl geben, dass sie sich kümmerte. Denn wenn Paulinas Plan nicht ganz zum Scheitern verurteilt sein sollte, musste die junge Frau ruhig bleiben. Paulina beugte sich vor und sah Hermine in die Augen. »Legen Sie einen Arm um meinen Hals und versuchen Sie aufzustehen.«

Hermine hob den rechten Arm, doch er fiel sofort wieder auf den Boden. »Kann nicht«, stöhnte sie.

»Geben Sie sich Mühe. Oder wollen Sie hier auf dem Flur entbinden?« Paulina nahm ihre ganze Kraft zusammen, zerrte die junge Frau empor und schleppte sie Schritt für Schritt vorwärts. Hermine lehnte sich schwer gegen sie, und Paulina musste sie fast tragen.

In Hermines Zimmer brannte die Nachttischlampe. Das Verdunkelungsrollo war heruntergelassen. An den Seitenwänden stand jeweils ein Bett. Decken und Kissen des rechten Bettes lagen zusammengedrückt an der Wandseite. Auf dem linken türmte sich ein buntes Durcheinander von Kleidern, Hüten, Strümpfen und Wäsche.

Paulina ließ Hermine vorsichtig auf das zerwühlte Bett gleiten. »Sie wohnen alleine hier?«

Hermine nickte schwach. »Kammer so beengt … wollte nicht … teilen.« Ungeschickt versuchte sie, sich das Kissen im Nacken zurechtzurücken.

»Ich mache das!« Paulina zerrte Hermines Hand beiseite und stopfte das Kissen unter ihren Kopf.

»Danke.« Hermine brachte ein müdes Lächeln zustande. »Ich kenne Sie … Ohhh!« Sie bäumte sich mit schmerzverzerrtem Gesicht auf und sackte dann wie leblos in sich zusammen.

»Verdammt! Nicht auch das noch!« Paulina rüttelte die junge Frau an der Schulter. Doch Hermine rührte sich nicht. Ihre Augen blieben geschlossen, ihr Gesicht wirkte im spärlichen Licht der Nachttischlampe gespenstisch blass.

Paulina schüttelte sie erneut. »Machen Sie schon! Wachen Sie auf!«

Hermine stöhnte, kam aber nicht zu sich.

Egal, dachte Paulina. *Ich befreie jetzt Agnieszka.* Sie beugte sich vor, um die Bettdecke über Hermine zu ziehen. In diesem Moment sah sie einen handtellergroßen Blutfleck auf dem hellen Nachthemd. Sie zweifelte keine Sekunde, dass der Fleck noch nicht dort gewesen war, als sie Hermine ins Zimmer geschleppt hatte.

Vorsichtig hob sie den Saum des Nachthemdes an und atmete scharf ein. Blut sickerte zwischen den Beinen der jungen Frau hervor. Viel Blut.

Sie warf die Decke über Hermine. Dann machte sie auf dem Absatz kehrt und rannte aus dem Raum.

Zwei Stufen auf einmal nehmend jagte Paulina die Treppe hoch. Zum Glück begegnete ihr niemand. Außerdem brannten auch hier einige kleine Lampen, deren spärliches Licht ihr die Orientierung ermöglichte.

Sie erreichte das Dachgeschoss, schaute gehetzt die beiden Gänge entlang, die vom Treppenvorplatz fortführten und entschied sich für den linken. Gleich neben der ersten Tür hing ein Schild mit der Aufschrift ›Irmgard Wachtendorf, Hebamme‹. Vorsichtig drückte Paulina die Klinke herunter und atmete auf. Die Tür war nicht abgeschlossen.

»Ihre Hilfe wird benötigt! Im Erdgeschoss, bei Hermine!«, schrie sie durch den offenen Spalt, machte auf dem Absatz kehrt und raste die Treppenstufen wieder hinunter.

Nur Augenblicke später rief eine weibliche Stimme aus dem Zimmer: »Hallo? Wer sind Sie?« Eine Tür flog auf und dann noch eine, und eine zweite Frauenstimme fragte: »Was soll diese Unruhe? Ist etwas passiert?«

Zwei Stockwerke tiefer sprang Paulina in die Halle und rannte in den Flur, in dem die polnischen Kinder wohnten. Von oben eilten bereits Schritte die Stufen hinunter, und sie hörte erregte Wortfetzen.

Sie stoppte am Ende des Ganges, riss die Tür von Agnieszkas Schlafsaal auf und schlüpfte hinein. Schemenhaft erkannte sie zwei Reihen mit kleinen eisernen Bettgestellen. Leichte Erhebungen zeigten an, dass Kinder darin lagen. Manchmal knarrte es leise, wenn sich eines im Schlaf bewegte, sonst blieb alles still. Die Aufregung im Haus drang nicht hierher.

Auf Zehenspitzen huschte Paulina bis zum letzten Bett in der Reihe vor den Fenstern und beugte sich tief darüber. Sie erkannte Agnieszka. Das Mädchen lag auf dem Rücken, ihr kurzes Haar stand verstrubbelt vom Kopf ab. Sie atmete angestrengt, aber gleichmäßig. Behutsam legte Paulina eine Hand auf die Stirn der Kleinen. Sie fühlte sich warm an und ein wenig feucht, jedoch nicht fiebrig heiß. Vorsichtig schob sie die Arme unter die Kleine, hob sie hoch und drückte sie gegen ihre Brust. Agnieszka wachte nicht auf, und Paulina bemerkte erleichtert den ruhigen, kräftigen Herzschlag des Kindes.

Endlich, dachte sie. Tränen füllten ihre Augen. *Endlich habe ich dich wieder.*

In diesem Moment drang ein gellender Schrei von der anderen Seite der Halle in den Schlafsaal: »Mein Gott!« Eine zweite Stimme kreischte: »So viel Blut!« Und eine dritte rief schrill: »Sie stirbt!«

»Sofort raus hier! Alle in die Zimmer!« Die Hebamme übertönte die anderen. Erregte Stimmen schrien durcheinander, aufgeregte Schritte eilten über den Steinboden und Türen knallten.

Agnieszka bewegte sich unruhig in Paulinas Armen. Der Lärm weckte mehrere Kinder im Schlafsaal. Verwirrt setzten sie sich auf und starrten Paulina an. Rasch legte sie einen Finger an die Lippen und schüttelte heftig den Kopf. Doch ein kleiner Junge im Bett neben Agnieszka rutschte aus seinen Decken und lief laut heulend zur Tür. Weitere Kinder begannen zu weinen und rannten ebenfalls hinaus. Auch Agnieszka erwachte. Sie brach in Tränen aus und zappelte so sehr, dass Paulina sie kaum noch halten konnte.

Die Schritte einer Erwachsenen mischten sich mit dem aufgeregten Getrappel der Kinder auf dem Flur. Eine Schwester rief: »Was fällt euch ein? Zurück in die Betten! Marsch, marsch!«

Paulina stand stocksteif neben Agnieszkas Bett und umklammerte ihre brüllende Nichte. *Nein!*, schrie es in ihr. *Nicht jetzt, wo ich es fast geschafft habe!*

Doch sie saß in der Falle. Agnieszkas Befreiung scheiterte erneut. Wie betäubt drehte sie sich um, legte ihre Nichte wieder in ihr Bett und zog die Decke über sie. Das Mädchen strampelte und warf sich weinend hin und her.

»Hier drinnen ist keine Hexe«, sagte die Schwester vor der Tür. »Geh sofort rein, Artur!«

Paulina fuhr herum. Dann rutschte sie in Windeseile unter das Bett. Es war ein kurzes, schmales Kinderbett, und sie passte nur darunter, weil sie selber klein war. Sie zog die Beine bis zur Brust, zerrte die Pistole aus dem Rockbund und wartete angespannt. Sollte die Schwester sie entdecken, würde sie versuchen, sie niederzureißen und mit der Waffe bewusstlos zu schlagen. Dann musste sie das allgemeine Durcheinander ausnutzen und fliehen.

Die Schwester betrat den Schlafsaal. Hinter sich her zog sie den widerstrebenden Artur.

»Hexe«, weinte der Kleine.

»Wo? Zeig sie mir, Artur!«, forderte die Schwester gereizt.

»Da!«, heulte der Junge.

Die schwereren Schritte der Schwester und das leise Tapsen des Kindes näherten sich Agnieszkas Bett. Dann stoppten sie, und die Schuhspitzen der Frau befanden sich kaum eine Handbreit von Paulinas Gesicht entfernt. Daneben standen die beiden nackten kleinen Füße des Knaben.

»Da«, wisperte Artur.

»Das ist doch keine Hexe«, tadelte die Schwester. »Das ist Agnes. Du hast sie mit deinem Hexengerede zum Weinen gebracht, du dummer Junge.«

Zur Antwort schniefte Artur laut.

»Leg dich sofort wieder ins Bett und schlaf!«, befahl die Schwester. »Und wenn du Agnes noch einmal Angst machst, bekommst du eine Woche keinen Nachtisch. Verstanden?«

»Ja«, piepste Arturs dünnes Stimmchen, und das Bettgestell neben Agnieszka knarrte leise, als er auf die Matratze kletterte.

»Du bist jetzt auch still, du Schreihals. Dein Krach stört die anderen«, sagte die Schwester so streng zu Agnieszka, dass ihr Weinen abrupt verstummte. »Aha! Du kannst also doch folgsam sein, wenn du nur willst.« Die Schwester drehte sich um und ging hinaus.

Kaum fiel die Tür hinter ihr zu, kroch Paulina aus ihrem Versteck und setzte sich auf Agnieszkas Matratze. Im Bett nebenan lag Artur tief in seine Decke versteckt, und Paulina hörte ihn leise weinen. Sie nahm an, dass es der kleine Artur Majrczak aus Warschau war und flüsterte auf Polnisch: »Du brauchst dich nicht zu fürchten, Artur.« Vorsichtig legte sie eine Hand auf das Kind.

Der dünne Körper unter dem Laken wurde stocksteif.

»Ich tue dir nichts«, wisperte Paulina. So gerne würde sie Artur sagen, dass sie seine Mutter kannte, aber damit würde sie ihn nur noch mehr verwirren und ängstigen.

Sie wandte sich erneut Agnieszka zu und streichelte die nasse Wange der Kleinen. Dann nahm sie einen Zipfel der Decke und trocknete die Tränen behutsam. »Ganz ruhig, mein Engelchen«, flüsterte sie und küsste Agnieszka auf die Stirn. »Dobranoc, Engelchen. Gute Nacht. Ich komme wieder.«

Sie glaubte, ihr Herz müsse brechen, als sie von der

Matratze glitt, aber sie wusste, dass ihr keine Wahl blieb. Auf dem Bauch kroch sie zwischen den Betten entlang, richtete sich erst an der Türe auf und schlüpfte aus dem Schlafsaal.

Der Flur vor ihr war leer. Auch die Halle und der Gang auf der anderen Seite lagen verlassen. Aber aus der halboffenen Tür von Hermines Zimmer fiel Licht, und sie vernahm gedämpfte Stimmen. Paulina zögerte. Die Hebamme und die zweite Frau waren beschäftigt, sonst schien alles ruhig. Sollte sie doch versuchen, mit Agnieszka zu fliehen?

In diesem Moment öffnete sich eine der Türen weiter hinten auf dem Flur. Zwei Frauen in Morgenmänteln und Pantoffeln tappten zu Hermines Zimmer und sahen hinein. »Wir wollen nicht stören«, sagte die eine. »Aber brauchen Sie Hilfe?«

»Sollen wir die Sekretärin wecken? Sie kann den Heimleiter anrufen«, bot die Zweite an.

»Das ist eine gute Idee«, antwortete die Hebamme. »Was meinen Sie, Oberschwester?«

»Ganz gewiss. Schließlich verfolgt Hauptsturmführer Schwab hier ein besonderes Interesse.«

Die beiden Frauen eilten die Treppe hoch. In Paulinas Kehle ballte sich ein bitterer Kloß der Enttäuschung. Sie durfte keinen weiteren Fluchtversuch riskieren, wenn so viele Menschen im Heim hin und her liefen. Besonders da sie damit rechnen musste, dass Agnieszka wieder weinte.

Sie atmete tief durch, schlich bis zur Halle und spähte zu Hermines halb offener Zimmertür.

»Endlich lässt die Blutung nach«, hörte sie die Oberschwester. »Ich fürchtete schon, wir verlieren sie.«

»Noch haben wir nicht gewonnen«, antwortete die Hebamme. »Das Kind liegt quer. Ich werde es jetzt drehen.«

»Dann halte ich sie fest. Falls sie aufwacht und sich wehrt.«

»Einverstanden«, erwiderte die Hebamme. »Dann los jetzt. Eins, zwei, drei!«

Bei *eins* flitzte Paulina durch die Halle, bei *zwei* erreichte sie die Treppe, und bei *drei* flog sie die Stufen hinunter.

Fünf Minuten später kroch sie durch den zerschnittenen Maschendraht und lief in den Wald. Als sie durch Dunkelheit und Regen zurück zum Gehöft stolperte, konnte sie endlich ihren Tränen freien Lauf lassen.

Kapitel neunzehn
Pommern, Oktober 1944

»Huh!«, stieß Olga hervor, als sie am nächsten Morgen den Stall betrat und Paulina zusammengekauert auf den Strohballen sitzen sah. Nach einer Schrecksekunde fragte sie mit ernster Miene. »Was ist schiefgelaufen?«

»Alles!«, erwiderte Paulina niedergeschlagen. »Ich hielt Agnieszka schon im Arm, und dann musste ich sie zurücklassen und fliehen.«

Olga schloss die Stalltür. »Suchen sie dich?«

»Ich glaube nicht. Aber ich weiß es nicht.«

»Was heißt, du weißt es nicht?«

»Die polnischen Kinder im Schlafsaal sind wegen des Lärms aufgewacht und haben mich gesehen. Aber sie kennen mich ja nicht.«

Olga zog die Augenbrauen empor. »Welcher Lärm?«

»Das ganze Heim geriet in Aufruhr, weil diese Hermine ausgerechnet gestern Nacht ihre Wehen bekam. Ich musste ihr helfen, weil es Komplikationen gab. Dabei hat sie mich erkannt.«

»Du musstest ihr helfen?«

»Sonst wäre sie wohl gestorben.«

»Aha …« Olga zog das Wort in die Länge. Sie legte den Kopf schief und sah Paulina eindringlich an. »Ich glaube, du solltest mir alles nacheinander erzählen.« Paulina nickte. Dann berichtete sie detailliert von den Ereignissen der Nacht.

Als sie schwieg, bekreuzigte Olga sich und flüsterte: »Du hast uns alle in Gefahr gebracht! Wenn die Deutsche redet!«

»Sie hat mich schon einmal gesehen und nicht verraten«, sagte Paulina. »Und vielleicht hat sie die Geburt ohnehin nicht überlebt.«

Olga nahm einen Armvoll Heu und stopfte es in die Futterraufe. »Du bist immer noch hier. Heißt das, du willst noch einmal versuchen, deine Nichte zu befreien?«

»Natürlich will ich das!«

»Du kannst aber nicht auf dem Hof bleiben. Das ist für uns hier zu riskant.« Olga griff sich eine Mistgabel und begann, das Stroh im Pferdestall aufzuschütteln. »Unten am See liegt ein kleines Bootshaus. Dort kannst du dich verstecken. Du musst schnell gehen, bevor Schuster auftaucht.« Sie trat aus dem Verschlag, öffnete die Scheunentür einen Spalt und spähte hinaus. »Die Luft ist rein. Beeil dich.«

Paulina warf ihren Rucksack über die Schulter und stand auf. »Ich danke euch für alles«, sagte sie.

Olga nahm sie bei den Händen. »Wenn keine Gefahr droht, komme ich irgendwann nach Einbruch der Dunkelheit zum Bootshaus. Dann bringe ich dir etwas zu essen und berichte, was ich gehört habe.«

Es war längst Nacht, als Paulina leise Schritte auf dem Holzsteg vor dem Bootshaus vernahm. Sie kauerte unter der Schutzplane eines kleinen Ruderbootes, das auf einem Gestell neben dem Wasser stand, die Rechte an ihrer Waffe, jeder Muskel angespannt.

»Hallo?«, hörte sie Olga flüstern. »Paulina?«

»Ich bin hier.« Paulina steckte die Pistole in ihren Rockbund und kletterte aus dem Boot. Dann riss sie ein Streichholz an und hielt es empor. Olga eilte zu ihr und erreichte sie, gerade als das Flämmchen erlosch.

»Ich habe dir eine Decke mitgebracht und etwas zu essen.« Olga schob den geflochtenen Griff eines Korbes in Paulinas Hand und breitete die Decke auf dem Boden aus. Die beiden Frauen setzten sich darauf und lehnten sich mit den Rücken an die Wand.

»Hermine lebt«, fing Olga an. »Und sie wurde von einem

gesunden Jungen entbunden. Sie hat viel Blut verloren und ist noch schwach. Der Heimleiter sagt jedoch, dass sie jung und kräftig ist und sich rasch erholen wird.«

»Der Heimleiter?«, fragte Paulina.

»Er ist Arzt und hat sie untersucht.«

»Hat er sie auch zu den Vorfällen in der Nacht befragt?«

»Das hat er«, bestätigte Olga. »Sie sagte, dass sie bewusstlos gewesen sei und nicht wisse, was passiert ist.«

»Sie lügt«, flüsterte Paulina. »Es ist nun schon das zweite Mal, dass sie mich nicht verrät, und ich verstehe nicht warum.«

Olga dachte nach. »Vielleicht erinnert sie sich wirklich nicht mehr, dass sie dich gesehen hat. Der Heimleiter hat übrigens auch die Arbeiterinnen befragt.«

»Obwohl sie gar nicht anwesend waren?«

»Er wollte wissen, ob ihnen in den vergangenen Tagen irgendetwas Verdächtiges aufgefallen ist und drohte auch gleich mit härtesten Strafen, sollte er herausfinden, dass eine lügt. Aber davon ließ sich keine der Frauen einschüchtern.« Beim letzten Satz ballte Olga ihre Faust in der Luft. »Die Hebamme und die Oberschwester glauben ohnehin, dass eine der Deutschen Alarm geschlagen habe.«

»Aber diese Frau würde sich doch dazu bekennen«, wandte Paulina ein.

Olga schüttelte den Kopf. »Nicht unbedingt, weil sie dann Streit mit den anderen bekäme. Hermine ist nämlich sehr unbeliebt. Sie gilt als hochnäsig, als eine, die ständig Extrawürste verlangt. Sie nutze ihre Sonderstellung aus, heißt es. Deshalb nennen sie die anderen Frauen Prinzessin auf der Erbse.«

»Was für eine Sonderstellung hat sie denn?«

»Das wissen wir nicht. Aber wenn sie etwas will, bekommt sie es. Der Heimleiter schlägt ihr keinen Wunsch ab. Sie mag zum Beispiel nicht am gemeinsamen Handarbeitskurs, dem Volkslieder singen oder den Vortragsabenden teilnehmen. Bei Letzterem ist die Teilnahme sogar Pflicht, aber der Heimleiter gestattet es ihr, fernzubleiben.« Olga kicherte leise. »Daria, die bei Hermine saubermacht, sagt, dass drei Frauen sie besonders hassen: Die eine, weil sie auf Hermines Wunsch das gemeinsame Zimmer räumen musste und die beiden anderen, weil diese junge Dame deswegen bei ihnen einquartiert wurde.«

»Was für eine widersprüchliche Persönlichkeit diese Hermine doch ist«, sinnierte Paulina. »Sie entbindet ihr Kind in einem SS-Mütterheim, verrät mich aber nicht. Mit ihren sogenannten arischen Rassegenossinnen liegt sie im Streit und behandelt die polnischen Arbeiterinnen freundlich. Und sie kümmert sich liebevoll um Agnieszka, obwohl sie die polnische Sprache hässlich nennt.«

Nach einigen Stunden hörte endlich der Dauerregen auf, und als Paulina am Morgen aus dem Bootshaus schaute, drangen erste Sonnenstrahlen durch die Wolkendecke. Seewärts stand die Holzhütte offen, aber mit Olgas Wolldecke und Jankas Pullover hatte sie unter der Plane des Ruderbootes eine leidlich warme Nacht verbracht. Die Rückseite des Bootshauses grenzte an einen schmalen Grasstreifen und ein Maisfeld. Dahinter begann der Wald. Außerdem schlängelte sich ein Pfad zum Heim hinauf. Vom Bootshaus aus konnte Paulina bei Tageslicht nicht nur den Park, sondern auch den Haupteingang mit dem Vorplatz einsehen. Ihr Herz schlug schneller, als sie die polnischen Kinder in Begleitung einer Schwester aus dem Haus kommen sah. Gegen die frische Morgenluft trugen sie Mäntel und Mützen. Immer zwei hielten sich an der Hand, und die Schar reihte sich der Größe nach auf. Agnieszka als Kleinste bildete mit einem weiteren Mädchen das Schlusslicht.

Ach Engelchen, dachte Paulina tieftraurig. *Ohne Hermine wären wir schon oben an der Ostsee.*

Die Schwester postierte sich vor die Kinder. Gleich darauf ertönte der schrille Pfiff einer Trillerpfeife, und alle marschierten im Gleichschritt los. Nur Agnieszka und das Kind neben ihr mussten auf ihren kurzen Beinchen laufen, um Schritt zu halten. Die Gruppe drehte eine Runde um das Gebäude und verschwand anschließend wieder im Haus. Etwas später fuhr die große schwarze Limousine vor, die Paulina schon an ihrem ersten Tag auf dem Parkplatz vor dem Heim gesehen hatte. Ein SS-Offizier stieg aus und ging durch den Haupteingang ins Heim. Körperhaltung und Habitus vermittelten Paulina den Eindruck, dass dieser Mann hier das Sagen habe. Eine Stunde verstrich, dann kamen mehrere Frauen herausgelaufen. Sie trugen Körbe über den Armen, eilten in den Park und sammelten Kastanien vom Rasen auf. Der Wind wehte ihr Lachen und ihre Stimmen bis zum Bootshaus.

Paulina beobachte das Treiben den ganzen Vormittag. Alles schien entspannt und sorglos. Polizei oder gar SS tauchte nicht auf. Zur Mittagszeit eilten die Frauen gemeinsam ins Haus, und sie beschloss, zum Hinterhof zu pirschen. Vielleicht konnte sie Agnieszka dort sehen. Möglicherweise war auch die aufsichtführende Schwester wieder unaufmerksam. Und dann konnte sie eventuell die Kleine zu sich durch den zerschnittenen Maschendraht locken, um blitzschnell mit ihr zu verschwinden.

Aber der Hinterhof lag verlassen. Enttäuscht hockte sich Paulina in das Farnkraut beim Hühnerstall und wartete.

Als die Tür klapperte, richtete sie sich hoffnungsvoll auf. Doch statt der polnischen Kinder erschien Hermine. Gegen die Kälte hatte sie sich in einen Silberfuchsmantel gewickelt. Darunter lugte der Saum ihres Nachthemdes hervor, und an den nackten Füßen trug sie Filzpantoffeln. Sie zog die Tür hinter sich zu und lehnte sich mit geschlossenen Augen dagegen. Sogar auf die Entfernung erkannte Paulina, wie erschöpft sie aussah. Schließlich stieß Hermine sich von der Tür ab und überquerte mit vorsichtigen Schritten den Hof. Dabei blickte sie immer wieder über die Schulter zum Haus zurück. Sie ging auf den Auslauf der Hühner zu und blieb dort stehen, wo sie Paulina das erste Mal gesehen hatte. Konzentriert sah sie in den Wald und in das dichte Unterholz, doch Paulina, die mucksmäuschenstill hinter dem hohen Farnkraut hockte, entdeckte sie nicht. Anschließend wanderte ihr Blick langsam den Maschendrahtzaun entlang, und plötzlich wurden ihre Augen weit. Erneut schaute sie über die Schulter zurück. Dann näherte sie sich der von Paulina zerschnittenen und nur provisorisch zusammengefügten Stelle im Zaun.

»Frau Hermine!«

Hermine und Paulina zuckten gleichzeitig zusammen und starrten auf die Schwester, die in der offenen Tür stand. »Wollen Sie sich den Tod holen? Hauptsturmführer Doktor Schwab hat Ihnen ausdrücklich Bettruhe verordnet.«

»Ich komme!«, rief Hermine und drehte sich hastig um. In diesem Moment schwankte sie rückwärts gegen den Maschendrahtzaun.

»Wie unvernünftig Sie sind!« Die Schwester eilte über den Hof zu ihr. »Sie wissen, dass ich diesen Vorfall Doktor Schwab berichten muss.«

Hermine richtete sich mühsam auf. »Das ist wirklich nicht nötig, Oberschwester. Ich brauchte nur etwas frische Luft.«

»Als Heimleiter hat er einen Anspruch darauf. Und warum sind Sie so unzureichend angezogen und bitten niemanden, Sie zu begleiten?« Die Frau fasste Hermine am Arm und wollte sie mit sich ziehen. Doch Hermine sträubte sich. »Mir fehlt nichts.« Sie versuchte, ihren Arm aus dem Griff zu winden. Als ihr das nicht gelang, gab sie unvermittelt nach. »Nun gut, bringen Sie mich hinein.« Sie stupste die Oberschwester, die sie immer noch festhielt, mit einer Hand vorwärts.

Paulina riss verblüfft die Augen auf. Täuschte sie sich oder wollte Hermine verhindern, dass die Frau den zerstörten Zaun entdeckte?

Doch dann verhakte sich der Saum von Hermines Nachthemd in dem zerschnittenen Draht, und als sie einen Schritt machte, riss der Stoff mit einem vernehmlichen ›Ratsch‹ entzwei.

»Nanu?« Die Oberschwester drehte sich um. »Grundgütiger! Was ist denn das?« Sie ließ Hermine los, trat an den Zaun, löste vorsichtig den Stoff vom Draht und beäugte die Schnittstellen mit tief gerunzelter Stirn. Schließlich richtete sie sich auf und starrte suchend in den Wald. Ihre stechenden dunklen Augen blieben einige quälend lange Sekunden an Paulinas Versteck hängen, bevor sie sich zu Hermine wandte. »Hier ist ein Loch im Zaun.«

»Das gibt es schon länger.« Hermine lächelte unbedarft. »Wollten wir nicht ins Haus gehen? Es muss bald Stillzeit sein.«

Die Oberschwester rührte sich nicht. »Warum haben Sie das Loch nicht gemeldet?«

»Ich dachte, Schuster weiß längst davon. Macht er nicht täglich Kontrollgänge?«

»Das sollte er.« Noch einmal schaute die Schwester in den Wald. »Ist Ihnen in der letzten Zeit jemand aufgefallen, der nicht hierhergehört?«

»Ohh!« Hermine stöhnte. »Mir wird schwindelig. Ich glaube, ich falle.« Sie klammerte sich an die Oberschwester, die sich sofort umdrehte und sie stützte. »Halten Sie sich an mir fest, Frau Hermine. Ich bringe Sie wieder ins Bett.«

Paulina spürte ihre Beine nicht mehr, so lange hockte sie mittlerweile bewegungslos in ihrem Farnversteck. Gerade wollte sie sich erheben und die Flucht antreten, da kam der Hausmeister um die Ecke des einen Seitenflügels und steuerte direkt auf die zerstörte Stelle des Maschendrahts zu. In der Rechten trug er einen Werkzeugkasten, den er vor dem Zaun abstellte. Dann musterte er die Schnittstellen lange und gründlich, seufzte tief und holte eine Zange und eine Spule Draht aus der Kiste.

»Schuster!«

Der Hausmeister ließ Zange und Drahtspule fallen. Er sprang auf und riss den rechten Arm in die Höhe. »Jawohl, Herr Hauptsturmführer!«

»Wie oft soll ich Ihnen noch sagen, dass die korrekte Anrede *nur* Hauptsturmführer lautet! Herren gibt es beim Adel! Bei uns zählt der Rang!« Ein Mann mittleren Alters in der grauen Dienstuniform der Allgemeinen SS, Schirmmütze und kniehohen schwarzen Lederstiefeln marschierte auf Schuster zu. Paulina erkannte in ihm den Mann aus der schwarzen Limousine wieder. Ihr fiel auf, dass er den rechten Arm hinter dem Rücken hielt, so als wolle er etwas verbergen.

»Jawohl, Herr Doktor Schwab, äh - ich meine natürlich Hauptsturmführer!« Der Hausmeister wischte sich über die Stirn.

Der Uniformierte schüttelte unwillig den Kopf. »Es verblüfft mich immer wieder, wie schwer einfachste militärische Regeln zu begreifen sind. Ich sehe, dass Sie den Zaun reparieren.«

»Wie befohlen, Hauptsturmführer!«

»Haben Sie heute auch schon einen Inspektionsgang durchgeführt, Schuster?«

»Hauptsturmführer, ich beabsichtige, die Inspektion anschließend zu erledigen!«

Blitzschnell zog Schwab den rechten Arm hinter dem Rücken hervor und streckte ihn aus. »Würden Sie Ihren Pflichten generell gewissenhafter nachkommen, wäre uns der Vorfall vor zwei Nächten erspart geblieben! Schauen Sie mal, was ich gerade entdeckt habe!«

»Eine Stange, Hauptsturmführer?« Das feiste Gesicht des Hausmeisters einschließlich der glänzenden Glatze färbte sich dunkelrot.

»Eine Stange, in der Tat. Und wo, denken Sie, habe ich diese Stange gefunden?«

»Bitte um Vergebung, Hauptsturmführer, aber das weiß ich nicht.«

»Im Gras vor dem Waschküchenfenster!«

Paulinas Herz setzte einen Schlag aus. Wie konnte sie nur so dumm gewesen sein, die Eisenstange nicht wieder einzusetzen!

Bestürzt fixierte sie Schwab, der mit aufgeblähtem Brustkorb vor dem Hausmeister stand und polterte: »Na, was schließen Sie aus diesem Fund, Schuster? Zählen Sie mal zwei und zwei zusammen!«

Der Hausmeister räusperte sich. »Die Stange ist aus dem Mauerwerk gefallen.«

Die Spitze des Eisenstabes richtete sich auf den Hausmeister, der nervös zurückzuckte. »Wollen Sie mich für dumm verkaufen? Diese Stange wurde vorsätzlich entfernt. Weil jemand ins Heim einbrechen wollte! Haben Sie eine Vermutung, wer das gewesen sein könnte?«

»Vielleicht ein Landstreicher?«, schlug Schuster zaghaft vor. »Oder ein feiger Vaterlandsverräter? Erst gestern erzählte mir der Postbote, dass sich im Ort ein elender Deserteur herumtreiben soll. Er ist in einen Hühnerstall eingebrochen und hat Eier mitgehen lassen. Ich könnte mir vorstellen, wenn dieser Halunke unser schönes Heim sieht, weiß er sofort, dass es bei uns reichlich Essen zu stehlen gibt.«

»Und ein paar hübsche deutsche Fräuleins noch dazu?« Schwabs Stimme triefte vor Hohn. »Glauben Sie wirklich, was Sie mir da weismachen wollen, mein Bester?«

Schuster verlor jede Körperspannung. »Bitte um Vergebung, Hauptsturmführer, aber ich verstehe nicht.«

Schwab rammte die Eisenstange in den Erdboden. »Ich werde Ihnen mal auf die Sprünge helfen! Frau Wachtendorf kann nur von einer Frau aus dem Heim alarmiert worden sein. Wie ich darauf komme? Nun, diese Frau hat deutsch gesprochen.«

»Aber Sie haben alle Frauen im Heim befragt, und keine hat sich bekannt«, gab Schuster zu bedenken.

»Weil sie nicht will, dass ihre Heldentat bekannt wird. Entweder ist sie zu bescheiden und selbstlos, oder sie fürchtet, von den anderen Damen ausgeschlossen zu werden. Hermine ist ja leider eine Außenseiterin in unserer Hausgemeinschaft, und ich gebe zu, dass ich diesen bedauerlichen Zustand mitverschuldet habe. Dabei wollte ich ihr lediglich das Einleben erleichtern, als ich ihrem Wunsch nach einem Einzelzimmer nachkam.« Schwab seufzte tief.

Der Hausmeister schaute auf die Drahtschere zu seinen Füßen. »Aber die Ostkinder haben eine Hexe gesehen. Das heißt ja wohl, dass die Frau noch in den Schlafsaal der Ostkinder gelaufen ist.«

»Das war keine Frau aus dem Heim.«

»Die Hexe war keine Frau aus dem Heim? Sie glauben, eine Fremde bricht in unser Haus ein? Aber warum?«

»Warum wohl?«, äffte Schwab den Tonfall des Hausmeisters nach. »Weil sie die Mutter eines der Ostkinder ist, natürlich!«

»Ihre Mutter?«, fragte Schuster verblüfft. »Aber die Ostkinder sind doch Waisen.«

»Das stimmt im Großen und Ganzen, bis auf ein paar Kinder, die wir vor ihren Müttern beschützen müssen, weil sie asoziale, liederliche Weibstücke sind.«

»Glauben Sie wirklich, dass es so eine Frau war? Es fehlt doch keins der Ostkinder.«

»Weil die Frau gestört wurde!«, rief Schwab erregt. Er atmete einmal kräftig durch und fuhr dann deutlich ruhiger fort: »Ich habe unserem Organisationsleiter, Oberführer Ebner, prophezeit, dass wir uns nichts als Probleme aufhalsen, wenn wir den Polen ihre arisch aussehenden Kinder wegnehmen. Aber der Führer will es so, und der Reichsführer SS betrachtet es als seine heilige Mission, jeden Tropfen arischen Blutes zu retten. Ich war in Posen dabei, als er seine Rede vor ausgewählten Mitgliedern der Schutzstaffel hielt. *Was in anderen Völkern an gutem Blut unserer Art vorhanden ist, werden wir uns holen, indem wir, wenn notwendig, diese Kinder rauben und sie bei uns großziehen.* Das hat er wortwörtlich gesagt.«

»Große Worte«, hauchte der Hausmeister.

Schwab schlug mit der Stange gegen den Maschendraht.

»Ich stimme ja mit Himmler überein, wenn er sagt, dass der Blutzoll, den deutsche Männer in diesem Krieg zahlen, den Fortbestand unserer Rasse bedroht. Deshalb gründete er ja den Lebensborn. Und die Idee, dass erbgesunde deutsche Frauen in eigens eingerichteten Heimen erbgesunde deutsche Kinder zur Welt bringen, ist herausragend. Aber von den Kindern der Polacken, Ukrainer, Jugoslawen und was sonst noch an Gesindel herumkriecht, sollten wir die Finger lassen. Es gibt kein gutes Blut in den Völkern Osteuropas, auch wenn das eine oder andere Kind blondes Haar und blaue Augen hat!«

»Sollten wir nicht die Polizei alarmieren?«, warf Schuster ein. »Ich meine, wenn eine Verwandte eines dieser Kinder hier herum …«

Schwab hob abwehrend die Hand. »Ich will den Vorfall nicht an die große Glocke hängen. Das schadet dem Ansehen unserer Vereinigung und könnte im Heim für Unruhe sorgen. Allerdings gebe ich Ihnen recht, dass wir diese Frau fassen müssen. Wir müssen herausbekommen, wer ihr die Informationen zugespielt hat, die sie hierherführten. Deshalb werde ich unsere polnischen Arbeiterinnen noch einmal ausführlich befragen, ihre Unterkunft auf den Kopf stellen und wenn nötig die Verhörmethoden verschärfen. Ich bin sicher, eine fremde Polin, die hier herumschleicht, wird die Nähe anderer Polinnen suchen.« Erneut krachte die Eisenstange gegen den Maschendrahtzaun.

»Könnte es nicht auch von Nutzen sein, Frau Hermine erneut zu befragen? Vielleicht hat sie doch irgendetwas Verdächtiges im Haus gesehen oder gehört«, schlug Schuster vor.

Schwab schaute über den Zaun hinweg in den Wald. »Die arme kleine Hermine«, sagte er leise. »Sie hat so viel mitgemacht bei der Geburt.« Er blinzelte und wandte sich wieder dem Hausmeister zu. »Wenn ich Frau Hermine über Gebühr beanspruche, fehlt ihr am Ende die Kraft, sich um ihren Sohn zu kümmern, und ich will nicht, dass ihre Milch versiegt. Nichts benötigt ein

Kind in seinen ersten Lebenswochen so sehr wie die Muttermilch.«

»Gewiss, Hauptsturmführer, gewiss.« Schuster blickte verlegen auf seine Schuhspitzen.

»Die Ostkinder sind mir egal, aber unsere deutschen Frauen und ihre Kinder müssen von jetzt an effizienter geschützt werden! Deshalb ordne ich an, dass Sie von nun an alle drei Stunden Kontrollgänge im Gebäude und auf dem Gelände durchführen. Auch nachts. Haben Sie verstanden, Schuster?«

Der Hausmeister nahm Haltung an. »Jawohl, Hauptsturmführer!«

»Sehr gut! Dann reparieren Sie jetzt umgehend den Zaun und bringen anschließend die Einbruchssicherung vor dem Waschküchenfenster wieder an. Und zwar so, dass sie nicht von der erstbesten Herumtreiberin aus dem Mauerwerk entfernt werden kann. Sollte noch einmal jemand unbefugt ins Haus gelangen, ziehe ich Sie persönlich zur Verantwortung!« Schwab warf den Eisenstab vor Schusters Füße und marschierte davon.

Ich muss die Frauen warnen, schoss es Paulina durch den Kopf.

Aber kaum fünf Meter von ihr entfernt kniete Schuster und fügte die zerschnittenen Stellen im Zaun umständlich mit Draht zusammen.

Paulinas Blick fiel auf einen Fichtenzapfen, der neben ihr auf dem Waldboden lag. Sie nahm ihn und wog ihn in der Hand. Dann holte sie aus und schleuderte den Zapfen zwischen die Äste einiger Buchen.

Es knackte im Gezweig, und zwei Amseln flatterten mit schrillem Gezwitscher empor. Schuster hob ruckartig den Kopf und spähte in den Wald. Schließlich stand er ächzend auf und tappte am Zaun entlang in Richtung jener Buchen. Diesen Moment nutzte Paulina, um geduckt davonzuhuschen. Der feuchte Untergrund schluckte die Geräusche ihrer Schritte, und sie sandte ein stummes Dankgebet zum Himmel für den reichlichen Regen der letzten Tage. Als sie ganz sicher vom Heim aus nicht mehr gesehen werden konnte, richtete sie sich auf und rannte weiter. Ihre Gedanken überschlugen sich. Sie machte sich riesige Vorwürfe, weil sie durch ihre Unachtsamkeit die Frauen, die ihr so selbstlos Unterschlupf gewährten, in Gefahr brachte. Hoffentlich blieb ihr wenigstens genug Zeit, sie zu warnen!

Am Rande der Lichtung hielt sie inne und spähte über das Gelände. Am Himmel kreiste ein Schwarm Krähen und stieß heiser krächzende Rufe aus, die Hühner pickten in ihrem Auslauf, und die Schweine suhlten sich im Schlamm. Ansonsten lag der Hof wie verlassen vor ihr.

In diesem Moment kam Olga aus dem Stall. Sie schob eine hoch mit Mist beladene Karre vor sich her.

Sofort lief Paulina los.

Olga setzte die Schubkarre ab. »Paulina, was tust du hier?«

»Die Deutschen kommen.« Paulina packte Olgas Arm und zerrte sie zurück in den Stall. »Zumindest dieser Schwab. Wahrscheinlich befragt er gerade die Arbeiterinnen im Heim und macht sich danach auf den Weg hierher. Er will den Hof durchsuchen lassen.«

»Was?« Olgas Blick flog unwillkürlich zur Hofeinfahrt. »Er hat die Frauen, die im Heim arbeiten, doch schon befragt.«

»Der Hausmeister hat den zerschnittenen Maschendrahtzaun entdeckt, und Schwab hat die richtigen Schlüsse gezogen. Falls es irgendwo Spuren meiner Anwesenheit gibt, müssen wir sie schnellstens beseitigen.«

»Ich kümmere mich darum«, erklärte Olga. »Du musst sofort verschwinden. Hast du noch Sachen im Bootshaus, die dich verraten könnten?«

»Waffe und Papiere habe ich immer bei mir.« Paulina tastete ihren Rockbund und die Jackentaschen ab. »Aber mein Rucksack befindet sich noch im Bootshaus. Ich habe ihn zwar versteckt, aber wenn die Deutschen dort alles auf den Kopf stellen ...« Sie brach ab. »Der Korb und die Decke, die du mir gebracht hast, liegen noch im Ruderboot!«

»Lauf sofort los!« Olga versetzte ihr einen Stoß. »Du musst vor den Deutschen dort sein.«

Paulina drehte sich um. Aber dann stoppte sie mitten in der Bewegung. »Schuster hat eure Gartenschere doch frisch geschliffen. Jetzt ist sie schartig vom Maschendraht.«

»Verdammt!« Olga zog die Stirn in Falten.

»Ich nehme sie mit und werfe sie in den See«, schlug Paulina vor.

»Nein, wenn sie weg ist, erregt das erst recht Misstrauen.«

»Kannst du nicht irgendetwas anderes damit geschnitten haben, was sie genauso abstumpft?«

Olgas Blick schweifte durch den Garten. »Ich weiß etwas!«, rief sie. »Ich sage, ich habe einen Fuchs gesehen und deshalb das Tor zum Geflügelhof zusätzlich mit Draht gesichert. Im Schuppen liegt eine Spule. Ich mache das sofort.«

»Ich hoffe, dass alles klappt und gut für euch ausgeht.«

»Gott sei mit dir, Paulina.«

Die beiden Frauen umarmten sich hastig und Paulina rannte los. Ein paar Mal knackte es noch im Unterholz. Dann herrschte Stille.

Wenige Minuten später stand sie am Waldsaum und schaute über das Maisfeld zum Bootshaus und hinauf zum Heim Pommern. Die schwarze Limousine parkte vor dem Haupteingang, aber sie sah niemanden und verschwand rasch zwischen den hohen, grün-goldenen Stangen. Nach hundert Schritten erreichte sie den schmalen Grasstreifen an der Rückwand des Hauses. Sie legte sich auf den Bauch und kroch bis zu jener Ecke, die Richtung Heim zeigte. Das Gras war nicht gemäht, sodass sie außer den kniehohen Halmen nichts sah, aber auch sie selber blieb so unsichtbar. Dort angekommen, bog sie die Grashalme vorsichtig auseinander und spähte zu dem Pfad, der das Heim mit dem See verband.

Schuster eilte kaum zehn Meter von ihr entfernt auf sie zu!

Paulina ließ das Gras los, als habe sie sich daran verbrannt, und tastete nach ihrer Pistole. Auf alles gefasst, spannte sie die Muskeln an, entschlossen, ihr Leben so teuer wie möglich zu verkaufen, sollte der Hausmeister sie aufspüren. Seine schweren Schritte kamen näher und näher, erreichten Paulina und entfernten sich wieder. Behutsam schob sie die Grashalme auseinander und sah gerade noch, wie Schuster im Bootshaus verschwand.

Einige quälend lange Minuten vergingen. Paulina starrte wie gebannt auf den Eingang, bis ihre Augen brannten. Schließlich kam Schuster wieder heraus. In der Rechten trug er Olgas Korb, die zusammengerollte Wolldecke ragte über den Rand. Ihren Rucksack sah Paulina nicht.

Als Schuster den Weg zum Heim hinauf stapfte, sprang sie auf und lief los. Er bemerkte sie nicht, und Augenblicke später verschwand sie im Inneren der Hütte. Sie rannte zu der Leiter, die vor einer der Wände auf dem Boden lag, stellte sie auf und stieg die Sprossen hoch. Auf der Empore lagerten Bootszubehör, Seile und Farbeimer. Dort zerrte sie ihren versteckten Rucksack hervor, warf ihn sich auf den Rücken und kletterte die Leiter wieder hinunter. In der Ferne hörte sie Motorengeknatter. Sie lief zur offenen Seite des Bootshauses und spähte um die Ecke. Zwei Kübelwagen rollten über die Einfahrt und stoppten vor dem Haupteingang. Jeweils drei Männer in Uniform stiegen aus. Sie vermutete SS, denn Wehrmacht war nicht in Bad Polzin stationiert. Es konnten sogar jene Offiziere sein, denen sie im Gasthof Zum Hirschen begegnet war.

Schwab muss sie geholt haben, damit sie bei der Suche nach der unbekannten Einbrecherin helfen, dachte sie. *Also nach mir.*

Der Heimleiter trat aus der Tür, ging auf die Offiziere zu und begrüßte sie. Auch der Hausmeister erreichte den Vorplatz, eilte zu der Gruppe und schwenkte seine Fundstücke. Schwab zog die Decke aus dem Korb und spähte hinein. Er schlug sich vor die Stirn und wies Schuster mit dem ausgestreckten Zeigefinger den Weg in eines der Militärfahrzeuge. Dann sprach er mit den SS-Offizieren und sprang mit zwei von ihnen hinterher in den Kübelwagen. Von den übrigen vier zogen drei ihre Pistolen, während der vierte seine um den Hals hängende Maschinenpistole in den Anschlag nahm. So liefen sie zum Park.

Paulina raste geduckt aus dem Bootshaus und stürzte auf das Maisfeld zu. Sie warf sich gerade zwischen die hohen Stangen, als die Offiziere den Weg hinuntergerannt kamen.

»Da war was!«, rief die Stimme eines Mannes. »Der Mais hat sich bewegt.«

»Könnte ein Reh oder ein Wildschwein sein«, sagte ein Zweiter. Er klang sehr nah, höchstens zwei bis drei Meter von ihr entfernt.

»Oder die Unbekannte, die wir suchen«, ergänzte ein Dritter. »Baller doch mal eine Salve rein, dann weißt du es!«

Kapitel zwanzig
Pommern, Oktober 1944

Die Maschinenpistole ratterte los, und Paulina riss die Arme über den Kopf. Nur mit Mühe unterdrückte sie einen gellenden Angstschrei. Maiskolben fielen auf ihre Beine, Schultern und auf den Rucksack. Es dröhnte in ihren Ohren, und sie glaubte, die Luft der vorbeizischenden Kugeln zu spüren. Direkt neben ihr flüchtete ein großer Vogel. Im abebbenden Kugelhagel hörte sie seinen klatschenden Flügelschlag, als er sich aus dem Feld erhob. Sie verspürte einen bitteren Geschmack im Mund, blickte vor sich und registrierte wie durch einen Nebel ihr Erbrochenes. In ihrem Kopf hallte die Salve wider und wider. Sie zitterte. Es roch verbrannt.

Plötzlich drang eine männliche Stimme zu ihr, glasklar, als stünde der Kerl über ihr. »Deine Bewegungen waren ein Fasan im Maisfeld. Schade, dass du ihn nicht getroffen hast. Mit Klößen und Rotkohl wäre er sehr lecker.«

Mehrstimmiges Gelächter ertönte. »Sollen wir wirklich noch einmal das Bootshaus durchsuchen? Der Hausmeister hat doch schon nachgeschaut«, sagte einer.

»Sicher ist sicher. Vielleicht hat er etwas übersehen«, antwortete ein anderer.

Stiefel trampelten über den Holzboden des Schuppens. Paulina versuchte, klar zu denken: *Du bist nicht tot, du bist nicht angeschossen, verdammt, denk nach, weglaufen in den Wald oder abwarten?* Bevor sie zu einer Entscheidung gelangte, stampften die Schritte bereits wieder ins Freie.

»Ich dachte mir doch, dass die Polackin längst über alle Berge ist«, hörte sie einen der Männer.

»Ich glaube, dass sie sich noch hier herumtreibt, wenn sie es wirklich auf eins der Ostkinder abgesehen hat«, mutmaßte ein zweiter, und ein dritter ergänzte: »Lasst uns die Umgebung des Heims durchkämmen. Ihr zwei sucht das Seeufer ab, und wir beide nehmen das Maisfeld und den Waldrand unter die Lupe.«

Paulina drückte sich auf den Boden, als wolle sie mit der Erde verschmelzen, und wagte kaum zu atmen. Wegen des weichen, nassen Untergrundes hörte sie die Schritte der Männer nicht, nur das Rascheln der Blätter, als sie durch das Maisfeld streiften.

»Ich gehe mal rüber zum rechten Rand«, sagte einer.

»In Ordnung, aber erschieß mich nicht aus Versehen. Du weißt ja, ich bin gerade erst Vater geworden«, antwortete der andere. Paulina glaubte, ihn anfassen zu können, erwartete jeden Moment seinen Gewehrlauf im Nacken.

Wie durch ein Wunder spürten die beiden sie nicht auf, das Rascheln wurde leiser, die Stimmen undeutlicher, und nach einer gefühlten Ewigkeit hörte Paulina nichts mehr. Trotzdem wagte sie nicht, sich zu bewegen. Zu groß war ihre Angst, dass die SS-Offiziere zurückkamen und sie doch noch aufstöberten.

Wie lange sie unbeweglich in ihrem Versteck verharrte, wusste sie nicht. Aber je tiefer die Sonne sank, desto kühler wurde es. Schließlich hob sie den Kopf und schaute sich um. Überall lagen abgebrochene Maisstangen, längliche Kolben und zerfetzte Blätter.

Plötzlich zerriss ein Schuss die Stille. Er kam vom Heim, vielleicht auch etwas weiter vom Gehöft, auf dem die Polinnen wohnten. Paulina ballte die Fäuste. Sie verspürte solche Angst um diese selbstlosen und freundlichen Frauen, und sie fühlte sich so hilflos.

Auf den ersten Schuss folgte kein nächster, und ein wenig später erklang Motorengeräusch. Paulina robbte an den Rand des Maisfeldes und spähte zum Heim. In der Dämmerung sah sie undeutlich einen Kübelwagen die Zufahrt entlangfahren und neben den anderen beiden Automobilen vor dem Haupteingang parken. Daneben standen vier SS-Offiziere, wohl jene, die die Umgebung des Bootshauses durchsucht hatten. Schwab und Schuster kletterten aus dem Kübelwagen. Es folgte eine kurze Unterhaltung mit den Offizieren, dann ging Schuster zum Torhaus, Schwab stieg in seine Limousine, die SS-Männer verteilten sich auf die zwei Kübelwagen, und alle fuhren davon.

Erst jetzt wagte es Paulina, sich aufzusetzen. Vorsichtig ließ sie den Rucksack von den Schultern gleiten und streckte ihre verkrampften Gliedmaßen. Sie fror, aber in ihrem Rucksack befand sich der Wollpullover von Janka. Mit steifen Fingern zerrte sie an der Verschnürung und entdeckte ein kleines rundes Loch in dem fest gewebten Leinenstoff. Sie wusste genau, dass diese Beschädigung am Morgen noch nicht da gewesen war. Sie steckte den rechten Zeigefinger in das Loch. Er passte perfekt hinein. Dann holte sie den Pullover aus dem Rucksack und breitete ihn aus. An einem Ärmel hingen zerfetzte Wollfäden. Hätte der Offizier seine Maschinenpistole nur eine Handspanne tiefer gehalten, wäre sie jetzt tot.

Erst nach Einbruch der Dunkelheit wagte sich Paulina aus ihrem Versteck. Inzwischen war es schneidend kalt, aber das störte sie nicht. All ihre Gedanken kreisten um die Frauen auf dem Gehöft. Sie musste unbedingt wissen, wie es ihnen ging und was es mit dem Schuss auf sich hatte. Ein blasser Halbmond stand am blauschwarzen Himmel, doch sein Licht reichte, um durch den Wald zum Gehöft zu laufen. Kurz bevor sie die Lichtung betrat, hörte sie plötzlich Gesang. Es waren Frauenstimmen, die andächtig intonierten: »Mädchen, du hast so schöne blonde Haare, Mädchen die schönsten aller Augenpaare …«

Paulina kannte die einfache, melancholische Weise, und sie bekam eine Gänsehaut, während sie lauschte. Sie schlich näher und bemerkte ein schwaches Blinken zwischen den Bäumen. Beunruhigt trat sie auf den Platz vor dem Gehöft und entdeckte, dass das Licht aus unzähligen Talglampen kam, die in der offenen Remise flackerten.

Unter dem Dach standen in einem großen Kreis die Frauen. Sie umfassten einander an den Händen, wiegten sich leicht in den Hüften und sangen leise. Ihre Gesichter zeigten tiefe Traurigkeit.

Schritt für Schritt näherte sich Paulina. Sie verspürte eine starke, unbestimmbare Angst und wurde gleichzeitig unaufhaltsam von der Szenerie angezogen. Als sie die Remise erreichte, blieb sie stehen. Eine der Frauen erkannte sie, verstummte und hielt in der Bewegung inne. Nun verebbte auch der Gesang der anderen, und alle drehten sich zu Paulina um. Sie entdeckte Olga und sagte beklommen: »Olga … Ich habe einen Schuss gehört. Kam der von hier?«

Olga winkte sie näher heran. Die Frauen öffneten den Kreis und gaben den Blick auf den Leiterwagen frei.

Paulina erstarrte. Ihre Hand flog zum Mund. Auf der Ladefläche des Wagens lag eine Frau. Ihr wächsern starres Gesicht ließ keinen Zweifel an ihrem Tod, und Paulina konnte den Blick nicht von dem kreisrunden Loch in der Stirn abwenden. Es war eine der beiden Frauen, die für die Wäsche im Heim Pommern zuständig waren. Jene, die ihr den Hinweis gegeben hatte, durch das Waschküchenfenster einzusteigen.

»Wir haben Milena gewaschen, vor allem das Blut so gut wie möglich entfernt«, sagte Olga mit brüchiger Stimme. Dann wies sie auf das bunt gemusterte Tuch, das um Milenas Kopf geschlungen war. An Stirn und Schläfen schauten glänzende Locken ihres hellen Haares hervor. »Wanda hat ihrer Freundin ihren Schal umgebunden, weil die schreckliche Wunde fast die gesamten Haare verklebt. Ihre Haare waren doch ihr ganzer Stolz.« Olga musste ein Taschentuch nehmen, ehe sie weitersprechen konnte. »Das Nachthemd hat Joanna gegeben, weil ihres am wenigsten geflickt ist, und das Kopfkissen ist von mir. Eben haben wir Milena zum Abschied ihr Lieblingslied gesungen. Sie hat es immer bei der Arbeit gesummt, wenn gerade niemand von den Deutschen in der Nähe war.«

»Es ist ein wunderschönes Lied«, flüsterte Paulina. Ihre Beine zitterten so sehr, dass sie sich am Wagen festhalten musste, und ihre Augen ließen die Tote nicht los. »Liebe, liebe Milena, du hast für meinen Versuch, Agnieszka zu befreien, mit deinem Leben bezahlt. Das werde ich mir nie verzeihen«, schluchzte sie.

Olga trat neben sie. »Milena hat das Risiko gekannt, als sie dir half. Wir alle haben es gekannt«, sagte sie mit belegter Stimme.

»Und doch war dieser Preis viel zu hoch«, stöhnte Paulina und fasste sich an die Kehle. »Ach hätte ich es doch nur verhindern können!«

»Nichts hättest du tun können!«, stieß Olga hervor. »Als die Deutschen kamen, haben sie den ganzen Hof auf den Kopf gestellt. Schuster hat sich sofort die Gartenschere geben lassen, und natürlich sah er die schartige Schneide. Daraufhin zeigte ich ihm den Draht, den ich am Tor zum Geflügelhof angebracht habe. Das besänftigte ihn. Die beiden SS-Offiziere hingegen wurden immer wütender, weil sie nichts fanden, für das sie uns zur Rechenschaft hätten ziehen können. Inzwischen waren die Arbeiterinnen vom Heim zurück, und Schwab ließ uns alle vor dem Haus zum Appell antreten. Dann fragte er, wo wir die Frau verstecken, die ins Heim eingestiegen sei und wer ihr den Korb und die Decke gegeben habe. Wir sagten, dass wir keine Fremde im Umfeld des Heims bemerkt hätten, und dass uns der Korb und die Decke gestohlen worden seien. Das erzürnte Schwab so sehr, dass er uns für die nächsten beiden Wochen die Abendmahlzeit gestrichen hat. Er brüllte, warum ihm niemand gemeldet habe, dass eine Stange vor dem Fenster des Waschkellers locker saß. Aber die meisten von uns sind nie im Waschkeller gewesen und wussten es nicht. Und Milena und Wanda sagten natürlich nichts. Daraufhin verlangte Schwab von Schuster Auskunft, wer in der Waschküche arbeite. Er ließ Milena und Wanda vortreten. Zuerst bombardierte er Milena mit

Fragen und drohte ihr mit Polizei und Lager, wenn sie weiterhin die Auskunft verweigert. Doch Milena blieb standhaft. Plötzlich brüllte einer der SS-Offiziere, er habe diese Lügerei satt! Er zog seine Waffe und erschoss Milena. Einfach so. Dann griff er sich Wanda und hielt ihr die Pistole an den Kopf. Ausgerechnet Schwab hat verhindert, dass der Offizier sie auch noch umbrachte. *Ich verbitte mir, dass Sie meine Fremdarbeiterinnen erschießen,* schrie er ihn an. *In diesen Zeiten bekomme ich keinen Nachschub, weil alle Polen, die noch irgendwo aufzutreiben sind, in die Rüstungsfabriken im Reich wandern!* Daraufhin steckte der Mann seine Waffe tatsächlich wieder weg. Aber wir haben ihm alle angemerkt, dass es ihm nicht gefiel.«

Olga schwieg, und Paulina schluckte gegen den dicken Kloß in ihrer Kehle an. »Was geschehen ist, lässt sich niemals wieder gutmachen. Ich stehe für immer in eurer Schuld«, sagte sie rau.

Wanda trat vor sie und legte ihr die Hände auf die Schultern. »Es sind die Deutschen, die in unser aller Schuld stehen.«

Tief bekümmert schaute Paulina auf die Tote. »Wann werdet ihr sie begraben?«

»Wir?« Wanda lachte hohl. »Wir dürfen Milena nicht begraben.«

»Die Deutschen erlauben euch nicht, dass ihr eurer Kameradin die letzte Ehre erweist?«, fragte Paulina bestürzt.

Olga schüttelte niedergeschlagen den Kopf. »Wir haben Schwab angebettelt, dass wir künftig auch an unserem freien Tag arbeiten, wenn er Milena in ihr Heimatdorf bringen lässt, damit sie dort in die Erde gelegt werden kann. Aber er sagte uns, dass sie auf dem früheren jüdischen Friedhof von Bad Polzin begraben wird. Ohne Glocke und Geleit, ohne Pfarrer und Gebet.«

»Und so fügt er diesem schändlichen Mord noch ein weiteres Unrecht hinzu!«, stieß Paulina hervor. Sie löste sich von Olga, die sie mit einem Arm umschlang und trat an das Ende des Leiterwagens neben Milenas Kopf. »Bitte vergib mir, dass du ein so schreckliches Opfer für mich und Agnieszka bringen musstest«, flüsterte sie. »Ich hoffe, du bist jetzt an einem besseren Ort, an einem Ort des Friedens, wo du für immer sicher bist.« Wieder liefen Tränen über Paulinas Wangen. Sie drückte einen Kuss auf die Fingerspitzen ihrer rechten Hand, streckte sie zwischen den Streben des Leiterwagens hindurch und legte sie auf Milenas kalte Wange.

Dann drehte sie sich zu den Frauen. »Wollen wir Milenas Lieblingslied noch einmal für sie singen?«

Die Frauen nickten stumm. Alle fassten sich an den Händen mit Paulina in ihrer Mitte, und gemeinsam stimmten sie das Lied vom blonden Mädchen mit den wunderschönen Augen an. Danach verharrten sie noch einige Momente still, jede in eigene Gedanken versunken. Schließlich trat Olga auf sie zu. »Du musst nun gehen, Paulina. Wir wollen nicht riskieren, dass die heutigen Ereignisse sich wiederholen. Verstehst du das?«

»Ja«, antwortete sie niedergeschlagen. »Um nichts in der Welt will ich, dass noch eine von euch ihre Hilfsbereitschaft mit dem Leben bezahlt.« Nacheinander trat sie zu den Frauen und umarmte sie unter Tränen. Dann wandte sie sich um und verschwand in der Dunkelheit.

Paulina starrte in den vom Halbmond schummrig beleuchteten Wald. Sie brauchte unbedingt einen halbwegs trockenen und geschützten Unterschlupf, aber ihr fiel nur das Bootshaus ein. Durfte sie es wagen, dorthin zurückzukehren? Die SS-Offiziere und Schwab waren fort. Zumindest heute Nacht schien es ihr dort sicher zu sein. Und die Plane im Boot hielt ein wenig die Wärme. Sie nahm ihre Jacke mit beiden Händen vor der Brust zusammen und stolperte los.

In der Nacht lag sie unter der Plane in dem kleinen Ruderboot und umklammerte Agnieszkas Stiefelchen. Sie machte kein Auge zu, einerseits weil sie ständig auf ungewöhnliche Geräusche lauschte, andererseits verfolgten sie die Eindrücke von Milenas tragischem Tod. Sie versuchte sich abzulenken, indem sie darüber nachgrübelte, wie sie Agnieszka schnellstmöglich aus dem Heim bekam, doch das gelang ihr kaum.

Am Morgen hockte sie übernächtigt und durchgefroren im Maisfeld, knabberte die Körner von einem der Kolben und beobachtete das Anwesen. Gegen Mittag hörte sie Motorengeräusche, die sich über die von Bad Polzin kommende Straße näherten. Sie erkannte die beiden Kübelwagen. Paulina erschrak. Suchte die SS weiterhin nach ihr?

Die Wagen bogen auf die Zufahrt zum Heim und hielten vor dem Haupteingang. Wieder stieg ein halbes Dutzend Männer aus, doch sie trugen keine Uniformen, sondern festliche Gesellschaftsanzüge.

In diesem Moment trat Schwab aus dem Haus, auch er in einen eleganten schwarzen Frack gekleidet. Alle Männer begrüßten sich mit Handschlag und schienen blendender Laune, ihr Gelächter hallte bis zum Bootshaus. Nach ausgiebigem Schulterklopfen verschwanden sie im Haus.

Paulina runzelte die Stirn. War heute ein besonderer Feiertag? Vielleicht der Geburtstag des Reichsführers SS? Sie wusste, dass Himmler im Herbst geboren war, kannte jedoch das genaue Datum nicht.

Sie beschloss, auf die andere Seite des Heims zu schleichen und die Lage zu beobachten. Selbst wenn das Haus voller SS-Offiziere war, durfte sie keine Gelegenheit ungenutzt lassen, Agnieszka zu befreien.

Sie saß noch nicht lange in ihrem Versteck hinter den Farnbüschen, als die polnischen Kinder in Begleitung der Schwester auf den Hinterhof gelaufen kamen. Es war immer dieselbe junge Frau, die die Kinder beaufsichtigte. Eines der größeren Mädchen hielt Agnieszka an der Hand. Die Kleine trug einen grauen, aus einer alten Uniform geschneiderten Mantel und eine Mütze. Ihre Beinchen steckten in grob gestrickten Strümpfen, und an den

Füßen sah Paulina Schuhe aus geflochtenem Stroh.

Die Kinder verteilten sich über den Hof. Einige spielten Fangen. Artur kickte mit mehreren anderen Jungen Fichtenzapfen gegen die Hausmauer. Agnieszka und das größere Mädchen sammelten Kastanien und Bucheckern, die von den Bäumen jenseits des Zauns auf den Hof gefallen waren. Wenn die Kleine eine besonders schön glänzende Kastanie fand, stieß sie begeisterte Rufe aus und klatschte in die Hände. Wieder musste Paulina sich eingestehen, dass ihre Nichte weder mager noch vernachlässigt wirkte.

Ob sie sich noch an ihre Mutter und ihren Vater erinnert?, fragte sie sich bekümmert.

Prüfend schaute sie zur Schwester. Wieder lehnte sie an der Hauswand, völlig vertieft in einen Brief. Plötzlich stieß sie einen erstickten Schrei aus, und das Blatt glitt aus ihren Fingern. Sie schlug die Hände vors Gesicht und stürzte schluchzend ins Haus.

War das der Moment, Agnieszka zu befreien? Paulina musterte den Maschendrahtzaun. Sie schätzte ihn auf ungefähr einen Meter fünfzig Höhe. Sie selber würde es schaffen, darüber zu klettern. Aber gelang es ihr auch, ihre Nichte zu schnappen, sie über den Zaun zu heben, selbst hinterher zu springen und im Wald zu verschwinden, ohne dass eines der Kinder Alarm schlug oder Agnieszka lauthals schrie?

Sie richtete den Blick auf die Fenster des Hauses und konnte keine Bewegungen hinter den Scheiben ausmachen. Doch was wäre, wenn genau in dem Moment jemand heraus sah, während sie Agnieszka über den Zaun hob?

Halte dich nicht mit unnötigen Zweifeln auf! Handle!, trieb sie sich an. *Eine bessere Gelegenheit bekommst du wahrscheinlich nicht.* Sie bog den Farn beiseite und spannte die Muskeln an.

Rumms!

Die Hoftür flog auf und knallte gegen die Mauer. Paulina warf sich auf den Boden. Doch nicht die Schwester, sondern

Hermine stürzte heraus. Sie trug ihren Silberfuchsmantel, Stiefel und drückte ihr eigenes, in eine Wolldecke gewickeltes Kind an die Brust.

Agnieszka schaute auf und ließ die Kastanie fallen, die sie in der Hand hielt. »Mine!« Mit ausgebreiteten Armen rannte sie auf Hermine zu und umschlang ihre Beine.

»Nein, Agnes. Lass mich los.« Hermine drehte sich hin und her, doch die Kleine gab nicht auf. »Will mit!«

Jetzt oder nie, schoss es Paulina durch den Kopf.

Sie sprang hinter dem Farn hervor und rief halblaut: »Hermine! Geben Sie mir Agnieszka!«

Hermine und die Kleine drehten sich um und starrten sie an. Die Kinder auf dem Hof unterbrachen ihr Spiel.

»Legen Sie das Baby auf den Boden und heben Agnieszka über den Zaun!« Paulina rüttelte am Maschendraht. »Machen Sie schon!«

Hermine warf einen Blick zur Hoftür. Dann schaute sie wieder zu Paulina. »Nur wenn Sie danach meinen Kleinen nehmen und auch mir über den Zaun helfen.«

Unmöglich, wollte Paulina rufen. *Dafür bleibt keine Zeit.*

Doch die junge Deutsche sah sie so entschlossen an, dass sie widerstrebend nickte. »In Ordnung. Aber jetzt schnell!« Sie streckte die Arme aus.

»Hermine!« Schwabs Stimme donnerte über den Hof. »Alles ist bereit. Wir warten auf dich!« Im Laufschritt eilte er auf die junge Frau zu.

Paulina sprang zurück und duckte sich hinter den Farn. Ihr Herz raste.

»Was tust du hier?«, rief Schwab. »Wohin willst du mit dem Jungen?«

Hermine umklammerte ihr Kind. »Ich lasse nicht zu, dass du ihn mir wegnimmst!«

»Dein kindisches Verhalten bestärkt mich noch! Ich war lange nachsichtig, aber ich lasse mich von dir und deinen

Launen nicht vor allen zum Gespött machen! Gib mir den Jungen!«

»Nein!«

»Her mit ihm!« Schwab zerrte an Hermines Armen. Er stand so dicht bei ihr, dass er Agnieszka mit den Beinen einklemmte.

»Neeeiiin!«, brüllte das Mädchen und krallte sich an Hermine fest.

»Verfluchtes Balg! Weg mit dir!« Schwab schleuderte sie mit einem Tritt zur Seite. Sie stürzte der Länge nach auf den Bauch und begann durchdringend zu heulen.

»Tu der Kleinen nichts! Was fällt dir ein?«, schrie Hermine. Sie wollte sich umdrehen und davonlaufen, doch Schwab packte sie am Arm, entriss ihr das Kind und schritt entschlossen zurück zum Haus. Aus der Wolldecke drang gedämpft das Geschrei eines Neugeborenen.

»Gib ihn mir sofort wieder!« Hermine rannte hinter ihm her und hängte sich an seinen Arm. »Dass du es wagst! Nach all den großzügigen Zuwendungen, die mein Vater diesem Heim macht!«

Schwab blieb stehen. »Entweder du kommst jetzt mit und benimmst dich so würdig, wie es einer deutschen Mutter geziemt, oder du bleibst hier draußen. Mir ist es einerlei!« Er schüttelte sie ab und verschwand, ohne sich noch einmal umzudrehen, im Haus.

Hermine stolperte rückwärts, fing sich jedoch, bevor sie fiel. Neben ihr kniete Agnieszka auf dem Erdboden, die Fäuste vor die Augen gepresst und heulte zum Steinerweichen. Die übrigen polnischen Kinder standen erstarrt da und beobachteten die Szene mit offenen Mündern.

Hermine fixierte die Tür, durch die Schwab verschwunden war, auch sie die Hände zu Fäusten geballt. Dann drehte sie sich um und ging zum Zaun. »Sind Sie noch da?«, fragte sie leise.

Paulina bog den Farn ein wenig zur Seite. »Geben Sie mir Agnieszka!«, wiederholte sie und legte alle Überzeugungskraft in ihre Stimme.

Hermine hielt inne. Dann sagte sie: »Auch ich muss unbedingt mit meinem Sohn von hier fliehen. Warum helfen wir uns nicht gegenseitig? «

Paulina zögerte. Durfte sie einer Deutschen vertrauen, die ihr anbot, ihre Komplizin zu werden?

Hermine schien Paulinas Gedanken zu lesen. »Es gab für mich viele Gelegenheiten, Sie zu verraten«, sagte sie. »Aber ich habe es nicht getan.«

Paulinas Blick flog zu Agnieszka. *Ich habe keine Wahl,* dachte sie. Laut sagte sie zu Hermine: »Was stellen Sie sich vor?«

Hermine atmete tief durch. »Ich muss jetzt hineingehen, aber zum Abendessen werde ich mich mit Kopfschmerzen entschuldigen. Können Sie kurz nach neunzehn Uhr hier sein?«

Paulina nickte zögernd. »Einverstanden.«

Am Abend kauerte Paulina im Dunkeln auf einem Baumstumpf hinter dem Farnkraut. Immer wieder hauchte sie in ihre Handflächen und rieb sich über Arme und Waden. Aber es half nichts, sie fror entsetzlich. Obendrein fiel es ihr schwer, die Zeit einzuschätzen, da sie nicht wagte, ein Streichholz anzuzünden. Doch später als neunzehn Uhr war es sicherlich.

Wer weiß, ob diese Hermine wirklich den Mumm hat, noch einmal hier aufzutauchen, dachte sie und schaute dorthin, wo sie das Heim vermutete, denn selbst das wuchtige Gebäude verschmolz vollkommen mit der pechschwarzen Nacht.

Plötzlich hörte sie ein Klicken. Dann näherten sich leise tapsende Schritte und eine Stimme flüsterte: »Hallo? Sind Sie da?«

Paulina stand auf und tastete mit ausgestreckten Armen, bis ihre Finger den Drahtzaun berührten. »Ich bin hier«, raunte sie.

»Was für ein Glück. Ich wüsste nicht, was ich ohne Sie tun sollte«, flüsterte Hermine.

Paulina spürte eine Berührung an ihrer Hand und zuckte zurück. Doch Hermine hielt sie fest. »Bitte bleiben Sie. Dann weiß ich, dass Sie da sind, Lina.«

Paulina schluckte. »Warum nennen Sie mich Lina?«

»Wenn ich mich recht erinnere, ist das der Name, mit dem Agnes Sie anspricht.« Eine kurze Pause folgte. »Was verbindet Sie mit der Kleinen? Warum wollen Sie sie aus dem Heim entführen?«

»Ich entführe sie keineswegs. Ich bringe Sie dorthin zurück, wo sie herkommt und wo sie hingehört.«

»Wo ist das?«

Paulina schwieg. Sie wollte Hermine keine Informationen geben, die sie - und sei es auch versehentlich - an andere Deutsche ausplauderte. »Planen Sie, aus dem Heim zu fliehen, weil Schwab Ihnen Ihr Kind wegnehmen will?«, fragte sie stattdessen.

»Meine Eltern sagten, dass ich hier sicher aufgehoben bin«, stieß Hermine erregt hervor. »Meine Heimatstadt Stettin wurde bereits mehrfach von Engländern und Amerikanern bombardiert. Dass man mir hier, an einem Ort, wo ich Schutz zu finden hoffte, versucht, meinen Kleinen zu stehlen, habe ich nicht erwartet. Und ich bin sicher, meine Eltern auch nicht.«

»Niemand kann Ihnen Ihr Kind nehmen. Sie sind seine Mutter.«

»Ich habe auch geglaubt, dass man mir hier mehr Respekt entgegenbringt. Aber Schwab kann mit Wolfi, das ist mein Sohn, tun, was er will. Der Lebensborn ist nämlich Vormund aller Kinder, die in seinen Häusern von ledigen Müttern geboren werden. Der Führer sagt zwar, dass Frauen als ewige Mütter des deutschen Volkes Hochschätzung verdienen, aber inzwischen glaube ich, dass er eigentlich meint, wir sollen Kinder austragen und ansonsten hinter den Männern zurücktreten.«

Paulina grinste unwillkürlich, doch das sah Hermine in der Dunkelheit nicht. Ärgerlich fuhr diese fort: »Wenn es um Wolfi geht, darf ich keinerlei eigene Entscheidungen treffen. Er wurde mir direkt nach der Geburt weggenommen und in den Säuglingsschlafsaal gebracht. Schwestern baden, wickeln und umsorgen ihn, obwohl ich das gerne selber tun würde. Doch ich – seine Mutter – bekomme ihn lediglich zu den Stillzeiten. Auch als ich meine Zustimmung verweigerte, dass der Reichsführer SS Pate meines Sohnes wird, hat es niemanden interessiert. Schwab hat entschieden, dass Wolfi an der Namensgebungszeremonie teilnimmt und basta.«

»Heinrich Himmler ist der Pate Ihres Sohnes?«, entfuhr es Paulina. Sofort schlug sie sich erschrocken mit einer Hand auf den Mund und schaute in die Dunkelheit. Leise fuhr sie fort: »Ist er der Pate aller Kinder, die in einem Heim des Lebensborn geboren werden?«

»Nur von denen, die am siebten Oktober auf die Welt kommen. Das ist Himmlers Geburtstag. All diese Kinder erhalten in seinem Namen einen silbernen Becher mit persönlicher Gravur. Auf Wolfis Becher steht *Für Wolfgang. 7. Oktober 1944. Vom Patenonkel Heinrich Himmler.* Heute bei der Namensgebungszeremonie hat Schwab mir den Becher für Wolfi überreicht.«

»Aber wenn Sie Ihr Kind nicht behalten dürfen, wo soll es dann aufwachsen?«

»Bei Schwab.«

Paulina erinnerte sich an ihre Unterhaltung mit der Kellnerin im Hirschen und schüttelte verwirrt den Kopf. »Bei Schwab? Ich hörte, er hat bereits eine Familie.«

»Oh ja, eine Ehefrau und vier Kinder. Angeblich betrachtet seine Gattin es als Ehre, ein weiteres arisches Kind ihres Mannes für Führer und Vaterland aufzuziehen. Aber ich befürchte, dass sie Wolfi schlechter behandeln wird als ihre leiblichen Kinder«, stieß Hermine bitter hervor. »Ganz abgesehen davon, dass ich meinen Sohn nicht hergeben will.«

»Ein weiteres Kind ihres Mannes?«, wiederholte Paulina ungläubig.

»Was ist daran so schwer zu begreifen?«, stöhnte Hermine. »Schwab ist Wolfis Vater!«

»Du lieber Himmel!« Paulina entriss Hermine ihre Hand und wich einen Schritt zurück. Ihre Gedanken überschlugen sich. Wenn sie der Geliebten des Mannes, der das Heim leitete, aus dem sie Agnieszka befreien wollte, half, brachte sie sich und Agnieszka in eine unüberschaubare Gefahr.

»Wo sind Sie?«, rief Hermine ängstlich in die Dunkelheit. »Lassen Sie mich nicht im Stich.«

»Seien Sie still«, fauchte Paulina. »Wenn Sie so schreien, ist gleich das halbe Heim hier.«

»Verzeihung«, wisperte die junge Deutsche. Nach einer kurzen Pause fügte sie kläglich hinzu: »Ich verstehe selbst nicht mehr, warum ich mich mit Schwab eingelassen habe. Vor einem Jahr hat meine Mutter mich mit ihm auf einer Spendenveranstaltung des Hilfswerks Mutter und Kind bekannt gemacht. Sie ist Leiterin der Stettiner Ortsgruppe. Schwab fing sofort an, mir den Hof zu machen, schickte mir Blumen und Pralinen und führte mich ins Kino aus. Bis dahin war ich ein unerfahrenes Kind, durch ihn bekam ich das Gefühl, eine Frau zu sein. Auch weil er ein Mann von Macht und Einfluss ist.« Sie seufzte leise. »Während meiner Schwangerschaft versicherte er mir mehrfach, dass er gut auf mich aufpassen und auch später für das Kind sorgen würde. Er wollte, dass ich einige Zeit ins Heim Pommern ziehe. Ich wusste bereits, dass es sich dabei um ein Entbindungsheim handelt, das unter seiner Leitung steht und auch meine Eltern unterstützten diese Idee. Doch seit ich hier bin, fühle ich mich mehr wie eine Gefangene als wie ein Gast.«

»Deshalb wollen Sie fliehen«, sagte Paulina.

»Nein«, korrigierte Hermine. »Das will ich wegen Wolfi. Wenn ich ihn in den Armen halte und in sein unschuldiges kleines Gesicht sehe, weiß ich, dass ich alles tun werde, um Schmerz und Unheil von ihm fernzuhalten. Deshalb darf er nicht in Schwabs Familie aufwachsen, bei einer Frau, für die er nie mehr als das uneheliche Stiefkind sein wird.«

Ein Lächeln huschte über Paulinas Gesicht. »Auch ich habe

mir geschworen, Leid und Elend von Agnieszka fernzuhalten.«

»Agnieszka? Meinen Sie Agnes?«

»Sie heißt Agnieszka. Sie ist ein polnisches Kind«, antwortete Paulina scharf. »Auch ich bin Polin.«

»Aber Sie sprechen so gut Deutsch«, wunderte sich Hermine.

»Erstaunt Sie das? Nicht alle Polen sprechen gebrochenes Deutsch«, erwiderte Paulina bissig.

»Natürlich nicht. Entschuldigen Sie.« Eine kurze Pause folgte, dann fragte Hermine: »Sind Sie Agnes' Mutter? Ich glaubte, alle polnischen Kinder hier seien Waisen, die vom Lebensborn an deutsche Familien vermittelt werden.«

Paulina verlor die Geduld. »Alle polnischen Kinder hier wurden ihren Familien geraubt. Agnieszka musste miterleben, wie die SS ihre Mutter und ihren Vater erschossen hat. Sie hat nun nur noch mich, ihre Tante. Andere, wie der kleine Artur, haben noch Eltern, die völlig verzweifelt sind, weil sie nicht wissen, wo …«, sie brach ab, als der schwache Lichtschein einer Luftschutztaschenlampe hinter dem westlichen Gebäudeflügel auftauchte. Stiefel knirschten auf dem Kies, bewegten sich mit dem von rechts nach links schwankenden Licht über den Hof und stoppten. Dann wurde die Hintertür des Gebäudes auf- und wieder zugeklappt.

»Verflixt und zugenäht«, fluchte die Stimme des Hausmeisters. »Die hatte ich doch abgeschlossen!«

»Verschwinden Sie«, flüsterte Hermine. »Schnell.«

»Kommen Sie morgen früh zum Bootshaus am See«, zischte Paulina hastig.

Der Lichtkegel drehte sich von der Haustür in Richtung der beiden Frauen. Er streifte erst Hermine und richtete sich dann auf den Zaun und auf das Farnkraut dahinter.

»Hände hoch!«, brüllte Schuster.

Kapitel einundzwanzig
Heringsdorf, 2020

»Wolfgang oder besser Wolfi heißt er also.« Arturs Zeigefinger fuhr über einen alten Kaffeefleck auf der Tischplatte. »Ein Hauptsturmführer der SS ist sein Vater und einer der schlimmsten Naziverbrecher sein Pate. Mein unbekannter Bruder tut mir wirklich leid.«

Hermine zuckte zusammen. »Ich habe lediglich Fakten geäußert.«

»Vergiss nicht, Artur«, sagte Karin, »deine Mutter durfte nicht frei entscheiden, ob sie in dieses Heim wollte. Und sie versuchte zu verhindern, dass Himmler Wolfis Pate wird.«

Artur räusperte sich. »Das stimmt. Entschuldige, Mutter.«

Hermine nickte, und Artur fuhr fort: »Ich bin schon gespannt, wie dieser Silberbecher in Agnes' Besitz gelangt ist. Dass Paulina auf ein Andenken an Heinrich Himmler scharf war, kann ich mir jedenfalls nicht vorstellen.«

»Agnes kannte den Becher nicht. Das war bei *Bares für Rares* deutlich zu sehen«, bemerkte Karin. »Sie wirkte vollkommen überrascht.«

»Hast du vielleicht irgendwo ein Foto von meinem Bruder?« Artur sah seine Mutter hoffnungsvoll an. »Dann fiele es mir leichter, diese unglaubliche Geschichte zu begreifen. Vielleicht entdecke ich sogar Ähnlichkeiten im Aussehen zwischen uns.«

»Bevor wir darüber reden, möchte ich erst die ganze Geschichte erzählen«, sagte Hermine.

Artur zupfte ein paar Blätter einer Weinranke ab, die den Weg durch die Pergola gefunden hatte. »Wann hast du Wolfi verloren? Du bist doch nicht mit einem der Trecks nach Westen geflohen, sondern hast das Kriegsende in Heringsdorf erlebt.

Haben die Russen dir Wolfi weggenommen? Oder ist er in den harten Monaten direkt nach dem Krieg gestorben, als es kaum etwas zu essen gab? Oder …«, er stockte. »Hat dieser Schwab ihn dir doch genommen? Er war sein Vater, und du sagtest, dass der Lebensborn die Vormundschaft für Wolfi besaß.«

Karin schaute auf ihre Armbanduhr. »Es ist bereits nach sechs, und wir können alle eine Pause vertragen. Im Kühlschrank steht selbstgemachter Kartoffelsalat. Magst du ein paar Würstchen grillen, Schatz? Ich decke währenddessen den Tisch.«

»In Ordnung.« Artur schob seinen Stuhl zurück. »Wir verschieben den Rest deiner Geschichte auf morgen, Mutter. Ich möchte dich nicht überanstrengen.«

Hermine lächelte. »Eine Pause würde tatsächlich guttun, aber ich bin nicht müde, Junge. Und ich will nichts mehr aufschieben. Das habe ich lange genug getan.«

»Essen und Trinken hält Leib und Seele zusammen«, stellte Artur eine Stunde später fest und rieb sich den Bauch.

Hermine schmunzelte. »Diese alten Sprüche enthalten mehr Weisheit, als man glaubt.«

»Dann räume ich jetzt ab.« Karin stapelte das Geschirr auf ein Tablett und wollte aufstehen, doch ihr Mann hielt sie zurück. »Ich kümmere mich darum. Will jemand ein Glas Wein? Ich habe noch einen sehr schönen, zart-fruchtigen Weißburgunder, der ausgezeichnet zu diesem milden Sommerabend passt.«

»Gerne.« Karin lächelte ihm zu.

»Ich nehme auch ein Gläschen«, sagte Hermine.

Sie schaute ihrem Sohn nach, der mit dem Tablett durch die Tür verschwand. »Der schwerste Teil der Geschichte steht ihm noch bevor. Ich fürchte mich ein wenig, wie er das aufnehmen wird«, gestand sie.

»Mach dir nicht solche Sorgen«, versuchte Karin sie zu beruhigen. »Er weiß, dass diese Dinge der Vergangenheit angehören und niemand sie mehr ändern kann.«

»Ich habe dir deinen Lieblingsschal mitgebracht, Mutter.« Artur kam zurück auf die Terrasse, in der Rechten drei Gläser, in der Linken eine Flasche Wein und über dem Arm ein Tuch aus leichter blauer Wolle. Er stellte Flasche und Gläser auf den Tisch. Dann trat er hinter den Stuhl seiner Mutter und legte ihr den Schal um die Schultern. »Bevor du weitererzählst, möchte ich noch ein wenig über den Alltag im Heim Pommern erfahren. Womit hast du dich den Tag über beschäftigt? Dass du Handarbeiten und Volksliedersingen geschwänzt hast, wissen wir ja schon.«

Hermine lachte. »Nach Wolfis Geburt richtete sich mein Zeitplan nach seinen Stillzeiten. Eine Schwester hat ihn mir fünfmal am Tag zu genau festgelegten Zeiten gebracht. Um fünf Uhr morgens das erste Mal. Für das Stillen an sich war eine Stunde vorgesehen, aber bis Wolfi und ich wussten, worauf es ankommt, hat es länger gedauert. Ansonsten war der Alltag im Heim Pommern ruhig und ein wenig langweilig.« Sie trank einen Schluck Wein und lehnte sich dann in ihrem Stuhl zurück. »In der Halle hing ein schwarzes Brett mit Bekanntmachungen, die regelmäßig von der Sekretärin des Heims aktualisiert wurden. Es gab Pflichtveranstaltungen, wie Luftschutzkurse und Erste Hilfe. Auch zu den politischen Schulungen mussten wir erscheinen. Mir ist es allerdings dank meiner besonderen Verbindung zu Schwab gelungen, die Pflichtveranstaltungen des Öfteren zu schwänzen.«

»Politische Schulungen? Ich kann mir schon denken, was das waren. Reine Propagandaveranstaltungen!«, schnaubte Artur.

»Das war doch zu erwarten«, bestätigte Hermine. »Manchmal hat Schwab Vorträge gehalten, über die deutsche Mutter, über Rassenkunde oder über das Leben und den Werdegang des Führers. Wenn Reden von Hitler oder Goebbels im Radio übertragen wurden, saßen wir in der Bibliothek rund um den Volksempfänger. Daneben gab es Feierabendbeschäftigungen, wie

Spazierengehen, Handarbeiten oder Basteln. Das waren diese furchtbar langweiligen Veranstaltungen, vor denen ich mich immer gedrückt habe. Genauso wie vor dem Zimmer aufräumen.«

»Ich erinnere mich, dass es in deinem Zimmer sehr unordentlich aussah«, lachte Karin.

Hermine seufzte. »Wenn die Sekretärin mein Zimmer inspizierte, schlug sie immer gewaltigen Krach. Aber beim nächsten Mal sah es wieder so aus. Ich hasse Aufräumen und Putzen eben aus tiefster Seele. Bis Kriegsende beschäftigten meine Eltern unsere Hanna, die diese Aufgaben übernommen hat. Ich war also ziemlich verwöhnt. Irgendwann bin ich auf die Idee gekommen, der polnischen Putzfrau im Heim Pommern etwas zuzustecken, damit sie gründlich bei mir aufräumt. So blieb mir mehr Zeit, ein gutes Buch zu lesen. Die anderen Frauen haben natürlich bald bemerkt, dass ich mit vielen Dingen durchkam, und das gefiel ihnen überhaupt nicht. Sie nannten mich *Prinzessin auf der Erbse*.«

»Waren Sie neidisch, weil Wolfi Himmler als Paten bekam?«, erkundigte sich Karin.

»Sehr. Die Patenschaft galt als Auszeichnung. Ich glaube, ich war die Erste im Heim, deren Kind an Himmlers Geburtstag zur Welt kam. Als Schwab mir am Tag der Namensgebungsfeier vor allen anderen den gravierten silbernen Becher überreichte, sah ich in viele neidische Gesichter.«

»Wie hat sich diese Zeremonie abgespielt?«, wollte Artur wissen. »War sie an die Rituale einer christlichen Taufe angelehnt?«

»Die Feier fand in der Aula statt, und es wurde ein Riesenaufwand betrieben. Wir Frauen mussten den Raum am Tag vorher mit Blumen und Kerzen schmücken. Schwabs Sekretärin hat die Führerbüste aus seinem Büro geholt und auf eine Säule gestellt. Schuster hängte Hakenkreuz- und SS-Fahnen an die Wände. Zur Feier selbst wurden immer SS-Offiziere eingeladen, die Patenschaften für Neugeborene übernahmen. Die Zeremonie begann mit einem Vortrag von Schwab über germanisches Brauchtum und die SS als arische Elite des deutschen Volkes. Anschließend traten wir jungen Mütter mit unseren Kindern nach vorne und verpflichteten uns vor allen Anwesenden, das Kind im nationalsozialistischen Geist zu erziehen. Dann nahm Schwab einen speziell angefertigten silbernen Dolch, hielt ihn über das Kind, also auch über Wolfi, und sagte …«, Hermine schloss die Augen und kramte die Worte aus ihrem Gedächtnis. *»Ich nehme dich hiermit in den Schutz unserer Sippengemeinschaft auf und gebe dir den Namen Wolfgang. Trage diesen Namen in Ehre.«*

»War im Heim bekannt, dass Schwab Wolfis Vater war?«, fragte Artur.

Hermine schüttelte den Kopf. »Nein. In der Bevölkerung wurde nach wie vor das Idealbild einer deutschen Familie hochgehalten. Und er wollte nicht, dass dieses Bild mit einem unehelichen Sohn angekratzt wird.«

»Dennoch wollte er dir Wolfi wegnehmen. Wie passt das zusammen?«, wunderte sich Karin.

»Offiziell wäre Wolfi nicht sein Sohn, sondern sein Pflegekind gewesen. Das hätte ihn und seine Frau in den Augen der Menschen zu großartigen Wohltätern gemacht.«

»Und du konntest dich nicht weigern, diesem Arrangement zuzustimmen, weil der Lebensborn Wolfis Vormund war«, schlussfolgerte Karin.

»Deshalb wollte ich weglaufen«, bestätigte Hermine.

»Hätte Großvater dir nicht helfen können? Als großzügiger Spender für den Lebensborn konnte er doch sicher Einfluss nehmen«, fragte Artur. »Oder schämten sich die Großeltern, dass ihr erster Enkel unehelich war?«

Hermine schaute in ihr Weinglas. »Natürlich waren sie nicht begeistert, als sie von der Schwangerschaft erfuhren. Es war eine große Schande, dass ihre einzige, noch dazu minderjährige und ledige Tochter ein Kind von einem verheirateten Mann bekommt. Dennoch haben sie mich nicht verstoßen, wie es bei vielen Frauen im Heim der Fall war.«

»Dann hat keine der ledigen Mütter ihr Kind behalten?«, fragte Karin.

»Einige schon, weil sie und der Kindsvater heiraten wollten. Andere sind in Mutter-Kind-Heime gezogen. Dort gingen sie tagsüber einer Arbeit nach, während ihr Kind im Heim betreut wurde. In Stettin zum Beispiel gab es so eine Einrichtung. Aber die Plätze waren natürlich begrenzt. Der Lebensborn hat die anderen Säuglinge dann nach dem Abstillen ähnlich wie die polnischen Kinder in deutsche Familien vermittelt.« Hermine richtete sich auf. »Wollt ihr jetzt hören, wie es weiterging?«

»Klar!«, riefen Artur und Karin gleichzeitig.

»Dann schenk mir noch ein Schlückchen Wein nach, mein Sohn. Reden macht durstig.« Hermine hielt ihrem Sohn das Glas hin.

Kapitel zweiundzwanzig

Pommern, Oktober 1944

Hermine drehte sich mit erhobenen Händen um. »Nicht schießen, Herr Schuster! Ich bin es nur!«

Der Hausmeister trat dicht vor sie und leuchtete ihr ins Gesicht. »Frau Hermine?«

Geblendet kniff sie die Augen zusammen. »Zielen Sie mit einer Waffe auf mich?«

Er schaute in den nächtlichen Wald. »Nein«, raunte er dann. »Aber das muss diese polnische Landstreicherin ja nicht wissen.«

»Ist sie hier?«, rief Hermine. »Haben Sie sie gesehen?«

Schuster schüttelte den Kopf. »Nein, wegen des Verdunkelungsschirms besitzt diese Lampe leider kaum Reichweite. Aber ich dachte, ich höre Stimmen.«

Hermine lachte hell. »Das war der Wind, das himmlische Kind. Er rauscht durch die Zweige.«

»Hm …« Schuster hob die Lampe. Der schwache Lichtschein beschrieb einen kleinen Halbkreis, doch von dem Farnkraut, in dem Paulina hockte, streifte er nur die äußeren Wedel. Er ließ den Arm wieder sinken. »Vielleicht war da auch ein Reh oder ein Wildschwein. Was machen Sie um diese Zeit überhaupt hier draußen? Warum sitzen Sie nicht mit den anderen beim Abendbrot?«

»Ich habe mich abgemeldet. Mein Kopf schmerzt so furchtbar, dass ich den Lärm und das Licht im Speisesaal nicht ertrage. Aber hier draußen ist es schön frisch.«

»Vor dem Haupteingang ist die Luft auch schön frisch. Und da ist es sicherer.«

»Dort standen drei Offiziere, die das dringende Bedürfnis

verspürten, eine Zigarette zu rauchen. Zigarettenrauch verschlimmert Migräne. Und die Notwendigkeit, mit den Herren Konversation zu treiben, auch.«

»Aber ganz alleine in der Dunkelheit ist es zu gefährlich für Sie. Immerhin läuft diese Einbrecherin noch frei herum. Wenn Sie erlauben, Frau Hermine, bringe ich Sie jetzt ins Haus zurück. Und dann beende ich meine Runde.«

Hermine war es gelungen, Schuster in Sicherheit zu wiegen. Weder Schwab noch irgendwelche SS-Offiziere durchkämmten die Umgebung des Heims, und Paulina verbrachte eine weitere Nacht unbehelligt in ihrem Versteck im Bootshaus. Doch der Hunger hielt sie wach. Von Olgas Brotkanten war kein Krümel mehr übrig. Sie besaß einzig die Erbswurst, allerdings keinen Topf und auch keine Möglichkeit, Feuer zu machen. Sie nahm eine Portionstablette, schöpfte eine Handvoll kaltes Wasser am Seeufer und legte die Erbswurstscheibe in ihre hohle Hand. Dann schlang sie die aufgeweichte Pampe hinunter und nagte dazu an einem Maiskolben. Der konzentrierte Geschmack der Erbswurst verursachte ihr jedoch Würgereiz, und von dem Salz bekam sie schrecklichen Durst. Wider besseres Wissen trank sie das eiskalte Wasser des Sees, und in der Nacht wurde sie von Magenkrämpfen heimgesucht. Außerdem fror sie entsetzlich. Sie rollte sich auf dem Boden des Ruderboots zusammen und schlang die Arme um die angezogenen Knie, doch ihre Zähne hörten nicht auf zu klappern, und ihr Körper wollte einfach nicht warm werden.

Am nächsten Morgen kroch sie übernächtigt und mit steifen Gliedern ins Maisfeld, entleerte ihre Blase und spähte hinauf zum Heim. Die Sonne schien, aber das welke Gras im Park und an den Feldrändern glitzerte vom Raureif, und ihr Atem wehte in weißen Schleiern aus ihrem Mund.

Die Natur zeigte ihr unmissverständlich, dass der Winter vor der Tür stand. Mit Bangen erinnerte sie sich, dass die Ostsee in den letzten Jahren dreimal zugefroren war. Sollte es wieder einen harten, kalten Winter geben, wurde die Flucht nach Schweden noch gefährlicher. Auf dem Wasser hielten Eisbrecher dann allenfalls wenige Fahrrinnen frei, in denen die Schiffe für feindliche Jagdflugzeuge wie Lockenten auf einem Teich hockten. Fischerboote fuhren wahrscheinlich gar nicht mehr raus. In diesem Fall würde sie gezwungen sein, bis zum Frühjahr für sich und Agnieszka einen sicheren und warmen Unterschlupf zu finden. Aber wie sollte sie das schaffen, mitten im Feindesland?

Indem ich immer einen Schritt nach dem anderen mache, beschwor sie sich, so wie im Krankenhaus von Posen.

Und der nächste Schritt bedeutete, Agnieszka zu befreien.

Mit einem Fünkchen neu erwachten Mutes richtete sie den Blick wieder zum Heim und entdeckte eine Frau, die einen Kinderwagen vor sich herschob. Sie überquerte Vorplatz und Park und betrat den schmalen Weg, der an den See und zum Bootshaus führte.

Als sich die Frau näherte erkannte Paulina, dass es Hermine war. Sie hielt beim Bootshaus, schaukelte den Kinderwagen und blickte sich nach allen Seiten um.

Paulina kroch zwischen den Maisstangen hindurch, bis sie mit einem Satz über den Grasstreifen und hinter die Seitenwand des Bootshauses springen konnte. Sie lief zur vorderen Ecke und rief leise: »Hermine, ich bin hier.«

Die junge Frau warf noch einmal einen kurzen Blick Richtung Heim und schob den Kinderwagen dann zu Paulinas Versteck. »Es war nicht einfach, die Erlaubnis für einen Spaziergang mit Wolfi zu erhalten. Ich musste sagen, wohin ich gehe, und bis zum Mittagessen muss ich zurück sein.« Prüfend musterte sie Paulina. »Sie sehen krank aus. Geht es Ihnen nicht gut?«

»Mir ist nur etwas kalt«, wehrte Paulina ab. »Haben Sie Agnieszka gesehen?«

Hermine nickte. »Beim Frühstück. Es geht ihr gut. Sie hat ein Butterbrot mit Pflaumenmus gegessen und warme Milch getrunken. Ich habe Ihnen etwas mitgebracht.« Sie schlug Wolfis Decke am Fußende ein Stückchen zurück, nahm ein zusammengerolltes Kleiderpäckchen und hielt es Paulina hin. »Ich bin zwar etwas kleiner als sie, aber ich glaube, es müsste passen. Der Rock und die Jackenärmel sind vielleicht ein wenig kurz, aber zu eng sind sie auf keinen Fall, dünn wie Sie sind. Und der Schal hält sie schön warm.«

Paulina runzelte die Stirn. »Warum haben Sie mir Kleidung mitgebracht?«

»Du lieber Himmel, schauen Sie doch nur an sich herunter. In so verdreckten, schäbigen Kleidern ziehen Sie unnötige Aufmerksamkeit auf sich. Ich glaube nicht, dass Sie das wünschen.«

»Nein«, räumte Paulina ein. Sie rollte das Päckchen auseinander. Rock und Jacke waren aus festem braunem Tweed und der Schal aus weicher wärmender Wolle. So hochwertige und sorgsam gearbeitete Kleidung hatte sie seit Jahren nicht mehr getragen. »Ich danke Ihnen«, sagte sie belegt.

»Gewiss haben Sie auch Hunger.« Hermine fasste in ihre Manteltasche und zog ein in ein Taschentuch gewickeltes Butterbrot heraus. »Ich dachte mir, dass es für Sie schwierig sein dürfte, an etwas Essbares zu kommen.«

»Damit haben Sie wohl recht!« Paulina entfernte das Taschentuch. Der herzhafte Duft von Sauerteig wehte ihr in die Nase, und sie biss augenblicklich hinein. Das Brot war frisch und weich und nicht mit Margarine, sondern mit echter Butter bestrichen. »Du lieber Himmel, ist das gut«, seufzte sie kauend.

»Und weil aller guten Dinge drei sind, habe ich Ihnen noch etwas mitgebracht.« Hermine zog einen Schnellhefter aus dem Kinderwagen und wedelte damit vor Paulina herum. »Der Inhalt dürfte Sie interessieren.«

Auf einem kartonierten Deckel klebte ein Etikett mit der Aufschrift ›Agnes Krahl‹. Paulinas Herz schlug schneller. Sie stopfte sich den Rest des Brotes in den Mund, wischte die Finger am Taschentuch ab und entriss Hermine den dünnen Hefter.

»Wie sind Sie an Agnieszkas Akte gekommen?«

Hermine gluckste amüsiert. »Es war nicht so furchtbar schwierig. Ich habe zur Sekretärin gesagt, dass jemand ums Haus schleicht und behauptet, dass er eine undichte Dachrinne reparieren soll. Sie ist sofort hinausgelaufen, weil sie ja gar keinen Handwerker bestellt hatte und fürchtete, dass es wieder ein Einbrecher sein könnte. In ihrer Eile hat sie vergessen, die Bürotür abzuschließen. Die Akte aus dem Schrank zu holen, war dann nur noch eine Sache von Sekunden.«

»Wie wagemutig Sie sind«, stellte Paulina anerkennend fest.

Hermines Wangen färbten sich. »Zurückbringen kann ich die Akte nicht. Mein Trick wird kein zweites Mal funktionieren.«

»Aber die Sekretärin wird die Akte irgendwann vermissen.«

»Mag sein, aber was habe ich damit zu tun?«, gab Hermine mit unschuldigem Augenaufschlag zurück.

»Dann werde ich sie in einem günstigen Moment vernichten«, sagte Paulina. Sie schlug den Deckel auf und holte scharf Luft. Auf dem ersten Blatt klebten drei Porträtfotos ihrer Nichte. Eines zeigte Agnieszka von vorne, eines im Profil und eines im Halbprofil. Paulina strich mit der Spitze eines Zeigefingers über das Kindergesicht auf den Bildern. »Wie starr Agnieszkas Augen sind. Sie muss große Angst verspürt haben.«

Sie blätterte zur nächsten Seite und las halblaut: »Rassische Einordnung Agnieszka Król / Agnes Krahl.« Aufgeregt drehte sie sich zu Hermine. »Habe ich Ihnen nicht gesagt, dass sie in Wirklichkeit Agnieszka heißt? Hier haben Sie den Beweis. Ich nehme an, diese Unterlagen wurden in Kalisz erstellt.«

»Kalisz?«, fragte Hermine erstaunt. »Gibt es dort auch eine Einrichtung wie das Heim Pommern?«

»Es gibt dort ein Kinderheim, in dem viele der geraubten polnischen Kinder vorübergehend für einige Wochen untergebracht sind.« Sie überflog den eng beschriebenen Bogen. »Das ist ein Untersuchungsbericht von einem Arzt des Heims in Kalisz. Er hat Agnieszka von Kopf bis Fuß vermessen und ihre Haar-

und Augenfarbe bestimmt. Und aus all diesen Untersuchungen hat er gefolgert, dass sie dem nordischen Rassetypus angehört, was auch immer das sein soll.«

Hermine klärte sie auf. »Nach der deutschen Rassenlehre ist das die wertvollste menschliche Rasse. In der Schule brachte man uns bei, dass auch das deutsche Volk dazu gehört, und dass dieser Umstand es zur Herrschaft über alle anderen Völker und Rassen bestimmt.«

»Ich lernte in der Schule die Menschenrechte, die besagen, dass wir alle gleich geboren sind«, schnaubte Paulina. »Kein Mensch ist wertvoller als der andere, und niemand ist wegen seiner Haut-, Haar- oder Augenfarbe zum Herrschen über den anderen bestimmt!«

»Wir haben das genaue Gegenteil gelernt, und es erschien mir auch immer ganz selbstverständlich. Aber wenn ich Sie so höre, gefällt mir die Idee der Gleichheit aller«, erwiderte Hermine nachdenklich. »Vor meiner Aufnahme ins Heim Pommern mussten meine Eltern den großen Ariernachweis für mich vorlegen. Er beweist, dass bis zurück ins Jahr 1800 keine Juden unter meinen Vorfahren sind. Außerdem müssen die Frauen sich vor der Aufnahme ähnlichen Untersuchungen unterziehen wie Agnieszka und Fragen beantworten, die sich auf ihr Wesen und ihren Charakter beziehen. Für mich haben meine Eltern diese Dokumente ausgefüllt. Ehrlich gesagt weiß ich gar nicht, was sie hineingeschrieben haben.«

»Ihr Deutschen seid wahnsinnig!« Paulina verzog angewidert das Gesicht.

»Nicht alle«, widersprach Hermine. »Es gibt auch anständige Deutsche.«

»Ich habe noch keine getroffen!«

Hermine sah sie verletzt an. Aber sie schluckte eine weitere Erwiderung hinunter. Paulina blätterte zur nächsten Seite der Akte. »Hier ist eine charakterliche Beurteilung von Agnieszka abgeheftet. Die Heimleiterin in Kalisz hat sie verfasst. Sie schreibt, dass Agnieszka gehorsam und willig sei, jedoch zu weinerlichem Naturell und Selbstmitleid neige, weshalb eine strenge Erziehung angeraten sei. Ich frage mich, welches zweijährige Kind nicht aus dem Gleichgewicht gerät, wenn es miterleben muss, wie seine Eltern ermordet und es in eine völlig fremde Umgebung verschleppt wird! Im Übrigen ist diese Heimleiterin eine Mörderin und in keiner Weise qualifiziert, charakterliche Urteile über andere abzugeben!«

»Eine Mörderin leitet das Kinderheim in Kalisz?«, rief Hermine schockiert.

»Eine Kindsmörderin«, bekräftige Paulina grimmig und blätterte weiter.

In der restlichen Akte befand sich neben Impfbescheinigungen, Ergebnissen von Blutuntersuchungen und einem Röntgenbild von Agnieszkas Lunge auch die Anmeldebestätigung bei einer Berliner Krankenversicherung.

»Mir fällt auf, dass auf allen Unterlagen *OK 352* steht.« Fragend schaute Paulina Hermine an. »Haben Sie eine Idee, was das bedeutet?«

»OK könnte für Ostkind stehen«, antwortete Hermine. »So werden die polnischen Kinder im Heim genannt. In Verbindung damit könnte diese Zahl bedeuten, dass Agnes oder Agnieszka das dreihundertzweiundfünfzigste Ostkind ist. Du meine Güte!« Sie presste eine Hand vor den Mund. »So viele Kinder wurden bereits aus ihren Familien geraubt?«

»Vielleicht auch mehr, wenn es noch weitere Durchgangsheime wie das in Kalisz gibt.« Paulina betrachtete die Anmeldebestätigung. »Hier wird Agnieszka nur noch Agnes Krahl genannt, geboren am 13. Januar 1942. Moment, das stimmt doch gar nicht! Agnieszka wurde am 9. Mai 1942 geboren. Sie haben sie fast ein halbes Jahr älter gemacht!«

»Aber was für einen Sinn ergibt das?«, fragte Hermine.

»Das ist doch klar! Mit einem gefälschten Namen und einem gefälschten Geburtsdatum wird ihre wahre Identität verschleiert. Die neuen deutschen Pflegeeltern glauben, sie bekommen ein deutsches Waisenkind, und für ihre polnische Familie wird es unmöglich, mit den echten Daten ihr geraubtes Kind zu finden. Ich wette, auch der Geburtsort ist gefälscht.« Paulina schaute erneut auf die Meldebescheinigung. »Stettin! Das ist erstunken und erlogen. Agnieszka wurde in Warschau geboren. Abgestempelt wurde dieses verlogene Dokument vom Lebensborn Meldeamt Bad Polzin. Der Lebensborn hat also eigene Meldeämter? Bestimmt auch, um die Herkunft der geraubten Kinder besser zu verbergen.«

»So ein Meldeamt befindet sich tatsächlich im Heim Pommern«, bestätigte Hermine. »Es hat auch Wolfis Geburtsurkunde ausgestellt.« Sie legte eine Hand auf Paulinas Arm. »Ich glaube, ich begreife langsam das Ausmaß dessen, was ...«, sie schluckte, »wir diesen Kindern und ihren Familien antun. Bitte glauben Sie mir, dass ich es furchtbar finde.«

Paulina starrte auf Hermines Finger. Dass sich eine Deutsche bei ihr für das an den Polen begangene Unrecht entschuldigte, traf sie völlig unerwartet, und sie wusste nicht, wie sie darauf reagieren sollte. Hermine klang aufrichtig, aber durfte sie ihr trauen? Und was änderte es für Paulina, Agnieszka und all die anderen, wenn eine Deutsche sich für die Verbrechen entschuldigte, die ihre Landsleute an ihnen begingen. Es machte nichts ungeschehen, und es verhinderte auch nichts.

Brüsk blätterte sie weiter und sagte: »Hier sind Lebensläufe von deutschen Ehepaaren abgeheftet. Die Männer haben alle einen militärischen Rang inne. Meistens bei der SS, aber auch bei der Wehrmacht. Sie sind Mitglieder in der Partei und bekleiden politische Ämter oder arbeiten in nationalsozialistischen Organisationen.«

»Diese Ehepaare werden wahrscheinlich als Pflegeeltern für Agnieszka in Erwägung gezogen«, überlegte Hermine. »Sie sollen sie zu einer guten Deutschen erziehen.«

Paulina schlug die nächsten Seiten auf. »Ich befürchte, Sie

haben recht. Hier sind Bewerbungsschreiben der Ehepaare für eines der angeblichen Waisenkinder abgeheftet. Dahinter befinden sich Durchschläge von Einladungsschreiben des Heims und Bestätigungen für Zimmerbuchungen im Gasthaus Zum Hirschen. Du meine Güte!« Sie starrte Hermine an. »Diese Termine sind alle am nächsten Wochenende! Dann bleiben mir nur noch sechs Tage, um Agnieszka zu befreien.«

Hermine sah ihr in die Augen. »Ich helfe Ihnen. Wenn Sie mir helfen.«

Paulina klappte die Akte zu. »Gut, reden wir darüber. Wohin wollen Sie fliehen?«

»Nach Stettin zu meinen Eltern.«

Aus dem Kinderwagen erklang ein leises Wimmern.

»Geht es dem Kleinen gut?«, fragte Paulina.

»Vielleicht hat er Hunger.« Hermine beugte sich über den weißen Korbwagen und steckte einen kleinen Finger hinein. Das Wimmern verstummte. Mit einem strahlenden Lächeln wandte sie sich zu Paulina. »Wollen Sie ihn einmal sehen? Immerhin verdankt er sein Leben auch Ihnen.«

Paulina errötete und kam zögernd hinzu. Unter dem hochgeklappten Schirm sah sie ein winziges Gesichtchen. Der Kleine kniff die Augen zusammen und saugte eifrig an Hermines Finger. Wider Willen lächelte Paulina. »Agnieszka hat das bei mir auch gemacht, als sie ganz klein war. Sie erwähnten, dass Stettin mehrfach bombardiert wurde. Haben Sie keine Angst, dorthin zurückzukehren?«, fragte sie Hermine.

Die junge Frau schüttelte den Kopf. »Es ist überall besser als hier, wo Schwab mir meinen Sohn jeden Tag wegnehmen kann.«

»Würden Ihre Eltern so etwas denn einfach hinnehmen?«

»Wenn ich bei ihnen bin, werden sie mich beschützen«, versicherte Hermine. »Aber hier im Heim Pommern hat Schwab das Sagen, und wenn er meinen Kleinen erst hat, ist es zu spät.«

Paulina lehnte sich gegen die Wand des Bootshauses. »Die Polizei, vielleicht auch die SS wird sich auf unsere Spur setzen.

Deshalb können wir nicht in Bad Polzin in den Zug steigen, sondern erst in Schivelbein. Somit steht uns eine Tageswanderung querfeldein durch den Wald bevor. Schaffen Sie das so kurz nach Ihrer schweren Geburt?«

»Ich bin wieder bei Kräften«, beteuerte Hermine.

»Wenn Sie zwischendurch schlappmachen, lasse ich Sie zurück.«

»Ich halte durch!«

Paulina nickte knapp und fuhr fort: »Um eine Fahrkarte zu kaufen, benötigen Sie eine Reisegenehmigung. Haben Sie die?«

»Nein.« Hermine schüttelte den Kopf. »Sie wahrscheinlich auch nicht.«

»Doch. Ich besitze eine.«

»Woher? Bekomme ich dort auch so ein Dokument?«

Paulina dachte an Janka und die kleine Partisanengruppe im Wald bei Posen. »Das ist ausgeschlossen. Dennoch müssen wir Sie in einen Zug nach Stettin bekommen.« Mareks Worte fielen ihr ein: »Die deutschen Wehrmachtsoldaten sind so korrupt, die verkaufen sogar ihre eigenen Waffen an polnische Widerstandskämpfer.«

Mühsam kämpfte sie den aufsteigenden Schmerz nieder und fragte: »Wie viel Geld haben Sie?«

»Ungefähr einhundertfünfzig Mark. Warum?«

»Einen Teil davon brauchen wir, um Fahrkartenverkäufer und Schaffner zu überzeugen, die sprichwörtliche deutsche Gründlichkeit zu vergessen.«

»Ich verstehe.« Hermine lächelte. »Eine gute Idee. Kommen Sie mit mir bis Stettin?«

Paulina nickte. »Aber am Bahnhof dort trennen sich unsere Wege.«

»Wo wollen Sie dann hin?«

»Es ist besser, wenn Sie das nicht wissen.« Paulina stieß sich von der Wand ab. »Lassen Sie uns überlegen, wie Sie, Wolfi und Agnieszka unbemerkt aus dem Heim verschwinden können.«

»Nachts ist es nicht möglich«, sagte Hermine. »Ich kann die Kinder nicht unbemerkt aus ihren Schlafsälen holen.«

»Nachts können wir auch nicht durch den Wald wandern. Zumindest nicht, wenn wir ortsfremd sind.« Paulina versank in angestrengtes Grübeln. Schließlich atmete sie tief durch und schaute Hermine an. »Wir werden es über den Zaun am Hinterhof versuchen, so wie gestern, als ich wollte, dass Sie mir Agnieszka geben. Aber weder Schwab noch Schuster noch sonst jemand darf uns dabei überraschen.«

»Wir müssen sie also ablenken«, sagte Hermine.

Paulina nickte. »Ich habe auch schon eine Idee. Schwab kommt jeden Morgen um Punkt halb acht am Heim an, nicht wahr?«

»Man kann die Uhr danach stellen«, bestätigte Hermine.

»Und er parkt seine Limousine immer vor dem Haupteingang?«

»Immer.«

»Haben Sie zufällig ein Spucktuch für den Kleinen dabei?«

Hermine nickte verblüfft.

»Geben Sie es mir.«

Gehorsam nahm Hermine das Tuch aus dem Kinderwagen und gab es ihr. Paulina faltete es auseinander. »Es ist so groß wie eine Windel. Das sollte reichen.« Sie schaute Hermine in die Augen. »Packen Sie heute Abend eine Tasche mit dem Nötigsten. Vor allem brauchen Sie Geld und Papiere. Vielleicht noch ein paar Windeln. Legen Sie eine Wolldecke für Wolfi heraus, ihren Wintermantel und festes Schuhwerk. Ab morgen früh halten Sie sich mit den Kindern bereit. Um kurz nach halb acht werden Sie ein Zeichen erhalten. Dann rennen Sie mit Wolfi und Agnieszka so schnell wie möglich zum Zaun am Hinterhof. Dort treffen wir uns.«

»In Ordnung. Verraten Sie mir, was Sie vorhaben?«

Paulina lächelte. »Lassen Sie sich überraschen.«

Am nächsten Morgen lag Paulina flach auf dem Bauch hinter einigen Hagebuttensträuchern am Rande des Parkplatzes. Über dem östlichen Waldrand dämmerte es, ein schmaler flammend oranger Schein, der in einen schiefergrauen Himmel überging. Der Erdboden unter ihr war hart und eisig kalt. Sie pustete auf ihre klammen Finger und warf einen Blick auf ihre Armbanduhr. Schemenhaft erkannte sie, dass die Zeiger auf kurz vor halb acht standen.

Nur Augenblicke später vernahm sie schwaches Motorengebrumm, das rasch lauter wurde. Dann rollte Schwabs Limousine die Einfahrt hinauf und hielt genau gegenüber des Haupteingangs – kaum drei Meter von Paulinas Versteck entfernt.

Im selben Moment wurde die Tür des Heims aufgestoßen, der Hausmeister stürzte heraus, eilte zu dem schwarzen Wagen und riss die Fahrertür auf. »Guten Morgen und Heil Hitler, Hauptsturmführer!«

»Heil Hitler, Schuster!« Schwab stieg aus und reichte dem Hausmeister seine Aktentasche. »Alles ruhig gewesen heute Nacht?«

Schuster stand stramm. »Melde gehorsamst, keine besonderen Vorkommnisse! Alles in bester Ordnung!«

»So soll es sein! Obwohl mir noch lieber wäre, wenn wir diese Herumtreiberin endlich fassen würden!« Schwab schloss die Autotür und steckte den Schlüssel in die Manteltasche.

»Mir auch, Herr Hauptsturmführer, mir auch. Haben Sie übrigens heute Morgen schon die Pommersche Zeitung gelesen? Oberst Kahler steht mit seiner Führer-Grenadier-Brigade bei Gumbinnen wie eine Eins. Der Iwan wird unser schönes Königsberg nicht bekommen!«

»Niemals, Schuster, niemals!« Schwab schlug dem Hausmeister kräftig auf die Schulter. »Aus absolut zuverlässiger Quelle weiß ich, dass auch die Fallschirm-Panzer-Division Hermann Göring und Oberst Lipperts 5. Panzerdivision heldenhaften Widerstand leisten. Und in Kurland stehen unsere

Männer wie eine eiserne Faust zwischen den Sowjets und unseren Ostseehäfen!«

»Verheißungsvolle Nachrichten!«, rief Schuster. »Und dürfen Herr Hauptsturmführer mir anvertrauen, wer Ihre Informanten sind?«

»Ich habe gestern mit den Kameraden der Schutzstaffel auf einen Umtrunk im Hirschen gesessen. Sie haben mir von der triumphalen Gegenoffensive des Führers in Kurland berichtet. In drei Tagen werden sie mit der gesamten Freiwilligen-Panzergrenadier-Brigade Nederland dazustoßen. Sie können es kaum erwarten, den Russen das Fell über die Ohren zu ziehen.« Schwab lachte meckernd und Schuster stimmte fröhlich ein. »Der Führer führt sein Volk zum Endsieg, und sein Volk steht geschlossen hinter ihm!«

»Wohl gesprochen, Schuster, wohl gesprochen!«, lobte Schwab.

Der Hausmeister hielt dem Hauptsturmführer die Eingangstür auf, und beide verschwanden im Haus.

»Endsieg!«, murmelte Paulina verächtlich. »Nicht für euch!«

Sie richtete sich halb auf, griff in den Rucksack, der neben ihr auf dem Erdboden lag, und holte Wolfis Spucktuch und ihre Zündhölzer heraus. Sie verschnürte den Rucksack wieder, warf ihn über ihre rechte Schulter und kroch zu Schwabs Limousine. In einer Faust hielt sie das Spucktuch und die Zündhölzer.

Sie hockte sich an den hinteren linken Kotflügel, wo sich der Tank befand, schraubte den Verschluss auf und legte ihn auf den Boden. Stechender Benzingeruch stieg ihr in die Nase und entlockte ihr ein zufriedenes Lächeln. Sie drehte das Spucktuch zu einer länglichen Wurst und stopfte es in den Tank, bis nur noch ein Rest herausschaute. Dann nahm sie ein Zündholz aus der Schachtel, riss es an und hielt es an das Ende der Stoffwurst. Es dauerte nicht lange, und das Gewebe begann zu glimmen. Sobald kleine Flämmchen empor züngelten, packte sie den Rucksack und rannte los.

Sie achtete nicht auf Deckung, sondern lief so schnell sie konnte über den verlassenen Vorplatz. Als sie um die Ecke zum Hinterhof bog, sah sie Hermine. Wie verabredet stand sie direkt am Zaun und schaute suchend in den Wald. An einer Hand hielt sie Agnieszka. Der kleine Wolfi lag in einem wollenen Schal, den sie um ihren Nacken geknotet hatte vor ihrer Brust, und vom Ellbogen baumelte eine Handtasche.

»Hermine!« Paulina winkte mit beiden Armen.

Die junge Frau drehte sich um und öffnete den Mund.

In diesem Moment zerriss eine gewaltige Explosion die Stille.

Hermine zuckte zusammen, und Agnieszka erschrak so sehr, dass es ihr die Beine wegriss. Nur Hermines fester Griff verhinderte, dass sie auf den Po fiel.

Paulina raste auf den Zaun zu. Kurz davor stieß sie sich mit ganzer Kraft vom Boden ab, griff hoch zum Rand des Maschendrahtzauns und warf ihr rechtes Bein auf die andere Seite. Ächzend zog sie ihr linkes Bein hinterher und ließ sich fallen. Sofort rappelte sie sich wieder auf. »Agnieszka! Schnell!«

Hermine hob die strampelnde Kleine hoch, Paulina ergriff sie und stellte sie neben sich.

»Jetzt das Baby!« Sie nahm den Säugling, den Hermine ihr entgegenstreckte und legte ihn zu Agnieszka auf das Laub. Dann zerrte sie Hermine, die ungeschickt versuchte, am Drahtgewebe emporzuklettern, auf die andere Seite. Dabei warf sie einen prüfenden Blick auf das Heim Pommern. Nichts regte sich hinter den Fenstern. Auch der Hof lag verwaist da. Ihr Ablenkungsmanöver war gewagt gewesen, aber es schien zu funktionieren.

»Dieser Knall«, keuchte Hermine. »Waren Sie das?«

»Ich habe Schwabs Auto in die Luft gesprengt.« Paulina hob Agnieszka hoch. Die Kleine strampelte und brüllte durchdringend. Paulina legte eine Hand auf ihren Mund. »Folgen Sie mir!«, schrie sie Hermine zu und rannte los.

Kapitel dreiundzwanzig

Pommern, Oktober 1944

»Ich brauche eine Pause«, keuchte Hermine. »Wolfi wird unruhig. Ich muss ihn stillen.«

Widerwillig verlangsamte Paulina ihren Schritt und schaute auf ihre Armbanduhr. Sie zeigte kurz vor elf. Fast dreieinhalb Stunden marschierten sie nun schon in zügigem Tempo durch den Wald. Und nicht auf befestigten Wegen, ausnahmslos querfeldein. Hermine hielt klaglos mit. Selbst jetzt wollte sie die Unterbrechung nicht für sich, sondern für ihr Kind. Paulina nickte der jungen Deutschen zu. »In Ordnung.«

Hermine sank auf einen Baumstamm und atmete tief durch. »Danke.«

Insgeheim kam Paulina eine Rast durchaus entgegen. Ihre Arme schmerzten, und ihr Rücken fühlte sich ganz taub an. Außer dem Rucksack trug sie nämlich auch Agnieszka und damit gute zehn Kilo zusätzlich. Die Kleine machte sich brettsteif. Ihre gesamte Mimik und Körperhaltung drückten aus, wie schlecht es ihr ging. Ihre Tante schien für sie eine völlig Fremde zu sein. Paulina ignorierte dieses Verhalten tapfer, aber innerlich erzeugte es eine tiefe Traurigkeit, egal wie oft sie sich ermahnte, dass Agnieszka nur etwas Zeit brauche, um sich wieder an sie zu gewöhnen.

»Engelchen«, sagte sie auf Polnisch zu Agnieszka. »Ich setzte dich jetzt ab, hörst du?«

Die Kleine presste die Lippen zusammen und starrte an ihr vorbei in den Wald. Nichts ließ erkennen, ob sie ihre Tante verstand. Paulina seufzte und stellte sie auf den Erdboden. Sofort lief Agnieszka zu Hermine und schmiegte sich an sie. »Will Hause«, piepste sie auf Deutsch.

Hermine tippte sie lächelnd auf die Nasenspitze. »Du bekommst ein schönes, neues Zuhause, Kleines. Bei deiner Tante Lina.«

Agnieszka senkte den Kopf und in Paulinas Augen brannten Tränen. Rasch bückte sie sich und tat, als müsse sie ihre Schnürsenkel binden.

Hermine knöpfte Mantel und Kleid auf, öffnete den Verschluss ihres Still-Büstenhalters und legte Wolfi an. Fast sofort ertönte ein leises Schmatzen. Jetzt musste Paulina lächeln. Sie ging zu Hermine, setzte sich neben sie und schaute auf den kleinen Jungen, der hungrig saugte.

»Es scheint ihm gutzugehen.« Sie streichelte mit einem Finger über seine rosigen Wangen.

Agnieszka beobachtete sie mit großen Augen. Paulina wollte ihr einen Nasenstüber geben. Doch sofort drehte die den Kopf weg, und Paulina ließ die Hand sinken. »Sie glaubt, dass eine SS-Organisation ihr Zuhause ist, und erkennt ihre eigene Tante nicht mehr«, sagte sie gepresst.

»Aber sie hat Sie bereits erkannt. Ich habe selbst gehört, wie sie Sie Lina nannte«, versuchte Hermine zu trösten.

»Das war wohl nur ein kurzer Moment, von dem nichts geblieben ist«, gab Paulina bitter zurück. »Nicht einmal ihre Muttersprache versteht sie noch.«

Hermine sah sie mitfühlend an. »Gewiss braucht sie nur etwas Zeit. Denken Sie nur, wie hier in den letzten Wochen mit ihr umgegangen wurde. Sobald sie weinte, wurde mit ihr geschimpft. Ebenso, wenn sie sich eingenässt hat. Sie ist sicherlich sehr misstrauisch gegenüber Erwachsenen geworden und vertraut keinem mehr. Sie ist doch noch so klein. Besitzen Sie Fotografien, die Sie ihr zeigen können?«

Paulina schüttelte den Kopf.

»Dann erzählen Sie ihr von früher, von ihren Eltern, von Warschau, nur vielleicht jetzt noch nicht.«

Paulina zog die Augenbrauen empor. »Warum nicht?«

»Weil Sie hier auf deutschem Reichsgebiet sind. Lassen Sie auch Agnieszka noch eine Weile deutsch sein. Zumindest so lange, bis Sie an dem Ort sind, wo Sie hinwollen. Es macht vieles einfacher, nicht nur bei Personenkontrollen.«

»Sie haben recht«, sagte Paulina widerstrebend. »Ich werde von nun an deutsch mit meiner Nichte sprechen und sie Agnes nennen. Agnes Krahl.«

»Und Sie sind die Tante Lina Krahl?«

»In meinem Ausweis steht, dass ich die Mutter bin. Und ich heiße dort nicht Lina, sondern Paula. Agniesz-, ich meine Agnes nannte mich Lina, weil sie meinen richtigen Namen noch nicht aussprechen kann.« Sie drehte sich zu ihrer Nichte. »Ich bin deine Mama, verstehst du, Engelchen? Deine Mama.«

Agnieszka sah sie ernst an. Dann steckte sie einen Daumen in den Mund und begann, heftig zu nuckeln.

»Lautet Ihr richtiger Name Pauline?«, fragte Hermine.

»Nicht ganz. Ich heiße Paulina.«

Hermine nahm Wolfi von der Brust. »Würden Sie ihn halten, während ich mich wieder anziehe? Vielleicht macht er auch gleich sein Bäuerchen.«

Paulina legte den Kleinen an ihre Schulter und klopfte behutsam mit einer Hand auf seinen Rücken. Sie schnupperte und rümpfte die Nase. »Er braucht eine frische Windel.«

Hermine errötete. »Ich habe ein paar Mulltücher in meiner Tasche, aber ich weiß nicht, wie man einem Säugling eine Windel anlegt. Im Heim Pommern übernahmen die Schwestern das Wickeln.«

Paulina schüttelte den Kopf. »Ich mache ihn sauber. Schauen Sie mir zu, damit Sie das nächste Mal wissen, wie es geht.«

Hermine nahm ein Mulltuch aus ihrer Tasche und gab es Paulina. Agnieszka zupfte an Hermines Ärmel. »Hunger!«

»Wir haben leider nichts zu essen«, sagte Paulina. »Vielleicht gibt es etwas in Schivelbein.«

»Ich habe heute beim Frühstück ein paar Butterbrote mehr

geschmiert.« Hermine griff in ihre Handtasche und holte ein in eine Serviette gewickeltes Päckchen heraus.

Sie brach kleine Stücke von einem der Brote und gab sie Agnieszka. Paulina wickelte währenddessen Wolfi. Anschließend legte Hermine ihn wieder in ihr Tragetuch.

Paulina betrachtete die benutzte Windel auf dem Boden. »Die müssen wir noch verstecken. Bis jetzt habe ich zwar nicht bemerkt, dass wir verfolgt werden, aber es ist besser, keine Spuren zu hinterlassen.« Sie hob einen Ast auf, kratzte hinter dem Baumstamm eine flache Kuhle und schob die schmutzige Windel mit der Astspitze hinein. Dann häufte sie Erde darüber und trat sie fest. Abschließend fegte sie mit dem Zweig Laub über die Stelle.

»Sie denken einfach an alles«, bemerkte Hermine voller Bewunderung. »Woher wissen Sie zum Beispiel, wie man ein Auto in die Luft sprengt?«

»Das hat mir mein Verlobter einmal gezeigt. Wer unter Deutschen überleben will, muss sich zu wehren wissen.«

»Sie sind verlobt, wie schön!«, rief Hermine. Dann wurde ihre Miene ernst. »Wo ist Ihr Bräutigam?«

»Tot.«

»Oh … Das tut mir aufrichtig leid.«

Paulina antwortete nicht, sondern holte Schwung und schleuderte den Ast ins Unterholz.

Hermine wiegte Wolfi und rieb sich mit der freien Hand den Rücken. »Wie weit ist es noch bis Schivelbein?«

»Ich schätze, dass wir die Hälfte des Weges geschafft haben. Drei bis vier Stunden Wanderung liegen also noch vor uns.«

Hermine seufzte. »Hoffentlich verirren wir uns nicht. Sonst dauert es noch länger.«

»Wir verirren uns nicht.«

»Was macht Sie da so sicher? Haben Sie eine Karte?«

»Ich orientiere mich an der Sonne. Zum Glück haben wir keine geschlossene Wolkendecke.«

Paulina sah Hermines ungläubigen Blick und holte tief Luft. »Ich weiß, dass Schivelbein auf gleicher Höhe liegt wie Bad Polzin, aber westlich davon. Als wir heute Morgen vom Heim losgelaufen sind, stand die Sonne hinter uns im Osten, jetzt ist fast Mittag, und sie befindet sich im Süden, also links von uns.« Sie zeigte durch die Baumkronen auf den blassen, durch die Wolkenschleier scheinenden Lichtkreis. »Von dort ausgehend weiß ich, wo Westen ist. Glauben Sie mir jetzt, dass wir uns nicht verirren?«

Hermine lachte verlegen. »Schon, nur Wolfi wird immer schwerer, je länger ich ihn trage.«

Paulina zog ihren Rucksack über die Schultern. Dann hob sie Agnieszka hoch und setzte sie auf ihre Hüfte. »Wir haben keine Wahl. Also halten Sie durch.«

Ab der zweiten Hälfte des Weges verlief das Gelände leicht abschüssig und wurde flacher. Das ausgedehnte Waldgebiet endete, und die beiden Frauen wanderten zwischen Feldern, auf denen erste zartgrüne Keime des Winterweizens wuchsen. Manchmal erblickten sie in der Ferne die Dächer und Kirchtürme eines Dorfes, und hin und wieder kamen sie an kleinen Bauernhöfen vorbei. Einmal begegneten sie zwei Jungen, die Zweige und Äste vom Wegesrand aufklaubten und in Tragekiepen warfen. Etwas später tauchte an einer Wiese eine ältere Frau auf, die einen Korb mit Pilzen trug und die beiden jungen Frauen mit ihren Kindern misstrauisch beäugte.

Am Nachmittag erreichten sie Schivelbein. Die kleine Stadt lag ein wenig unterhalb von ihnen in einer langgezogenen Senke.

Paulina schirmte mit einer Hand ihre Augen ab und schaute über die roten Ziegeldächer, die sich rund um einen Kirchturm drängten. »Wenn ich mich recht an eine Kartenansicht erinnere, befindet sich der Bahnhof ein Stückchen außerhalb an einem Fluss.«

Hermine verlagerte Wolfis Gewicht von einem Arm auf den anderen. »Der Fluss ist die Rega. Sie liegt von uns aus gesehen auf der gegenüberliegenden Seite der Stadt. Am besten wir halten uns Richtung Zentrum. Dort sind entweder Beschilderungen oder wir fragen jemanden.«

Auf schmerzenden Füßen wanderten sie weiter. Paulina spürte ihre Arme kaum noch, da sie Agnieszka seit Stunden fast ununterbrochen trug. Die Kleine wehrte sich nicht mehr. Müde geworden schob sie einen Daumen in den Mund und legte das Köpfchen auf die Schulter ihrer Tante.

Sie erreichten eine kopfsteingepflasterte Gasse, die auf den Kirchplatz führte. Einige Frauen eilten mit Taschen oder Einkaufskörben von einem Geschäft zum anderen. Vor dem Rathaus, gegenüber der Kirche, wartete eine lange Schlange von Männern.

Paulina beäugte sie argwöhnisch. »Warum stehen die da?«

»Vielleicht gibt es Bezugskarten für irgendeine Sonderzuteilung«, meinte Hermine. »Bestimmt weiß einer, wie es zum Bahnhof geht.« Bevor Paulina etwas erwidern konnte, steuerte sie auf die Wartenden zu.

Paulina stellte Agnieszka auf den Boden und beobachtete, wie Hermine mit den Männern am Ende der Schlange redete. Einer wies auf die entgegengesetzte Seite des Platzes. Hermine nickte und kehrte dann zu Paulina zurück.

»Von hier sind es nur noch fünf Minuten bis zum Bahnhof«, erklärte sie. »Wir müssen einfach diesem Sträßchen folgen.« Sie zeigte in dieselbe Richtung wie zuvor der Mann.

Paulina hob Agnieszka hoch und stapfte los. Hermine folgte ihr. »Wollen Sie wissen, warum die Männer vor dem Rathaus anstehen?«

»Von mir aus«, erwiderte Paulina desinteressiert.

»Sie müssen sich beim Volkssturm melden«, klärte Hermine sie auf. »Schwab hat im Heim einmal einen Vortrag darüber gehalten. Er sagte, dass die Männer des Volkssturms unsere neue Heimatschutzarmee bilden.«

»Die waren doch viel zu alt zum Kämpfen«, wunderte Paulina sich.

Hermine nickte bedrückt. »Sie haben mir erzählt, dass sie zum ersten Aufgebot gehören. In allen Gauen des Reiches werden jetzt die Geburtsjahrgänge 1884 bis 1924 aufgerufen. Aber Schwab sagte in seinem Vortrag, dass auch Hitlerjungen ab sechzehn zur Verteidigung des Heimatbodens bereitstehen.«

Paulina lachte spöttisch. »Für mich klingt das nicht nach einem ersten, sondern nach einem letzten Aufgebot. Muss Hitler jetzt Greise und Kinder an die Front werfen, weil alle anderen deutschen Männer gefallen sind?«

Hermine starrte sie erschüttert an. »Wie kalt Sie reden! Zahllose junge Soldaten verlieren ihr Leben an der Front. Und Zivilisten sterben erbärmlich, weil Briten und Amerikaner unsere Städte in Feuerwüsten verwandeln!«

Paulina blieb abrupt stehen. »Dann schickt doch euren großartigen Führer endlich zur Hölle! Aber bevor ihr gegen den

, lasst ihr euch lieber in den Abgrund reißen!«

Aus dem Augenwinkel nahm sie die Bewegung einer Gardine hinter einem Fenster wahr. Auf offener Straße lautstark mit Hermine über Hitler und seinen Krieg zu streiten, grenzte an Wahnsinn.

Sie atmete tief durch. »Kommen Sie. Wir haben keine Zeit zu verlieren.«

Wenig später erreichten sie das kleine Bahnhofsgebäude und stellten überrascht fest, dass es auf dem Vorplatz und in der Halle von Menschen nur so wimmelte. Vor allem Frauen schoben Kinderwagen, schleppten Koffer und zerrten Kleinkinder hinter sich her. Einige Männer in braunen Uniformen und Hakenkreuz-Armbinden versuchten das Durcheinander in geregelte Bahnen zu lenken, doch es wurde gedrängelt, geschubst, gezetert und geweint. Eine Gruppe Hitlerjungen bot Tragedienste an, und Mädchen in braunen Blusen, schwarzen Röcken und mit stramm geflochtenen Zöpfen schenkten an einem Klapptisch Malzkaffee aus.

Paulina und Hermine standen in einer Ecke der Halle, halb verborgen hinter einer Litfaßsäule und reckten die Hälse.

»Ich sehe weder Schuster noch Schwab«, sagte Paulina schließlich.

»Ich erkenne auch niemanden vom Heim«, antwortete Hermine. »Wobei es in diesem Durcheinander überhaupt nicht einfach ist, jemanden zu erkennen.«

»Das gilt auch im umgekehrten Falle«, stellte Paulina fest. »Dennoch ist dieser Betrieb ungewöhnlich für eine so kleine Stadt. Und es sind fast nur Frauen und Kinder auf dem Bahnhof. Ob sie evakuiert werden?«

»Warum denn das?«, rief Hermine erschrocken. »Die Front ist doch weit weg.«

Paulina hob die Schultern. »Das ist Ansichtssache. Heute Morgen hörte ich, wie Schwab und Schuster sich darüber austauschten, dass die Russen in Richtung Königsberg und Ostsee vordringen. Das heißt, die Rote Armee hat sich seit dem Sommer mindestens sechshundert Kilometer Richtung Westen bewegt. Wenn Sie in diesem Tempo weitermacht, steht sie nächstes Frühjahr vor Berlin.«

»Sie sind ja verrückt!«, fuhr Hermine sie an. »Geben Sie mir Ihre Reisegenehmigung und nehmen Sie Wolfi. Ich gehe Fahrkarten kaufen!« Sie drückte Paulina den Säugling in den Arm und ging zur Schlange vor dem Schalter.

Paulina sah ihr nach, von seltsamer Erregung ergriffen. Angst und Unruhe, zwei Gefühle, die sie seit Kriegsbeginn nicht von Deutschen kannte, schienen sich jetzt unter ihnen auszubreiten, wie eine ansteckende Krankheit.

Sie beugte sich zu Agnieszka, die müde zu ihren Füßen auf dem Rucksack hockte und streichelte über ihr Mützchen. »Engelchen«, flüsterte sie. »Ich glaube, wir dürfen endlich auf ein

Leben in Frieden und Freiheit hoffen.«

Als Hermine zurückkam, zeigte die große, runde Bahnhofsuhr halb fünf und die Halle leerte sich allmählich. Frauen und Kinder drängten sich nun auf den Bahnsteigen.

»Ich habe zwei Platzkarten für einen D-Zug nach Berlin bekommen. Eigentlich war er für kurz nach zwölf angekündigt, aber die Beamtin am Schalter informierte mich, dass er erst innerhalb der nächsten fünf Minuten erwartet wird. Wir sollten uns also beeilen.« Hermine nahm Wolfi wieder an sich und schaute auf Agnieszka, die sich mit halb geschlossenen Augen gegen Paulinas Beine lehnte. »Wie geht es den Kindern?«

»Sie sind erschöpft. Hoffentlich können sie im Zug etwas schlafen. Gab es Probleme wegen Ihrer fehlenden Reisegenehmigung?«

»Nicht nachdem ich zwanzig Mark extra über den Tresen geschoben habe. Unser Zug geht von Gleis eins.« Hermine reichte Paulina ein rechteckiges Pappkärtchen. Sie steckte es in ihre Jackentasche. »Was schulde ich Ihnen?«

Hermine winkte ab. »Sie brauchen Ihr Geld für sich und die Kleine.«

»Dieses Angebot nehme ich gerne an. Danke.« Paulina drückte kurz Hermines Arm. »Und jetzt nichts wie los. Wir dürfen diesen Zug nicht verpassen.« Sie schulterte ihren Rucksack und hob Agnieszka hoch. »Bleiben Sie direkt hinter mir und halten Sie die Augen offen. Noch sind wir nicht in Sicherheit.«

Unablässig nach rechts und links schauend betraten die beiden Frauen den Bahnsteig. Auf der schmalen Plattform war es noch voller als in der Halle. Menschen und Gepäck drängten sich dicht an dicht bis zur Gleiskante, und von allen Seiten summten Stimmen durcheinander.

Hermine zupfte Paulina am Ärmel. »Schuster ist hier!«

Sie drehte den Kopf in Richtung von Hermines ausgestrecktem Arm und erspähte den Hausmeister des Heims Pommern am entgegengesetzten Ende des Bahnsteigs. Sein suchender Blick wanderte über die Plattform.

»Er hat uns noch nicht entdeckt«, sagte Paulina. »Jetzt kommt uns das Gewimmel hier zugute.« Sie stellte sich auf die Zehenspitzen und taxierte konzentriert die Menschenmenge. »Schwab sehe ich nicht«, raunte sie Hermine zu. »Ich nehme an, er steht den ganzen Tag der Polizei Rede und Antwort. Also müssen wir nur Schuster abhängen.«

»Ich verstehe nicht, wie er es so schnell hierher geschafft hat ohne Auto.« Hermine schüttelte irritiert den Kopf.

»Es gibt immer noch Fahrräder«, entgegnete Paulina. »Wenn man in die Pedale tritt, schafft man es von Bad Polzin in weniger als zwei Stunden.« Sie schaute erneut in Richtung des Hausmeisters. »Schuster bewegt sich auf uns zu. Wegen des Gedränges kommt er nur langsam voran, aber wir müssen uns etwas einfallen lassen.«

»Was denn?«, fragte Hermine ängstlich. »Oh Gott, wenn wir doch bloß schon im Zug säßen!«

Paulinas Blick blieb an einer Gruppe junger Frauen hängen, die Säuglinge und Kleinkinder in Wolfis und Agnieszkas Alter trugen. Ein stämmiger, älterer Mann in einem dunkelbraunen Anzug und einer braunen Filzkappe stand dabei.

»Halten Sie sich an mich, meine Damen!«, hörte Paulina ihn rufen. »In welchem Wagen sitzen Sie?«

»Zehn, Herr Ortsbauernführer. Ganz hinten.«

Paulina stieß Hermine in die Seite und zeigte auf die Gruppe. »Nehmen Sie Agnes und schließen sich diesen jungen Müttern an. Achten Sie darauf, dass immer einige als Sichtschutz zwischen Ihnen und Schuster stehen. Ich halte den Hausmeister von Ihnen fern.«

»Wie wollen Sie das machen?«

»Indem ich ihn ablenke. Mich kennt er ja nicht.«

»Und wenn der Zug kommt?«

»Dann steigen Sie mit den Kindern ein und suchen unsere

Plätze auf. Ich komme dorthin.« Paulina schob Hermine zwischen die anderen Frauen und verschwand in der Menge.

»Achtung, auf Gleis eins fährt der verspätete D-Zug von Danzig über Stettin nach Berlin ein. Beeilen Sie sich mit dem Ein- und Aussteigen. Der Zug fährt sofort weiter«, schepperte es aus dem Lautsprecher.

Die Menge auf dem Bahnsteig geriet in Bewegung und drängte noch weiter nach vorne. Paulina befand sich nur wenige Schritte von Schuster entfernt. Sein Blick wanderte unermüdlich über die Frauen und Kinder ringsum.

Unter langgezogenem Pfeifen fuhr der Zug ein. Quer auf den Waggons stand mit dicken weißen Pinselstrichen: Räder müssen rollen für den Sieg! Unnötige Reisen verlängern den Krieg!

Paulina schaute sich nach Hermine um. Die Gruppe, in der sie untergetaucht war, stand direkt an der Bahnsteigkante. Kurz blitzte ein weißblonder Schopf auf und verschwand dann wieder zwischen grauen und braunen Wintermänteln.

Paulina atmete tief durch, schob sich auf Schuster zu und ließ sich mit einem spitzen Schrei vor seinen Füßen auf den Boden fallen.

»Au! Mein Knöchel! Bitte helfen Sie mir. Ich kann nicht alleine aufstehen!« Sie klammerte sich an Schusters Hose. Sein Bein zuckte zurück. Doch dann beugte er sich zu Paulina, packte sie am Arm und zerrte sie in die Höhe. Schwer lehnte sie sich an ihn. »Es tut so weh, dass ich nicht auftreten kann. Aber ich muss unbedingt in diesen Zug. Bitte stützen Sie mich. Ich habe Angst, dass ich in dem Gedränge noch einmal falle.«

Schuster knurrte unwillig. Für einen Moment schien es, als wolle er Paulina abschütteln. Doch dann nickte er. »Kommen Sie.« Er legte einen Arm um ihre Taille und schob mit der freien Hand die Leute aus dem Weg.

Paulina humpelte neben ihm her. »Sie sind zu freundlich, mein Herr. Mein Platz ist im ersten Wagen. Gleich hinter der

Lok. Steigen Sie auch in diesen Zug?«

Schuster schüttelte den Kopf. »Ich suche jemanden.«

Wenig später erreichten sie die offenstehende Tür des Waggons, und er schob sie die Trittstufen hinauf. Paulina schenkte ihm ein strahlendes Lächeln. »Ich danke Ihnen vielmals, mein Herr. Sie sind ein wahrer Kavalier.«

»Bitte zurücktreten von der Bahnsteigkante!«, dröhnte es über die Plattform.

Ein schriller Pfiff ertönte, und die Lokomotive stieß eine bleigraue Rauchwolke aus. Dann rollte der Zug langsam an. Paulina stand in der offenen Waggontür und winkte Schuster zu. »Leben Sie wohl, mein Herr! Ich wünsche Ihnen viel Glück bei Ihrer Suche!«

Wegen der überfüllten Gänge dauerte es fast eine viertel Stunde, bis die beiden Frauen sich bei ihren reservierten Sitzplätzen trafen. Hinter ihnen kamen zwei junge Mütter mit nur wenige Monate alten Säuglingen. Ein bejahrtes Ehepaar saß bereits im Abteil.

Paulina verstaute ihren Rucksack in der Gepäckablage, setzte sich und nahm Agnieszka auf den Schoß. Hermine ließ sich mit Wolfi neben ihr nieder und beugte sich zu Paulinas Ohr. »Ich habe mich mit einer der Frauen unterhalten. Sie und die Kinder fahren in ein Heim des Hilfswerks Mutter und Kind irgendwo auf dem Land in Hessen. Der Mann, der die Gruppe zur Bahn begleitete, war der Ortsbauernführer von Schivelbein und hat die Reise organisiert, weil er glaubt, dass es dort ungefährlicher ist, als bei uns in Pommern. Der Ortsgruppenleiter hat es verboten. Aber der Bauernführer sagte, dass er nicht die letzte Gelegenheit vor dem Winter verpassen würde, Säuglinge und Kleinkinder in Sicherheit zu bringen, und die Frauen waren ihm deshalb sehr dankbar.«

»Dann lag ich also mit meiner Vermutung richtig«, erwiderte Paulina.

Hermine musterte die Mitreisenden. Die ältere Frau beugte sich über ein Kreuzworträtselheft, ihr Mann war hinter der neuesten Ausgabe der Pommerschen Zeitung verschwunden. Die beiden jungen Mütter, die noch mit im Abteil saßen, waren in ihre eigene Unterhaltung vertieft und wiegten dabei ihre Kinder im Arm.

»Glauben Sie wirklich, dass das Blatt sich wendet?«, raunte Hermine in Paulinas Ohr.

»Das sagte ich Ihnen ja bereits«, antwortete Paulina.

Hermine zog Wolfi enger an ihre Brust. »Das macht mir Angst.«

»Denken Sie nicht so weit in die Zukunft«, entgegnete Paulina. »Denken Sie nur an die nächste Aufgabe. Und die lautet, ohne Zwischenfälle nach Stettin zu gelangen.« Lächelnd beugte sie sich zu Agnieszka, nahm ihr die Mütze vom Kopf und knöpfte ihren Mantel auf. Das kleine Mädchen erwiderte ihr Lächeln nicht, aber es wehrte sich auch nicht gegen Paulinas Berührungen.

In Lessenthin stieg das ältere Ehepaar aus, dafür betraten zwei Matrosen das Abteil. Sie stellten sich als Robert und Günter vor und stopften ihre Seesäcke in die Gepäckablage. Dann strahlten sie die vier jungen Frauen an und verkündeten, wie glücklich sie seien, mit den hübschesten Damen des ganzen Zuges zu reisen. Auf Hermines Nachfrage berichteten sie, dass sie nach ihrem Heimaturlaub auf dem Rückweg nach Wesermünde bei Bremerhaven seien. Dort lag ihr Zerstörer.

Agnieszka quengelte, und Paulina gab ihr das letzte Brot. Endlich fielen der Kleinen die Augen zu. Die Säuglinge wimmerten, und Robert und Günter stellten sich artig auf den Gang, während die Mütter stillten. Längst war es dunkel. Paulina fürchtete, dass sie erst tief in der Nacht Stettin erreichten. Ihre Hoffnung, noch heute weiter Richtung Westen zu reisen, schwand allmählich. Bestimmt war der Fahrkartenschalter auf dem Stettiner Bahnhof längst geschlossen, wenn sie dort ankamen. Außerdem brauchte sie noch eine Zugverbindung und eine weitere Fahrkarte, was sich bestimmt schwierig gestaltete, denn ab Stettin galt ihre Reisegenehmigung nicht mehr.

Wahrscheinlich muss ich mit Agnieszka auf dem Bahnhof übernachten, dachte sie. *Hoffentlich gibt es dort wenigstens einen Ruheraum für Mütter und Kinder.*

Mit der Kleinen im Arm stand sie auf und hielt ihre Armbanduhr unter das Notlicht im Abteil. Sie zeigte kurz vor neun. Schon über vier Stunden saßen sie in diesem Zug. Vor gut einer Woche auf dem umgekehrten Weg von Stettin nach Bad Polzin, hatte sie für die gesamte Distanz die halbe Zeit benötigt. Doch dieser D-Zug stoppte immer wieder auf freier Strecke, um endlos scheinende Güterzüge vorbeizulassen. Wenigstens gab es bisher keine Probleme wegen Hermines fehlender Reisegenehmigung. Ein Schaffner oder eine Schaffnerin, die die Fahrkarten hätten kontrollieren können, war noch nicht einmal aufgetaucht.

»Nachschub«, informierte Günter die Mitreisenden. »Das wird alles im Stettiner Hafen auf Schiffe verladen und zu den Jungs an der Ostfront transportiert.«

Endlich fuhr der Zug wieder an, nur um wenig später in einem kleinen Bahnhof erneut zu halten. Den Vorschriften entsprechend blieb die Station abgedunkelt. Lediglich vor der Eingangshalle hingen Laternen, die jedoch kaum Licht durch ihre schmalen Schlitze spendeten, sodass die Menschen, die sich auf der Plattform bewegten, wie geisterhafte Schatten wirkten.

Hermine drückte das Gesicht gegen die Scheibe. »Das ist Finkenwalde, ein Vorort von Stettin auf der anderen Seite des Haffs. Der nächste Halt ist der Hauptbahnhof. Wir haben es fast geschafft.«

Paulina schaute auf den Gang des Waggons, in dem sich Reisende drängten, die aussteigen wollten. »Wenn der Zug diesen Bahnhof verlässt, wecke ich Agnes. Wir sollten uns direkt hinter die Waggontür stellen, damit wir möglichst schnell aus diesem Zug kommen.«

»Wenn ich Ihnen Kinder und Gepäck durchs Abteilfenster reiche, geht es noch schneller«, bot Robert an.

Günter schaute mit gerunzelter Stirn durch die Scheibe. »Ich frage mich, warum hier noch niemand ausgestiegen ist.«

»Vielleicht gehen die Zugtüren nicht auf«, sagte Hermine. »Ich sehe auf dem ganzen Bahnsteig niemanden ein- oder aussteigen.«

In diesem Moment ertönte der schrille Pfiff einer Signalpfeife. »Suchen Sie umgehend Ihre Plätze wieder auf! Wir verlassen den Bahnhof!«, tönte die Stimme einer Schaffnerin auf dem Gang. »Feindliche Flugzeuge sind im Anflug auf Stettin!«

Kapitel vierundzwanzig

Pommern, Oktober 1944

Eiserne Räder quietschten auf eisernen Schienen. Alle spürten förmlich die unglaubliche Kraft, die die Lokomotive einsetzen musste, um die Masse des ganzen Zuges in Bewegung zu versetzen. Atemlos warteten sie auf den ersten Ruck ihres Waggons. Schließlich rollten sie rückwärts aus dem Bahnhof.

»Wir müssen so weit wie möglich von der Stadt weg. Hier sind wir zu nah am Hauptbahnhof und an der Vulcanwerft, wo bestimmt die meisten Bomben runtergehen werden«, erklärte Robert den erschrocken blickenden Frauen.

Sirenen heulten auf, durchdringend und schrill. Agnieszka presste die Hände auf die Ohren und brach in Tränen aus. In den kurzen Pausen zwischen den langen Dauertönen hörten sie das hohe, dünne Plärren der Säuglinge.

Hermine streichelte Wolfis Köpfchen. »Das war der Voralarm. In spätestens zehn Minuten geht es los. Nachts sind es immer die Briten, tagsüber die Amerikaner.«

Robert und Günter holten die Seesäcke aus dem Gepäcknetz und zerrten ihre Mäntel heraus. »Sie sollten sich ebenfalls anziehen. Wenn es ganz dumm läuft, müssen wir aus dem Zug und die Nacht im Freien verbringen«, sagte Robert zu den Frauen.

»Sie haben das wohl schon öfter mitgemacht«, stellte eine der Mütter fest.

»Von Pommern bis Bremerhaven ist es weit. Da wird man, was diese Sachen betrifft, ein alter Hase«, antwortete der junge Matrose.

»Ich ziehe Agnes an.« Paulina ergriff Agnieszkas Mützchen und wollte es ihr aufsetzen. Doch das Kind schrie wie am Spieß und wehrte sich, als Paulina vorsichtig versuchte, seine Hände von den Ohren zu nehmen.

»Ich helfe Ihnen.« Hermine schaute dem Mädchen lächelnd in die Augen. »Jetzt hör mir mal gut zu, du kleine Brüllliese«, sagte sie sanft. Dann begann sie leise zu singen: »Das ist der Daumen, der pflückt die Pflaumen ...«, und zog dabei Agnieszkas Hände langsam zu sich. Tatsächlich ließ die Kleine sich ablenken, und Paulina konnte sie anziehen.

Der Zug nahm mehr Tempo auf. Durch das Abteilfenster sahen sie die Suchscheinwerfer der Flak, die wie gleißend helle Finger über den schwarzen Himmel zuckten.

Wieder heulten die Sirenen auf. Dieses Mal nicht im Dauerton, sondern abwechselnd kurz und lang.

»Das Signal für akute Luftgefahr! Sie sind da!«, rief Günter und riss das Abteilfenster auf. Paulina setzte Agnieszka auf ihren Platz und sprang ebenfalls auf. Kalter Fahrtwind pfiff ihr ins Gesicht und zerrte an ihrem Haar.

»Das sind die Tommys!« Günter zeigte in den Himmel. Wie ein Vogelschwarm näherten sich die Flugzeuge, vom gleißenden Licht der Suchscheinwerfer angestrahlt. »Jetzt werfen sie die Bomben ab!«

Wie gebannt starrte Paulina auf die kleinen, länglichen Bohnen, die aus den Bäuchen der Flugzeuge fielen. Immer mehr trudelten zeitlupengleich dem Boden entgegen. *Das ist also ein Bombenteppich,* dachte sie fasziniert.

Mit ohrenbetäubendem Stakkato donnerten die Mündungsfeuer der Flak los. Paulina sah, wie eines der Flugzeuge trudelte und aus dem Schwarm stürzte. Doch hinter ihm tauchten immer neue Bomber aus dem schwarzen Nichts auf.

»Wie ich vermutet habe – sie wollen die Industrieanlagen am Hafen plattmachen.« Günter schob das Fenster zu. »Wir können von Glück reden, dass wir nicht schon in der Stadt waren.« Wie um seine Worte zu bekräftigen, explodierten mit dumpfem Krachen die ersten Bombensalven.

Hermine beugte sich tief über Wolfi. »Ich habe Angst um meine Eltern.«

»Wohnen sie denn in Hafennähe?«, fragte Paulina.

»Das nicht. Aber eine verirrte Bombe kann unser Haus trotzdem treffen. Zum nächsten öffentlichen Luftschutzraum ist es weit, deshalb gehen sie immer in den Keller.«

Plötzlich stoppte der Zug mit kreischenden Rädern.

»Was hat das zu bedeuten?« Beunruhigt schaute Hermine auf den roten Flammenschein, der durch die Nacht flackerte.

»Wir warten hier ab, bis es vorbei ist«, erklärte Robert.

»Und hoffen, dass die Scheinwerfer der Flak uns nicht zur Zielscheibe machen«, fügte Günter hinzu.

Die Abteiltür wurde aufgerissen, und alle fuhren zusammen. Die Schaffnerin steckte den Kopf herein. »Ich brauche Freiwillige, die mithelfen, den Zug zu sichern.«

Günter und Robert traten vor. »Wir sind bereit.«

»Gehen Sie nach vorne zur Lok. Der Lokführer gibt Ihnen Laternen. Damit stellen Sie sich ans Ende des Zuges. Sollte sich ein anderer nähern, schwenken Sie die Laternen, bis der nahende Zug steht.«

»Nur wir beide?«, fragte Robert.

»Natürlich nicht.« Die Schaffnerin eilte weiter.

»Dann betet mal, dass kein Zug auf uns auffährt«, sagte Günter, bevor er mit seinem Kameraden verschwand.

Im Abteil wurde es ruhig. Die Mütter stillten ihre Kinder und wechselten die Windeln. Die verschmutzten Tücher warfen sie aus dem Fenster. Paulina zog Agnieszka auf ihren Schoß und lauschte dem gedämpften Lärm der Bomben, die ihr zerstörerisches Werk verrichteten. Dieser Angriff brachte sie der ersehnten Freiheit ein Stückchen näher. Und doch zitterte die Hand, mit der sie ihre Nichte hielt und sie weinte, ohne es zu merken. *Agnieszka und mir darf jetzt nichts mehr passieren,* dachte sie und ballte die Hand zur Faust, bis das Zittern verging.

Über eine Stunde hielten die Explosionen an. Schließlich erstarben sie. Gleichzeitig hörte das Knattern der Flak auf, und allmählich verklang auch das Brummen der Flugzeuge. Paulina schaute auf ihre Armbanduhr, als die Sirenen Entwarnung verkündeten. Sie zeigte kurz nach zweiundzwanzig Uhr.

Robert und Günter kamen zurück ins Abteil und ließen sich auf ihre Plätze fallen.

»Konnten Sie den Angriff draußen mitverfolgen?«, fragte Hermine.

»Über Stettin steht der Himmel in Flammen«, sagte Günter. »Aber unsere Flak hat etliche Tommys heruntergeholt. Ich habe ein Dutzend Abschüsse gezählt.«

Paulina schluckte. »Es ist also nicht gut gelaufen für die Briten?«

Günter seufzte. »Das würde ich auch nicht sagen. Sie haben ja selber gesehen, dass sie wie ein Heuschreckenschwarm über uns gekommen sind. Ich schätze, dass allein bei diesem einen Angriff mehr Bomber geflogen sind, als unsere gesamte Luftwaffe noch für ihre eigenen Angriffe zur Verfügung hat. Und bei den Jagdflugzeugen sieht es nicht besser aus.«

»So schlimm steht es?«, flüsterte Hermine.

»Es steht wohl noch viel schlimmer.«

Hermine schluchzte unterdrückt, Paulina aber verspürte überwältigende Erleichterung. An eine solch hoffnungsvolle Einschätzung der Lage hatte sie kaum zu denken gewagt.

Im Schritttempo fuhren sie weiter nach Stettin. Paulina nahm Agnieszka auf den Arm und stellte sich wieder ans Fenster. Als der Zug in eine langgezogene Kurve rollte, sah sie einen riesigen Feuerschein über der Stadt, und längs des Bahndamms offenbarte sich das furchtbare Ausmaß der Zerstörung.

Ganze Straßenzüge brannten lichterloh. Flammenzungen zuckten aus den zerborstenen Fenstern, und aus den Gerippen der Dachstühle schraubten sich glühende Feuerspiralen in den

Himmel. Dazu erfüllte beißender Rauch die Luft und drang sogar durch das geschlossene Fenster des Abteils. Agnieszka hustete. Paulina zog ihr Taschentuch aus der Jacke und band es ihr um Nase und Mund.

Unvorstellbar, dass es irgendwo in diesem Inferno noch Leben geben soll, dachte sie.

Der Zug rumpelte und holperte bedenklich, denn bei dem Angriff war ein Großteil des Schotterbetts aus den Gleisen geflogen. Glücklicherweise gab es keine Treffer auf die Oderbrücken, und der Zug rollte langsam über den Fluss und in den Hauptbahnhof am westlichen Ufer.

Im hellen Feuerschein erblickten sie eine beklemmende Szenerie. Umgekippte Waggons, Bombenkrater und brennende Schuppen. Paulina sah einen Güterzug, der auf seiner ganzen Länge mit zwanzig Wagen in Flammen stand. Arbeiter dockten am hinteren Ende eine Lokomotive an. Sie vermutete, dass sie den Zug auf ein abgelegeneres Gleis ziehen wollten. Viele offene Waggons trugen Flakgeschütze. Paulina bemerkte Berge von Kartuschenhülsen, die drumherum lagen, aber auch eine große Anzahl Tote. Bei einem Geschütz hatte es die komplette siebenköpfige Mannschaft erwischt, bei einem anderen hing der tote Schütze noch halb auf seinem Sitz. Vor ihm richteten sich vier mahnende Rohre in den Himmel.

Das Glasdach der Bahnhofshalle reflektierte wie ein zerrissenes Spinnennetz das Licht. Scherben glitzerten wie Berge aus Eis zwischen Bombentrichtern und aufgebogenen Gleisen. Schlagartig wurde Paulina klar, dass sie angesichts dieser Zerstörung weder auf dem Bahnhof übernachten konnte, noch auf einen Anschlusszug hoffen durfte. Wahrscheinlich würde es Tage dauern, bis die Schäden so weit repariert waren, dass wenigstens ein eingeschränkter Eisenbahnverkehr wieder stattfinden konnte. Sollten alle Häfen entlang der Ostsee ebenso schwer bombardiert werden, und davon ging Paulina aus, zerschlug sich auch ihr Plan, nach Schweden zu gelangen. Doch tapfer kämpfte sie die erneut aufkommende Furcht nieder. Sie sagte sich, dass der Krieg wahrscheinlich nur noch wenige Monate dauern würde, und dass sie sich notfalls mithilfe ihrer gefälschten Papiere bis zur endgültigen Befreiung als Deutsche ausgeben musste.

Der Zug stoppte mit einem Ruck, und die Türen wurden geöffnet. Rasch drangen Hitze und beißender Qualm ins Innere des Waggons. Agnieszka tränten die Augen. Trotz des Taschentuchs hustete sie immer wieder. Auch Wolfi keuchte und atmete schwer. Hermine zog die Wolldecke über sein Köpfchen. »Besser er schwitzt, als dass er erstickt«, sagte sie zu Paulina.

Es dauerte lange, bis sämtliche Reisende den Zug verlassen konnten, aber schließlich standen sich Paulina und Hermine auf dem Bahnsteig gegenüber.

»Alles Gute und leben Sie wohl.« Paulina streckte die rechte Hand aus. Hermine ergriff sie zögernd. »Wo wollen Sie denn jetzt hin?«

»Bestimmt gibt es hier eine Notunterkunft, in der ich mit Agnes unterkommen kann.« Paulina bemühte sich, ihrer Stimme einen zuversichtlichen Klang zu verleihen.

Hermine schaute über das zerstörte Bahnhofsgelände. »Selbst wenn das der Fall ist, wird es Tage dauern, bis Sie weiterreisen können. Kommen Sie doch mit zu meinen Eltern. Wir haben ein Gästezimmer, ein Badezimmer und genug Essen. Vorausgesetzt natürlich, unser Haus steht noch.« Sie schluckte.

Im ersten Moment wollte Paulina ablehnen. Der Gedanke, bei Deutschen zu übernachten, die wahrscheinlich überzeugte Nazis waren, verursachte ihr Magengrummeln. Dann sah sie zu Agnieszka. Die Kleine schaute mit aufgerissenen Augen den schwarzen Ascheflocken hinterher, die überall durch die Luft wehten. Erneut hustete sie, und ihr zarter Körper krümmte sich unter dem heftigen Anfall.

»Einverstanden«, sagte Paulina. »Ich nehme Ihr Angebot an.«

Menschen mit leeren Gesichtern irrten über den Bahnhofsvorplatz. Eine Straßenbahn lag neben ihren Gleisen auf der Seite, aus den heruntergerissenen Oberleitungen sprühten Funken. Staub und Asche regneten auf Paulina, und der heiße Wind brannte im Gesicht.

»Mein schönes Stettin! Was haben die Engländer dir nur angetan?«, schluchzte Hermine. Tränen liefen über ihr Gesicht und malten rußgeschwärzte Spuren auf ihre Wangen.

»In Warschau sah es nicht besser aus, nachdem eure Luftwaffe damit fertig war«, rutschte es Paulina heraus. Brüsk sagte sie: »Lassen Sie uns zusehen, dass wir hier wegkommen. In welche Richtung müssen wir?«

Hermine zog los, doch nach wenigen hundert Metern blieb sie wieder stehen. »Es fällt mir schwer, mich zurechtzufinden, weil alles so zerstört ist, aber ich glaube, dort war das Hauptpostamt.« Sie zeigte auf ein Backsteingebäude, dessen vordere Fassade halb in Trümmern lag. »Davor müssen wir links. Die Allee führt direkt zur Falkenwalderstraße, wo meine Eltern wohnen.«

Sie bogen in eine breite Chaussee, in der die Bäume wie Fackeln brannten. Die in der Mitte verlaufenden Oberleitungen der Straßenbahn hingen heruntergerissen bis auf den Asphalt. Auf den Bürgersteigen häufte sich der Schutt von zerstörten Einrichtungsgegenständen, Ladenschildern und zersplitterten Leuchtreklametafeln. Menschen retteten aus brennenden Ruinen ihre letzten Habseligkeiten. Mütter schleppten ihre Kinder, Junge stützten Alte, Leichtverletzte die Schwerverwundeten. Vor den Trümmerhaufen lagen endlose Reihen von Toten, die Gliedmaßen verkohlt, die Gesichter bis zur Unkenntlichkeit verzerrt.

Immer wieder stürzten Fassaden krachend zusammen. Um nicht von ihnen erschlagen zu werden, wichen Hermine und Paulina auf die Straßenmitte aus. Mehrmals kam ihnen mit lautem Heulen ein Löschzug entgegengerast, und sie suchten hastig eine sichere Stelle zwischen den Trümmerbergen. Wegen der dröhnenden Geräuschkulisse konnten sie sich kaum verständigen. Heftige Feuerwinde, die die Brände von einem Gebäude zum nächsten jagten, machten ihnen das Atmen fast unmöglich. Mehrmals fürchtete Paulina, dass sie und Agnieszka erstickten. Dann drückte sie das Köpfchen der Kleinen gegen ihre Schulter und rannte von Angst getrieben wieder schneller. Als Hermine neben ihr stolperte, packte Paulina sie mit der freien Hand am Arm und zerrte sie vorwärts.

Irgendwann lagen Feuer und Zerstörung hinter ihnen. Die Luft kratzte immer noch im Hals und roch verbrannt, fühlte sich aber nicht mehr so heiß an. Meter für Meter bekamen sie wieder leichter Luft.

»Das ist Grüntal. Hier wohne ich«, hustete Hermine.

Fassaden von Villen und noblen Wohnhäusern tauchten schemenhaft aus der Dunkelheit auf. Soweit Paulina erkennen konnte, schienen sie unversehrt zu sein.

Schließlich blieb Hermine vor einem wuchtigen schmiedeeisernen Tor stehen und spähte durch das Gitter in den dahinter liegenden weitläufigen Vorgarten. Zwischen alten Bäumen stand ein großes Haus mit hohen Fenstern, von Balustraden geschmückten Balkonen und einem steilen, geschwungenen Dach. »Dem Himmel sei Dank, alles ist heil geblieben«, stieß sie hervor. Sie wandte sich zu Paulina, und Tränen liefen über ihr müdes, rußverschmiertes Gesicht. »Wir haben es geschafft«.

Sie holte einen Schlüsselbund aus ihrer Tasche und öffnete erst das Tor, dann die Haustür. »Gleich können wir ausruhen und vor allem etwas trinken. Mein Hals brennt wie Feuer. Ich kann schon gar nicht mehr schlucken.«

Wie zur Bestätigung ertönte aus dem Bündel in ihren Armen schwaches Greinen. Sie schlug einen Zipfel der Decke zurück und beugte sich über Wolfis kleinen Kopf. »Ach mein Liebling, Ich weiß genau, wie du dich fühlst. Aber jetzt kannst du endlich zur Ruhe kommen.«

Hermine betrat die Eingangshalle. Paulina zog Agnieszka das Taschentuch von Nase und Mund und folgte ihr. Von der Decke hing ein Kristalllüster, doch die einzige Lichtquelle war ein brennender Kerzenleuchter auf einem hochbeinigen Konsoltisch. Hermine drehte am Lichtschalter. »Der Strom ist ausgefallen«, stellte sie fest. »Aber meine Eltern sind noch wach.« Sie wies auf einen schwachen gelben Schein, der unter einer der Türen flackerte.

Paulina beugte sich vor, um ihre Nichte auf den Boden zu stellen, und stöhnte gepeinigt. »Ohhh, mein Rücken! Er bricht auseinander!«

Agnieszka strampelte, als ihre Füße den Boden berührten. Sie protestierte heulend und streckte die Arme nach ihrer Tante aus. Paulina streichelte ihr über den Kopf. »Ich muss dich einfach kurz absetzen, Engelchen. Es geht nicht anders.« Sie wandte sich zu Hermine. »Ich würde ihr gerne zuerst etwas zu trinken geben. Bestimmt hat sie genauso schrecklichen Durst wie wir.«

In diesem Moment schwang die Tür jenes Zimmers auf, unter der das Licht flackerte. Herr Voßberg kam heraus. Er trug Tweedhosen und einen Hausmantel. In einer Hand hielt er eine Taschenlampe und leuchtete damit in die Halle. »Hermine! Du bist es wirklich!«

»Dem Himmel sei Dank, ich bin so erleichtert! Was habe ich mir für Sorgen um dich gemacht!« Frau Voßberg stürzte an ihrem Mann vorbei auf ihre Tochter zu und schloss sie samt Wolfi in die Arme. Dass sie dabei ihr elegantes hellbraunes Wollkleid mit Rußflecken ruinierte, kümmerte sie nicht.

Hermine ließ mit einem erstickten Schluchzen den Kopf auf die Schulter ihrer Mutter sinken. »Wir sind alle so entsetzlich durstig, Mutter. Meine Freundin, Frau Krahl, ihre Tochter Agnes und ich. Wir müssen unbedingt etwas trinken.«

Frau Voßbergs Blick streifte Paulina. Die hockte vor Agnieszka und versuchte vergeblich, sie zu beruhigen. »Ich verstehe«, sagte sie. »Kommt mit in die Küche. Dort könnt ihr euch erfrischen. Bernhard, bitte leuchte mit der Taschenlampe.«

Die Küche der Voßbergs war großzügig und modern. Es gab einen Elektroherd, viele Schränke und Regale und sogar einen Kühlschrank. In der Raummitte befand sich ein breiter Arbeitstisch. Mit schmerzverzerrtem Gesicht setzte Paulina Agnieszka auf die Platte. Frau Voßberg nahm zwei Gläser von einem Bord und ließ am Spülbecken Wasser hineinlaufen. Ihr Mann stand schweigend daneben und leuchtete ihr.

»Bitte, Frau Krahl.« Frau Voßberg ging zu Paulina und reichte ihr die Gläser. »Trinken Sie so viel Sie wollen.«

»Dankeschön«. Paulina hielt zuerst ein Glas an Agnieszkas Lippen. Die Kleine legte beide Hände auf ihre Finger und trank so gierig, dass Paulina ihr das Wasser wieder wegnehmen musste. »Nicht so hastig, Engelchen. Sonst erbrichst du gleich alles«, mahnte sie.

Frau Voßberg füllte das Glas erneut, und die Kleine leerte auch dieses bis auf den letzten Tropfen. Danach stillte Paulina ihren Durst. Kühl und belebend rann das Wasser ihre ausgetrocknete Kehle hinab, und schon nach dem ersten Schluck spürte sie, wie ihre Lebensgeister ein wenig zurückkehrten. Hermine bediente sich selbst und trank ebenfalls begierig. Doch ein wenig Wasser ließ sie im Glas, tauchte eine Fingerspitze hinein und strich damit über Wolfis Lippen.

»Gib ihm nicht zu viel, das verträgt er noch nicht«, warnte Frau Voßberg. Sie beugte sich zu dem Kleinen. »Was für ein niedliches Kerlchen. Bernhard, willst du dir deinen Enkel nicht anschauen?« Herr Voßberg trat neben sie und betrachtete den kleinen Jungen in Hermines Armen schweigend.

»Sieht er nicht aus wie unser Werner?«, fragte seine Frau leise. Sie räusperte sich und fuhr fort: »Ich hoffe, er hat keine Rauchvergiftung bekommen, als du mit ihm durch die brennende Stadt gelaufen bist.«

Hermine lehnte sich entkräftet gegen den Arbeitstisch. »Ich

glaube, es geht ihm gut, Mutter. Uns allen geht es gut. Aber in der Stadt sieht es schrecklich aus. Nur Zerstörung und Vernichtung. Und all die Toten …, so furchtbar verbrannt und entstellt.« Sie schluchzte unterdrückt.

»Ihr Mädchen seht auch aus, als seid ihr durchs Feuer gelaufen. Sogar dein Haar riecht angesengt. Und was ist mit deinem Kinn? Blutet es? Leuchte mir bitte mal, Bernhard.« Frau Voßberg legte eine Hand unter Hermines Kinn. »Das musst du unbedingt säubern und mit Jodtinktur desinfizieren. Ihr Mädchen hättet auch verbrennen oder von Trümmern erschlagen werden können. Wisst ihr überhaupt, wie unberechenbar diese Feuerstürme sind?«

Hermine wischte sich mit einem Handrücken über die rotgeränderten Augen. »Ich wollte einfach nur nach Hause, Mutter. Und ich bin so froh, dass wir es geschafft haben, und dass euch nichts passiert ist.«

»In unserem Keller sind wir einigermaßen sicher«, ließ Herr Voßberg sich vernehmen. »Du weißt ja, dass ich die Decke habe verstärken lassen, damit sie nicht gleich einstürzt, sollten wir doch einmal von einer Bombe getroffen werden. Aber deine Mutter hat recht. Was hätte euch nicht alles passieren können!« Er schüttelte den Kopf. »Natürlich bin auch ich froh, dass du gesund und wohlauf bist, Hermine, doch mir fehlt jedes Verständnis für deine Flucht aus dem Heim Pommern. Wir haben dich dort untergebracht, gerade weil wir dich in Sicherheit wissen wollten. Als Schwab mich heute Morgen unterrichtete, dass du verschwunden bist, haben deine Mutter und ich uns ungeheure Sorgen gemacht.« Er schüttelte den Kopf. »Ich habe versprochen, Schwab zurückrufen, solltest du bei uns eintreffen, aber leider funktioniert das Telefon nicht. Die Leitung muss einen Treffer abbekommen haben.«

»Ich bitte dich, Bernhard! Das ist wirklich nicht der richtige Moment, deine Tochter zur Rechenschaft zu ziehen! Siehst du nicht, wie erschöpft sie ist?«, tadelte Frau Voßberg. »Außerdem müssen die beiden sich um die Kinder kümmern. Nicht wahr, Agnes? Deine Mama wäscht dir noch das schmutzige Gesichtchen und dann kannst du schlafen.« Frau Voßberg streichelte der Kleinen mit dem Daumen über eine der Tränenspuren auf ihren Wangen und wandte sich an Paulina. »Frau Krahl, Sie übernachten mit Ihrer Tochter im Gästezimmer. Hermine weiß, wo Bettwäsche ist. Im Bad gibt es frische Handtücher und ausreichend Seife und Wasser. Unsere Hanna ist natürlich schon nach Hause gegangen, aber ich richte euch einen kleinen Imbiss in der Bibliothek her. Ihr Mädchen seid sicher völlig ausgehungert.«

»Agnes ist sofort eingeschlafen. Sie war so erschöpft, dass sie nicht einmal mehr das Butterbrot wollte, dass deine Mutter ihr geschmiert hat.« Paulina beugte sich über das Waschbecken und bearbeitete mit einem nassen seifigen Schwamm die Rußflecke auf Hals und Gesicht. Ihre Haut leuchtete vom kräftigen Schrubben bereits krebsrot.

Die Kleidung der Frauen lag in einem Haufen auf dem Marmorboden vor der Badewanne. Paulinas Jacke und ihr Rock waren nicht nur von Rußflecken, sondern auch von kleinen Brandlöchern übersät, Hermines Silberfuchsmantel stank nach angesengtem Fell, und die Strümpfe der beiden ließen sich wohl auch nicht retten.

Jetzt trugen die Frauen Nachthemden, Morgenmäntel und Pantoffeln, die Hermine gehörten.

»Wolfi ist auch immer wieder beim Stillen eingeschlafen. Ich glaube, er hat nicht einmal gemerkt, dass ich ihn gewickelt habe.« Hermine stand neben Paulina am zweiten Waschbecken und entwirrte mit dem Kamm ihr frisch gewaschenes Haar. Im Becken lag bereits eine Handvoll, braunschwarzer ineinander verfilzter Strähnen. Sie legte den Kamm beiseite, klaubte die Strähnen zusammen und warf sie in den Mülleimer unter dem Becken. »Puh, wie die stinken!« Sie holte ein Fläschchen mit Jodtinktur aus dem Medizinschränkchen, träufelte ein wenig der rötlichen Flüssigkeit auf einen Waschlappen und betupfte die Splitterwunde am Kinn. »Verflixt, das brennt!« Sie verzog das Gesicht.

Paulina legte den Schwamm auf den Rand des Waschbeckens und trocknete ihre Hände. »Ich frage mich, ob es richtig war, hierzubleiben.«

»Wie bitte?« Hermine schaute sie fassungslos an. »Heute Nacht finden Sie in ganz Stettin kaum einen sichereren Platz als dieses Haus.«

Paulina beugte sich vor und musterte im Spiegel ihre von Hitze und Trockenheit gesprungenen Lippen. »Ihr Vater hat uns sehr kühl empfangen. Nicht einmal Wolfi wollte er sich richtig ansehen.«

»Sie sehen das zu schwarz. Mein Vater sagte, er ist froh, dass wir gesund und wohlbehalten …«

»Dass *Sie* gesund und wohlbehalten hier angekommen sind«, betonte Paulina. »Von mir und Agnes sprach er nicht. Von Wolfi übrigens auch nicht. Dem Himmel sei Dank, dass die Telefonleitung getroffen wurde. Sonst stünde Schwab wahrscheinlich schon in ein paar Stunden vor dem Haus.« Sie zog den Morgenrock eng über der Brust zusammen. »Agnes und ich werden auf jeden Fall morgen früh verschwinden.«

Hermine schraubte das Fläschchen mit der Jodtinktur zu und stellte es zurück in das Medikamentenschränkchen. »Mein Vater erwartet stets, dass seinen Anordnungen Folge geleistet wird. Von seinem Standpunkt aus war ich gut im Heim Pommern aufgehoben. Deshalb versteht er auch nicht, dass ich von dort weggelaufen bin. Aber er wird genauso wenig wie ich hinnehmen, dass Schwab mir meinen Kleinen wegnehmen will.«

Es klopfte an die Badezimmertür und Frau Voßberg rief: »Seid ihr fertig, Mädchen? In der Bibliothek wartet der Imbiss.«

»Wir kommen, Mutter!« Hermine schloss die Tür des Medikamentenschränkchens und wandte sich zu Paulina. »Ich glaube wirklich, dass Sie sich keine Sorgen machen müssen.«

Paulina straffte die Schultern. »Und ich hoffe, Sie haben recht.«

Die Bibliothek war ein großer, quadratischer Raum. Ein Perserteppich bedeckte fast den ganzen Parkettboden. Um einen runden Tisch, auf dem eine Teekanne, Tassen und eine Platte mit belegten Broten standen, gruppierten sich vier bequeme Lehnsessel. Auf einer antiken Kommode waren Familienfotos in Silberrahmen und eine kleine Tischuhr aus Porzellan angeordnet. Darüber hing ein Porträt Adolf Hitlers. Auf den Fensterbänken verteilte Kerzen spendeten spärliches Licht.

»Bitte nehmen Sie Platz, Frau Krahl, und bedienen Sie sich.« Frau Voßberg deutete auf einen der Sessel und reichte ihr dann die Platte mit den belegten Broten. Paulina setzte sich widerstrebend und nahm ein Käsebrot. *Lass dich nicht von der Gastfreundschaft dieser Menschen täuschen. Es sind Deutsche. Nazis!*, ermahnte sie sich.

Hermine goss sich Tee ein und sank dann müde in den letzten freien Sessel. »Ich habe noch nie etwas so Furchtbares gesehen, wie diesen Bombenangriff. Das Hafengebiet und die Innenstadt sind völlig zerstört.«

Herr Voßberg, der gerade seine Tasse an die Lippen hob, hielt mitten in der Bewegung inne. »Ich hoffe, die Raffinerie wurde nicht getroffen. Ich wollte schon hinfahren, aber wahrscheinlich gibt es auf den Straßen kein Durchkommen.«

»So ist es«, bestätigte Hermine bedrückt. »Die Stadt brennt lichterloh. Selbst Feuerwehren und Rettungsfahrzeuge kommen kaum durch.«

Herr Voßberg schaute seine Tochter direkt an. »Begreifst du jetzt, wie unvernünftig es von dir war, aus dem Heim fortzulaufen, Hermine? Warum hast du das getan?«

»Weil Schwab mir Wolfi wegnehmen und ihn in seiner Familie großziehen will!«, rief sie empört. »Aber das werde ich keinesfalls zulassen! Das versteht ihr doch, nicht wahr? Vater? Mutter?« Fast flehentlich schaute sie ihre Eltern an.

»Beruhige dich, Kind. Wir wollen nur dein Bestes«, erwiderte Frau Voßberg.

»Dann seid ihr also auf meiner Seite?« Hermine ließ nicht locker.

Frau Voßberg rührte angestrengt in ihrer Teetasse. »Gewiss sind wir das, nicht wahr Bernhard?«

Doch ihr Mann antwortete nicht, sondern musterte Paulina, die seinen Blick unbehaglich erwiderte. Das Misstrauen, das sie gegenüber Hermines Vater verspürte, verstärkte sich.

»Meine Tochter hat Sie noch nie erwähnt, Frau Krahl. Woher kennen Sie sich?«, fragte Herr Voßberg.

Bevor Paulina antworten konnte, sagte Hermine: »Aus dem Heim Pommern natürlich.«

Ihr Vater zog die Augenbrauen hoch. »Das verstehe ich nicht ganz. Das Heim Pommern ist doch ein Haus für Schwangere, junge Mütter und ihre Säuglinge, aber Ihre Tochter ist kein Säugling, und Sie sind ...«

»Bernhard!«, unterbrach Frau Voßberg indigniert.

»Agnes ist nicht Frau Krahls leibliche Tochter«, mischte Hermine sich erneut ein. »Das Heim betreut auch Waisenkinder.«

»Das stimmt«, bekräftigte Paulina, ohne mit der Wimper zu zucken. »Mein Mann und ich wollen die kleine Agnes zu uns nehmen. Ich habe einige Tage mit ihr im Heim verbracht und wollte heute wieder nach Hause fahren. Dann kam der Luftangriff auf Stettin und hat meine Pläne verzögert.«

Herr Voßberg lächelte schmallippig. »Und wo befindet sich dieses Zuhause, Frau Krahl?«

Paulina hob das Kinn. »Bei Berlin.« Die deutsche Hauptstadt war die erstbeste, die ihr einfiel.

Herr Voßberg wandte den Blick nicht von ihr. »Das ist höchst interessant. Wie heißt der Ort? Ich habe viele geschäftliche Kontakte im Umkreis der Hauptstadt. Vielleicht gibt es gemeinsame Bekannte.«

Paulina presste die Lippen zusammen und suchte angestrengt nach einer Antwort. Unglücklicherweise war sie nie auch nur in der Nähe Berlins gewesen und kannte sich folglich auch nicht im Umland der deutschen Hauptstadt aus.

Zum dritten Mal sprang Hermine in die Bresche. »Ich finde, du bist sehr unhöflich, Vater. Frau Krahl hat mir während des Luftangriffs beigestanden, als ich mich zu Tode gefürchtet habe, und zum Dank quälst du sie mit unnötigen Fragen!«

Wie um ihre Worte zu bekräftigen, schlug die Tischuhr unter dem Hitler-Porträt. Erleichtert stand Hermine auf. »Ein Uhr schon! Entschuldigt bitte, aber wir sind todmüde und würden jetzt gerne schlafen gehen.«

Warum habe ich alle Vorsicht außer Acht gelassen?, dachte Paulina. Dabei kannte sie die Antwort genau. Die Erschöpfung saß ihr tief in den Knochen, und die Aussicht, an einem trockenen, warmen Ort in einem sauberen, frischen Bett zu liegen und dem gleichmäßigen Atem ihrer kleinen Nichte zu lauschen, war weit verführerischer, als der Gedanke, wieder auf der Flucht zu sein.

Im flackernden Licht der Kerze auf dem Nachttisch betrachtete sie Agnieszka. Das kleine Mädchen lag in dem Bett, das sie heute Nacht teilten. Allein ihr zuzusehen, wie sie tief und fest schlief, überflutete Paulina mit einer Woge von Liebe und Glück.

»Noch sind wir nicht am Ende unseres Weges, mein Engelchen«, flüsterte sie. »Aber du bist wieder bei mir, und ich werde dich mit all meiner Kraft beschützen.«

Sie beugte sich vor, streichelte das Gesicht des Kindes und stutzte. »Du bekommst mir doch kein Fieber?«, sagte sie leise und legte die Hand auf Agnieszkas Stirn. Sie fühlte sich warm an und ein wenig feucht, aber nicht heiß. Gewiss schwitzte Agnieszka nur ein wenig unter der dicken Daunendecke.

Paulina nahm den kleinen rotbraunen Lederstiefel ihrer Nichte vom Nachttisch und stellte ihn auf das Kissen neben

Agnieszkas Kopf. »Ich gehe kurz zur Toilette, Engelchen, dann komme ich wieder.« Sie küsste die Kleine auf die Stirn, griff sich die Kerze und stand auf. In der Tür drehte sie sich noch einmal um und schaute auf das friedlich schlafende Kind. *Nur ein paar Stunden ausruhen und Kraft sammeln*, dachte sie. *Es wird schon alles gutgehen.*

Sie wollte gerade das Badezimmer betreten, da vernahm sie, wie unten im Haus eine Tür aufging. »Ich prüfe noch einmal, ob das Telefon wieder funktioniert, Marga. Ich will Klarheit in dieser Sache«, hörte sie Hermines Vater. Schritte eilten über den Steinboden der Halle, und eine zweite Tür ging auf.

Paulina stand wie erstarrt vor dem Badezimmer. Dann blies sie die Kerze aus, huschte zur Brüstung der Empore und spähte darüber. Die Halle war leer, aber unter dem Eingang der Bibliothek und der Tür rechts daneben, flackerte schwaches Licht. Sie beugte sich weiter über das Geländer, doch sie hörte nichts. Sollte sie es wagen? Sollte sie hinunterschleichen und lauschen?

»Paula«, flüsterte Hermine dicht hinter ihr.

Paulina fuhr herum. »Was wollen Sie?«, zischte sie.

»Das Gleiche könnte ich Sie fragen«, raunte Hermine zurück. »Wenn Sie es genau wissen wollen, ich hörte, wie Ihre Tür aufging. Also wollte ich mich vergewissern, dass alles in Ordnung ist und sah Sie an der Brüstung.«

»Ich weiß nicht, ob alles in Ordnung ist.« Paulina holte tief Luft. »Ihr Vater ist eben zum Telefonieren in ein Zimmer gegangen. Er sagte zu Ihrer Mutter, dass er sich Klarheit über etwas verschaffen will.«

Hermine schaute ebenfalls über das Geländer. »Er ist in seinem Arbeitszimmer, weil dort ein Telefon steht. Unsere Zuckerraffinerie befindet sich im Hafen. Bestimmt will er versuchen, den Meister der Nachtschicht anzurufen und sich vergewissern, dass keiner der Arbeiter Schaden genommen hat.«

Paulina runzelte die Stirn. Hermines Begründung klang

zwar nachvollziehbar, doch ihr Misstrauen gegenüber Herrn Voßberg blieb bestehen.

Hermine schien ihre Zweifel zu spüren und versicherte: »Die Raffinerie wurde vor fast hundert Jahren von meinem Ururgroßvater gegründet. Viele Stettiner Familien arbeiten seit Generationen für uns. Vater fühlt ihnen gegenüber eine große Verantwortung.«

Paulina sagte immer noch nichts und Hermine seufzte. »Sie glauben mir nicht. Na gut, lassen Sie uns hinuntergehen und meinen Vater fragen.«

»Vielleicht wird er uns nicht die Wahrheit sagen. Haben Sie nicht gemerkt, wie er versuchte, mich auszuhorchen?«, entgegnete Paulina. »Ich befürchte, dass er Schwab anruft. Und dann wird er sich auch nach mir und Agnes erkundigen.«

»Dann lassen Sie uns zusammen hinuntergehen. Es ist unverfänglicher, wenn wir beide beim Lauschen erwischt werden.«

Sie tappte zur Treppe, Paulina folgte.

Als die Hälfte der Stufen hinter ihnen lag, öffnete sich die Tür des Arbeitszimmers wieder. Hermine und Paulina drückten sich blitzschnell an die Wand, während Herr Voßberg in der Bibliothek verschwand. Sofort huschten die beiden jungen Frauen die restlichen Stufen hinunter und duckten sich an die Tür der Bibliothek.

»Die Telefonleitung ist bestimmt bald repariert. Dann ist immer noch Zeit, Doktor Schwab anzurufen«, hörten sie Frau Voßberg sagen. »Die Mädchen und die Kinder sind hier in Sicherheit.«

»Ich möchte diese Angelegenheit geregelt wissen«, beharrte Herr Voßberg. »Schwab scheint nicht genügend Autorität gegenüber unserer Tochter zu besitzen. Sonst wäre es ihr nicht gelungen, mir nichts dir nichts mit dem Kind davonzulaufen. Wir haben Hermine auch ins Heim Pommern gebracht, damit ihre Schwangerschaft sich nicht in Stettin herumspricht. Wenn die Leute sie plötzlich mit einem Säugling sehen, war alles umsonst.«

»Ach, sie werden sich auch wieder beruhigen«, sagte Frau Voßberg. »Vor allem, wenn sie feststellen, wie süß der Kleine ist. Und den Leuten erzählen wir einfach, Hermine war verlobt und ihr Bräutigam ist gefallen.«

»Diese Ausrede ist viel zu offensichtlich«, schnaubte Herr Voßberg. »Ganz abgesehen davon wird kein Mann, der etwas auf sich hält, unsere Tochter heiraten, wenn er das Kind eines anderen dazunehmen muss. Dass dein Frauenherz beim Anblick eines Neugeborenen weich wird, ist nur natürlich. Aber wir müssen an die Familie denken. Und an den Ruf unserer Tochter.«

»Hast du dir den Kleinen überhaupt schon richtig angesehen? Mit ihm und Hermine würde wieder Leben in dieses große, leere Haus einkehren. Vor allem, wo wir schon Werner verloren haben …«

»Schwab bekommt das Kind und zieht es groß. So habe ich es mit ihm vereinbart und so bleibt es! Oder willst du, dass ich mich vor ihm zum Narren mache?«

»Natürlich nicht. Ich denke nur inzwischen anders. Es ist ein Fehler, Hermine den Kleinen wegzunehmen. Nirgends ist ein Kind besser aufgehoben, als bei seiner Mutter.«

»Schluss jetzt! Zu diesem Thema ist alles gesagt!«, donnerte Herr Voßberg. Eine lange Pause folgte, dann sagte er: »Verzeih, Marga. Ich hätte dich nicht so anfahren dürfen. Lass uns nun zu Bett gehen. Es ist schon sehr spät. Morgen früh fahre ich in die Raffinerie. Hoffentlich funktioniert eines der Telefone dort, dann rufe ich Schwab an und sage ihm, dass Hermine hier ist. Und nach dieser Frau Krahl werde ich ihn auch fragen.«

»Ich bitte dich, Bernhard! Hast du etwas gegen diese reizende junge Frau?«

»Ich bin überzeugt, dass sie uns belügt. Hast du nicht gemerkt, wie unsicher sie wurde, als ich sie fragte, woher sie kommt? Ich weiß zwar nicht, was mit ihr nicht stimmt, aber ich werde es herausfinden. Lass uns die Kerzen löschen und nach oben gehen, Marga. Es ist spät.«

»Kommen Sie, schnell!«, raunte Paulina und zerrte Hermine, die wie versteinert an der Tür kauerte, mit sich hinter die Kommode in der Halle. Nur Augenblicke später traten Hermines Eltern aus der Bibliothek.

Ohne zu atmen, lauschten die beiden jungen Frauen den Schritten, die in der Dunkelheit die Treppe emporstiegen. Kurz darauf hörten sie die Schlafzimmertür.

Hermine bedeckte das Gesicht mit den Händen. »Niemals habe ich erwartet, dass mein eigener Vater mit Schwab gemeinsame Sache macht.«

Paulina stand auf. »Ich warte noch eine halbe Stunde, bis Ihre Eltern schlafen, dann verschwinde ich mit Agnes.«

Hermine rappelte sich ebenfalls auf. »Ich komme mit.«

Paulina schüttelte entschieden den Kopf. »Das geht nicht.«

»Aber sonst nehmen mein Vater und Schwab mir Wolfi weg.«

Paulina atmete tief durch. »So leid es mir tut, ich kann Sie und Ihren Sohn nicht mitnehmen. Mein Weg ist für mich und Agnes schon gefährlich genug.«

Hermine schniefte. »Wo wollen Sie überhaupt hin?«

»Das kann ich Ihnen nicht verraten.«

»Wenn Sie eine Zweijährige an diesen Ort bringen, können Sie auch einen Säugling dorthin bringen.«

»Es geht nicht. Allein der Weg dorthin ist zu gefährlich.«

Hermine stellte sich dicht vor Paulina und nahm ihre Hände. »Ich kenne auch einen Ort, der sicher ist. Und der Weg dorthin ist nicht gefährlich.«

Paulina lachte unterdrückt auf. »Ich glaube kaum, dass es einen solchen Ort in einer vom Krieg zerrissenen Welt gibt.«

»Es gibt ihn«, beharrte Hermine. »Und wir erreichen ihn

noch heute Nacht. Vorausgesetzt …«, sie zögerte und fuhr dann rasch fort: »… vorausgesetzt Sie können ein Auto fahren.«

Paulina überlegte. »Meine Eltern besaßen ein Auto, ein älteres tschechisches Modell, und mein Vater hat mit mir und meiner Schwester kurz vor dem Krieg das Fahren geübt.« Ein Lächeln stahl sich in ihr Gesicht, als sie an die Unterrichtsstunden auf den Sandwegen der Kiefernwälder bei Danzig dachte. »Ich habe zwar keinen Führerschein, weil der Krieg dazwischenkam, aber ich konnte besser fahren als Helena.«

»Wunderbar!«, rief Hermine. »In der Garage steht ein kleiner DKW. Er gehörte meinem Bruder Werner. Sie steuern, ich sitze mit Wolfi neben Ihnen und erkläre Ihnen den Weg, und Agnes schläft auf der Rückbank.«

Paulina dachte nach und nickte dann. »Wo ist denn das, Ihr sicherer und naher Ort?«

»An der Ostsee. Nur zwei bis drei Stunden von hier mit dem Automobil.«

»Können Sie mir genauer erklären, wo?«

»Das mache ich unterwegs, versprochen. Jetzt sollten wir zusehen, dass wir hier wegkommen«, drängte Hermine.

»Noch habe ich nicht gesagt, dass ich mich darauf einlasse«, wehrte Paulina ab. Sie legte die Finger an die Schläfen und überlegte. Es konnte ein unbestreitbarer Vorteil sein. Sie und Agnieszka würden in nur zwei bis drei Stunden die Küste erreichen. Bis neuerlich Züge von Stettin aus verkehrten, könnte es noch Tage dauern. Ebenso wenn sie versuchte, mit der Kleinen zu Fuß an die Ostsee zu gelangen. Ihr schon fast aufgegebener Plan, nach Schweden zu fliehen, rückte plötzlich wieder in greifbare Nähe.

»Gut«, flüsterte sie. »Wo ist der Autoschlüssel?«

»Am Schlüsselbrett in der Küche«, antwortete Hermine. Sie nahm Paulinas Hand und huschte mit ihr quer durch die dunkle Halle. Sie schlüpften in die Küche, Hermine schloss die Tür und flüsterte: »Warten Sie hier.«

Paulina hörte, wie ihre Schritte davon tappten. Eine Schublade wurde aufgezogen und wieder geschlossen, dann blitzte eine Taschenlampe auf. Hermine flitzte zu einem langen Brett, an dem Taschen, Einkaufsnetze und mehrere Schlüssel hingen. Ihre Finger glitten daran entlang, dann hob sie einen Schlüssel vom Haken und steckte ihn in die Tasche ihres Morgenmantels. Anschließend nahm sie zwei Einkaufsbeutel. »Ich packe noch rasch ein paar Vorräte aus der Speisekammer für uns ein.«

Bevor Paulina etwas sagen konnte, riss sie eine Tür auf und verschwand. Paulina hörte Rascheln und Klappern. Schon tauchte Hermine mit den beiden, jetzt prall gefüllten Beuteln wieder auf. »Ich habe Zwieback, Dauerwurst, ein halbes Dutzend Dosensuppen und ein paar Äpfel für uns«, verkündete sie strahlend.

»Während Sie in der Speisekammer waren, habe ich mir überlegt, wie wir unbemerkt verschwinden«, raunte Paulina. »Zuerst verstauen wir die Sachen im Auto. Danach rollen wir es aus der Garage und ein Stück die Straße hinunter. Ich will den Motor nämlich nicht zu nahe am Haus anlassen. Wenn das erledigt ist, laufen wir zurück, holen die Kinder und …«

»… nichts wie los«, vollendete Hermine.

Paulina nickte entschlossen, öffnete die Küchentür und blieb so plötzlich stehen, dass Hermine gegen ihren Rücken prallte. »Paula! Was haben Sie denn?« Sie drängte an Paulina vorbei, stutzte, und ihre Augen weiteten sich. »Mutter! Was tust du denn hier?«

Kapitel fünfundzwanzig
Pommern, Oktober 1944

»Das Gleiche könnte ich euch fragen, Mädchen.« Frau Voßberg stand in Morgenmantel und Pantoffeln vor den beiden jungen Frauen und leuchtete ihnen mit einer Taschenlampe in die ertappten Gesichter.

Hermine straffte die Schultern. »Ich weiß, dass Vater und Schwab gemeinsame Sache machen, um mir Wolfi wegzunehmen. Außerdem misstraut er meiner Freundin.«

Frau Voßberg seufzte. »Und jetzt wollt ihr zu Fuß mit einem Säugling und einem Kleinkind davonlaufen?«

Hermine schüttelte den Kopf. »Natürlich nicht, wir - au! Paula! Boxen Sie mich nicht!«

Frau Voßberg zog die Augenbrauen empor. »Ihr wollt also eines der Autos nehmen. Wahrscheinlich Werners?«

»Bitte, Mutter. Verrate uns nicht!« Hermine ließ die beiden Taschen fallen und ergriff die Hände ihrer Mutter.

Frau Voßberg löste sich behutsam aus dem Griff und strich ihrer Tochter über das Haar. »Keine Angst, Hermine, ich verstehe dich. Auch ich hätte mir niemals meine Kinder nehmen lassen.«

Paulina trat neben Hermine und fragte: »Dann werden Sie uns nicht an Ihren Mann verraten?«

Frau Voßberg schüttelte den Kopf und schaute auf die Taschen zu Hermines Füßen. Einige Äpfel und Konservendosen lagen herausgerollt auf dem Steinboden. »Mit Vorräten habt ihr euch also schon versorgt?«

»Ein wenig«, räumte Hermine kleinlaut ein.

Frau Voßberg ging an den beiden jungen Frauen vorbei zur Speisekammer und rumorte darin herum. Kurz danach kam sie mit einem vollgepackten Henkelkorb wieder heraus. »Haferflocken, um Brei für die Kleine zu kochen, ein Netz Kartoffeln, ein Brot, eine Tüte Zucker und eine Flasche Öl«, zählte sie auf und reichte den Korb an Paulina weiter. »Ich meine es gut mit euch beiden, wirklich.«

»Danke«, stammelte Paulina überrascht. »Das ist sehr freundlich von Ihnen.«

Frau Voßberg drehte sich wieder um, ging zu einem der Küchenschränke und holte einen Stapel Mulltücher heraus. »Hier sind noch übriggebliebene Windeln von Hannas Sohn, Hermine. Hanna verwendet sie zum Staubwischen. Doch du brauchst sie dringender für Wolfi.« Sie legte die Tücher oben in den Korb.

Hinter der geschlossenen Tür der Bibliothek erklang dreimal der gedämpfte Schlag der kleinen Tischuhr.

»Wir müssen los«, mahnte Paulina.

»Einen Moment noch, Mädchen.« Frau Voßberg eilte in die Bibliothek und kehrte Augenblicke später mit ihrer Geldbörse zurück. Sie holte ein paar Scheine heraus und gab sie Hermine. »Das sind fünfundsechzig Mark. Mehr habe ich leider nicht hier. Wenn ihr knapp an Bezugsmarken seid, könnt ihr euch damit das Nötigste auf dem Schwarzmarkt besorgen.«

Hermine faltete das Geld zusammen und steckte es zum Autoschlüssel in die Tasche ihres Morgenmantels. »Tausend Dank, Mutter. Damit hilfst du uns sehr. Nun werden Paula und ich Werners Auto auf die Straße rollen.«

»Ich helfe euch«, erklärte Frau Voßberg. »Und zieht die Gummistiefel an, die im Außenflur stehen.«

Kurz darauf schlichen die drei Frauen aus dem Haus zur Garage. Sie lag im hinteren Teil des Gartens und verfügte über eine eigene Zufahrt. Hermine gab Paulina die Taschen mit Lebensmitteln, lief zum Tor und zog die beiden Flügel auf. Ihre Mutter öffnete inzwischen die Garage.

Werners roter DKW wirkte winzig neben dem wuchtigen

schwarzen Mercedes von Hermines Vater. Paulina lud das Gepäck in den Kofferraum. Frau Voßberg stellte den Korb dazu und leuchtete dann suchend mit der Taschenlampe in alle Ecken, bis sie den Kanister entdeckte.

»Benzin ist dieser Tage sehr rar, ein paar zusätzliche Liter sollten euch also helfen«, sagte sie und stellte den Kanister neben den Korb und die Taschen. Dann öffnete sie die Fahrertür und setzte sich hinter das Steuer. »Ihr Mädchen schiebt, ich lenke.«

Die beiden jungen Frauen benötigten nicht viel Kraft, um das Auto in Bewegung zu setzen, geschwind rollte der kleine Wagen die Zufahrt hinunter. Sie schoben ihn noch hundert Meter vom Grundstück weg, dann steuerte Frau Voßberg an den Straßenrand und stieg aus. »Ich warte hier und passe auf. Ihr holt die Kinder.«

Hermine und Paulina rannten los. Eilig stellten sie die Gummistiefel an ihren Platz, damit es frühmorgens nicht sofort auffiel, wenn Hanna zur Arbeit erschien. Wenige Minuten später kehrten sie mit den beiden in Decken gewickelten und fest schlafenden Kindern zurück. Paulina trug eine saubere Jacke von Hermine über dem Nachthemd und Hermine ihren Silberfuchsmantel. Frische Kleider, Strickjacken, Strümpfe und Wäsche hatte Hermine in einen kleinen Koffer gestopft.

Paulina schaute aufmerksam zu den umliegenden Häusern. Alle Fenster waren vorschriftsmäßig mit Verdunkelungsrollos verschlossen. Auch die Straßenlaternen brannten nicht, sodass die drei Erwachsenen und das kleine Auto mit der Nacht verschmolzen. Selbst der abendliche Luftangriff erwies sich nun als Glücksfall, denn die Straße lag vollkommen verlassen vor ihnen. Sämtliche Polizisten, die üblicherweise nachts in diesem Viertel Streife gingen, waren in die von Bomben zerstörten Stadtteile abkommandiert, um dort Plünderungen in den Häuserruinen zu verhindern.

Paulina bettete Agnieszka auf den Rücksitz des Automobils

und stopfte die Decke sorgsam um sie fest. Dabei wachte die Kleine auf und schaute sich verwirrt um. Paulina küsste ihre Stirn. »Alles ist gut, Engelchen. Schlaf weiter.«

Frau Voßberg schloss ihre Tochter samt des kleinen Wolfi in die Arme. »Passt gut auf euch auf, mein Kind. Und meidet die großen Städte. Dort gehen die meisten Bomben nieder. Verratet ihr mir, wo ihr hinwollt?«

»An einen Ort, wo Wolfi und ich sicher sind«, sagte Hermine.

»Und wo uns der Krieg nicht einholt«, fügte Paulina hinzu.

Frau Voßberg wischte sich mit einer Fingerspitze über die Augen. »Ich hoffe, ich höre bald von euch.«

»Das wirst du, Mutter. Aber vielleicht dauert es ein wenig. Bitte ängstige dich dann nicht.« Hermine löste sich behutsam aus den Armen ihrer Mutter und setzte sich mit Wolfi auf den Beifahrersitz.

Frau Voßberg wandte sich zu Paulina. »Sie können wirklich fahren?«

Paulina nickte.

»Werden Sie auf meine Tochter achtgeben?«

»Bis wir den Ort erreichen, zu dem sie will. Dann müssen Agnes und ich weiter.«

»Ich wünsche auch Ihnen alles Gute, Frau Krahl.« Frau Voßberg streckte ihr die Hand hin. »Es hat mich gefreut, Sie kennenzulernen.«

Auf den ersten Metern stotterte und hüpfte das kleine Auto, aber dann begriff Paulina, wie sie Kupplung, Gas und Bremse bedienen musste. Der Motor ratterte laut durch die wie ausgestorbene Stadt, und Paulina fürchtete, dass der Lärm Aufmerksamkeit erregte. Doch niemand kam aus einem Haus, und auch Gegenverkehr begegnete ihnen nicht. Es schien, als seien sie weit und breit die Einzigen, die in dieser Nacht durch die Gegend fuhren. Angestrengt starrte Paulina auf die Fahrbahn.

Wegen der abgedunkelten Scheinwerfer musste sie langsamer fahren, als ihr lieb war. Nur allmählich gewöhnten sich ihre Augen an das spärliche Nachtlicht, und sie erkannte die Konturen von Häusern und Alleebäumen ein wenig besser.

»Hier ist keine einzige Bombe gefallen.« Hermine schaute mit weit geöffneten Augen durch die Windschutzscheibe. In den Armen hielt sie ihren Sohn fest an sich gedrückt. »Links das große Gebäude ist das Bethanien Krankenhaus. Dort wurde ich geboren. Dahinter liegt das Mädchenlyzeum. Wäre ich nicht schwanger geworden, würde ich nächstes Jahr an dieser Schule mein Abitur machen.«

Sie wandte den Kopf nach rechts. »Hier müssten sich die Tennisplätze befinden. Im Sommer habe ich jede Woche dort trainiert und zweimal die Clubmeisterschaft in meiner Altersklasse gewonnen.« Ihre Stimme verklang. Sie drehte sich um und schaute auf die hinter ihnen liegenden Häuser. »Ob ich dich wohl jemals so wiedersehen werde, mein Stettin?«

»Ich weiß, dass ich mein Gdansk niemals wiedersehen werde«, sagte Paulina rau. »Ich habe es vor fünf Jahren beim Einmarsch der Wehrmacht verloren.«

Hermine blickte sie erstaunt an. »Sie sind aus Danzig? Ich dachte aus Warschau.«

Paulina biss sich auf die Unterlippe. Lag es an ihrer Müdigkeit, dass sie ihre Wachsamkeit gegenüber dieser Deutschen vergaß? Fühlte sie sich nach fast drei Monaten, in denen sie meistens auf sich gestellt im Land ihrer Todfeinde unterwegs war, zu einsam, um sich länger zu beherrschen? Oder entstand durch die gemeinsame Flucht ein unsichtbares Band zwischen ihnen? Sie mochte Hermine, gestand sie sich fast gegen ihren Willen ein.

Ohne den Krieg könnten wir vielleicht Freundinnen werden, dachte sie.

»Wieso sind Sie von Danzig nach Warschau gegangen?«, fragte Hermine.

Paulina lachte hohl. »Wie viele meiner Landsleute wurden

auch meine Schwester, meine Mutter und ich nach der Kapitulation gezwungen, unsere Heimatstadt zu verlassen. Wir mussten in jenen Teil Polens ziehen, den ihr das Generalgouvernement nennt. So kam ich nach Warschau.«

»Und Ihr Vater? War er in einem Kriegsgefangenenlager?«

»Er wurde in den ersten Tagen des Krieges gefangen genommen und hingerichtet.«

Hermine schluckte erschüttert. »In Bad Polzin haben Sie bereits gesagt, dass Ihre Schwester und Ihr Schwager ermordet wurden.«

»Von der SS«, bestätigte Paulina. »Agnieszka hat alles mitangehört. Sie war nebenan im Kleiderschrank in der Schlafkammer versteckt.«

»Was?« Hermine schlug sich eine Hand vor den Mund. Paulina schaute starr durch die Windschutzscheibe auf die Straße. »Auch meine Mutter lebt nicht mehr. Die Trauer um meinen Vater und der Verlust ihrer Heimat haben ihren Lebensmut zunichtegemacht.«

»Und auch Ihr Verlobter ist tot«, sagte Hermine leise.

»Außer Agnieszka habe ich meine ganze Familie verloren.«

»Wenn ich daran denke, wie sorglos und behütet ich selber aufgewachsen bin, während deutsche Soldaten …« Hermine brach ab und wischte sich mit dem Handrücken über die Augen.

»Sie hätten nichts ändern können. Bei Kriegsausbruch waren Sie selber noch ein Kind.« Paulina steuerte den DKW an den Straßenrand und stellte den Motor ab.

»Warum halten Sie? Stimmt etwas mit dem Auto nicht?«, fragte Hermine überrascht.

»Stettin liegt hinter uns. Wo geht es nun hin?«

Hermine atmete tief durch. »Wir fahren auf die Insel Usedom. Meine Familie besitzt ein Ferienhaus in Heringsdorf.«

»Wie bitte? Sind Sie völlig verrückt geworden? Dort wird Ihr Vater doch zuerst nach uns suchen!« Paulina schlug mit den Fäusten auf das Lenkrad.

»Das wird er nicht«, antwortete Hermine überzeugt.

»Auf diesen Wahnsinn lasse ich mich nie und nimmer ein!« Paulina öffnete die Fahrertür. Rasch packte Hermine ihren Arm und hielt sie fest. »Haben Sie denn nicht im Schulunterricht gelernt, dass es im Auge des Orkans am ruhigsten ist? Unser Haus in Heringsdorf ist das Auge des Orkans. Es ist der Ort, an dem mein Vater uns am wenigsten suchen wird. Weil er denkt, dass wir uns dort niemals verstecken würden.«

»Es gibt dort Nachbarn. Die werden uns sehen, und dann dauert es nicht mehr lange, bis Ihr Vater von unserer Anwesenheit erfährt.«

»Die benachbarten Häuser sind nur während einiger Wochen im Sommer bewohnt. Rund um unseren Garten wachsen Hecken, Bäume und Sträucher, sodass man das Haus von außerhalb kaum sehen kann. Außerdem besitzen in der ganzen Straße nur wir ein Telefon. Es kann also keine Rede davon sein, dass sich unsere Anwesenheit schnell herumspricht.«

Paulina ließ sich gegen die Rückenlehne des Sitzes sinken und starrte in die Nacht. Nicht einer der Gründe, die Hermine vorbrachte, überzeugte sie, aber es gab ein anderes Argument, das für diesen wahnsinnigen Plan sprach – die Nähe zur Ostsee. Sie räusperte sich. »Gibt es auf Usedom einen größeren Hafen?«

Hermine sah sie verwundert an. »In Swinemünde, ungefähr zehn Kilometer von unserem Haus entfernt. Von dort fahren sogar Schiffe ins dänische Bornholm und nach Schweden. Zumindest war es während der ersten Kriegsjahre noch so.«

Paulina horchte auf. »Nach Schweden, sagen Sie?«

Hermine nickte. »Warum interessiert Sie das? Wollen Sie mit der Kleinen nach Schweden? Weil Schweden neutral ist?«

Paulina antwortete nicht. Hermine aber strahlte sie an. »Die Idee ist großartig. Lassen Sie uns zusammen nach Schweden fliehen. Dort ist es auch für mich und Wolfi sicherer.«

»Ich habe nicht gesagt, dass ich nach Schweden will«, wehrte Paulina ab.

»Nach Danzig gehen Sie wohl kaum und auch nicht nach Warschau - wenn Sie wirklich glauben, dass die Rote Armee Richtung Westen vordringt. Die einzige andere Alternative für Sie und Agnes wäre, sich irgendwo unter Ihren Feinden zu verstecken. Aber ich kann mir beim besten Willen nicht vorstellen, dass sie einen so riskanten Plan verfolgen.«

»Tatsächlich habe ich schon mal darüber nachgedacht. Weil ich keine andere Möglichkeit für mich und Agnes sah«, räumte Paulina ein.

Die Kleine hustete auf der Rückbank. Paulina drehte sich um und streichelte ihre Wange. »Geht es dir gut, mein Engelchen?«

Agnieszka verzog das Gesicht. »Weh.«

Paulina stopfte die Decke wieder rund um das Mädchen fest. »Tut dir etwas weh, Engelchen? Hast du dich erkältet?«

»In unserem Haus gibt einen Ofen im Badezimmer. Und Kohle zum Heizen«, sagte Hermine. »Und Swinemünde ist nicht weit, falls Sie sich dort nach Schiffsverbindungen erkundigen wollen.« Wieder legte sie eine Hand auf Paulinas Arm. »Kommen Sie mit mir. Agnes kann sich in unserem Haus ein paar Tage ausruhen, während Sie auskundschaften, wie wir nach Schweden kommen.«

»Sie sind verrückt«, wiederholte Paulina kopfschüttelnd. Aber da sie keine bessere Lösung wusste, schloss sie die Autotür und drehte den Zündschlüssel. »Machen wir erst einmal nur den nächsten Schritt: Wie kommen wir nach Heringsdorf?«

Hermine setzte sich gerade und schaute durch die Windschutzscheibe. »Wir halten uns Richtung Anklam und überqueren bei Zecherin die Peene. Danach ist es nicht mehr weit.«

Gegen sechs Uhr morgens rief Hermine aufgeregt: »Dort vorne ist die Usedomer Bäderbrücke. Und dahinter liegt Zecherin.«

Paulina blinzelte, ihre Augen brannten. »Wie weit ist es jetzt noch?«

Seit gut zweieinhalb Stunden steuerte sie den DKW nun schon durch die schwarze Nacht. Doch beim Anblick der eckigen eisernen Brückenverstrebungen erwachten ihre Lebensgeister aufs Neue.

»Heringsdorf liegt an der anderen Seite der Insel, aber ich schätze, dass wir höchstens noch eine halbe Stunde brauchen.«

»He, was ist das?« Der schwache Lichtstrahl einer abgedunkelten Taschenlampe flackerte auf und Paulina stoppte das Auto. Jemand näherte sich langsam. Dann tauchten zwei Wehrmachtsoldaten neben dem Wagen auf. Einer klopfte an das Fenster der Fahrerseite.

»Was wollen die?«, wisperte Paulina.

»Das ist die Brückenwache«, flüsterte Hermine zurück. »Machen Sie sich keine Sorgen. Die Kontrolle ist reine Routine.«

»Das hoffe ich.« Paulina kurbelte die Scheibe herunter. Sofort schob sich die Spitze eines Gewehrlaufs in den Wagen, und die Taschenlampe leuchtete ihr ins Gesicht. »Papiere!«, forderte eine helle, fast noch kindliche Stimme.

»Einen Moment bitte. Ich habe sie in meiner Jackentasche«, erwiderte Paulina ruhig.

Hermine beugte sich vor. »Hans! Ich bin es, Hermine! Und das neben dir, ist das der Alfred?«

»Hermine? Was machst du denn zu dieser frühen Stunde hier?« Die Taschenlampe wurde gesenkt, und schemenhaft erschien ein Gesicht unter einem Stahlhelm. »Alfred, nimm doch mal die Waffe runter. Die brauchst du für Hermine nicht.«

Der Gewehrlauf verschwand, und ein zweites Gesicht unter einem Stahlhelm tauchte in der Fensteröffnung auf. »Morgen, Hermine. Schön, dich mal wieder zu sehen.«

»Guten Morgen, Alfred. Meine Freundin und ich sind hier, weil Stettin gestern Abend schwer bombardiert wurde. Sagt bloß, ihr habt davon nichts mitbekommen?« Hermine lehnte sich zu Paulina und streckte ihren rechten Arm zum Seitenfenster heraus. Nacheinander gab sie den beiden Soldaten die Hand.

»Klar haben wir. Wurde ja im Radio durchgegeben, dass feindliche Geschwader im Anflug sind«, sagte Hans, und Alfred fügte grimmig hinzu: »Scheiß Tommys!«

Hans fragte besorgt: »Habt ihr was abgekriegt?«

»Nein.« Hermine schüttelte den Kopf. »Aber meine Freundin und ich wollten trotzdem an einen Ort, an dem es sicherer ist.«

»Ab und an kriegen wir hier auch was ab. Die Riesensauerei, die die Tommys im August dreiundvierzig oben in Karlshagen angerichtet haben, hat ihnen noch nicht gereicht«, erklärte Alfred.

Wolfi wimmerte leise, und die beiden jungen Soldaten bekamen große Augen. »Was war das?«, fragte Hans.

»Mein Sohn.« Hermine lächelte.

»Du hast einen Sohn? Mensch Hermine, da hast du also einfach klammheimlich geheiratet?«

Ihr Lächeln vertiefte sich. »Ihr versteht sicher, dass wir es eilig haben. Wolfi ist noch so klein, und wir sind schon lange unterwegs.«

»Na klar«, versicherte Hans.

»Fahrt weiter.« Alfred winkte mit dem Gewehrkolben.

»Macht es gut, ihr beide. Und passt auf euch auf!«

Paulina kurbelte die Scheibe hoch, und der DKW rollte an.

»Unsere Papiere wollten sie gar nicht mehr sehen«, sagte sie, als sie das andere Ende der Brücke erreichten.

»Darauf habe ich es angelegt. Ich nehme an, das war in Ihrem Sinne«, antwortete Hermine.

»Ja«, bestätigte Paulina und lächelte.

Hermine fuhr fort: »Ich bin wirklich erschüttert, Hans und Alfred in Uniform zu sehen. Wir kennen uns seit ewigen Zeiten. Als kleine Kinder haben wir oft zusammengespielt. Später sind wir mit einer Jolle auf die Ostsee gefahren und haben geangelt und gebadet. Jetzt sind sie Soldaten. Dabei ist Hans erst sechzehn und Alfred sogar nur fünfzehn.«

Paulina starrte durch die Windschutzscheibe auf die dunkle Fahrbahn. »Sie gehören wahrscheinlich zu Hitlers letztem Aufgebot.«

»Vielleicht haben Sie recht«, sagte Hermine leise. »Möglicherweise stehen die Russen wirklich im Frühling vor Berlin.«

Der Rest des Weges verlief schweigend, nur hin und wieder von Hermines einsilbigen Anweisungen unterbrochen, wie sie fahren sollten. Sie rollten durch eine ländliche Gegend. Zwischen Waldstücken blinkten Gewässer im Mondlicht auf und Wiesen wechselten mit kleinen Gehöften. Nach einer halben Stunde tauchte die erste Wohnsiedlung auf, und Hermine dirigierte Paulina zu einem kleinen Park, der von eleganten Villen gesäumt wurde.

»Wir sind am Ziel«, sagte sie. »Dort links liegt die Villa Seewind.«

Paulina bremste und schaute durch ein schmiedeeisernes Gartentor auf die Umrisse eines zweistöckigen Hauses. Säulen flankierten das Eingangsportal, hinter dem Dach reckten sich dunkle Baumkronen empor, und eine mehr als mannshohe Hecke umgab das weitläufige Gelände. »Das ist euer Ferienhaus?«, staunte sie.

Hermine öffnete die Beifahrertür und stieg aus. »An der Seite ist die Einfahrt zur Garage. Ich öffne Ihnen die Tore.«

Das Haus empfing sie mit Kälte. Paulina schauderte, sie trug Agnieszka auf dem einen Arm, den Korb von Frau Voßberg in der Hand und ihren Rucksack über der Schulter. So trat sie hinter Hermine in einen kleinen Empfangsraum. »Sagten Sie nicht, dass es eine Heizung gibt?«

»Öfen. Es ist jetzt ein wenig ausgekühlt, weil seit August niemand hier war. Wenn wir gleich einheizen, wird es bald warm.« Hermine schloss die Haustür ab und drehte am Lichtschalter. Es knackte, dann flammte die Deckenbeleuchtung auf. Sie öffnete eine Tür links von sich und betätigte einen weiteren

Lichtschalter. »Hier ist der große Salon.«

Paulina sah einen imposanten Raum, der die ganze Breite des Hauses einnahm. Die Fenster und die hohen Glastüren zum Garten waren mit schwarzen Rollos verdunkelt. Über den Möbeln hingen zum Schutz weiße Leintücher.

Hermine zog ein Laken von einem weichen roten Samtsofa. Vorsichtig nahm sie Wolfi mitsamt seiner Wickeldecke und platzierte ihn an die Rückenlehne. »Darauf können die Kinder weiterschlafen, während wir uns einrichten. In den Schlafzimmern gibt es keine Heizung. Deshalb schlage ich vor, dass wir uns Matratzen herunterholen und es uns hier gemütlich machen.«

Paulina legte auch Agnieszka behutsam auf das Sofa. »Einverstanden. Kümmern Sie sich um die Schlafgelegenheiten, ich feuere den Ofen an. Wo bewahren Sie Kohle und Spiritus auf? Oder Holzspäne und Zeitungspapier?«

»In der Küche.« Hermine zeigte auf eine Tür an der hinteren Wand. »Hoffe ich wenigstens.«

»Hoffen Sie?«

»Unsere Haushälterin Hanna kümmert sich bei all diesen Dingen um Nachschub.« Hermine zog ihren Pelzmantel aus und breitete ihn über die beiden schlafenden Kinder.

»Du meine Güte, Sie haben immer noch Ihr Nachthemd an«, bemerkte Paulina kopfschüttelnd.

»Sie doch auch.« Hermine sah sie an und kicherte. Auch Paulina wollte losprusten und hielt sich schnell den Mund zu, damit sie die Kinder nicht mit ihrem Gelächter weckte. Doch immerhin löste sich die bedrückte Stimmung der letzten Stunden.

Paulina verschwand in der Küche und kehrte kurz darauf mit einem Blecheimer zurück. »Den Kohleeimer und ein Päckchen Spiritustabletten habe ich neben dem Herd gefunden. Gleich haben wir es mollig warm.«

Zehn Minuten später flackerte ein helles Feuer in dem weiß

glasierten Keramikofen, und auf dem Teppich lagen Matratzen, Kopfkissen und Decken.

»Fast sieben. Um fünf Uhr war Wolfis Stillzeit«, stellte Hermine mit einem Blick auf ihre Armbanduhr fest. Sie wandte sich zu ihrem Sohn. »Eigentlich möchte ich ihn nicht aus dem Schlaf reißen. Ich selber bin auch furchtbar müde.« Sie unterdrückte ein Gähnen. »Ich lege Wolfi neben mich, so höre ich, wenn er quengelt und kann ihn gleich stillen.« Sie hob den Säugling vom Sofa und schlüpfte unter die Steppdecke.

Paulina bettete Agnieszka auf eine der Matratzen. Dann löschte sie das Licht und legte sich neben ihre Nichte. Agnieszka hustete im Schlaf. Auch während der Fahrt hatte sie einige Male gehustet. Paulina fühlte mit ihrer Hand die Stirn des Mädchens. Wieder erschien sie ihr warm, aber keinesfalls heiß zu sein. *Die letzten beiden Tage waren sehr anstrengend. Vielleicht muss sie einfach nur zur Ruhe kommen,* dachte Paulina und zog die Decke bis zu Agnieszkas Kinn empor.

»Ich bin so froh, dass Sie hier sind«, klang Hermines schläfrige Stimme aus dem Dunkel. »Und Sie werden sehen – niemand wird uns hier suchen.«

Das hoffe ich, dachte Paulina. Sie rollte sich auf die Seite und legte einen Arm um Agnieszka. Sekunden später fielen ihr die Augen zu.

Das schrille Läuten eines Telefons schreckte sie aus dem Schlaf.

Wo bin ich?, dachte sie und starrte in die Dunkelheit. Irgendwo in ihrer Nähe mischte sich das Plärren eines Säuglings mit dem durchdringenden Klingeln, und ihre Erinnerung kehrte schlagartig zurück. Ihr Herz schlug sofort schneller.

»Hermine«, rief sie. »Hören Sie das?«

»Gewiss tue ich das. Der Lärm kann Tote zum Leben erwecken«, klang Hermines verschlafene Stimme aus der Dunkelheit.

»Sie waren doch sicher, dass wir hier nicht gesucht werden!«

»Das bin ich immer noch. Dieser Anruf kann von überall kommen.«

Paulina setzte sich auf. »Und damit auch aus dem Büro Ihres Vaters! Wahrscheinlich sitzt er am anderen Ende der Leitung und schwingt wütend den Telefonhörer. Wir dürfen auf keinen Fall abnehmen.« Endlich verstummte das Läuten. »Ich stehe auf. Wo befindet sich der nächste Lichtschalter?«

»Lassen Sie nur. Ich kümmere mich darum«, erwiderte Hermine, und barfüßige Schritte tappten durch den Raum. Gleich darauf flammte der Kronleuchter über dem langen Esstisch auf. Hermine stand an der Tür zur Halle. Ihr helles Haar stand völlig zerzaust vom Kopf, und unter ihren Augen lagen dunkle Schatten. »Wenigstens ist es nicht mehr so kalt.« Sie gähnte herzhaft.

Paulina sah auf ihre Armbanduhr. »Es ist erst kurz nach neun. Wir haben gerade einmal zwei Stunden geschlafen.«

»So fühle ich mich auch.« Hermine rieb sich die Augen. »Zuerst versorge ich Wolfi, dann versuche ich, noch ein wenig zu schlafen. Das sollten Sie auch.«

Paulina schüttelte den Kopf. »Ich weiß nicht, woher Sie diese Ruhe nehmen, aber mir ist es hier nicht geheuer. Ich will nach Swinemünde.«

»Lassen Sie uns vorher wenigstens frühstücken. Draußen im Schuppen ist ein Fahrrad. Damit sind Sie schnell in Swinemünde. Ich will nur erst Wolfi stillen und wickeln.« Sie ging zu ihrem Schlaflager, hob ihren Sohn hoch und setzte sich mit ihm auf das Sofa. Der Kleine weinte und fuchtelte mit den Fäustchen. Hermine legte ihn an und betrachtete mit gerunzelter Stirn das Durcheinander im Salon. Die beiden Taschen lagen umgekippt auf dem Esstisch neben dem Korb und Paulinas Rucksack. Äpfel und Konservendosen waren heraus gekullert. Ihre achtlos abgestreiften Stiefel waren im Zimmer verstreut, Mäntel und Jacken über eine Stuhllehne geworfen. »Es sieht hier wirklich furchtbar aus«, bemerkte sie. »Nach dem Frühstück werde ich aufräumen.«

Paulina stützte sich auf einen Ellbogen und streichelte Agnieszkas nachwachsende Löckchen. Sie hob vorsichtig einen Zipfel der Steppdecke hoch. »Die Kleine schläft tief und fest. Die Ereignisse der letzten zwei Tage haben sie gewiss sehr erschöpft.« Sie stopfte die Decke wieder um ihre Nichte, schlüpfte aus dem Bett und ging zum Ofen. Im Inneren glimmte es noch. Mit der Kohlezange nahm sie ein paar schwarz glänzende Brocken aus dem Eimer und legte sie dazu.

Danach zog sie die Verdunkelungsrollos der Glastüren zum Garten hoch. Vor ihren Augen lag die von Rosenbeeten eingerahmte Terrasse. An einigen Büschen leuchteten die letzten Blüten in der Sonne. Dahinter erstreckte sich eine ausgedehnte, von einer Buchenhecke begrenzte Rasenfläche, auf der hohe Eichen, Linden und Kastanien wuchsen. Hinter den Baumkronen erblickte Paulina die Ostsee. Silbergrau, ruhig und endlos lag sie unter dem blauen, von weißen Wolken durchsetzten Himmel.

»Wie weit ist es von hier nach Schweden?«, fragte sie.

»Das weiß ich nicht«, erwiderte Hermine. »Aber wir sind einmal mit einem Ausflugsschiff von Swinemünde nach Bornholm gefahren. Das dauerte acht Stunden. Es war gutes Wetter, und wir erkannten die Küste Südschwedens von der Bornholmer Nordspitze.«

Die Freiheit liegt für Agnieszka und mich also nur noch eine Schiffsreise entfernt, dachte Paulina. Sie fühlte das Ende ihrer Flucht greifbar nah und verspürte ein sehnsüchtiges Ziehen im Herzen.

Hermine nahm Wolfi von der Brust. »Warum schauen Sie sich nicht ein wenig um, während ich Frühstück mache? Der Schlüssel für die Gartenpforte hängt am Brett in der Küche. Der Strand beginnt gleich hinter unserem Haus. Und sorgen Sie sich nicht, dass jemand Sie sieht. Ich sagte Ihnen ja, dass die umliegenden Häuser um diese Jahreszeit leer stehen.«

Obwohl die Sonne schien, spürte sie die Frische der Luft. Paulina wickelte sich den wollenen Schal von Hermine zweimal um den Hals, zog die Terrassentür hinter sich zu und schaute an der rückwärtigen Fassade der Villa Seewind empor. Hellblau verputztes Mauerwerk, weiß gerahmte Fenster und Türen und ein dunkles Schindeldach verhießen sommerliche Leichtigkeit. Um das Obergeschoss lief ein Balkon mit einem weiß gestrichenen schmiedeeisernen Gitter.

Es ist ein schönes Haus, eigens gebaut, um darin viele sorglose Ferientage zu verbringen, dachte Paulina. Mit Wehmut erinnerte sie sich an die Sommer, die sie mit ihren Eltern und Helena in ähnlichen Häusern im Badeort Zoppot an der Danziger Bucht verleben durfte.

Sie wandte sich um und musterte die hohe Hainbuchenhecke. Von den direkt benachbarten Häusern sah sie nur die Obergeschosse, doch die Anwesen erschienen vergleichbar groß und elegant wie die Villa Seewind. Die Fensterläden waren geschlossen, und aus den Schornsteinen stieg kein Rauch auf. Dahinter entdeckte Paulina allerdings einige dünne graue Wolken, die aus Kaminen in den Himmel aufstiegen. Offensichtlich lag Hermine mit ihrer Behauptung falsch, dass die Häuser nur in den Sommermonaten bewohnt wurden.

Noch ein Grund, so schnell wie möglich von hier zu verschwinden, dachte Paulina, während sie den weitläufigen Garten durchquerte.

Der von Hermine erwähnte Schuppen wurde von einem Vorhängeschloss an der Tür gesichert, aber durch das kleine Fenster erspähte sie das Fahrrad. Es lehnte neben zwei Kohlesäcken an einer Wand. Am Ende des Gartens befand sich eine hohe Pforte aus gestrichenen Latten. Sie öffnete sie mit Hermines Schlüssel und trat auf die Promenade. Ein Eichhörnchen flitzte wenige Schritte von ihr entfernt über den Weg und verschwand im Nachbargarten. Paulina sah weit und breit keinen Menschen und atmete erleichtert auf.

Jenseits der Promenade erstreckten sich die von zerzausten Gräsern und Heckenrosen bewachsenen Dünen, und Paulina folgte einem der schmalen Durchgänge zum Strand. Winzige Sandkörnchen flogen ihr vom Wind getrieben entgegen und rieben prickelnd über Hände und Wangen. Als sie den Strand erreichte, legte sie eine Hand an die Augen und schaute sich um.

Möwen segelten laut kreischend in der schneidend kalten Brise. Auf dem fast weißen Sand ruhte ein halbes Dutzend hölzerner Fischerboote. Die Ostsee rollte in gleichmäßigen Wellen an den Strand. Weit draußen in der Fahrrinne fuhr ein Konvoi aus einigen Frachtern, die von kleineren Korvetten und Zerstörern begleitet wurden. Zu Paulinas rechter Seite lag die Seebrücke von Heringsdorf, eine Ruine aus gebrochenen, steil emporragenden Planken. Dahinter entdeckte sie mehrere in die Dünen eingegrabene Küstenbatterien. Auch links von ihr erstreckte sich eine endlose Kette weiterer Batterien, und als sie sich umdrehte, sah sie landeinwärts auf einer Anhöhe einen Peilturm, über den der Funkverkehr der Alliierten abgehört wurde.

Sie runzelte die Stirn und überlegte, wie seltsam es war, dass ein paar kleine Badeorte und Ferienhäuser so stark geschützt wurden.

Hermine und Agnieszka saßen am Esstisch, als Paulina ins Haus zurückkehrte. Es roch nach Malzkaffee und Sauerteigbrot. Hermine hielt Wolfi im Arm. Mit der anderen Hand steckte sie Agnieszka ein kleines, mit Marmelade bestrichenes Brotstück in den Mund. Auf ihrem Teller lagen weitere Brotstückchen.

Paulina setzte sich an die freie Seite ihrer Nichte. Agnieszka sah sie lange an und sagte dann zaghaft: »Mama?«

Beim Klang der zarten Stimme traten Paulina Tränen in die Augen. Sie beugte sich vor und küsste Agnieszkas blond gelocktes Köpfchen. »Jetzt bin ich deine Mama. Aber wenn du groß genug bist, erzähle ich dir von deiner ersten Mama Helena. Und von deinem Papa Jerzy.«

Agnieszka hustete röchelnd und verzog das Gesicht. »Weh.«

»Wo hast du weh? Hier?« Paulina legte eine Hand auf den Brustkorb der Kleinen. Agnieszka nickte kläglich.

Paulina schaute zu Hermine. »Hat sie heute Morgen oft gehustet?«

»Ein paar Mal.«

»Finden Sie nicht auch, dass der Husten inzwischen klingt, als sitzt er tief in der Brust?«, fragte Paulina besorgt. »Das stimmt«, bestätigte Hermine. »Vielleicht hat sie gestern in Stettin zu viel Rauch und Staub eingeatmet.«

»Vielleicht«, sagte Paulina zweifelnd. »Auf jeden Fall sollte sie mit dem Husten nicht ins Freie.«

In diesem Moment klingelte in der Halle wieder das Telefon. Beide Frauen zuckten zusammen. Paulina zählte angespannt mit. Nach dem zwölften Läuten verstummte der Apparat.

»Hat es auch geläutet, während ich am Strand war?«, fragte sie.

»Zweimal«, antwortete Hermine zögernd.

»Du lieber Himmel!«, stöhnte Paulina auf.

»Selbst wenn es mein Vater ist, wird er denken, dass wir nicht hier sind, solange wir nicht abnehmen. Außerdem wird er nach dem gestrigen Angriff erst einmal in der Raffinerie nach dem Rechten sehen«, beteuerte Hermine.

Paulina atmete tief durch. »Letztendlich müssen Sie selber wissen, was Sie tun, aber ich werde nicht warten, bis Ihr Vater hier auftaucht.«

»Nun frühstücken Sie doch erst einmal!« Hermine schob das Brett mit dem Brotlaib zu Paulina. »Mit Kirschmarmelade schmeckt es köstlich.« Sie hielt Paulina ein offenes Glas, in dem ein langstieliger Löffel steckte, unter die Nase. »Davon stehen noch drei Weckgläser in der Speisekammer und genauso viele mit Apfelmus und eingemachten Pflaumen.«

Paulina schnitt eine Scheibe von dem Brotlaib, beschmierte ihn mit Margarine und Marmelade und biss hinein. Dann steckte sie Agnieszka eines der kleinen Brotstücke in den Mund. »Iss mein Engelchen, damit du bald wieder ganz gesund bist.«

»Man spricht nicht mit vollem Mund.« Hermine zwinkerte Agnieszka zu, ergriff eine geblümte Porzellankanne und füllte Paulinas Tasse mit dampfendem Malzkaffee. »Was haben Sie am Strand entdeckt?«

Paulina spülte ihren Bissen Brot mit einem Schluck Kaffee hinunter. »Ich habe einiges gesehen, was mir recht befremdlich erscheint. Zum Beispiel die völlig zerstörte Seebrücke. War das eine Bombe?«

»Oh nein.« Hermine wischte Wolfi mit der Fingerspitze einen Speichelfaden vom Mundwinkel. »Alle Stege entlang der Küste wurden im Winter einundvierzig auf zweiundvierzig von Eismassen zerdrückt. Es war ja ein furchtbar kalter Winter. Sogar die Ostsee fror zu.«

»Und man hat die Stege in zwei Jahren nicht repariert?«

Hermine zuckte mit den Schultern. »Das Material ist knapp, und die Männer sind fast alle im Krieg.«

Paulina schaute nachdenklich auf die Tasse in ihrer Hand. »Ich habe auch einen Funkturm gesehen. Außerdem ist die ganze Küste mit Geschützen gespickt.«

Hermine nickte. »Ich weiß. Vater erklärte mir, dass sie helfen sollen, Luftangriffe auf Swinemünde oder Stettin abzuwehren. Und natürlich schützen Sie auch Peenemünde. Karlshagen wurde ja leider zerstört.«

»Karlshagen?«, warf Paulina ein. »Diesen Ort erwähnte doch einer der Wachsoldaten an der Usedomer Bäderbrücke. Es ist mir ein Rätsel, warum die Alliierten unbedeutende kleine Urlaubsorte in Schutt und Asche legen.«

»Weder Peenemünde noch Karlshagen sind Urlaubsorte«, entgegnete Hermine. »In Peenemünde befindet sich die Heeresversuchsanstalt, und in Karlshagen wohnten bis zum Luftangriff 1943 die Wissenschaftler und Ingenieure, die dort arbeiteten.«

Paulina starrte sie an. »Sprechen Sie von der Versuchsanstalt, in der die V1 und die V2 entwickelt wurden?«

»Sie wissen davon?«, fragte Hermine erstaunt.

Paulina reagierte nicht. In ihrem Kopf überschlugen sich die Gedanken. Die Existenz der Vergeltungswaffen V1 und V2 kannten alle im Warschauer Widerstand, und was Paulina über die in der deutschen Presse mit ›Wunderwaffen‹ bezeichneten Flugkörper wusste, versetzte sie in Angst. Sowohl die V1 als auch die V2 brauchten keine Piloten, transportierten große Mengen von Sprengstoff und flogen sehr viel schneller als herkömmliche Bomber. Die V2 besaß sogar einen Raketenantrieb, mit dem sie London vom europäischen Festland aus in knapp drei Minuten erreichte, einer Zeitspanne, die zu kurz war, um Alarm auszulösen. Von Marek wusste Paulina auch, dass die Rakete bei der englischen Bevölkerung unbeschreibliche Panik auslöste, weil sie wie aus dem Nichts auftauchte und explodierte.

Sie schob ihren Stuhl so ruckartig zurück, dass Agnieszka neben ihr zusammenzuckte. »Bitte geben Sie mir den Schlüssel zum Schuppen. Ich fahre auf der Stelle nach Swinemünde. Und beten Sie, dass ich dort für Agnes und mich eine Schiffspassage nach Schweden bekomme!«

Hermine nickte und holte den Schlüssel aus der Küche: »Es geht immer in südöstlicher Richtung, erst durch Heringsdorf, dann durch Ahlbeck. Dahinter folgt ein kleines Waldstück, danach beginnt Swinemünde. Der Hafen liegt nicht direkt an der Küste. Halten Sie sich ein Stück swineaufwärts Richtung Innenstadt, dann können Sie ihn nicht verfehlen. Gilt Ihre Reisegenehmigung eigentlich bis Schweden?«

Paulina schüttelte den Kopf. »Aber ich habe noch etwas Geld. Ich hoffe, den Fahrkartenverkäufer damit gnädig zu stimmen.«

Hermine holte ihre Geldbörse aus der Handtasche, öffnete sie und schob ein paar Scheine in Paulinas Jackentasche. »Hoffentlich hilft Ihnen das auch für mich und Wolfi Schiffspassagen zu bekommen. Und machen Sie sich keine Sorgen um Agnieszka. In Werners Zimmer steht noch ein Karton mit Bilderbüchern und alten Puppen von mir. Damit werde ich sie gut beschäftigen.«

In Heringsdorf und Ahlbeck wiesen Plaketten an vielen eleganten Villen auf Offiziersclubs und Lazarette hin. Paulina fragte sich unwillkürlich, was mit den einstigen Bewohnern dieser Anwesen geschehen war. Waren sie enteignet worden, ins Ausland geflüchtet, in Lagern verschwunden?

Ihr fiel auf, dass in den Cafés entlang der Hauptstraße fast ausschließlich Männer in Wehrmachtsuniform saßen. Aber auch Luftwaffe gab es hier, wie ihr der Wegweiser zu einem Fliegerhorst namens Garz zeigte.

Hinter Ahlbeck begann ein lichter Wald mit Exerzierplätzen und Kasernen. Die betonierte Straße wandelte sich in einen befahrbaren Sandweg. Dann erreichte Paulina einen Komplex mit rot gestrichenen Holzhäusern. Sie gruppierten sich locker um einen großen Innenhof, auf dem eine Gruppe zehn- bis zwölfjähriger Jungen und Mädchen in Trainingsanzügen im Kreis liefen. In der Mitte stand ein Lehrer und gab mit knappen Pfiffen aus der Trillerpfeife Kommandos.

Gerade als Paulina am Eingangstor zum Hof vorbeifuhr, fing ihr Fahrrad an zu wackeln. Sie sprang ab und merkte, dass der Boden unter ihren Füßen bebte. Erschrocken starrte sie auf den Weg und sah, dass sich der Sand um sie herum bewegte. Rasch machte sie einen Satz zur Seite, aber auch dort vibrierte es, und dann vernahm sie ein bösartiges Zischen, das zu einem durchdringenden Lärm anschwoll.

Was ist das?, dachte sie und schaute sich in panischer Angst um. *Ein Erdbeben? Ein Bombenangriff, für den kein Alarm ausgelöst worden war*? Sie konnte das Getöse nicht einordnen, es drang von allen Seiten auf sie ein, und auch der Boden zitterte überall.

Sie ließ das Fahrrad fallen, presste beide Hände an die Ohren und kauerte sich auf die Erde. Ein paar Zapfen fielen von den umstehenden Kiefern auf ihren Kopf und ihre Schultern. Nach kurzer Zeit ebbte das Beben wieder ab. Sie hörte keine Bombendetonationen, nur der Lärm hielt unvermindert an. Vorsichtig schaute sie auf. Weit entfernt schoss ein riesiges Flugobjekt aus dem Wald. Es hatte die Form einer Zigarre. Mit einer schwarzen Spitze und flossenartigen weißen Flügeln am Ende. Das Ding stieg mit großer Geschwindigkeit auf und zog dabei einen gewaltigen Feuerschweif hinter sich her.

Paulina bekam eine Gänsehaut. *Das ist sie*, durchfuhr es sie. *Die Wunderwaffe, die V2. Fliegt sie von hier bis nach England*?

Gebannt verfolgte sie, wie die Rakete höher und höher stieg. Plötzlich jedoch geriet sie aus dem Gleichgewicht, kippte mit der Nase zuerst steil vornüber und verschwand aus Paulinas Blickfeld. Gleich darauf ertönte ein dumpfer Knall. Ein monströser schwarzer Rauchpilz stieg empor, dann wurde es still.

»Och! Schade!«, tönte es rechts neben ihr.

Sie drehte den Kopf und sah, dass die Jungen und Mädchen mit ihrem Lehrer am Zaun standen und den Start der Rakete mitverfolgt hatten.

»Wieder danebengegangen«, kommentierte ihr Ausbilder. »So wird das nichts mit dem Endsieg.« Er schaute zu Paulina. »Sie sind wohl noch nicht lange hier, was?«

»Wie kommen Sie darauf?« Sie packte das Fahrrad am Lenker und stellte sich aufrecht.

»Weil Sie sich so erschrocken haben. Aber keine Sorge, Sie werden sich an das Getöse gewöhnen. Die Testflüge finden mehrmals pro Woche statt.«

»Und sie enden immer so?« Paulina klopfte sich mit einer Hand den Sand vom Rock.

Der Lehrer schaute zu seinen Schülern, die eifrig den missglückten Raketenstart miteinander diskutierten, und fuhr fort: »Sie enden öfter so, als dass sie gelingen. Woher sind Sie?«

»Aus Stettin«, sagte Paulina zögernd. »Es gab dort einen großen Luftangriff und ich hoffe, dass ich hier sicherer bin.«

Der Lehrer musterte sie betrübt. »Das haben die Eltern dieser Kinder auch gehofft, als sie sie aus dem Ruhrgebiet hierherschickten. Aber wenn Sie mich fragen, glaube ich, dass diese Jungen und Mädchen zu Hause besser aufgehoben wären. Im Westen rücken die Amis vor, während wir hier den Russen zum Fraß vorgeworfen werden. Ich habe beantragt, die Kinder noch vor dem Winter zu evakuieren, weil es sonst haarig werden könnte. Aber die Ortsgruppenführer von Heringsdorf und Ahlbeck sind strikt dagegen. Fluchtbewegungen wären schlecht für die Moral der Bevölkerung, behaupten sie.«

Paulina versuchte, sich ihre Aufregung nicht anmerken zu lassen. »Denken Sie denn, dass Deutschland den Krieg verliert?«

Der Lehrer strich sich über das raspelkurze weiße Haar. »Ich war beim ersten großen Schlachten von vierzehn bis achtzehn dabei und glauben Sie mir, ich weiß, wenn eine Sache verloren ist. Passen Sie auf sich auf, junge Frau.« Er nickte Paulina zu und steckte sich die Trillerpfeife zwischen die Lippen. »Auf Kinder, keine Müdigkeit vortäuschen!«

Paulina stemmte sich gegen den kalten Wind, der ihr von der See entgegenschlug, und strampelte über die verwaiste Strandpromenade von Swinemünde. Vor den Villen lagen Sandsäcke, die Fenster waren mit Brettern verrammelt, Tennisplätze, Cafés und Restaurants geschlossen. Ein Stück hinter dem Dach des Kurhauses ragte ein Leuchtturm in die Höhe. Sie erreichte das westliche Swineufer und sah ein großes rotes Backsteingebäude mit einem Schild ›Marine-Artillerieschule‹. Davor bog die Straße nach rechts ab in Richtung des Zentrums. Paulina folgte ihr.

Statt eleganter Strandvillen säumten nun kleine Einfamilienhäuser, Werkstätten für Schiffsbedarf und Geschäfte die Straße. Frauen standen vor dem Bäcker, dem Metzger und dem Milchladen Schlange. In einer ehemaligen Schule war ein Lazarett untergebracht. Zwei Schwestern lehnten an der Mauer des Schulhofes und teilten sich eine Zigarette.

Paulina bremste und sprang vom Fahrrad. »Komme ich hier zum Hafen?«

Die beiden nickten. »Immer geradeaus bis zum Schifffahrtsamt«, sagte eine. »Gegenüber ist das Bezugsscheinamt. Davor steht immer eine Schlange. Sie können es also gar nicht verfehlen.«

Auf dem Gehweg vor dem Schifffahrtsamt fiel Paulina ein Wegweiser mit der Aufschrift ›Kleine Fähre‹ auf, der in Richtung Swine zeigte.

Wo es eine Fähre gibt, gibt es auch einen Fahrkartenschalter, dachte Paulina und lehnte das Rad gegen einen Laternenpfahl. Sie nahm nicht an, dass sie am Fährschalter ein Ticket für ein Schiff nach Schweden kaufen konnte, aber die Verkäuferin würde ihr gewiss sagen, wo sie es bekam.

Rund um den Hafen sah sie Fabriken, Werften und Reedereien. Dazwischen ragten Festungsanlagen und Bunker mit Flakgeschützen auf. Zwei U-Boote fuhren langsam in Richtung Swinemündung. In den Hafenbecken lagen mehrere mit grauer Tarnfarbe bestrichene Kriegsschiffe, aber auch Fischkutter und Frachter der Handelsmarine. Ein gewaltiger Panzerkreuzer stach Paulina ins Auge, vor allem wegen seiner riesigen Geschütztürme. Dahinter ankerte ein Truppentransporter, von dem verwundete Soldaten auf einen Lazarettzug gebracht wurden, und aus einem Güterzug luden Hafenarbeiter Kisten und Ballen aus und stapelten sie auf dem Kai.

Am Swineufer entdeckte Paulina die Fahrkartenverkaufsstelle. Sie befand sich in einer einfachen, kleinen Bretterbude, vor der aber viele Menschen warteten. Die ›kleine Fähre‹ legte soeben vom gegenüberliegenden Flussufer ab.

Sie steuerte auf die Verkaufsstelle zu, ohne auf die Zurufe der Marinesoldaten zu achten, die in ihren blauen Uniformen überall auf dem Kai herumwimmelten. Sie stellte sich hinter einer Frau an, die einen vielleicht fünfjährigen Jungen an der Hand hielt.

Der Junge drehte sich um und musterte Paulina von oben bis unten. »Wir wollen nach Lübeck. Und du?«

Seine Mutter wandte sich ebenfalls um. »Raimund, du kannst die fremde Dame doch nicht einfach so aushorchen. Entschuldigen Sie bitte, aber ihm ist langweilig. Wir warten schon eine Ewigkeit darauf überzusetzen.«

»Ich verstehe.« Paulina lächelte höflich.

Die junge Frau rückte ihren Hut gerade. »Vorher haben wir schon mehr als zwei Stunden beim Bezugsscheinamt angestanden, und jetzt geht es wieder zurück zu meiner Schwiegermutter. In die Turnhalle.«

»In die Turnhalle?«, fragte Paulina. »Wurden Sie ausgebombt?«

Die junge Frau schüttelte den Kopf. »Wir sind vor einer Woche aus Rauterskirch angekommen. Das ist bei Königsberg. Gauleiter Koch hat Flucht vor dem Feind ja strengstens untersagt. Aber die Ortsgruppenleiter mehrerer Gemeinden haben sich zusammengetan und dafür gesorgt, dass junge Mütter, alte Frauen und Kinder westwärts geschafft werden. Für die Reisegenehmigung mussten wir lediglich nachweisen, dass wir Verwandte in Lübeck haben. Und so ein Brief ist ja schnell geschrieben. Das prüft ja keiner nach …« Sie zwinkerte Paulina zu und fuhr fort: »Mein Mann ist Offizier und hat schon beim letzten Heimaturlaub gesagt, wir sollen zusehen, dass wir so weit wie möglich nach Westen kommen. Aber jetzt sitzen wir hier fest. Für Zivilisten gibt es weder Züge noch Schiffe. Sie werden alle für Truppentransporte gebraucht.«

»Es gibt gar keine Transportmöglichkeiten mehr für Zivilisten?«, entfuhr es Paulina bestürzt.

»Wenn Sie Vitamin B haben, schon. Dann gibt es alles.« Die junge Frau zog die Mundwinkel herab. »Aber Sie haben das wohl nicht, sonst würden Sie ja nicht in dieser Schlange stehen.«

Paulina schaute kurz nach rechts und links. Kurzentschlossen beugte sie sich vor und sagte leise: »Ich will versuchen, mit einem Schiff über die Ostsee zu kommen. Richtung Bornholm.« Um keinen Argwohn zu erregen, vermied sie das Wort Schweden.

Die junge Frau winkte ab. »Das vergessen Sie mal ganz schnell wieder. Die Ostsee ist völlig vermint. Und wie ich bereits sagte – es gibt keine Schiffe.«

»Auch kein Postschiff, das Passagiere mitnimmt?«

Die junge Frau lachte so hell, dass einige Umstehende sich neugierig umdrehten. »Das habe ich auch schon versucht! Aber auf dem Schifffahrtsamt sagte man mir, dass die Postschiffe keine Passagiere mehr mitnehmen, und Fähren verkehren schon seit über einem Jahr nicht mehr. Wenn Sie nach Bornholm wollen, müssen Sie schwimmen.«

»Es war alles umsonst!« Paulina stürmte in die Eingangshalle der Villa Seewind, riss sich im Laufen den Schal vom Hals und schleuderte ihn auf die Kommode.

»Gut, dass du zurück bist!« Hermine lief ihr aus dem Salon entgegen.

»Die Freiheit liegt fast in Sichtweite vor mir!«, rief Paulina. »Aber ich sitze mit Agnes auf dieser verdammten Insel fest, umzingelt von deutschem Militär!« Ungeduldig zerrte sie an den Knöpfen ihrer Jacke, bis einer abriss und klackernd über die Fliesen rollte.

»Hören Sie …«, begann Hermine erneut, doch Paulina unterbrach sie: »Da setze ich Himmel und Hölle in Bewegung, nur um am Ende in einer Sackgasse zu stecken!«

»Paula! Hören Sie mir zu!« Hermine packte Paulina am Handgelenk. »Agnes geht es schlecht. Sie hat hohes Fieber!«

Kapitel sechsundzwanzig
Pommern, Oktober 1944

Paulina starrte Hermine an. Dann raste sie in den Salon. Agnieszka lag unter ihrer Steppdecke auf dem Sofa und hustete so heftig, dass ihr dünner Körper bebte. Paulina hockte sich neben sie und nahm sie in die Arme. Zwei kreisrunde rote Flecken brannten auf den Wangen der Kleinen. Ihr Gesicht sah ansonsten wächsern und blass aus, und ihre Augen glänzten fiebrig. Paulina legte ihr eine Hand auf die Stirn und erschrak. Das Mädchen glühte.

»Ich habe das Thermometer aus dem Medizinschrank geholt und ihre Temperatur gemessen. Sie betrug 39,1 Grad«, sagte Hermine hinter ihr.

Wieder huste Agnieszka, bellend und hohl. »Weh«, klagte sie. Tränen liefen über ihre Wangen.

»Hat sie etwas gegessen oder getrunken?«, wollte Paulina wissen.

»Ich habe ihr Kartoffelbrei und Kamillentee gemacht. Aber außer ein paar kleinen Schlucken Tee nahm sie nichts.« Hermine deutete auf die Schale und den Becher auf dem Esstisch. »Vielleicht tut ihr das Schlucken weh.«

Paulina stand auf. »Ich lege ihr einen Brustwickel an. Meine Mutter machte Helena und mir früher Wickel gegen Fieber, Husten oder Halsweh. Dummerweise erinnere ich mich nicht mehr, ob der Wickel bei trockenem Husten kalt oder heiß sein musste.«

»Da weiß ich Rat.« Hermine ging zum Bücherschrank und zog einen dickleibigen Band heraus. »*Das große Buch der Hausmittel*. Meine Mutter hat es immer zu Rate gezogen, wenn Werner oder ich krank waren.« Sie blätterte durch die Seiten.

»Ah, hier liegt ein Lesezeichen drin. Die Seite wurde also öfter gebraucht. Genau! Es geht um verschiedene Arten von Husten.« Sie fuhr konzentriert mit dem Finger die Zeilen entlang. »Hier steht, dass kalte Brustwickel zähes Sekret in der Lunge lösen, warme helfen gegen krampfartigen Husten. Wir sollten ihr also einen warmen Wickel machen.«

Die beiden Frauen gingen in die Küche. Hermine holte einen Topf aus dem Schrank, füllte ihn mit Wasser und stellte ihn auf den Herd, in dem seit dem Morgen ein Kohlefeuer glimmte. »Im Buch steht, dass wir zwei Leinentücher brauchen. Unten im Schrank liegen Geschirrtücher, die können wir nehmen. Zuerst wickeln wir ein feuchtwarmes Tuch um die Brust. Darüber kommt ein trockenes Tuch und zum Schluss ein wärmendes aus Wolle.«

»Dafür nehmen wir meinen Schal«, erklärte Paulina.

Sie überprüfte mit der Hand die Wassertemperatur und zog Agnieszka Strickjacke und das Kittelchen aus. Dann legte sie ihr die Wickel an. Anfangs weinte das kleine Mädchen, doch sobald das feuchte Tuch die Haut erwärmte, beruhigte es sich.

Hermine blätterte erneut in dem Buch. »Hier steht, wie man kalte Wadenwickel macht, die das Fieber senken. Die sollten wir ihr auch anlegen.«

Am Abend wollte Agnieszka wieder nichts essen. Als Paulina ihr einen Löffel Kartoffelbrei anbot, drehte sie müde den Kopf zur Seite. Dazwischen hustete sie und weinte vor Schmerzen und Erschöpfung. Trotz der Wickel ging weder das Fieber herunter, noch ließ der Husten nach. Regelmäßig befühlte Paulina sorgenvoll Agnieszkas heiße Stirn. Hermine suchte abermals im großen Buch der Hausmittel und fand den Hinweis, dass Thymiantee ein Mittel gegen Husten sei. In einem Gewürzglas über dem Herd entdeckte sie getrockneten Thymian und kochte daraus einen stark duftenden Tee. Doch schon beim ersten Schluck verzog Agnieszka das Gesicht und verweigerte ihn. Inzwischen übertrug sich ihre Unruhe auch auf Wolfi, der ebenfalls zu quengeln begann.

Noch dazu läutete das Telefon mehrmals bis in den späten Abend und am nächsten Morgen erneut. Paulina fühlte sich völlig zerschlagen, als sie aufstand und Agnieszkas Fieber maß.

»Immer noch 38,7«, stellte sie besorgt fest. »Keine nennenswerte Verbesserung. Morgens ist Fieber immer niedriger, das wird nicht reichen.«

Hermine schaute auf ihre Armbanduhr. »Ich hole Hustensaft aus der Apotheke im Ort. Bleiben Sie bei Agnes. Wenn ich jetzt losfahre, bin ich rechtzeitig zum zweiten Stillen wieder hier.«

»Bringen Sie auch etwas zum Einreiben mit.« Paulina ging zu ihrem Rucksack, suchte ein Paar zusammengerollte Socken und nahm einen Fünfmarkschein heraus. »Ist das genug?«

»Mehr als genug, aber behalten Sie es. Wir haben doch noch das Geld meiner Mutter. Ich nehme das Fahrrad, dann geht es schneller.«

»Anziehen nicht vergessen!« Paulina schaute betont zur Decke. Hermine grinste, schlüpfte in Kleid, Stiefel und Schal, zog ihren Mantel an und verschwand.

Paulina setzte Agnieszka auf das Sofa und bot ihr ein wenig frisch gekochten Thymiantee an. Doch die Kleine drehte sofort den Kopf zur Seite. *Vielleicht mag sie es süß,* dachte Paulina und stand auf. Sie wollte den Zucker von Hermines Mutter aus der Küche holen.

Helles Morgenlicht schien in den Raum. Bei all der Unruhe am gestrigen Abend hatten sie vergessen, das Verdunkelungsrollo zu schließen. Auch das Fenster stand noch aufgeklappt, und kalte Luft strömte herein. Paulina ging zum Fenster, um es zu schließen. In diesem Moment fiel ihr der Mann auf.

Er stand vor dem Einfahrtstor und schaute durch die Stäbe. Auf dem Kopf saß eine braune Mütze mit einem goldfarbenen Adler über dem Schirm. Sein langer brauner Mantel trug am

Kragen goldfarbene Litzen. Die Knöpfe blinkten golden. Am linken Arm prangte eine rote Hakenkreuzbinde, und die schwarzen Lederstiefel glänzten im Sonnenlicht.

Paulina verbarg sich rasch hinter dem karierten Vorhang an der Seite des Fensters. Sie hörte, wie der Mann rief: »Heil Hitler, Fräulein Hermine!«

»Herr Ortsgruppenleiter! Was für eine Überraschung!«

Paulina spähte durch einen Spalt des Vorhangs.

Hermine tauchte in ihrem Blickfeld auf. Sie kam vom Schuppen, schloss das Tor auf und schob ihr Fahrrad auf den Gehweg. Der in Braun und Gold gekleidete Ortsgruppenleiter stellte sich breitbeinig vor das Fahrrad und legte die Hände auf den Lenker. »Mein Sohn Alfred erzählte, dass wir Sie in Heringsdorf begrüßen dürfen. Ihre Eltern haben mir ja stets einen Antrittsbesuch abgestattet, aber Sie sind jetzt schon den zweiten Tag in unserer schönen Stadt, ohne ein Lebenszeichen von sich zu geben.«

Hermine schwieg, und der Ortsgruppenleiter fuhr fort: »Ich möchte Sie warnen. Heute Nacht haben drei Kriegsgefangene oben in Trassenheide einen Fluchtversuch unternommen.«

»Oh!«, rief Hermine. »Sind sie entkommen?«

»Wo denken Sie hin! Die Polizei hat sie gestellt, als sie sich gerade in einem Fischerboot über die Ostsee davonstehlen wollten!«

»Und warum warnen Sie mich vor Männern, die schon längst wieder eingefangen wurden?«

»Weil ich Verantwortung für unsere Bürger und Gäste trage. In der Nähe eines Kriegsgefangenenlagers ist es besonders wichtig, Vorsicht walten zu lassen. Die, die dort einsitzen, sind unsere eingeschworenen Feinde. Vor allem, wenn es Russen sind, wie in Trassenheide. Sie wissen, was die mit deutschen Frauen anstellen!« Der Ortsgruppenleiter reckte den Hals und spähte an Hermine vorbei in den Garten. »Wann darf ich Ihre Eltern in Heringsdorf begrüßen?«

»Vorerst nicht. Mein Vater muss sich um die Raffinerie kümmern. Und meine Mutter steht ihm zur Seite.«

»Gewiss, gewiss.« Der Ortsgruppenleiter lachte meckernd. »Ich gratuliere übrigens herzlich zum ersten Sohn. Alfred hat mir erzählt, dass Sie dem Führer ein Kind geschenkt haben. Aber wer ist der Glückliche, dem Sie das Jawort gegeben haben?«

»Ich bitte um Entschuldigung, Herr Ortsgruppenleiter, aber ich habe eine Menge zu erledigen.« Hermine zog an ihrem Fahrrad, doch der massige Mann dachte nicht daran, den Lenker loszulassen. »Alfred erzählte mir, dass sich noch eine junge Dame und ein Kleinkind bei Ihnen befinden?«

»Eine Freundin.«

Der Ortsgruppenleiter nickte leutselig. »Aus Stettin nehme ich an?«

»Verzeihen Sie, aber ich habe es wirklich eilig.« Hermine warf einen demonstrativen Blick auf ihre Armbanduhr.

Der Ortsgruppenleiter bewegte sich keinen Zentimeter. »Zwei Frauen mit kleinen Kindern allein und schutzlos in diesem großen Haus? Haben die Gatten dazu wirklich ihre Einwilligung gegeben?«

»Natürlich! Es ist eine große Erleichterung für sie, uns hier in Sicherheit zu wissen.«

Der Ortsgruppenleiter nickte wieder. »Und Ihr Vater? Ich schätze ihn so ein, dass er Sie und den Kleinen lieber unter seinem Dach hätte, als allein hier in diesem großen Haus.«

Paulina spürte, wie sich ihre anfängliche Angst in Ärger wandelte. »Das reicht«, murmelte sie. Sie eilte durch die Halle und öffnete die Haustür.

»Hermine!« Sie zog die Tür hinter sich zu. »Warum sind Sie noch hier?«

Der Ortsgruppenleiter ließ den Fahrradlenker los. Sofort rückte Hermine das Rad ein Stück zur Seite. »Ich wurde kurz vom Ortsgruppenleiter aufgehalten. Herr Ortsgruppenleiter, das ist meine Freundin, Frau Krahl.«

Der Mann trat mit jovialem Lachen auf Paulina zu. »Heil Hitler, Frau Krahl. Eine so ansehnliche junge Dame begrüße ich stets gerne auf unserer schönen Insel.« Er ergriff Paulinas Hand und hob sie an die Lippen. Sie nickte knapp und zog die Finger zurück. Zu einer Erwiderung des Grußes konnte sie sich beim besten Willen nicht überwinden.

Der Ortsgruppenleiter musterte Paulina von oben bis unten. Besonders lange verharrte sein Blick auf ihren Beinen. »Sind Sie zum ersten Mal in Heringsdorf, verehrte Frau Krahl?«

Sie rang sich ein schmallippiges Lächeln ab. »Ja, und es gefällt mir sehr gut hier.«

Der Ortsgruppenleiter warf sich in die Brust. »Kennen Sie unsere Thingstätte schon? Wir haben dort auf beeindruckende Weise einen altgermanischen Versammlungsort auferstehen lassen. Üblicherweise proben wir um diese Zeit den Fackelzug für die Sonnwendfeier im Dezember. Doch das ist erst wieder möglich, wenn der Führer unsere Feinde endgültig vernichtet und seinem Volk den ewigen Frieden geschenkt hat. Dennoch wäre es mir eine Ehre, Sie ein wenig herumzuführen.« Er schaute Paulina tief in die Augen.

»Bedaure«, erwiderte sie kühl. »Aber meine Tochter ist krank. Ich möchte sie nicht alleine lassen.«

»Wie bedauerlich. Was fehlt der Kleinen?«

»Wir nehmen an, dass sie Influenza hat«, warf Hermine ein, bevor Paulina antworten konnte. »Gewiss ist Ihnen bekannt, wie ansteckend diese Erkrankung ist. Ein Atemzug reicht.«

Der Ortsgruppenleiter trat einen Schritt zurück. »Tatsächlich wäre es unverantwortlich, wenn ich mich ausgerechnet jetzt infiziere. Wenn dem deutschen Volk sein Schicksalswinter bevorsteht, muss ich der Heringsdorfer Bevölkerung mit ganzer Kraft zur Seite stehen. Aber selbstverständlich hoffe ich, dass die Kleine bald genesen ist, Frau Krahl. Und die allerbesten Wünsche auch für den Herrn Gemahl. Wo dient er eigentlich?«

»Bei Warschau«, erwiderte Paulina und dachte an Marek.

Der Ortsgruppenleiter zog die buschigen Augenbrauen hoch. »Wie interessant! Dann hat er gegen die aufständischen Polen gekämpft und gehört somit zu den Helden von Warschau! Wenn Sie mich fragen, verdient jeder Mann, der einen Polen getötet hat, das Eiserne Kreuz.«

Paulina schwieg und presste die Lippen zusammen.

»Ich weiß übrigens aus erster Hand, dass der Reichsführer SS Genugtuung für unsere Gefallenen einfordert. Er wirft die Fackel der Rache in dieses Rattennest«, fuhr der Ortsgruppenleiter fort.

»Die Fackel der Rache?«, wiederholte Paulina mit erstickter Stimme.

»So ist es! Warschau wird dem Erdboden gleichgemacht. Viertel um Viertel, Straße um Straße, Haus um Haus wird das Übel mit Stumpf und Stiel herausgerissen.« Der Mann schlug sich mit der geballten Rechten in die linke Handfläche.

»Und die Menschen, die in Warschau leben?«, fragte Paulina tonlos. »Die, die nicht bei dem Aufstand umgekommen sind? Was passiert mit denen?«

Der Ortsgruppenleiter hob die Schultern. »Ehrlich gesagt interessiert mich das überhaupt nicht. Aber ich bin sicher, der Reichsführer SS wird sie ihrer gerechten Strafe zuführen.«

Paulina starrte ihn wortlos an. Dann machte sie auf dem Absatz kehrt, lief ins Haus und warf die Tür hinter sich zu.

Der Ortsgruppenleiter sah ihr nach. »Ich frage mich, wie ich dieses Verhalten deuten soll.«

»Sie sorgt sich um Ihren Mann«, beteuerte Hermine.

»Hm. Bei welcher Einheit sagten Sie, dient er?«

»Das weiß ich nicht. Wenn Sie mich jetzt entschuldigen.« Hermine lehnte das Fahrrad gegen den Zaun und eilte Paulina hinterher.

»Bitte nehmen Sie diesen Mann nicht ernst!« Hermine stürzte in den Salon. »Er ist ein Aufschneider und Hanswurst. Und ein Drückeberger, der sich dem Frontdienst entzieht. Das waren Werners Worte.«

Paulina antwortete nicht. Sie stand am Esstisch und rührte geräuschvoll in Agnieszkas Tee.

Hermine trat neben sie. »Außerdem ist er ein Hypochonder. Ich habe gesagt, dass Agnes die Grippe hat, weil ich wusste, dass er dann Angst bekommt. Anders wären wir ihn nie losgeworden.«

Tränen liefen über Paulinas Wangen. »Dieser aufgeblasene Dummkopf hat sich wie ein Herrenmensch aufgespielt. Und genauso seid ihr Deutschen auch in Warschau aufgetreten – als seien wir Polen eure Sklaven.«

»Was meinen Sie damit?«, stammelte Hermine. »Was ist in Warschau passiert?«

»Seit fünf Jahren leiden die Polen. Ihr foltert uns, hungert uns aus, verschleppt uns in Lager und bringt uns zu Tausenden um. In Warschau haben wir das nicht mehr ausgehalten und uns gegen euch erhoben, aber meine Landsleute wurden besiegt, niedergemetzelt. Und gerade sagte dieser goldlackierte Nazi, dass auch die wenigen Überlebenden ermordet werden. Und es gibt keinen Grund, ihm das nicht zu glauben!« Paulina nahm den Teebecher und eilte zu Agnieszka, die auf dem Sofa lag und sie mit glasigen Augen ansah.

Hermine lief ihr hinterher. »Was Sie da sagen, klingt furchtbar, aber ich glaube Ihnen«, begann sie stockend. »Andererseits kenne ich niemanden, dem ich diese schrecklichen Verbrechen zutraue.«

Paulina setzte sich auf die Kante des Sofas, schob einen Arm unter Agnieszka und hielt ihr den Teebecher an die Lippen. Die Kleine verzog den Mund und drehte den Kopf zur Seite. Paulina stellte den Becher auf den Boden und wandte sich Hermine zu. »Es waren alle«, sagte sie ruhiger. »Gestapo, Wehrmacht, Sicherheitspolizei, SS. Wie im Blutrausch haben die Männer der SS meine Schwester und meinen Schwager ermordet. Mein Verlobter Marek hat im Warschauer Aufstand gekämpft. Er ist gefallen, als er ein Krankenhaus voller Kranker und Verwundeter gegen Männer derselben Einheit verteidigte, die Helena und Jerzy umgebracht haben.« Sie brach ab und wischte sich mit dem Handrücken über die Stirn.

»Es ist schrecklich, was Sie sagen, aber warum sollten Sie sich diese Dinge ausdenken? Kein anständiger Mensch würde sich so etwas ausdenken – aber auch keiner solche Gräuel verüben.« Auch Hermine liefen nun die Tränen herunter.

»Verstehen Sie jetzt, warum ich so schnell wie möglich von hier verschwinden will? Hier gibt es zu viel Militär, die Heeresversuchsanstalt und jetzt auch noch dieser Nazi, der mich bedrängt und ausforscht«, stieß Paulina hervor.

Das Telefon klingelte. Beide Frauen erschraken und rührten sich nicht.

»Und das ständige Läuten dieses Apparates macht es nicht besser«, sagte Paulina, als das durchdringende Geräusch endlich verstummte. »Agnieszka und ich müssen hier schnellstmöglich weg, aber ich weiß nicht wie. Und jetzt ist mein Engelchen auch noch so krank!«

Hermine legte ihr eine Hand auf die Schulter. »Ich helfe Ihnen, Paula. Das ist ein Versprechen. Zuerst fahre ich zur Apotheke und kaufe Hustenmedikamente für Agnes!«

Eine Stunde später kehrte Hermine zurück und stellte eine braune Papiertüte auf den Tisch. »Ich habe einen Sirup mit verschiedenen den Husten lösenden Kräutern bekommen und eine Salbe mit Pfefferminze und Kiefernnadeln zum Einreiben. Wir schmieren Agnes mehrmals täglich ein erbsengroßes Stück auf die Brust, das erleichtert ihr hoffentlich das Atmen. Der Apotheker sagte, wir sollen weiterhin die Wadenwickel anwenden, aber aufpassen, dass sie nicht auskühlt.«

Paulina nahm die beiden Gläser aus der Papiertüte und betrachtete sie. »Das sind doch nur Hausmittel. Gab es kein Pulver oder Tabletten?«

Hermine schüttelte den Kopf. »Mit Medikamenten verhält es sich wie mit der restlichen Versorgung – alles wird an die Front, beziehungsweise in die Lazarette gebracht.« Sie schaute zu Agnieszka, die reglos auf dem Sofa lag. »Wie geht es ihr?«

»Nicht gut. Ich habe gerade noch einmal ihre Temperatur gemessen. Das Fieber ist auf 39,3 Grad gestiegen.«

Hermine nahm das Glas mit der Salbe und reichte es Paulina. »Reiben Sie ihr die Brust ein. Ich bereite in der Küche einen Tee mit Hustensirup vor.«

Gemeinsam kümmerten sich die beiden Frauen um Agnieszka. Paulina schaffte es, ihr ein paar Löffel Tee mit Hustensirup einzuflößen. Danach erhitzte sie Salzwasser, weichte einige Geschirrtücher darin ein und hängte die nassen Tücher auf Stühlen rund um Agnieszkas Krankenlager auf. Sie hoffte, dass die Dämpfe ihrer Nichte ebenfalls das Atmen erleichterten.

Trotz allem stieg das Fieber nachmittags auf 39,6 Grad, und auch die Hustenanfälle wurden nicht weniger.

»Ich rufe Doktor Wiegand an«, sagte Hermine und schaute auf ihre Armbanduhr. »Ich ärgere mich, dass ich nicht schon früher darauf gekommen bin. Er ist unser Hausarzt hier auf der Insel. Jetzt müsste er noch in der Praxis sein, wo er ein Telefon hat.«

Kurz nach sechs Uhr läutete es an der Haustür. Hermine lief in die Halle, öffnete und trat wenig später mit einem älteren Herrn in den Salon.

»Paula. Ich möchte Ihnen Doktor Wiegand vorstellen. Herr Doktor, das ist meine Freundin, Frau Krahl.«

»Angenehm, Frau Krahl.« Der Arzt schüttelte Paulina die Hand und legte seinen Hut auf den Tisch. »Wie geht es der kleinen Patientin?«

»Nicht gut. Sie hat furchtbare Hustenanfälle, und ihr Fieber steigt und steigt. Ich hoffe sehr, dass Sie ihr helfen können, Herr Doktor.« Paulina lief zum Sofa und rückte die Stühle mit den Geschirrtüchern beiseite. Agnieszka lag apathisch zwischen den Kissen und starrte an die Decke. Auf den fremden Besucher reagierte sie nicht.

Doktor Wiegand öffnete die bauchige Arzttasche und nahm ein Stethoskop heraus. »Frau Krahl, bitte setzen Sie die Kleine auf und ziehen ihr Hemdchen hoch, damit ich sie abhören kann.«

Agnieszka ließ alles widerstandslos über sich ergehen, auch als der Arzt den Knopf des Abhörgerätes auf ihre Brust und ihren Rücken drückte, wehrte sie sich nicht. Paulina beobachtete ihn angespannt. Doch sie konnte aus dem konzentriert lauschenden Gesichtsausdruck des Arztes nichts ablesen. Schließlich zog er die Stöpsel des Stethoskops aus den Ohren.

»Und, Herr Doktor?«, fragte sie besorgt.

Er schaute sie ernst an. »Ihre Tochter hat eine Lungenentzündung, Frau Krahl. Ich habe das Rasseln im Brustkorb ganz deutlich gehört. Was haben Sie bisher getan, um die Beschwerden zu bessern?«

»Kalte Wadenwickel, um das Fieber zu senken. Und in der Apotheke haben wir Hustensirup und Salbe zum Einreiben besorgt. Aber die Hausmittel helfen nicht. Wir brauchen ein richtiges Medikament.«

Der Arzt rollte das Stethoskop zusammen und legte es in seine Tasche. »Üblicherweise würde ich Prontosil verschreiben.«

»Üblicherweise?«, wiederholte Paulina.

Er räusperte sich. »Es gibt dieses Medikament nicht mehr für Zivilisten.«

»Nicht einmal, wenn Sie ein Rezept ausstellen?«, warf Hermine ein.

Er schüttelte den Kopf. »Prontosil ist verwundeten Soldaten vorbehalten, wenn sie an Lungenentzündungen oder Blutvergiftungen leiden, was leider sehr häufig der Fall ist. Nach allem, was ich höre, gibt es selbst für sie nicht genug.«

»Aber sowohl in Heringsdorf als auch in Ahlbeck befinden sich Lazarette. Sie haben doch gewiss Verbindungen zu einigen Ärzten dort und könnten Sie um ein wenig von diesem Prontosil bitten. Für ein Kind!«, flehte Paulina.

»Wir sind bereit, sehr gut dafür zu bezahlen«, ergänzte Hermine.

Doktor Wiegand seufzte tief. »Bei den Kollegen stoße ich mit einem solchen Anliegen auf keinerlei Verständnis. Die Lage in den Lazaretten ist schlimm, wenn nicht gar hoffnungslos. Immer mehr Verwundete treffen von der Front ein, und es gibt immer weniger Medikamente, um Männern zu helfen, die für uns gekämpft, gefroren, gehungert und sich haben zusammenschießen lassen. Ihr Lohn ist nun, dass sie elend verrecken.«

Paulina trat auf den Arzt zu. »Aber Agnes ist doch erst zwei Jahre. Sie hat ihr Leben noch vor sich.«

Doktor Wiegand sah sie mitleidig an. »Auch die jungen Männer, die auf die Schlachtfelder geschickt werden, hätten ihr Leben noch vor sich.« Er fasste ihre Hände und drückte sie. »Dieses schlimme Schicksal trifft nicht nur Sie, Frau Krahl. Jeden Tag kommen Mütter zu mir und flehen um Hilfe für ihre Kinder, und jeden Tag muss ich sie abweisen.« Er schaute zu Agnes, die schwer atmend unter der Steppdecke lag. »Tun Sie genau das, was Sie bisher gemacht haben. Darüber hinaus können Sie nur warten.«

»Warten? Worauf?«, fragte Paulina tonlos.

»Auf ein Wunder. Manchmal kommt es vor, dass eine plötzliche Besserung eintritt.«

»Und wenn nicht?«

»Ich schätze, dass sie noch ein bis zwei Tage durchhält.«

»Nein!« Paulina schlug die Hände vors Gesicht. »Das darf nicht sein!«

Doktor Wiegand nahm seinen Hut und seine Arzttasche.

»Auf Wiedersehen, Frau Krahl. Ich wünsche Ihnen und der Kleinen alles nur erdenklich Gute.«

Hermine begleitete ihn zur Tür. »Was bekommen Sie für Ihren Besuch?«

»Nichts.« Er setzte seinen Hut auf. »Ich konnte ja nicht helfen.«

Bis spät in die Nacht wechselte Paulina Agnieszkas Wadenwickel, rieb ihre Brust ein und mühte sich, ihr löffelweise Tee mit Hustensirup einzuflößen.

»Haben Sie ihre Temperatur noch einmal gemessen?«, fragte Hermine. Sie versuchte, Paulina zu helfen, indem sie die nassen Tücher um das Krankenlager erneuerte.

»Ich habe Angst davor.« Paulina streichelte mit einem Finger über die hochroten Wangen der Kleinen. »Was soll ich tun, wenn das Fieber wieder gestiegen ist?«

Hermine legte eine Hand auf Paulinas Schulter. »Ich habe nachgedacht. Wenn Sie einverstanden sind, rufe ich meine Mutter an.«

»Was soll sie denn von Stettin aus tun?«

»Meine Eltern kennen viele Leute, die etwas zu sagen haben. Ich bin sicher, dass es möglich ist, dieses Prontosil unter der Hand zu bekommen - man muss nur den verlangten Preis bezahlen.«

Paulina strich sich erschöpft eine Haarsträhne hinter das Ohr. »Ich werde den Preis nicht bezahlen können. Mein Geld ist fast aufgebraucht.«

»Machen Sie sich darüber keine Gedanken.«

Paulina nickte zögernd. »Sagen Sie Ihrer Mutter, dass es um Wolfi geht. Damit sie wirklich bereit ist zu helfen. Und sprechen Sie nicht mit Ihrem Vater. Er wollte uns an Schwab verraten.«

»Ich werde sehr vorsichtig sein.« Hermine warf einen Blick auf die Uhr. »Kurz nach Mitternacht, da schlafen meine Eltern schon. Aber es gibt ein Telefon auf dem Flur der ersten Etage.

Meine Mutter hat den leichteren Schlaf.« Sie zwinkerte Paulina zu. »Drücken wir die Daumen, dass sie wach wird. Und dass die Telefonleitung inzwischen repariert ist.« Sie drehte sich um und ging in die Halle.

Kurz darauf hörte Paulina Hermines gedämpfte Stimme durch die halboffene Tür: »Mutter, ich brauche dringend deine Hilfe.«

Paulina weinte. Sie kniete sich neben Agnieszkas Krankenlager nieder, stützte die Ellbogen auf die Kante des Sofas und faltete die Hände. »Gott, ich habe mich von dir abgewandt, als mein Vater ermordet wurde. Doch jetzt erbitte ich deine Hilfe, nicht für mich, sondern für meine Nichte Agnieszka. Bitte lass sie nicht sterben. Lass sie wieder gesund werden.«

Kapitel siebenundzwanzig
Pommern, Oktober 1944

»Meine Mutter wird alles in ihrer Macht stehende tun, um zu helfen«, verkündete Hermine, als sie wieder in den Salon trat.

Paulina drehte sich zu ihr. »Wirklich?«

»Ich habe ihr gesagt, es ginge um Wolfi, so wie Sie es mir geraten haben.«

»Glauben Sie nicht, dass Ihr Vater vom Klingeln des Telefons wach geworden ist und wissen will, wer angerufen hat?«

»Das mag sein. Aber meine Mutter hat hauptsächlich zugehört, und was ich sagte, konnte mein Vater ja nicht hören. Auch nicht, wo wir sind. Und meine Mutter verrät uns nicht. Das hätte sie längst in der Nacht tun können, als wir aus Stettin geflohen sind.«

»Ich wage kaum, es zu sagen, aber so habe ich ein wenig Hoffnung. Ich danke Ihnen.« Paulina ging zu Hermine und drückte ihre Hand. »Hoffentlich kommt ihre Hilfe noch rechtzeitig. Agnes wird immer schwächer.«

Der Rest der Nacht verging quälend langsam. Hermine knipste ein Lämpchen auf einem Beistelltisch neben dem Sofa an und hängte ein Tuch über den Schirm. Paulina saß an Agnieszkas Krankenlager und wandte den Blick nicht von dem im gedämpften Licht geisterhaft bleich wirkenden Gesichtchen. Immer wieder wurde der Körper der Zweijährigen von Hustenkrämpfen geschüttelt. Dann schloss Paulina das kleine Mädchen in die Arme und fühlte sich so hilflos wie noch nie in ihrem Leben.

Am nächsten Morgen gegen acht Uhr ging Hermine in die Küche, um Frühstück zu machen, und Paulina maß ihrer Nichte erneut Fieber. »40 Grad«, sagte sie mit erstickter Stimme, als Hermine ihr einen Becher Malzkaffee brachte. »Ich werde sie verlieren.«

»Hören Sie das?« Hermine legte alarmiert einen Zeigefinger an ihre Lippen. »Da hält ein Auto vor dem Haus.« Sie eilte in die Küche zurück. »Das ist der Wagen meines Vaters!«

Paulina sprang auf und lief ebenfalls in die Küche. Vor der Einfahrt stand ein großer schwarzer Mercedes. »Sagten Sie nicht, Ihre Mutter verrät uns nicht?«, fragte sie dumpf.

»Vielleicht ist das meine Mutter. Sie kommt mit Vaters Chauffeur und bringt uns das Medikament.«

Angespannt beobachteten die beiden Frauen, wie sich die Fahrertür der Limousine öffnete. Ein schwarzer Stiefel tauchte auf und wurde auf den Boden gestellt. Dann schob sich der Fahrer aus dem Wagen. In der rechten Hand hielt er eine Arzttasche.

»Das ist Schwab«, hauchte Hermine.

Die Schirmmütze saß so tief auf der Stirn, dass die Frauen nur die untere Gesichtshälfte sahen. Aber die hochgewachsene Gestalt in der feldgrauen Uniform mit den Blitzrunen und den drei rautenförmigen Insignien eines Hauptsturmführers am Jackenkragen deutete unverkennbar auf Schwab. Mit zielstrebigen Schritten steuerte er auf das Tor zu und öffnete es.

»Woher weiß er, dass wir hier sind?«, flüsterte Hermine.

»Von Ihren Eltern natürlich!«, stieß Paulina hervor. »Helfen Sie mir, die Kinder in Sicherheit zu bringen!«

Die Frauen rannten in den Salon. Paulina schlüpfte in rasender Eile in ihre Stiefel, stopfte ihre und Agnieszkas Kleidung in den Rucksack und warf ihn über die Schulter. »Geben Sie mir jetzt die Kinder.«

Die Türglocke läutete.

Hermine legte Agnieszka in Paulinas Arme. »Laufen Sie nach oben in mein Zimmer und schließen Sie die Tür ab.«

Paulina nickte. »Reichen Sie mir Wolfi!«

Wieder läutete die Türglocke. Lang und beharrlich.

Hermine schüttelte den Kopf. »Ich behalte ihn bei mir. Norbert will ihn bestimmt sehen. Und wenn er ihn im Haus sucht, findet er auch Sie und Agnes.«

»Aber …«, begann Paulina.

»Beeilen Sie sich!« Hermine schob Paulina in den Eingangsbereich. »Ich schaffe das hier.«

Während Paulina die Treppe empor rannte, läutete es zum dritten Mal, begleitet von nachdrücklichem Klopfen gegen die Tür.

Paulina setzte Agnieszka in einen Lehnsessel in der Zimmerecke. Auf der Seitenlehne hing eine Wolldecke. Sie faltete sie auf und warf sie über das Kind. Dann stellte sie den Rucksack auf den Schreibtisch vor dem Fenster. Da das Zimmer nicht benutzt wurde, war das Verdunkelungsrollo nicht heruntergelassen und sie konnte hinter der Gardine versteckt hinausschauen. Genau unter ihr stand Schwab und hämmerte jetzt mit der Faust auf die Haustür ein.

»Hermine!«, brüllte er. »Mach auf! Ich weiß, dass du dich da drin versteckst!« Er legte den Kopf in den Nacken und musterte die Fassade.

Paulina zuckte blitzschnell zurück. Sie hörte Hermines Stimme: »Norbert, was …?«

»Wo ist mein Sohn?«, donnerte Schwab. Stiefeltritte trampelten in die Halle und kamen sofort die Treppe hoch. Paulina raste zur Tür und drehte den Schlüssel um.

»Wolfi befindet sich im großen Salon, weil die obere Etage nicht geheizt ist!«, rief ihm Hermine hinterher.

Die Schritte stoppten und liefen dann wieder abwärts.

Paulina atmete tief durch. Vorsichtig schloss sie die Zimmertür auf, schlüpfte hinaus und huschte geduckt einige Treppenstufen hinunter. Sie kauerte sich hinter das Geländer und spähte zwischen den gedrechselten Verstrebungen nach unten.

Durch die offenstehende Tür zum Salon sah sie Schwabs

gebeugten Rücken. Er stand vor dem Sofa, neben ihm auf dem Boden die geöffnete Arzttasche. Schließlich richtete er sich auf und nahm die Stöpsel des Stethoskops aus den Ohren. »Mein Sohn braucht kein Prontosil.«

»Woher weißt du von dem Prontosil?«

Er lachte schallend. »Was glaubst du denn?«

»Von meiner Mutter?«

»Nein.«

»Dann …«, Hermine stockte, »… kann es dir nur mein Vater gesagt haben. Aber Mutter hat mir doch versprochen …«

»Sie fürchtete so um das Leben ihres Enkels, dass sie deinen Vater einweihte«, unterbrach Schwab. »Und der wusste, dass er Prontosil nur von einem Arzt bekommt, dem sehr viel an Wolfgangs Leben liegt, weil dieser Arzt auch der Vater des Kindes ist. Du kannst von Glück reden, dass mein Sohn gesund ist. Wäre ihm bei deiner törichten Flucht auch nur ein Haar gekrümmt worden, hätte ich dich dafür bezahlen lassen. Und ich sorge dafür, dass seine törichte Mutter meinem Sohn nicht doch noch Schaden zufügt.« Schwab beugte sich erneut über das Sofa.

»Lass Wolfi los!« Hermine stürzte vorwärts. Doch sie kam zu spät, Schwab hatte den Kleinen bereits an sich genommen.

Atemlos beobachtete Paulina, wie Hermine versuchte, Schwab ihr Kind wieder abzunehmen. Das Bündel wurde hin und her gerissen und hohes, dünnes Greinen drang daraus hervor.

»Gib mir sofort meinen Sohn zurück!«, schrie Hermine. »Er fürchtet sich vor dir!«

»Mein Sohn fürchtet sich nicht!«, brüllte Schwab zurück. »Und du hältst den Mund und redest nur, wenn ich es will!«

Doch Hermine ließ sich nicht beirren. Sie umklammerte Schwab und flehte: »Gib ihn mir wieder, Norbert, ich bitte dich!«

»Glaubst du, ich überlasse meinen Sohn einer Mutter, die mit dem Feind fraternisiert? Oh ja, ich habe längst Eins und Eins zusammengezählt! Wenn du nicht im Zuchthaus landen willst, kooperierst du besser mit mir!«

»Nichts weißt du! Gar nichts!« Bitterlich schluchzend warf Hermine sich auf Schwab und versuchte, ihm ihren Sohn zu entwinden. Doch der große Mann schüttelte die zierliche, kleine Frau mühelos ab. Fassungslos verfolgte Paulina, wie Hermine rückwärts taumelte und auf das Sofa fiel. Und dann sah sie unter dem Sofa Agnieszkas rotbraunes Lederstiefelchen hervorschauen.

»Wo ist die Polin?«

»Ich weiß nicht, wen du meinst.«

Schwab holte mit der freien Hand aus, und ein klatschendes Geräusch ließ Paulina zusammenzucken. Hermine schrie auf und hielt sich die Wange. »Ich kenne keine Polin«, schluchzte sie.

Erneut holte Schwab aus. Dieses Mal sah Hermine den Schlag kommen und warf sich zur Seite. Seine Finger packten ihr Haar, und er riss sie grob zu sich hoch.

»Ahhh!«, schrie sie und versuchte, nach ihm zu treten.

Klatsch! Wieder schlug Schwab zu. »Ich spreche von der Polin, die ins Heim eingedrungen ist. Woher kennst du sie? Hast du sie hereingelassen?«

»Wie sollte ich das tun? Ich lag in den Wehen!«

»Hat sie die Hebamme gerufen?«

»Ich weiß es nicht!«

»Wenn du nicht auf der Stelle wahrheitsgemäß auf meine Fragen antwortest, wird es böse enden – nicht nur für dich!«

»Wie meinst du das?«, schluchzte Hermine.

»Mit endloser Geduld habe ich deine Launen und Extrawünsche ertragen! Doch du zeigst weder Dankbarkeit noch Demut. Deshalb werde ich jetzt mit dir und deiner Familie aufräumen!«

»Bitte nicht«, stammelte Hermine. »Bitte tu ihnen nichts.«

»Mit Stumpf und Stiel werde ich euch ausrotten«, tobte

Schwab. »Ich werde dafür sorgen, dass dein Vater seine Fabrik verliert und ihr alle in Sippenhaft kommt!«

»Du sprichst von Dank und Demut, Norbert? Dabei war es doch mein Vater, der dir verraten hat, wo du mich findest. Und dass er dem Lebensborn sehr viel Geld gespendet hat, hast du wohl auch vergessen!«

Schwab lachte höhnisch. »Ich belasse es nicht bei einer bloßen Drohung, verlass dich darauf – es sei denn, du zeigst dich willig und beantwortest meine Fragen!«

Einige Sekunden lang herrschte Stille. Dann sagte Hermine mit zitternder Stimme: »Ich habe die Polin in der Nähe des Heims gesehen, als sie versuchte, mit Agnes Kontakt aufzunehmen.«

»Und weiter? Wie ist sie in jener Nacht ins Heim gekommen? Wie hat sie es geschafft, mein Auto in die Luft zu sprengen? Dass du sogar mit ihr gemeinsam fliehst, schlägt dem Fass den Boden aus!«

»Sie ist kein schlechter Mensch, Norbert. Sie hat mein Leben gerettet und das von Wolfi. Ohne sie wäre unser Sohn schon in der Nacht seiner Geburt gestorben!«

»Wolltest du das Prontosil für sie oder für dieses Ostkind?«

»Für ihr Kind, Norbert. Bitte sei gnädig. Gib mir das Prontosil und fahr wieder davon. Damit rettest du das Leben eines Kindes.«

Eine kurze Pause folgte, dann sagte Schwab: »Natürlich fahre ich wieder, mit meinem Sohn und dem Medikament. Was geht nur in deinem Kopf vor?«

»Willst du mir mein Kind rauben, so wie eure Organisation polnischen Müttern ihre Kinder raubt?«

»Ich warne dich, Hermine. Das ist Hochverrat.« Schwabs Stimme klang gefährlich ruhig. »Und meinen Sohn überlasse ich bestimmt nicht einer Mutter, die sich mit Polacken verbündet!« Er wollte sich umdrehen, doch Hermine sprang vorwärts, die Arme ausgestreckt, als wolle sie Schwab das Gesicht zerkratzen.

»Gib mir meinen Sohn!«

Ohne große Kraftanstrengung schleuderte er sie beiseite. Sie stolperte rückwärts gegen das Sofa, fiel und schlug mit der Schläfe auf die Seitenlehne. Lautlos sackte sie zusammen und blieb still liegen.

Schwab stand unbewegt eine Armlänge vom Sofa entfernt und schaute auf sie hinunter. Plötzlich pfiff er und sagte leise: »Was haben wir denn da?« Er holte mit dem rechten Bein Schwung und kickte Agnieszkas kleinen rotbraunen Lederstiefel unter dem Sofa hervor.

Mit Wolfi im Arm bückte er sich, hob den Kinderschuh auf und betrachtete ihn eingehend. Dann legte er Wolfi und den Stiefel neben Hermine auf das Sofa und zog die Pistole aus dem Halfter.

Paulina fuhr in die Höhe, als habe sie einen elektrischen Schlag erhalten, und jagte die Treppe hinauf. Sie wollte sich ohrfeigen, weil sie vergessen hatte, ihre eigene Waffe aus dem Rucksack zu holen. Nun blieb ihr vielleicht nicht mehr genug Zeit.

»Halt!« Schwab stürmte in die Halle. Ein Schuss knallte, und dicht neben Paulina krachte eine Kugel in die Wand.

Sie rannte weiter. Die Angst vor Schwab verlieh ihr eine ungeahnte Geschwindigkeit. Sie riss Hermines Zimmertüre auf, warf sie hinter sich zu und drehte den Schlüssel. Ihr erster Blick flog zu Agnieszka. Die Kleine lehnte reglos und blass auf dem Sessel in der Zimmerecke. Paulina zog ihr einen Zipfel der Decke über den Kopf. Sie griff nach dem Rucksack auf dem Schreibtisch und zerrte an der Verschnürung. Doch ihre zitternden Finger bekamen den Knoten nicht auf. Im Gegenteil, er wurde fester und fester.

»Verdammt!«, fluchte sie, als hinter ihr an der Klinke gerüttelt wurde.

»Du entkommst mir nicht!«, brüllte Schwab und trat gegen die Tür.

Krachend flog sie auf und knallte an die Wand, während

Paulina wie von Sinnen an der Verschnürung des Rucksacks zerrte.

Mit zwei Schritten stand Schwab hinter ihr und bohrte den kalten Lauf seiner Waffe in Paulinas Nacken. »Hab ich dich, du dreckige Polackin!«

In diesem Moment sah Paulina den Brieföffner auf der Schreibtischplatte. Sie packte ihn am Griff, duckte blitzschnell den Kopf zur Seite und wirbelte um die eigene Achse. Dann rammte sie die Spitze des stilettartigen Werkzeugs mit ihrem ganzen Schwung in Schwabs Hals.

Die Pistole rutschte aus seiner Hand und fiel dumpf vor Paulinas Füße. Geistesgegenwärtig gab sie ihr einen Tritt, und die Walther P.38 schlitterte an die gegenüberliegende Wand.

Schwab starrte sie aus glasigen Augen an. Er schwankte und presste eine Hand an den Hals. Blut rann aus seiner Nase, aus seinem Mund und tropfte von seinen Fingern auf den Kragen seiner Uniform.

Paulina rührte sich nicht. Ihr Blick folgte Schwabs blutüberströmten Fingern, die sich um den Griff des Brieföffners schlossen und ihn aus dem Hals zogen. Das silberne Instrument fiel aus Schwabs Hand auf den Boden, und Blut spritze Schwall für Schwall aus der Wunde. Gurgelnd sank Schwab auf die Knie. Sein Oberkörper kippte vornüber, dann stürzte er seitlich auf eine Schulter und rollte auf den Rücken. Sein Kopf lag vor Paulinas Stiefelspitzen und sie schaute ohne eine Regung in seine aufgerissenen Augen. Er röchelte und rang krampfhaft nach Luft, während das Blut weiter aus seiner Kehle spritzte. Plötzlich erstarrte sein Blick. Das Röcheln verstummte. Der pulsierende Blutstrom erstarb.

Er ist tot, dachte Paulina und schluckte. *Nun habe ich also einen Menschen getötet.*

Sie wunderte sich, dass diese Erkenntnis sie im ersten Moment überhaupt nicht bewegte. Erst dann setzte Erleichterung ein, denn sie hatte nicht nur ihr eigenes Leben gerettet, sondern sicher auch das von Agnieszka.

Bilder von Helena und Jerzy, Marek, ihrer Mutter und ihrem Vater zogen an ihrem inneren Auge vorbei.

»Auge um Auge, Hauptsturmführer«, flüsterte sie, und sie spürte, dass Schwabs Tod ihren Schmerz ein wenig linderte.

Sehr vorsichtig, um nicht mit dem Blut in Berührung zu kommen, hockte sie sich neben ihn und durchsuchte seine Uniform. In einer Tasche fand sie eine Geldbörse mit einhundertzwanzig Reichsmark. Sie rollte die Scheine zusammen und steckte sie in ihren Rock. Dann schulterte sie ihren Rucksack, hob Agnieszka aus dem Sessel und verließ das Zimmer.

Sie eilte die Treppe hinunter in den Salon. Wolfi lag ruhig auf dem Sofa und nuckelte an einer seiner kleinen Fäuste. Seine Mutter lag immer noch bewusstlos neben ihm.

Paulina bettete Agnieszka ebenfalls auf das Sofa und legte zwei Finger an Hermines Hals. Ihr Puls schlug stark und regelmäßig. Dann öffnete sie Schwabs schwarze Arzttasche und wühlte darin herum. Auf dem Boden, unter Verbandszeug, Stethoskop, Stirnleuchte und einer Tüte mit Kanülen und Spritzen, fand sie eine längliche, gelbe Verpackung mit dem Aufdruck ›Prontosil‹. Darin lag ein Röhrchen. Vor Erleichterung kamen ihr die Tränen.

»Ich habe endlich Medizin für dich, Engelchen«, sagte sie mit erstickender Stimme. »Gute, wirkungsvolle Medizin.«

Mit dem Medikament lief sie in die Küche. Auf dem Tisch stand die Thermoskanne mit dem Thymiantee und daneben das Glas mit Hustensirup. Sie füllte eine winzige Menge Tee in einen Becher und verrührte ihn mit einem Löffel süßen Sirups. Dann las sie sich den Aufdruck auf der Medikamentenverpackung durch. Im Röhrchen befanden sich zwanzig Tabletten, von denen ein Erwachsener vier bis zehn täglich einnehmen durfte, auf vier Dosen verteilt. Kinder bekamen die Hälfte. Da Agnieszka noch sehr klein war und Paulina das Medikament nicht kannte, beschloss sie, vorsichtiger zu dosieren. Sie schüttelte eine der korallenroten Tabletten aus dem Röhrchen, zerteilte sie mit einem Messer und zerdrückte eine der Hälften. Das Pulver gab sie in den Tee und verrührte es gründlich. Dann setzte sie sich mit dem Becher zu Agnieszka auf das Sofa und hielt ihn ihr an die Lippen. Doch das Mädchen reagierte nicht.

»Du musst das trinken Agnes, hörst du?«, drängte Paulina. »Damit du gesund wirst.«

Sie tauchte einen Finger in die Flüssigkeit und strich über Agnieszkas raue und vom Fieber aufgesprungene Lippen. Aber die Kleine weigerte sich immer noch. Verzweifelt sah sie sich um. Ihr Blick fiel auf Schwabs geöffnete Arzttasche. Sie bückte sich, nahm eine der Spritzen heraus und saugte den Tee damit auf. *Das könnte klappen. Und ohne Nadel auf der Spritze kann ich sie nicht verletzen,* dachte sie. Dann schob sie das untere Ende in Agnieszkas Mund.

»Ich will nicht, dass du das ausspuckst, Engelchen«, sagte sie. Langsam drückte sie den Stöpsel herunter und beobachtete mit grenzenloser Erleichterung, dass die Kleine schluckte. »Das war brav«, lobte sie, als ihre Dosierhilfe leer war und küsste Agnieszka auf die kurzen Löckchen. »In sechs Stunden gibt es die nächste Portion.«

»Oh, mein Kopf«, stöhnte Hermine hinter Paulina. »Was ist passiert?«, fragte sie verwirrt. »War ich ohnmächtig? Oh, Wolfi liegt ja neben mir!« Sie setzte sich auf und nahm ihren Sohn in die Arme.

»Lassen Sie mich mal Ihren Kopf ansehen.« Paulina beugte sich vor und inspizierte Hermines Schläfe. »Die linke Stirnseite ist rot und etwas geschwollen. Ich werde Ihnen eine kalte Kompresse machen.«

Sie verschwand in der Küche und kehrte wenig später mit einem nassen Geschirrtuch zurück. »Halten Sie das an ihre Schläfe. Ich habe Agnes übrigens gerade ihre Medizin gegeben.«

»Medizin? Woher ...?«, stammelte Hermine. Dann weiteten

sich ihre Augen. »Ich erinnere mich! Norbert war hier! Hat er Ihnen die Medizin …? Nein, das kann nicht sein.« Sie schüttelte den Kopf. »Wo ist er?«

»Oben. In Ihrem Zimmer.«

»In meinem Zimmer? Was tut er da?«

»Nichts. Er ist tot.«

»Tot?«, wiederholte Hermine.

Paulina nickte. »Ich habe ihn erstochen. Mit Ihrem Brieföffner. Weil er mich erschießen wollte.«

Hermine sagte kein Wort. Unbewusst griff sie mit ihrer rechten Hand nach ihrer zitternden linken und hielt sie fest.

»Ich bin froh, dass er Agnes und uns allen hier nichts mehr tun kann.« Paulina strich ihrer Nichte über die Wange. »Jetzt heißt es warten. Und beten, dass dieses Prontosil hilft.«

»Dafür enden wir beide am Galgen!« Hermine stand neben Paulina in ihrem Zimmer und starrte mit schreckgeweiteten Augen auf Schwabs Leiche. Der Teppich unter seinem Kopf glänzte dunkel vom Blut.

»Das werden wir nicht«, erwiderte Paulina. »Wenn wir alles richtig machen.«

»Hier liegt ein toter SS-Offizier!« Hermines Stimme überschlug sich. »Haben Sie auch nur die leiseste Ahnung, was das heißt?«

Paulina nahm sie an den Schultern. »Verlieren Sie nicht die Nerven. Wir werden ihn natürlich verschwinden lassen.«

»Und wie lässt man einen SS-Hauptsturmführer verschwinden? Ganz zu schweigen von dem ganzen Blut?«

»Uns wird etwas einfallen, einfach, weil wir keine andere Wahl haben«, beharrte Paulina.

Hermine atmete tief durch und wagte einen weiteren Blick auf Schwab. »Im Grunde bin ich froh, dass es so gekommen ist. Nun kann er uns Wolfi und Agnes nicht mehr wegnehmen.«

»Um das Automobil müssen wir uns auch kümmern. Es

wird gewiss Aufmerksamkeit erregen«, sagte Paulina.

»Vorerst nicht. Jeder in Heringsdorf weiß, dass es meinem Vater gehört. Die Leute werden glauben, dass meine Eltern hier sind«, erwiderte Hermine.

»Es sei denn, irgendjemand hat beobachtet, wie Schwab aus dem Auto gestiegen ist.«

»Können wir im Salon weitersprechen? Ich finde es hier sehr unheimlich.« Hermine warf noch einen Blick auf den Toten und stahl sich dann aus dem Zimmer. Paulina folgte ihr.

In diesem Moment läutete die Haustürglocke. Beide Frauen blieben wie angewurzelt stehen und starrten sich an. Dann eilte Paulina zurück in Hermines Zimmer und schaute durch das Fenster vorsichtig hinunter zur Haustür. »Es ist der Ortsgruppenleiter«, sagte sie halblaut.

Hermine trat neben sie. »Was nun?«.

»Wir tun, als wären wir nicht da«, raunte Paulina.

Der Ortsgruppenleiter klingelte noch einmal. Während er wartete, dass die Haustür geöffnet wurde, blickte er aufmerksam nach rechts und links. Schließlich drehte er sich um, schlenderte zu dem schwarzen Mercedes von Hermines Vater und spähte durch die Scheiben.

Paulina wandte sich an Hermine. »Warum ist er wohl hier?«

»Ich nehme an, dass er meine Eltern begrüßen will. Er bildet sich viel auf das gute Verhältnis zu meinem Vater ein. Bestimmt geht er gleich. Aber er wird wiederkommen.«

Die beiden Frauen gingen die Treppe hinunter in den Salon. Wolfi und Agnieszka lagen auf dem Sofa und schliefen. Paulina sagte: »Es war sehr großherzig von Ihnen, dass Sie Schwab aufgehalten und dafür sogar in Kauf genommen haben, dass er sie niederschlägt. Das werde ich Ihnen nie vergessen.«

Hermine errötete. »Dank Ihnen kann Schwab mir Wolfi nun nicht mehr wegnehmen und ich muss nicht mehr mit Ihnen in eine ungewisse Zukunft nach Schweden fliehen. Sind Sie damit einverstanden, wenn wir die Förmlichkeiten sein lassen und Du zueinander sagen? Nach allem, was wir zusammen durchgemacht haben.« Sie streckte Paulina ihre rechte Hand entgegen. »Ich bin zwar die Jüngere, aber ich hoffe, du bist trotzdem einverstanden.« Paulina ergriff sie mit einem kleinen Lächeln. »Gerne, Hermine. Wollen Sie …, äh, du denn in Heringsdorf bleiben?«

Hermine nickte. »Hier ist es sicherer als in Stettin. Ich werde meine Mutter bitten zu kommen, und wir werden hier warten, bis der Krieg zu Ende ist.« Sie schluckte. »Inzwischen glaube ich wie du, dass Deutschland den Krieg verlieren wird, und dass es bis dahin nicht mehr lange dauert.«

Um die Kinder nicht zu wecken, gingen die beiden Frauen in die Küche. Hermine erneuerte ihre Kompresse und drückte sie an die Schläfe. »Was hältst du davon, wenn wir Schwab heute Nacht im Garten vergraben?«, fragte sie und setzte sich zu Paulina an den Tisch.

»Das geht nicht«, erwiderte diese. »Irgendwann wird die Polizei nach Schwab suchen, und wenn sie sich hier umsehen, wird ihnen sofort auffallen, dass im Garten gegraben wurde.«

»Stimmt«, murmelte Hermine.

Eine Weile hingen die Frauen still ihren Gedanken nach.

»Ich habe eine Idee«, verkündete Paulina schließlich.

»Ja?« Hermine sah sie hoffnungsvoll an.

»Wir täuschen einen Autounfall vor. Ich erinnere mich, dass es zwischen Heringsdorf und der Usedomer Bäderbrücke Wälder, Wiesen und Seen, aber nur wenige Ansiedlungen gibt. Diese Gegend wäre also geeignet.«

Hermine lief zum Bücherregal, holte eine Karte der Insel und faltete sie auf dem Küchentisch auseinander. »Hier ist unser Haus.« Sie tippte auf einen Punkt nahe der Strandpromenade. »Und hier die Brücke.« Sie deutete auf eine Stelle an der Westseite der Insel. »Hier, auf halber Strecke zwischen Alt Sallenthin und Benz, gibt es ein größeres Waldgebiet.«

Paulina beugte sich über die Karte. »Es ist einsam gelegen. Und es scheint über eine Anhöhe zu führen, denn auf der Karte sind Höhenangaben eingezeichnet. Das kommt mir sehr entgegen.«

»Was hast du vor?«, fragte Hermine gespannt.

»Bevor ich dir das sage, will ich die Strecke erst einmal mit dem Fahrrad abfahren und die Ortsverhältnisse genau prüfen. Wenn ich sofort losfahre, bin ich rechtzeitig zurück, um Agnes die nächste Dosis Prontosil zu geben.« Paulina schob ihren Stuhl zurück. »Hast du einen Korb und ein paar Kartoffeln für mich? Sollte ich kontrolliert werden, kann ich sagen, dass ich einkaufen war. So habe ich es in Warschau auch immer gemacht.«

Hermine nickte und verschwand in der Speisekammer. Einige Augenblicke später kehrte sie mit einem mit ein paar Handvoll Kartoffeln gefüllten Korb zurück, über die sie ein Geschirrtuch gedeckt hatte.

Sie gingen in den Salon. Paulina beugte sich über Agnieszka und legte eine Hand auf ihre Stirn. »Ich glaube, sie ist nicht mehr ganz so heiß«, flüsterte sie.

Hermine berührte das Gesicht der Kleinen ebenfalls. »Das stimmt!« Spontan umarmte sie Paulina. »Sobald sie wach wird, werde ich ihr Fieber messen.«

»Und gib ihr etwas zu trinken. Sie muss viel trinken.« Paulina schlüpfte in ihre Jacke, wickelte den Schal um den Hals und lief zum Schuppen.

Hermine schloss die Terrassentür hinter ihr. Sie drehte sich zu den Kindern um, dabei fiel ihr Blick auf den Korb mit den Kartoffeln mitten auf dem Esszimmertisch.

»So etwas Dummes!«, rief sie, packte ihn und eilte zur Haustür, um Paulina am Eingangstor abzufangen. Doch als sie die Tür öffnete, blieb ihr der Ruf im Halse stecken. Bei dem schwarzen Mercedes ihres Vaters stand wieder der Ortsgruppenleiter. Glücklicherweise betrachtete er den Wagen und bemerkte sie nicht. Sofort schob sie die Tür bis auf einen fingerbreiten Spalt zu und beobachtete dadurch weiterhin den Gehweg.

Der Ortsgruppenleiter öffnete Paulina mit einem strahlenden Lächeln das Tor. »Heil Hitler, Frau Krahl. Sie sind doch zu Hause! Ich habe vorhin schon einmal geläutet.«

»Herr Ortsgruppenleiter!« Paulina rang sich ein freundliches Gesicht ab.

Mit verschränkten Armen lehnte er sich gegen die schwarzglänzende Motorhaube des Mercedes. »Offensichtlich sind Herr und Frau Voßberg eingetroffen. Auch ihnen wollte ich meine Aufwartung machen.«

»Oh, ich fürchte, das wird nicht möglich sein.«

»Sie können das nicht wissen, verehrte Frau Krahl, aber ich begrüße das Ehepaar Voßberg seit vielen Jahren mit diesem liebgewonnenen Ritual.«

Paulina schob ihr Fahrrad näher an den Ortsgruppenführer heran. »Nicht Herr und Frau Voßberg sind gekommen, sondern Hermines Zukünftiger«, erklärte sie in verschwörerischem Ton. »Herr Voßberg war so freundlich, ihm seinen Wagen zu überlassen.«

»Ihr Zukünftiger? Sie ist gar nicht verheiratet? Aber sie hat doch …«

»… dem Führer einen Sohn geschenkt«, vollendete Paulina feierlich. »Hermine und ihr Hauptsturmführer sind auf dem besten Weg in den Hafen der Ehe. Aber auch die Liebe verlangt ihr Recht. Deshalb lege ich Ihnen sehr ans Herz, die beiden nicht ausgerechnet jetzt zu stören …«

»Das verstehe ich vollkommen.« Der goldbetresste Ortsgruppenleiter grinste sie an. »Bei dieser Gelegenheit möchte ich noch einmal einen gemeinsamen Besuch unserer höchst beeindruckenden Thingstätte …«

»Bedaure, Herr Ortsgruppenleiter. Aber ich habe ein paar eilige Besorgungen zu erledigen.« Paulina stieg auf das Fahrrad und radelte davon.

Am frühen Nachmittag kehrte sie zurück. »Das Waldstück und die Anhöhe sind für die Umsetzung meines Plans geeignet«, rief sie und schloss die Tür hinter sich. »Wie geht es Agnieszka?« Ihr Blick flog zum Sofa. Die Kleine lehnte warm zugedeckt gegen einen Berg Kissen und schaute Paulina entgegen. Sie wirkte müde, aber nicht mehr so apathisch.

»Ihr Zustand bessert sich. Gerade habe ich ihre Temperatur gemessen: 38,8 Grad.« Strahlend hielt Hermine das Thermometer hoch.

Paulina fiel ein Stein vom Herzen. Sie eilte zu Agnieszka, kniete vor dem Sofa nieder und streichelte der Kleinen über Wangen und Haar.

»Mein Plan klappt«, sagte sie zu Hermine. »Heute Nacht schaffe ich Schwab weg. Du bleibst hier bei den Kindern. Traust du dir zu, Schwab mit mir ins Auto zu tragen? Den Mercedes deines Vaters müssen wir übrigens auch opfern.«

Hermine nickte nachdrücklich. »Ich werde dir bei allem helfen. Ich mache mein Zimmer sauber, sobald …«, sie stockte, »… er aus dem Haus ist. Ich habe schon ein Bild über das Einschussloch in der Wand beim Treppenhaus gehängt.« Sie zeigte durch die Tür in die Halle. »Und den Rahmen um das Schloss habe ich mit einem Hammer gerade geklopft. Er war durch Schwabs Tritt gegen die verschlossene Tür verbogen. Jetzt sieht er wieder normal aus. Ich habe mir übrigens noch etwas überlegt.« Sie eilte in die Küche und kehrte wenig später mit einer offenen Dose zurück, die sie Paulina unter die Nase hielt. »Schnupper mal.«

»Das ist Bohnenkaffee!«, rief Paulina.

»Den habe ich vorhin in der Speisekammer gefunden, als ich nach Kamillentee suchte. Vielleicht lenkt ein Tässchen echten Bohnenkaffees die Polizisten ab, wenn sie wirklich hierherkommen.«

»Sie werden kommen. Wenn alles so klappt, wie ich es mir vorstelle, schon morgen«, erklärte Paulina.

Hermine sah sie ernst an. »Erzählst du mir jetzt endlich, wie dein Plan funktionieren soll?«

Paulina nickte. »Ich will nur noch das Prontosil für Agnes zubereiten.«

Durch vier weitere Portionen Prontosil sank Agnieszkas Fieber bis zum nächsten Morgen auf 37,8 Grad. Die Kleine machte einen deutlich lebhafteren Eindruck und zeigte zum ersten Mal seit Tagen Appetit. »Will!«, erklärte sie und streckte die Arme nach der Schale in Paulinas Hand aus.

»Sofort, mein Engelchen.« Paulina tauchte den Löffel in den frisch gekochten Haferbrei und schob ihn dem Mädchen in den Mund.

Hermine kniete vor einer der Matratzen und wickelte Wolfi. »Es ist ein Wunder, wie rasch sie sich erholt«, meinte sie.

In diesem Moment läutete es an der Haustür.

Paulina und Hermine schauten sich an.

»Viertel vor neun.« Paulina warf einen Blick auf ihre Armbanduhr. »Ich habe mich schon gefragt, wann sie kommen.« Sie schaute Hermine an. »Bist du bereit?«

»Ja«, erwiderte Hermine. Ihre Stimme zitterte ein wenig.

Paulina hielt ihren Blick fest. »Sie werden nichts finden.«

»Aber auf den Holzdielen in meinem Zimmer sind noch ein paar …«

»Sie werden nichts finden«, wiederholte Paulina. »Wir haben den Teppich aus Werners Zimmer über die Flecken gelegt. Bleib ruhig. Ich gehe jetzt und öffne die Tür.«

Hermine bettete Wolfi auf das Sofa und strich sich mit der Hand eine ihrer hellblonden Haarsträhnen hinters Ohr. »Dann werde ich den Kaffee aufbrühen.«

Paulina ging zur Tür und öffnete. »Guten Morgen, Herr Ortsgruppenleiter. Beehren Sie uns schon wieder mit einem Besuch? Und heute sogar in Begleitung des Wachtmeisters! Sind erneut Gefangene in Trassenheide ausgebrochen, vor denen die

Herren uns einsame Frauen beschützen wollen?«

»Heil Hitler, Frau Krahl! In Trassenheide ist alles in Ordnung, aber …« Der Ortsgruppenführer schaute hilfesuchend zu dem Polizeibeamten.

Der nahm seine Mütze ab und klemmte sie unter einen Arm. »Dürfen wir hereinkommen, Frau Krahl? Es ist wichtig.«

»Es ist zwar nicht so aufgeräumt, wie es sich gehört, um Besuch zu empfangen, aber wenn es wichtig ist.« Paulinas Tonfall zeigte eindeutig, dass ihr der Besuch ungelegen kam.

Der Polizist sah sie ernst an. »Es tut mir sehr leid, aber die Angelegenheit duldet wirklich keinen Aufschub.«

Sie trat zur Seite, und die beiden Männer folgten ihr in den Salon.

»Was für eine Überraschung, meine Herren!« Hermine erschien mit einem Tablett, auf dem Kaffeegeschirr und eine Kanne standen, aus der Küche. »Was ist denn geschehen, dass wir von gleich zwei Vertretern der Ordnungsmacht besucht werden?« Sie stellte das Tablett auf den Tisch. »Ich habe gerade Kaffee gekocht. Echten Bohnenkaffee aus dem Rest der letzten Sonderzuteilung! Wir wollten uns gerade eine kleine Aufmunterung gönnen, denn mit zwei kleinen Kindern sind die Nächte manchmal kurz. Aber wir treten unsere Ration gerne an Sie ab, nicht wahr Paula?«

Paulina nickte. Hermine goss dampfenden Kaffee in die Tassen und reichte sie den Männern.

Der Ortsgruppenleiter dankte ihr, doch trotz des köstlichen Duftes, der aus der Tasse aufstieg, trank er nicht. Auch der Polizist setzte seinen Kaffee unberührt ab. Seine Augen richteten sich auf Hermine. »Der Ortsgruppenleiter informierte mich, dass Sie gestern Besuch bekamen. Von einem Hauptsturmführer der Schutzstaffel.«

»Das ist mein Verlobter«, bestätigte Hermine. »Er ist allerdings schon wieder abgereist.«

Die beiden Männer wechselten einen Blick. Schließlich räusperte sich der Polizeibeamte. »Heute Nacht gab es einen schweren Unfall zwischen Alt Sallenthin und Benz. Der Mercedes Ihres Vaters ist aus ungeklärter Ursache auf dem von hier aus abschüssigen Teil der Straße gegen einen Baum geprallt. Ein Bauer, der mit seiner Milch auf dem Weg zur Molkerei in Alt Sallenthin war, hat am Morgen das qualmende, völlig ausgebrannte Wrack entdeckt. Für den Fahrer gab es leider keine Rettung mehr. Er konnte sich nicht aus dem Wagen befreien.«

»Nein!« Hermine stieß einen spitzen Schrei aus und bedeckte das Gesicht mit den Händen. Paulina eilte an ihre Seite und schloss sie in die Arme.

»Eine wirkliche Tragödie, zu der wir Ihnen unser tief empfundenes Mitgefühl aussprechen möchten, Fräulein Voßberg.« Auch der Ortsgruppenleiter zog jetzt seine Schirmmütze vom Kopf. »Besagter Landwirt hat den Ortsbauernführer in Alt Sallenthin benachrichtigt. Dieser ist im Besitz eines Telefons und hat mich umgehend informiert. Daraufhin habe ich die Polizei eingeschaltet, wie es bei der Klärung eines so schweren Unfalls verpflichtend ist. Wir sind sofort aufgebrochen, um uns ein Bild von der Katastrophe zu machen.«

»Ich frage mich, wie sie den Wagen zweifelsfrei identifizieren konnten, wenn er völlig ausgebrannt ist,« sagte Paulina.

»Das Automobil von Herrn Voßberg ist auf Usedom bekannt. Außerdem hat der Ortsgruppenleiter den Wagen gestern vor diesem Haus gesehen«, erklärte der Polizist und schaute mitleidig auf die heftig schluchzende Hermine. »Das Nummernschild ist leider geschmolzen, nicht jedoch der unverkennbare Stern auf der Haube. Form und Größe des Wracks lassen auf einen Mercedes vom Typ 320 schließen, und glauben Sie mir, Frau Krahl, auf Usedom fährt nur Herr Voßberg einen Mercedes mit sechs Zylindern und 3,4 Litern Hubraum. Was leider keine eindeutige Identifizierung zulässt, ist aufgrund ihres bedauernswerten Zustands die Leiche. Folglich muss ich die Vermutung, dass es sich bei dem Verunglückten um Ihren Verlobten handelt,

Fräulein Voßberg, durch Befragung erhärten. Da wir gerade auf dem Rückweg vom Unfallort waren, kamen wir zuerst zu Ihnen, aber später werde ich mich auch mit Ihren Eltern in Verbindung setzen.« Der Polizist zog seine Mütze wieder auf und holte ein Notizbuch und einen Bleistift aus der Uniformjacke. »Ihre Aussagen dazu protokolliere ich.«

»Ist das wirklich notwendig? Sie sehen doch, dass Fräulein Voßberg sehr mitgenommen ist«, sagte Paulina.

»Leider ist das unvermeidlich. Es gibt nämlich Ungereimtheiten bei diesem Unfall«, erklärte der Ortsgruppenleiter.

Paulinas Fingernägel gruben sich in Hermines Schulter. »Was für Ungereimtheiten?«

Der Ortsgruppenleiter rückte seine Schirmmütze gerade. »Wir fragen uns, wieso der Wagen auf einer geraden Strecke von der Straße abgekommen ist. Und warum es keine Bremsspuren gibt.«

»Was wollen Sie damit sagen? Jemand hat die Bremsen manipuliert?« Paulina starrte den Beamten an, als verstünde sie nicht.

»Wir müssen diese Möglichkeit zumindest ausschließen«, erläuterte der Polizist. »Am Wagen selbst ist das nämlich nicht mehr festzustellen.« Er schaute zu Hermine. »Hatte der Hauptsturmführer Feinde?«

»Ganz und gar nicht!« Sie hob den Kopf von Paulinas Schulter. »Doktor Schwab war ein aufrechter und allseits respektierter Mann, der sein Leben dem Dienst an Führer und Reich widmete.«

»Wie gefährlich gerade dieser ehrenvolle Dienst sein kann, haben wir im Juli erlebt, als eine Gruppe Attentäter versuchte, das Leben des Führers und seiner Getreuen auszulöschen«, bemerkte der Ortsgruppenführer.

»Sie glauben an ein Attentat?«, rief Hermine schockiert. »Sind wir auch in Gefahr? Mein kleiner Wolfi und ich?«

»Kann es nicht auch eine ganz andere Erklärung für die fehlenden Bremsspuren geben?«, lenkte Paulina von Hermine ab. »Einen Schwächeanfall des Hauptsturmführers zum Beispiel?«

»Das wäre denkbar.« Der Polizist kritzelte in sein Notizbuch. »Aber wir sollten sämtliche Szenarien in Betracht ziehen.«

Er fuhr mit seiner Befragung fort und notierte Schwabs Namen, Geburtsdatum, Adresse und Beruf. Außerdem erkundigte er sich nach seinem Gesundheitszustand, ob er vor der Abfahrt Alkohol konsumiert oder über Schmerzen und Unwohlsein geklagt habe. Schließlich informierte er die Frauen: »Ich werde auf der Wache ein ausführliches Protokoll schreiben, dass Sie beide unterzeichnen müssen. Jetzt zeigen Sie mir bitte noch Ihre Kennkarten.«

»Warum?« Paulina runzelte die Stirn.

»Zur Datenüberprüfung, Frau Krahl. Eine reine Routineangelegenheit«, warf der Ortsgruppenleiter ein. »Müssen die Damen wirklich die Ausweise vorlegen?«, fügte er in Richtung des Polizisten hinzu. »Reicht es nicht, wenn sie Ihre Personenangaben mündlich machen und unterschreiben?«

»Leider nein. Auf dem Ausweis stehen nicht nur ihre Daten, sondern auch eine Kennnummer, die ich mir aufschreiben muss, um ihre Identität bei der ausstellenden Behörde zu überprüfen.«

»Das müssen Sie tun?« Paulina konnte ihre Erschütterung kaum verbergen.

Der Polizist sah sie erstaunt an. »So lautet das Verfahren, Frau Krahl.«

»Aber Sie kennen mich doch seit Kindertagen«, warf Hermine ein. »Sie wissen, wer ich bin. Und wenn ich Ihnen sage, dass Frau Krahl eine Freundin ist, können Sie darauf vertrauen.«

»Sie beide gehören zu den Letzten, die einen Hauptsturmführer der Schutzstaffel lebend gesehen haben und sind somit wichtige Zeuginnen«, beharrte der Polizist. »Und nun bringen Sie mir bitte ohne weitere Verzögerung Ihre Ausweise, damit ich die Angaben notieren kann.«

Kapitel achtundzwanzig
Pommern, Oktober 1944

Kaum waren die beiden Männer verschwunden, sank Paulina neben Agnieszka auf das Sofa und zog die Kleine auf ihren Schoß. »Jetzt stecken Agnes und ich wirklich in der Klemme! Als Polin besitze ich natürlich nur einen gefälschten Ausweis mit einer gefälschten Kennnummer. Meine Verhaftung ist nur noch einen Telefonanruf entfernt.«

Hermine, die gerade das Tablett mit dem benutzten Geschirr in die Küche tragen wollte, starrte sie erschrocken an. »Heute ist Samstag. Über das Wochenende sind alle Amtsstuben geschlossen. Das gibt uns einen kleinen Vorsprung, aber wir müssen uns trotzdem schnellstens etwas überlegen!« Sie stellte das Tablett wieder ab, eilte zu Paulina und setzte sich neben sie. »Du nimmst Werners DKW und verschwindest sofort von der Insel. Der Kanister ist zwar leer, weil du mit dem Benzin das Auto meines Vaters übergossen hast, aber wir können unmöglich die ganze Tankfüllung aufgebraucht haben.«

»Ich habe tatsächlich schon überlegt, mich mit Agnes bis Kriegsende irgendwo in Deutschland zu verstecken. Aber das Auftauchen von Schwab, der Polizei und dem Ortsgruppenführer hat mich gelehrt, dass das zu gefährlich ist. Innerhalb Deutschlands gibt es keinen Ort, an dem Agnes und ich sicher sind. Einen solchen finden wir nur in Schweden. Nur wie komme ich dorthin?« Paulina seufzte, drückte ihren Rücken gegen die Sofalehne und schloss die Augen. »Unten am Strand liegen ein paar Fischerboote. Die Fischer fahren bestimmt jeden Abend raus. Ich könnte mich am Strand auf die Lauer legen und dem ersten, der auftaucht, Schwabs hundertzwanzig Reichsmark anbieten, wenn er mich nach Schweden bringt.«

»Du meinst die Boote der Strandfischer«, sagte Hermine. »Die sind für das offene Meer nicht geeignet. Sie bleiben immer in Küstennähe.«

»Dann scheidet dieser Einfall also auch aus.« Paulina klang mutlos.

»Und wenn ich mich nach einem anderen Versteck für dich und Agnes umsehe?«, fragte Hermine. »In einem abgelegenen Schuppen oder einer Scheune vielleicht. Nachts komme ich mit dem Fahrrad und bringe euch alles, was ihr braucht.«

»Das würde funktionieren, wenn ich nicht auf Agnes Rücksicht nehmen müsste. Sie ist noch nicht von ihrer Lungenentzündung genesen, und der Winter steht vor der Tür. Abgesehen davon kann ich ihr nicht zumuten, sich wahrscheinlich noch Monate in einer Scheune zu verstecken. Aber es darf trotzdem nicht sein, dass wir so kurz vor dem Ziel scheitern!« Paulina schlug mit einer Faust auf die Seitenlehne des Sofas.

Plötzlich klatschte Hermine in ihre Hände. »Ich kenne einen der Fischer, der uns vielleicht hilft! Hermann Mahlzow. Er wohnt in einer Kate kurz hinter Bansin. Er besitzt einen Kutter, nicht so groß wie die der Kriegsmarine, aber auch nicht so klein wie ein Strandfischerboot. Und es ist seetüchtig. Vor zwei Jahren hat mein Vater eine Kutterfahrt bei ihm gebucht und wir sind richtig aufs offene Meer hinausgefahren.«

»Das klingt großartig!«, rief Paulina mit neu erwachter Hoffnung. »Warum hast du nicht eher daran gedacht?«

»Weil Vater nach dem Ausflug sagte, dass Mahlzow es an Respekt gegenüber dem Führer fehlen ließe und wir besser daran täten, uns von ihm fernzuhalten.«

»Wenn er sich nicht fürchtet, seine Meinung über Hitler kundzutun, hat er vielleicht auch genug Mut, Agnes und mich bis zur schwedischen Küste zu bringen.« Aufgeregt packte Paulina Hermines Handgelenk. »Bist du sicher, dass dieser Mahlzow nichts für Hitler übrighat?«

»Er kann ihn nicht ausstehen!«, versicherte Hermine. »Ich

hörte, wie Vater ihn während des Ausflugs fragte, ob er inzwischen von seinem ältesten Sohn gehört habe. Der wurde nämlich ausgerechnet zu Weihnachten einundvierzig vor Moskau als vermisst gemeldet. Mahlzow antwortete, dass er nach sieben Monaten ohne Nachricht die Hoffnung aufgegeben habe und er dem Führer bis ans Ende seiner Tage nicht verzeihen würde, diesen hirnverbrannten Russlandfeldzug angezettelt zu haben.«

Paulina klatschte in die Hände. »Wie komme ich zu ihm?«

»Geh die Strandpromenade Richtung Norden und durch Bansin hindurch. Im von hier aus gesehen letzten Haus des Ortes wohnt Mahlzow mit seiner Frau und dem jüngeren Sohn.«

»Wie weit ist es bis dahin?«

»Zu Fuß eine gute viertel Stunde. Mit dem Rad keine zehn Minuten.«

»Ich nehme das Rad.« Paulina sprang auf. »Wünsch mir Glück!«

»Alles Gute.« Hermine stand ebenfalls auf und umarmte sie. »Und sorge dich nicht wegen Agnes. Ich werde gut auf sie aufpassen.«

Kurz darauf erreichte Paulina die schlichte Fischerkate mit dem reetgedeckten Dach und sprang vom Fahrrad. Auf einer Bank vor der weiß gekalkten Hausmauer saßen ein bärtiger Mann und ein Junge von vielleicht vierzehn Jahren. Die beiden flickten ein über ihre Knie gebreitetes Netz. Paulina lehnte ihr Fahrrad gegen den schiefen Staketenzaun. Der Junge bemerkte sie und fuhr sich grinsend durch das struppige blonde Haar, der bärtige Fischer ließ die Ahle sinken und musterte sie schweigend.

»Guten Tag«, sagte Paulina und schaute den Älteren an. »Sind Sie Herr Mahlzow? Hermann Mahlzow? Mein Name ist Paula Krahl. Ich wohne bei Fräulein Voßberg. Sie hat einmal einen Ausflug auf Ihrem Boot gemacht. Ich soll Sie grüßen.«

»Voßberg? Dat is doch die Lütte von dem SS-Heini. Der, wo mit dem Auto von ihrem Vadder voll in die Luft geflogen ist«, raunte der Junge.

»Red kein Tünkram, Jung«, brummte der Vater und nahm die Ahle wieder auf. Paulina beachtete er nicht.

Sie legte die Hände auf den Zaun. »Ich möchte wirklich gerne mit Ihnen sprechen, Herr Mahlzow.«

»Ich habe zu tun.« Der Fischer griff erneut sein Werkzeug.

Paulina atmete tief durch. Dann öffnete sie das schmale Gartentürchen und ging den kiesbestreuten Weg hinauf. Vor dem Mann und seinem Sohn blieb sie stehen. »Ich brauche Hilfe, Herr Mahlzow.«

»Nicht von mir«, knurrte er.

»Bitte hören Sie mich an«, flehte Paulina. »Es soll auch nicht umsonst sein.«

Mahlzow sah an ihr vorbei auf den Weg. »Sie schreien, dass man es bis Swinemünde hört.« Er schob das Netz von seinen Knien und stand auf. »Wir gehen ins Haus. Du bleibst hier, Hannes.«

Vor Erleichterung traten Paulina Tränen in die Augen. »Das ist sehr freundlich von Ihnen.«

»Erst mal höre ich zu, dann entscheide ich«, antwortete Mahlzow und ging ungerührt an ihr vorbei zur Haustür.

Sie betraten einen dämmrigen Flur, in dem es nach Holz und geräuchertem Fisch roch. Paulina hörte rhythmisches Schlagen und Klappern. Mahlzow öffnete die Tür, die Geräusche wurden erst lauter und verstummten dann. Als Paulina hinter dem Fischer in die kleine Stube trat, sah sie vor dem Fenster einen hölzernen Webstuhl mit einem halb fertigen Läufer. Auf einem Schemel vor dem Webstuhl saß eine rothaarige Frau. Sie blickte kurz zu Paulina und nahm ihre Arbeit wieder auf.

In der Ecke neben dem Ofen standen ein runder Tisch und vier Stühle. An der Wand hingen Familienfotos. Eines zeigte einen jungen Mann in Wehrmachtsuniform. Über die obere linke Ecke lief ein schwarzes Band.

»Bitte.« Mahlzow deutete auf einen der Stühle und ließ sich selber auf einem zweiten nieder. Das Foto mit dem Trauerflor verschwand hinter seinen breiten Schultern. Er nahm seine Strickmütze vom Kopf und zog die buschigen Augenbrauen hoch. »Also?«

Paulina legte die Hände auf den Tisch und beugte sich vor. »Ich muss mit meiner zweijährigen Tochter so schnell wie möglich nach Schweden. Und Sie besitzen einen Kutter«, sagte sie mit Nachdruck ein wenig zu betont und zu laut.

Mahlzow schwieg. Sein wettergegerbtes Gesicht gab nichts preis. Paulina hörte ihr Blut in den Ohren rauschen. Doch sie wartete äußerlich ruhig, so schwer es ihr auch fiel.

Einige Minuten ertönte nur das gleichmäßige Schlagen und Klappern des Webstuhls in der Stube. Schließlich räusperte sich Mahlzow. »Mein Kutter ist die Sturmmöwe. Sie liegt gleich unterhalb des Hauses am Strand. Um Mitternacht fahre ich raus. Seien Sie pünktlich. Ich warte nicht.«

»Ich danke Ihnen von ganzem Herzen! Und auch, wenn ich Ihnen Ihre Hilfe nie vergelten kann ...« Paulina beugte sich vor, holte Schwabs Scheine aus dem Schaft ihres rechten Stiefels und legte sie auf den Tisch. »Ich bitte Sie, das von mir anzunehmen.«

Mahlzow schob das Geld mit einem unwilligen Grunzen zurück. »Ich bin nicht käuflich. Ich helfe, weil ich es will!«

»Mahlzow hat wirklich hundertzwanzig Reichsmark abgelehnt?«, fragte Hermine überrascht.

»Er schien fast ein wenig beleidigt, als ich ihm das Geld anbot.« Paulina hängte ihre Jacke über eine Stuhllehne und ging zu Agnieszka. Die Kleine saß auf dem Sofa und blätterte in einem alten Bilderbuch.

Paulina küsste sie auf die Wange. »Du hast wieder richtig Farbe im Gesicht, Engelchen. Weißt du, wie mich das freut?«

»Uhn!«, verkündete Agnieszka und tippte mit einem Finger auf das Bild einer fetten, braunen Henne.

»Wie wird eure Flucht ablaufen? Was hat Mahlzow gesagt?« Hermine setzte sich mit Wolfi im Arm auf einen Stuhl am Esstisch.

»Über den Ablauf hat er eigentlich gar kein Wort verloren. Er sagte nur, dass wir pünktlich um Mitternacht bei seinem Boot sein sollen. Doch ich vertraue ihm, obwohl ich nichts von ihm weiß. Noch ein Deutscher, dem ich vertraue. Seltsam. Ich hätte nie geglaubt, dass diese Worte einmal aus meinem Munde kommen.« Paulina legte eine Hand auf Agnieszkas Stirn. »Ich glaube, du hast kein Fieber mehr, Engelchen.«

»Fie Ba!«, strahlte Agnieszka.

»Gleich nachdem du fort warst, habe ich ihr noch eine halbe Tablette gegeben und die Temperatur gemessen. Sie betrug nur noch 37,3. Dieses Prontosil ist wirklich ein Wundermittel.« Hermine beugte sich zu Wolfi und kitzelte ihn mit einem Finger am Kinn.

Paulina strich der Kleinen über die nachwachsenden Locken. »Möchtest du heute Nacht mit mir aufs Meer fahren, Engelchen?«

»Nein!«, lachte Agnieszka und schüttelte den Kopf.

Den Rest des Tages verbrachte Paulina damit, mit Hermine den Salon aufzuräumen und ihre wenigen Habseligkeiten in den Rucksack zu packen. Zuletzt nahm sie Agnieszkas kleines rotbraunes Stiefelchen in die Hand. »Den ganzen langen Weg von Warschau bis hierher hast du mich begleitet«, sagte sie leise. »Bitte bring uns auch auf dem letzten Stück Glück.«

Immer wieder lauschte sie auf Geräusche von der Straße oder lief zum Küchenfenster und schaute angespannt hinaus. Doch alles blieb ruhig. Weder der Ortsgruppenleiter noch der Polizist tauchten erneut auf.

Am Abend kochten die beiden Frauen gemeinsam ein Abschiedsessen aus eingewecktem Fleisch, Rüben und Kartoffeln. Danach holte Hermine den Atlas aus dem Bücherregal und blätterte zu einer Karte der Ostsee. »Eine weite Strecke über das offene Meer«, stellte sie fest. »Wenn es von Swinemünde bis Bornholm acht Stunden dauert, schätze ich, dass ihr von Heringsdorf bis zur schwedischen Küste zehn bis zwölf Stunden braucht, je nachdem wie die Wetterverhältnisse sind und wie schnell der Kutter fährt.«

»Außerdem müssen wir unbemerkt an der deutschen Küstenwache vorbei«, ergänzte Paulina. »Aber ich vermute, Mahlzow macht so etwas nicht zum ersten Mal. Er weiß offenbar, was er tut.«

Hermine schaute sie lange an. »Du bist eine furchtlose Frau, Paula. Bei deiner Suche nach Agnes hast du dich nie entmutigen lassen, und ich weiß, dass du vielen Entbehrungen und Gefahren ausgesetzt warst.«

Paulina lachte. »Ich bin nicht furchtlos. Ich habe sogar sehr viel Angst, auch vor der Flucht über die Ostsee. Aber wenn ich mich und Agnes retten will, muss ich stark bleiben.« Sie schaute Hermine von der Seite an. »Auch um dich sorge ich mich. Was wirst du tun, wenn der Polizist und der Ortsgruppenleiter zurückkommen, um mich zu verhaften?«

»Ich werde sagen, du seist zurück zu deiner Familie gefahren, und wenn die sagen, dass deine Papiere gefälscht seien, werde ich vor Überraschung aus allen Wolken fallen«, erklärte Hermine.

»Sie werden misstrauisch sein und dich verhören«, wandte Paulina ein.

»Das werden sie nicht«, versicherte Hermine. »Mein Vater unterhält sehr gute Verbindungen zu hochrangigen Vertretern der Ordnungsmacht.« Sie rieb demonstrativ Daumen und Zeigefinger einer Hand aneinander. Dann legte sie eine Hand auf Paulina Arm und drückte ihn. »Mich interessiert wirklich, wie du Agnes' Spur von Warschau bis Bad Polzin gefolgt bist. Magst du mir davon erzählen?«

Eisiger Nieselregen fiel von einem mond- und sternenlosen schwarzen Himmel, als sie sich auf den Weg machten.

Hermine gab Paulina einen Mantel aus dem Schrank ihrer Mutter, und Paulina hüllte Agnieszka in eine Wolldecke. Auf dem Rücken trug sie den Rucksack. Er war prall und schwer von den Konservendosen, die Hermine hineingepackt hatte. Trotz des Wetters ließ sie es sich nicht nehmen, Paulina zu begleiten. Wolfi nahm sie mit, warm eingewickelt in ein wollenes Tuch und fast völlig unter ihrem Mantel verborgen.

Die beiden Frauen erreichten um Mitternacht den Strand, ohne einem einzigen Menschen begegnet zu sein. Kräftiger Wind schlug ihnen entgegen, die Luft war kalt und schmeckte nach Salz, und irgendwo vor sich hörten sie in der lichtlosen Nacht das Rauschen des Meeres.

Etwas weiter entfernt glühte ein roter Punkt, und sie schnupperten Zigarettenrauch. Undeutlich vernahmen sie abgerissene Stimmen, eine Laterne flammte auf, und Paulina erkannte schemenhaft die Umrisse der Sturmmöwe. Mahlzow und sein Sohn traten hinter dem Kutter hervor. Ein dritter Mann stand auf dem Deck an der Steuerkajüte, von deren Dach die Laterne schaukelte. Er warf den Zigarettenstummel über die Reling in den Sand und sprang behände hinterher. Alle drei trugen Ölzeug und hatten die Wollmützen tief in die Stirn gezogen.

Hermine und Paulina eilten zum Kutter.

»Guten Abend«, sagte Paulina. »Fräulein Voßberg hat mich begleitet. Sie möchte mich verabschieden.«

Mahlzow drehte sich zu ihnen. »Eine ganz schöne Nebelsuppe da draußen. Aber das ist gut für uns.«

»Dann finden Sie sich also bei diesem Wetter auf dem Meer zurecht?«, fragte Paulina.

Er lachte kurz auf. »Ich kenne die Ostsee wie meine Westentasche. Man könnte mir die Augen verbinden und ich würde die Route nach Schweden finden.«

»Wissen Sie auch, wo die Minen liegen?«, Hermines Stimme durchdrang sehr hell die Dunkelheit. »Die Ostsee ist doch vermint.«

Mahlzow winkte ab. »Keine Sorge, junge Frau. Der Kiel der Sturmmöwe reicht gerade mal einen halben Meter ins Wasser. Die Minen liegen viel tiefer. Wir fahren darüber hinweg, ohne Schaden zu nehmen.« Er wandte sich zu Paulina. »Bis wir in der schwedischen Dreimeilenzone sind, verstecken Sie sich mit Ihrem Kind unter Deck zwischen Planen, Tauen und Kisten. Danach holen wir Sie zu mir in die Steuerkajüte. So sind Sie Hannes und Wilhelm nicht im Weg. Sobald Sie an Deck sind, reiche ich Ihnen die Kleine an. Anschließend rollen wir das Boot ins Wasser.«

Hermine beugte sich zu Agnes und küsste sie auf beide Wangen. »Ich wünsche dir alles erdenklich Gute, meine Kleine. Für die Überfahrt und für alle Zeit danach.« Mit Tränen in den Augen sah sie Paulina an. »Bald werdet ihr in Sicherheit sein, und das hier …«, sie zog ein in ein Taschentuch gewickeltes Päckchen aus ihrer Manteltasche, »erleichtert dir vielleicht den Neuanfang in Schweden.« Sie nahm Paulinas rechte Hand und legte das Päckchen hinein.

Paulina schloss die Finger um den kleinen Gegenstand. Unter dem weichen Stoff fühlte er sich glatt, rund und hart an. Sie schlug das Taschentuch zurück und erstarrte. Ein Becher schimmerte silbrig im schwachen Licht der Bootslaterne, und sie las die dünne geschwungene Gravur: *Für Wolfgang. 7. Oktober 1944. Vom Patenonkel Heinrich Himmler.*

Hastig legte sie das Taschentuch wieder über den Becher. »Du meinst es gut, aber ich will ihn nicht.« Sie streckte Hermine das Päckchen hin, doch die schüttelte den Kopf. »Ich weiß, dass der Becher dich an all das Leid erinnert, das du und Agnes von meinem Volk erfahren musstet. Aber es ist das einzige von Wert, das ich habe, und du brauchst etwas von Wert für deinen Neuanfang in Schweden.« Sie legte ihre Hände über Paulinas.

»Dieser Becher ist aus reinem Silber. Wenn du ihn in Schweden verkaufst, bekommst du eine Menge Geld dafür. Außerdem würdest du mir einen Riesengefallen tun. Wolfi soll nie von diesem Becher erfahren, und dass es ein durch und durch verabscheuungswürdiger Mensch war, der sich zu seinem Patenonkel erklärt hat. Wenn der Becher jedoch dir und Agnes hilft, erhält er einen Sinn.«

»Nun gut.« Paulina schob das Päckchen in die Manteltasche.

Die beiden Frauen umarmten sich innig und schlossen die Kinder auf ihren Armen mit ein. Dann trat Hermine zurück. »Viel Glück. Kommt gut rüber.«

»Ich wünsche dir und Wolfi auch alles Gute.« Paulina wischte sich mit der freien Hand über die Augen. »Durch dich habe ich gelernt, dass es nicht darauf ankommt, ob wir Deutsche oder Polen sind, sondern wie wir uns als Menschen verhalten. Du bist mir eine wahre Freundin geworden, Hermine. Die beste, die ich je hatte.« Sie drehte sich um, ging zu der schmalen Leiter an der Reling und übergab Agnes an Mahlzow. Dann kletterte sie an Bord, und er reichte ihr die Kleine.

Ein letztes Mal schaute Paulina zu Hermine. Der Wind riss an ihrem Haar, und die Kälte kroch durch ihren Mantel, aber sie fühlte sich so glücklich, wie seit sehr langer Zeit nicht mehr. Lachend hob sie Agnes' rechtes Ärmchen und winkte Hermine damit zu. Dann drehte sie sich um und verschwand unter Deck.

Hermine blieb am Strand stehen und sah zu, wie die drei Männer die Sturmmöwe über Holzstämme ins Wasser rollten und an Bord kletterten. Der kleine Kutter schaukelte leicht auf den Wellen, die Ausleger mit den Fischernetzen ragten wie Flügel zu beiden Seiten heraus. Mahlzow betrat die Kabine und legte die Hände auf das Steuerrad. Dann warf Hannes den Motor an, und der Kutter tuckerte langsam in die dunkle Nacht hinaus.

Hermine drückte Wolfi fest an ihre Brust. »Auf Wiedersehen«, sagte sie leise. »Vielleicht bis nach dem Krieg.«

Kapitel neunundzwanzig

Heringsdorf, 2020

Hermine schwieg. Drei Menschen saßen still um den Terrassentisch.

Artur starrte auf sein Weinglas. Jählings stieß er seinen Stuhl zurück, ging zum Grill und begann, mit der Drahtbürste wie wild über den Rost zu schrubben.

Hermine sah auf seinen Rücken. Auf ihrem Gesicht zeichneten sich Anspannung, Sorge und Traurigkeit ab. Irgendwann knurrte Artur: »Ich habe dieses Haus kurz nach der Wiedervereinigung komplett renoviert. Aber Blutflecke auf den Dielen oder ein Einschussloch in der Wand am Treppenaufgang sind mir nicht aufgefallen.«

»Das dürfte daran liegen, dass die Villa Seewind über vierzig Jahre als Ferienhaus des DDR-Gewerkschaftsbundes diente. Wahrscheinlich wurde sie mehrfach renoviert und umgestaltet«, Karin forschte im Blick ihrer Schwiegermutter nach Bestätigung.

Doch Hermine schwieg und sie ging in die Küche und kam wenig später mit einer Karaffe Wasser zurück. »Zu einem Wiedersehen nach dem Krieg zwischen dir und Paulina ist es wohl nicht gekommen?«, wandte sie sich an ihre Schwiegermutter. Hermine zog ihren Schal vor der Brust zusammen. »Ich habe so oft an Paulina gedacht, aber ich habe sie niemals wiedergesehen. Doch ich wusste, dass sie und Agnes es in die Freiheit geschafft hatten. Gleich nach seiner Rückkehr kam Mahlzow zur Villa Seewind und informierte mich, dass die beiden kurz vor der Dreimeilenzone Schwedens sicher auf einen Fischkutter umgestiegen sind, der sie nach Ystad brachte.«

»Was für ein außergewöhnlicher Zufall, dass die Sturmmöwe im richtigen Moment auf der großen Ostsee einen schwedischen Kutter getroffen hat«, stellte Karin verwundert fest.

»Ganz und gar nicht«, berichtigte Hermine. »Nach dem Krieg erzählte mir Mahlzows Sohn Hannes, dass Paulina und Agnes nicht die einzigen Menschen waren, denen er und sein Vater über die Ostsee halfen. Sie haben dabei mit schwedischen Fischern zusammengearbeitet. Es gab keinen Funk, aber die Fischer kannten ihre gegenseitigen Routen und Reviere. Befanden sich Flüchtlinge auf der Sturmmöwe, ist Mahlzow in Gebiete gefahren, in denen sich schwedische Fischer aufhielten. Dann sendete er einige eigens vereinbarte Lichtsignale, worauf sich einer der schwedischen Kutter näherte.«

»Außerordentlich«, murmelte Karin.

»Eigentlich nicht«, sagte Hermine. »Die Fischer der Ostsee hielten auch während der Kriegsjahre zusammen. Ihre verschiedenen Nationalitäten konnten diesen Zusammenhalt nicht entzweien, denn mehr als die Nation ist das Meer ihre gemeinsame Heimat.«

Karin goss Wasser in Hermines und ihr eigenes Glas. »Agnes sagte bei *Bares für Rares*, dass sie aus der Nähe von Bonn käme. Ob Paulina wirklich in die Bundesrepublik gezogen ist, nach all dem Leid, das ihre Familie im Krieg durch Deutsche erfahren hat?«

»Es sollte mich wundern, wenn es so war«, meinte Hermine.

Wieder herrschte Stille. Dann fragte Karin: »Wie ging es mit dir, diesem Ortsgruppenleiter und dem Polizisten weiter? Haben sie dir Probleme wegen Paulinas gefälschten Papieren gemacht?«

»Durchaus«, antwortete Hermine. »Schon am Montagabend standen die beiden vor der Villa Seewind und informierten mich, dass Paulinas Papiere gefälscht waren. Dadurch erschien auch Schwabs Tod in einem neuen Licht. Ich wurde von der trauernden Verlobten zu einer Verdächtigen, vor allem da weitere Recherchen inzwischen ergeben hatten, dass Schwab ein verheirateter Familienvater gewesen war. Der Polizist versuchte, mir ein Eifersuchtsmotiv zu unterstellen, und der Ortsgruppenleiter war überzeugt, dass Schwab einem Attentat zum Opfer gefallen war.«

»Womit er nicht ganz falsch lag«, warf Karin ein. »Obwohl es im Grunde Notwehr war. Aber das hätten die Nazis natürlich nicht so gesehen.«

»Genau«, bekräftigte Hermine. »Doch Paulinas Plan war gut durchdacht. Sie hatte auch Schwabs Leichnam mit Benzin übergossen, sodass er mit dem Auto in Flammen aufging und bis zur Unkenntlichkeit verbrannte. Die Obduktion konnte den Attentatsverdacht nicht erhärten.«

»Paulina hat also den Mercedes mit Schwabs Leichnam auf diese Anhöhe gefahren«, stellte Karin fest. »Und wie ging es dann weiter?«

»Ich weiß nur, was sie mir erzählte: Dass sie das Auto auf dem Punkt der Anhöhe angehalten hat, wo die Straße wieder abschüssig wurde. Dann ist sie ausgestiegen, hat Schwab auf den Fahrersitz gezogen, das Lenkrad ausgerichtet und die Handbremse gelöst. Der Wagen rollte abwärts, gewann rasch an Fahrt und prallte gegen einen Baum. Daraufhin lief sie mit dem Benzinkanister zum Unfallort und übergoss Leichnam und Wagen mit Benzin, zündete einen trockenen Zweig an und warf ihn ins Auto. Es ging in Flammen auf und explodierte.«

»Und was hat sie mit dem Kanister gemacht?«

»Den hat sie im See auf der anderen Straßenseite versenkt. Der Polizist wollte eine Durchsuchung der Villa Seewind anordnen und mich zum Verhör vorladen, doch das verhinderte mein Vater mit seinem Geld. Zu weiteren Untersuchungen kam es durch den Zusammenbruch des Hitlerregimes nicht mehr. Zum Glück, denn das wäre sicherlich böse für mich ausgegangen. Aber inzwischen trafen erste Trecks aus Ostpreußen auf Usedom ein, und bald wimmelte es hier von Flüchtlingen. Gleichzeitig setzten sich überzeugte Nazis wie der Ortsgruppenleiter Richtung Westen ab. In dem einsetzenden Chaos kümmerte sich niemand mehr um Schwabs Tod.«

»Darüber bin ich sehr froh und auch, dass sich für Paulina und Agnes alles zum Guten gewendet hat. Durch deine Geschichte sind mir die beiden sehr nahegekommen, fast als würde ich sie persönlich kennen.« Karin schaute zu ihrem Mann, der immer noch verbissen mit der Drahtbürste über den Grillrost schrubbte. »Willst du nicht wieder zu uns kommen, Artur? Du hast noch gar nichts zu den unglaublichen Dingen gesagt, die sich in diesem Haus abgespielt haben.«

Artur warf die fettverklebte Drahtbürste auf den Grillrost. »Das liegt daran, dass wichtige Elemente dieser Geschichte noch nicht erzählt wurden. Du weißt, was ich meine, nicht wahr Mutter? Ich frage mich immer noch, was aus Wolfi wurde oder ob mein Vater noch eine Rolle in dieser Geschichte spielt. Da ich im September 1945 geboren bin, musst du ihn im Herbst oder Winter davor kennengelernt haben.«

»Du irrst, mein Sohn.« Hermine richtete sich in ihrem Korbstuhl auf. »In dieser Zeit habe ich ihn nicht getroffen.«

»Das verstehe ich nicht.« Artur schüttelte den Kopf.

Hermine streckte eine Hand aus. »Bitte setz dich zu mir, Junge.«

Er kam wieder an den Terrassentisch und zog seinen Stuhl neben den seiner Mutter. Sie ergriff seine Hand. »Du hast mich nach deinem Bruder gefragt.«

»Ja.«

Sie schluckte. »Es gibt diesen Bruder nicht.«

»Es gibt ihn nicht?«, wiederholte Artur und starrte sie an.

Sie nickte stumm. »Willst du mir sagen, dass ich und Wolfi …?« Er brach ab und schüttelte vehement den Kopf. »Nein! Mein Name ist Artur Voßberg. Ich bin am 8. September 1945 in Stettin geboren.«

Tiefe Stille breitete sich zwischen den drei Menschen am Tisch aus. Artur beugte sich vor und sah seiner Mutter intensiv in die Augen. »Wer bin ich?«

Sie zog ihre Hand aus seiner und strich über seine Wange. »Du bist mein einziges Kind. Du wurdest am 7. Oktober 1944 im Lebensbornheim Bad Polzin geboren. Dein Name war Wolfgang, und dein Vater hieß Norbert Schwab.«

Artur schaute sie an, als begreife er die Worte nicht. »Du hast mich wirklich mein ganzes Leben lang belogen?«

Hermine atmete tief durch. »Nach dem Untergang des Hitlerregimes begann eine neue Zeit. Ich wollte, dass du als Kind dieser neuen Zeit aufwächst. Als Kind des Friedens. Niemand sollte erfahren, dass dein Vater ein SS-Offizier gewesen war. Oder dass du zur Elite eines Reiches gehören solltest, das die grauenvollsten Verbrechen verübte, die Menschen je begangen haben.«

Artur rieb sich die Stirn. »Aber es gab Leute, die wussten, wer ich wirklich war. Meine Großeltern zum Beispiel, deine Eltern. Haben sie dieses Spiel mitgespielt? Wie wurde ich von Wolfgang zu Artur?«

Hermine nahm ihr Wasserglas und trank einen Schluck. Dann fuhr sie fort: »Nachdem Paulina und Agnes in Sicherheit waren, blieb ich in Heringsdorf. Meine Mutter kam zu mir, aber mein Vater wollte Stettin und die Raffinerie nicht verlassen. Ende April stand die Rote Armee vor den Toren Stettins, und am vierten Mai erreichte sie Heringsdorf. In der Villa Seewind quartierten sich russische Offiziere ein. Mutter und ich hatten grauenvolle Geschichten von Flüchtlingen gehört und fürchteten uns zu Tode. Doch diese Offiziere benahmen sich tadellos. Dir, Artur, sangen sie sogar russische Wiegenlieder vor. Um meinen Vater waren wir jedoch in großer Sorge. Wir wussten nicht, wo er war, ob die Russen ihn gefangen genommen hatten, weil er Parteimitglied gewesen war, ob er überhaupt noch lebte. Kurz vor Weihnachten 1945 traf eine Postkarte von ihm aus Lüneburg ein. Er schrieb, dass er es in die britische Besatzungszone geschafft hatte. Wir sollten zu ihm kommen, da das Leben hier sicherer und einfacher sei. Mit Hilfe eines russischen Offiziers erhielten Mutter, ich und du eine Reiseerlaubnis in die britische Zone, und zwei Tage später trafen wir nur mit dem Nötigsten in Lüneburg ein. Da warst du noch mein Wolfi.« Hermine lächelte ihren Sohn an, doch Arturs Miene blieb ernst.

Karin nahm die Wasserflasche und füllte Hermines Glas nach. Diese lächelte dankbar und fuhr fort: »Nach unserer Ankunft in Lüneburg mussten wir uns bei der örtlichen Polizeibehörde melden, und erst dort fiel mir auf, dass ich von dir keine Geburtsurkunde besaß, denn vom Meldeamt des Lebensbornheims hatte ich keine erhalten. In diesem Moment traf es mich wie ein Blitz, dass nun vielleicht meine einzige Chance bestand, die Umstände deiner Geburt, wenn schon nicht ungeschehen, so doch unsichtbar zu machen. Und so erfand ich ein neues Geburtsdatum, einen neuen Namen und einen Vater, der kein SS-Offizier, sondern ein einfacher Frontsoldat gewesen war.«

Artur hob eine Hand. »Verzeih Mutter, aber ich war zu dieser Zeit mehr als ein Jahr alt, der neu erfundene Artur jedoch erst dreieinhalb Monate.«

»Und doch hat es sich genauso zugetragen«, beteuerte Hermine. »Du warst nicht dabei, als ich auf der Polizeistation vorsprach, sondern bei deinem Opa in unserer Unterkunft. Meine Mutter hat meine Angaben auf der Wache bezeugt. Wir hatten das nicht abgesprochen, aber sie verstand sofort, worum es mir ging. Der Beamte hat auch nicht daran gezweifelt. Mit Flüchtlingen, die auf den gefährlichen und entbehrungsreichen Trecks ihre Papiere verloren, wurde er jeden Tag konfrontiert.«

»Dennoch musste jeder, der mich sah, begreifen, dass ich zu alt war, um Artur zu sein.«

»Jeder war mit dem eigenen Überleben beschäftigt. Niemanden interessierte, wann du geboren wurdest. Außerdem zogen wir Anfang 1948 von Lüneburg nach Schleswig-Holstein. Erst von da an machte ich dich elf Monate jünger, wenn jemand nach deinem Alter fragte. Anfangs wunderten sich noch einige Leute, wie groß und weit entwickelt du für dein Alter warst, doch mit den Jahren verwischte sich diese kleine Abweichung immer mehr, und als du eingeschult wurdest, fielen niemandem mehr die paar Monate auf.«

»Mutter, Mutter«, murmelte Artur. »Ich habe keine Ahnung, wie ich mit dem Ganzen umgehen soll. Selbst wenn du mir mit dieser großen Lüge Kummer ersparen wolltest, bleibt das Gefühl, dass du mich mein ganzes Leben hintergangen hast.«

»Ich verstehe, warum deine Mutter so gehandelt hat«, sagte Karin. »Jede Mutter, die ihr Kind liebt und sich nur das Beste für sein Leben wünscht, würde das verstehen. Ich freue mich auch, dass Hermine Artur als deinen neuen Namen gewählt hat. Wolltest du damit an den kleinen Artur aus Warschau erinnern, Mutter?«

Hermine nickte. »So war es. Leider weiß ich nicht, was aus dem Kleinen geworden ist. Wie die meisten dieser armen geraubten Kinder lebt er wahrscheinlich irgendwo als Deutscher in Deutschland ohne die leiseste Ahnung, dass er einmal ein kleiner polnischer Junge aus Warschau war.«

Artur langte nach seinem noch halbvollen Weinglas und leerte es hastig. »Wäre dieser Silberbecher nicht zufällig im Fernsehen aufgetaucht, hättest du deine Geheimnisse mit ins Grab genommen, und ich wäre für immer der Möglichkeit beraubt gewesen, mir selber eine Meinung zu bilden. Ich hatte ein Recht auf die Wahrheit, so bitter sie auch ist. Hast du das nie bedacht, Mutter?«

»Doch, habe ich. Ich habe sogar sehr oft darüber nachgedacht. Besonders seit wir wieder in Heringsdorf leben. Doch ich schämte mich für die wahren Umstände deiner Geburt, zu sehr vielleicht und zu lange. Der Wunsch, dir alles mitzuteilen und so auch mich von den Geistern der Vergangenheit zu befreien, hat mich jedoch nie losgelassen. Im Geiste formulierte ich bereits an einem Brief, den ich dir hinterlassen wollte, aber nun kam mir

Bares für Rares zuvor. Und jetzt hoffe ich einfach nur, dass du mir vergeben kannst, mein Sohn.«

»Das ist viel verlangt, nachdem du über siebzig Jahre brauchtest, mir die Wahrheit über mich mitzuteilen.« Artur schob seinen Stuhl zurück und stand auf. »Entschuldigt mich, aber ich möchte einen Moment mit meinen Gedanken alleine sein.«

Er ging durch den Garten davon, öffnete das Tor zur Strandpromenade und verschwand.

Von der Ostsee wehte ein frischer Wind auf die Terrasse. Karin holte warme Strickjacken für sich und Hermine. Schweigend schauten die beiden Frauen in den dunklen Himmel, jede in ihre Gedanken versunken. Irgendwann schlug die Gartentür und wenig später tauchte Artur auf. Er ließ sich auf seinen Stuhl fallen, zog die Weinflasche heran und goss sich einen Schluck ein.

»Wie geht es dir, Junge?«, fragte Hermine leise.

Er wandte sich zu ihr. »Ich soll dich von Agnes grüßen, Mutter.«

Hermine starrte ihren Sohn fassungslos an. »Du hast Agnes gesprochen? Wie ist das möglich?«

Er zog sein Handy aus der Hosentasche und legte es auf den Tisch. »Ich habe ihre Adresse gegoogelt und sie angerufen. Wir haben sehr offen miteinander gesprochen, auch wenn wir uns natürlich nicht mehr aneinander erinnern konnten. Sie wusste mehr von ihrer Geschichte als ich von meiner, aber offensichtlich auch nicht alles. Von mir zum Beispiel wusste sie nichts. Und auch nicht von dir, Mutter.«

»Tatsächlich?«, fragte Hermine tonlos.

Artur nickte. »Sie wusste, dass sie Polin ist und in Warschau geboren wurde, und dass ihre Tante unter abenteuerlichen Umständen mit ihr nach Schweden geflohen ist. Das ganze Ausmaß dieser Umstände war ihr jedoch nicht bekannt, und sie sagte, dass sie nie auf die Idee gekommen wäre, Paulinas eingeschränkte Version ihrer Geschichte zu hinterfragen. Seltsam, dass sie damit hinter dem Berg hielt. Es gab doch keinen Grund mehr.«

»Doch, wenn jedes Gespräch oder auch schon jeder Gedanke schmerzhafte Erinnerungen an ihre ermordete Familie an die Oberfläche zu zerren drohte«, vermutete Karin. »Ein Schmerz, gegen den es kein anderes Mittel gab, als ihn zu verdrängen. Der zerstörerische Einfluss von schrecklichen Erlebnissen auf die Seele wurde damals noch nicht therapiert. Folglich blieb den Betroffenen nichts anderes übrig, als sich selbst zu helfen.«

»Manchmal geschehen Dinge, mit denen man nie seinen Frieden machen kann«, sagte Hermine traurig. Hoffnungsvoll schaute sie zu ihrem Sohn. »Hat Agnes noch etwas von Paulina erzählt?«

Er nickte. »Kurz nach dem Krieg verliebte sie sich in einen schwedischen Diplomaten und heiratete ihn. Im Laufe seiner Karriere wurde er an die Botschaft in Bonn versetzt, und sie ging mit. Agnes hat dort ihren späteren Mann kennengelernt. Deshalb ist sie in Deutschland geblieben, als Paulina und ihr Mann nach Schweden zurückkehrten. Zu Beginn der achtziger Jahre ist Paulina dann in Stockholm gestorben.«

»Vor der Wende«, murmelte Hermine. »Selbst wenn sie noch einmal in Heringsdorf war, hätte sie mich zu dieser Zeit dort nicht angetroffen. Oder irgendetwas über meinen Aufenthaltsort herausgefunden.« Sie zog ein Taschentuch aus ihrer Strickjacke und tupfte sich über die Augen. »Wie schön wäre es gewesen, wenn wir uns noch einmal getroffen hätten.«

»Diesen Wunsch kann ich dir leider nicht mehr erfüllen«, erwiderte Artur. »Aber ich dachte, du würdest dich freuen, wenigstens Agnes wiederzusehen.«

»Agnes?«, fragte Hermine mit zitternder Stimme. »Hast du sie …?«

»… eingeladen«, vollendete Artur. »Nächste Woche kommt sie uns mit ihrer Enkelin Carolin besuchen. Es ist dir doch recht, Mutter?«

Hermine schluchzte in ihr Taschentuch. »Da fragst du noch? Natürlich ist es mir recht! Heißt das, du hast mir verziehen, Artur?«

Ihr Sohn legte einen Arm um sie und zog sie an seine Schulter. »Du hast mein Leben auf den Kopf gestellt, und ich werde Zeit brauchen, damit zurechtzukommen. Aber du bist und bleibst meine Mutter. Und ich liebe dich.«

Wann es unseren nächsten Roman gibt, erfahrt ihr im Newsletter. https://julia-drosten.com/newsletter/

Nachwort

Mit dem deutschen Überfall auf Polen begann am 1. September 1939 der Zweite Weltkrieg. Nach der Kapitulation Polens verleibten sich sowohl Hitler-Deutschland als auch Stalin Teile des Landes ein und Polen hörte als Staat auf, zu existieren.

Am 26. Oktober 1939 wurde mit den vier Regionen Krakau, Radom, Lublin und Warschau das »Generalgouvernement für die besetzten polnischen Gebiete« gebildet und unter deutsche Zivilverwaltung gestellt. Hauptstadt wurde Krakau. Warschau sollte großflächig zerstört und in eine »deutsche Provinzstadt« umgewandelt werden.

In den eroberten Gebieten Polens wurden die Reichsgaue Danzig-Westpreußen und Wartheland neu gegründet. Heinrich Himmler hielt 1942 eine Rede in der SS-Junkerschule Tölz, in der er diese Gebiete als »Zucht- und Pflanzgarten des germanischen Blutes« bezeichnete. Geplant war, innerhalb einer Dekade eine sogenannte Germanisierung durchzuführen. Im Zuge dessen wurden vor allem polnische Intellektuelle, Adelige und Juden direkt vor Ort oder nach ihrer Deportation ins Generalgouvernement bei Massenerschießungen und in Vernichtungslagern ermordet.

Direkt nach der Kapitulation Polens bildeten sich verschiedene polnische Widerstandsgruppen, aus denen sich 1942 die Armia Krajowa, die Polnische Heimatarmee, formierte. Diese hielt die Verbindung zur Exilregierung in London und plante den Warschauer Aufstand, der vom 1. August 1944 bis zum 2. Oktober 1944 dauerte. Rund 40.000 Soldatinnen und Soldaten der Armia Krajowa versuchten unter Führung von General Tadeusz Komorowski, Warschau aus eigener Kraft zu befreien. Nach erbittert geführten Häuserkämpfen brachten die polnischen Verbände in den ersten Tagen Teile der Stadt unter ihre Kontrolle, bevor die nach dem SS-Gruppenführer Heinz Reinefarth benannte Kampfgruppe Reinefarth die Oberhand gewann. Zu den Reinefarth unterstellten Einheiten gehörte auch das SS-Sonderregiment Dirlewanger, benannt nach dem u.a. wegen Unterschlagung und Landfriedensbruch vorbestraften SS-Oberführer Oskar Dirlewanger. Mit seiner Sturmbrigade ermordete er allein am 5. August 1944 in den Warschauer Stadtteilen Ochota und Wola bis zu 15.000 Frauen, Männer und Kinder. Insgesamt wurden zwischen dem ersten und fünften August allein in diesen beiden Stadtteilen schätzungsweise 50.000 Zivilisten Opfer dieser beiden Einheiten. Am 2. Oktober 1944 musste sich die Armia Krajowa den Deutschen ergeben. Mit ein Grund für die Niederlage war, dass Stalin ihnen die erhoffte militärische Unterstützung verweigert hatte. Rund 180.000 Polen, die meisten von ihnen Zivilisten, sind ums Leben gekommen, 60.000 wurden in Konzentrationslager deportiert. Anschließend ordnete Himmler die planmäßige und systematische Zerstörung Warschaus an. Der in Kapitel vierzehn unseres Romans zitierte letzte Funkspruch aus Warschau ist tatsächlich einer der letzten, den die Armia Krajowa im Oktober 1944 nach London absetzte.

Oskar Dirlewanger geriet kurz nach Kriegsende in französische Gefangenschaft. Laut Zeugenaussagen wurde er von ehemaligen polnischen Zwangsarbeitern erkannt und getötet. Heinz Reinefarth machte nach dem Krieg politische Karriere und wurde Bürgermeister von Westerland auf Sylt. Die Staatsanwaltschaft ermittelte in den sechziger Jahren wegen seiner Kriegsverbrechen gegen ihn, was seinen Rückzug aus der Politik zur Folge hatte. Die Ermittlungen wurden jedoch eingestellt und Reinefarth arbeitete als Rechtsanwalt in Westerland, wo er 1979 starb, ohne je für seine Verbrechen belangt worden zu sein.

Der Lebensborn war ein von der SS getragener, staatlich geförderter Verein. Er wurde am 12. Dezember 1935 gegründet, mit dem Ziel, nach den Maßgaben der Rassenhygiene sowie der Gesundheitsideologie des Dritten Reichs die Geburtenzahl sogenannter »arischer« Kinder zu erhöhen. Die Idee des Vereins wurde maßgeblich von Heinrich Himmler getragen, der in einem Rundschreiben an die gesamte SS und Polizei vom 28. Oktober 1939 dazu aufforderte, auch »außerhalb der Ehe« Kinder mit Frauen »guten Blutes« zu zeugen. Dementsprechend fanden nur Frauen, die die ideologischen, gesundheitlichen und rassehygienischen Maßstäbe des Dritten Reichs erfüllten, Aufnahme in einem Lebensbornheim.

Die Zentrale des Lebensborn befand sich in München. Ärztlicher Leiter war Himmlers Leibarzt Gregor Ebner. Der Verein unterhielt mehr als zwanzig Heime im damaligen Deutschen Reich, Österreich, Belgien, Frankreich, Luxemburg und Norwegen, in denen zumeist ledige, schwangere Frauen, Unterkunft, medizinische Versorgung und Verpflegung bis nach der Geburt der Kinder erhielten. Bei unehelich geborenen Kindern wurden diese, falls die Frauen sie nicht selber aufziehen wollten, in Pflegefamilien vermittelt, die der Ideologie des Dritten Reiches treu ergeben waren und z.B. durch Mitgliedschaft in der SS aktiv an seinen Verbrechen mitwirkten.

Daneben war der Lebensborn Durchgangsstation für Kinder, die ihren Eltern oder sonstigen Angehörigen in den besetzten Gebieten, wie z.B. Polen, Norwegen, Belgien oder den Niederlanden geraubt worden waren, falls diese Kinder im Sinne der nationalsozialistischen Rassenideologie als »arisch« galten. Dem planmäßigen Entschluss zum Kindesraub gab Himmler mehrfach Ausdruck, unter anderem in einer Rede vor SS-Gruppenführern in Posen, wo er sagte: »Das, was in den Völkern an gutem Blut unserer Art vorhanden ist, werden wir uns holen, indem wir ihnen, wenn notwendig, die Kinder rauben und sie bei uns großziehen.«

Die einzelnen Stationen dieses Kindesraubs, die Überprüfung der Zugehörigkeit zu einer sogenannten »arischen Rasse« und

die Verwischung der Spuren der geraubten Kinder erzählen wir beispielhaft am Schicksal der kleinen Agnieszka Król in unserem Roman. Für polnische Raubkinder waren neben dem Kinderkonzentrationslager Lodz/Litzmannstadt und den Gaukinderheimen in Brochow/Brockau und Kalisz/Kalisch das Lebensbornheim Pommern in Połczyn-Zdrój/ Bad Polzin Durchgangs- und Eindeutschungsstationen.
Gegen Ende des Krieges wurden die Lebensbornheime aufgelöst oder wie das Heim Pommern, im Februar 1945, evakuiert. Dabei wurden die meisten Akten vernichtet, sodass viele sowohl geraubte als auch in den Heimen geborene Kinder ihr Leben lang über ihr Schicksal im Dunkeln blieben. Gleichzeitig war es Angehörigen kaum noch möglich, ihre Kinder wiederzufinden. Die Arolsen Archives (früher: Internationaler Suchdienst ITS, Bad Arolsen), die u.a. die Aufgabe haben, die Schicksale von unter den Nazis Verfolgten zu klären und nach Familienangehörigen zu suchen, unterstützen bei dieser fast aussichtslosen Suche. In den Lebensbornheimen geborene Kinder erfuhren nur von ihrem Schicksal, wenn die leibliche Mutter oder die Pflegefamilie ihnen dieses offenbarten. Aufgrund dieser Umstände ist es nicht möglich, genaue Zahlen über die in den Heimen geborenen oder die geraubten Kinder zu ermitteln. Der Verein Lebensspuren - https://lebensspuren-deutschland.eu/der-lebensborn/ schätzt, dass in den deutschen Heimen zwischen 8000 und 9000 Kinder geboren wurden. Die Zahl der geraubten Kinder lässt sich ebenfalls kaum bestimmen. Die Historikerin Dr. Ines Hopfer nennt allein für Polen Schätzungen zwischen 20.000 und 200.000 geraubten Kindern.
Nach dem Krieg wurde der Lebensborn von der US-Militärgerichtsbarkeit bei den Nürnberger Prozessen fatalerweise als karitativer Verein interpretiert. Nur vier ehemalige leitende Funktionäre standen vor Gericht und wurden alle freigesprochen. Inge Viermetz, die zum sogenannten SS-Gefolge zählte und u. a. für die zwangsweise Verschleppung von dreihundert

polnischen Kindern verantwortlich war, wurde als einzige Frau angeklagt. Himmlers Leibarzt Gregor Ebner wurde lediglich für seine SS-Mitgliedschaft zu zwei Jahren und acht Monaten Haft verurteilt, die er bereits während der Untersuchungshaft abgesessen hatte. Danach war er als Praktischer Arzt in Bayern tätig.
Die Gebäude des Lebensbornheims Pommern existieren noch und beherbergen heute das Sanatorium Borkowo.

Maria Pinczewska, die als Kinderpflegerin im Gaukinderheim Kalisz arbeitete, ist eine historische Person. Sie sammelte Daten über die Kinder im Heim und korrespondierte mit den Eltern, wenn dieses möglich war. Außerdem befreite sie einige Kinder zusammen mit dem Tischler Stanislaw Kulczyński. Marias Heft mit den Namen und Adressen der Kinder sowie einige Briefe werden im Stadtarchiv von Kalisz aufbewahrt. Zygmunt Światłowski und Tereza Wojtek waren zwei der geraubten Kinder im Heim Kalisz. Der im Buch geschilderte Vorfall hat sich wirklich ereignet. Es gab jedoch keine Zeugen, als die Heimleiterin Johanna Zander Zygmunt in den Keller schleppte. Aus dem blau angelaufenen Zustand seiner später gefundenen Leiche wurde gefolgert, dass die Heimleiterin ihn in eine offene Stromleitung gestoßen habe. Zygmunts Grab befindet sich auf dem Militärfriedhof Majków in Kalisz.
Norbert Schwab, der Leiter des Heims Pommern ist ebenfalls eine historische Figur. Was aus ihm nach dem Krieg wurde, konnten wir nicht in Erfahrung bringen.

Dank

Diesen Roman konnten wir nur dank der Unterstützung vieler Menschen schreiben:

Das Team der Fernsehsendung Bares für Rares von Warner Bros. International Television Production Deutschland erlaubte uns, ihre wunderbare Sendung in unserem Roman zu verwenden und dort auch Horst Lichter und Albert Maier zu porträtieren.

Des Weiteren bedanken wir uns bei Raphael Lehmann für seine Übersetzung polnischer Dokumente. Timo Balbach von der Galerie Balbach in Münster hat uns Auskunft über die charakteristischen Merkmale eines Biedermeiersekretärs gegeben. Matthias Meißner vom Verein Lebensspuren e.V. sendete uns filmisches Recherchematerial über den Lebensborn zu. Beim Leitungsteam des Sanatoriums Borkowo, Połczyn-Zdrój (früher Lebensbornheim Pommern, Bad Polzin), das uns die Drohnenflüge über das Gelände erlaubte, wichtige Hintergrundinformationen zur Baugeschichte gab und die Räumlichkeiten des Sanatoriums für uns fotografierte, da wir aufgrund der Corona-Pandemie nur die Eingangshalle betreten durften. Dietrich Gildenhaar, bestimmt einer der besten Kenner der Historie Usedoms, erzählte uns viele sehr spannende Ereignisse und detailreiche Hintergrundberichte über das Leben auf Usedom und in Heringsdorf zur Zeit des Zweiten Weltkriegs. Hilde Stockmann vom Heimatverein Zempin gab uns sehr interessante und hilfreiche Informationen bezüglich des Schiffsverkehrs an der Ostseeküste während des Zweiten Weltkriegs sowie der Bauweise der Sommervillen auf Usedom. Professor Dr. Fritz Sörgel vom Institut für Biomedizinische und Pharmazeutische Forschung beriet uns hinsichtlich der Wirkweise des Medikaments Prontosil und der Dosierung für Kinder. Daniela Teschendorf

vom Historisch-Technischen Museum Peenemünde beantwortete unsere Fragen über die Aggregat 4-Rakete (V2) und die Heeresversuchsanstalt.
Unser großer Dank gilt auch Anja Dietel und Thomas Dellenbusch. Sie haben unser Manuskript bezüglich Tempo, Ausdruck, Logik und Emotionalität engagiert lektoriert und mit ihren Verbesserungen zur Qualität des Romans beigetragen.

06221-166800

Heidelberg
Baumschulenweg KF 10

Printed in Poland
by Amazon Fulfillment
Poland Sp. z o.o., Wrocław

78360784R00235